二 見 文 庫

女優エヴリンの七人の夫

テイラー・ジェンキンス・リード／喜須海理子＝訳

THE SEVEN HUSBANDS OF EVELYN HUGO
by
Taylor Jenkins Reid

Japanese translation published by arrangement
with Taylor Jenkins Reid
c/o Taryn Fagerness Agency
through The English Agency (Japan) Ltd.

ライラへ
家父長制なんて打ち破って

女優エヴリンの七人の夫

登　場　人　物　紹　介

エヴリン・ヒューゴ	ハリウッドの大女優
モニーク・グラント	雑誌『ヴィヴァン』の編集記者
フランキー・トループ	雑誌『ヴィヴァン』編集長
アーニー・ディアス	エヴリンの最初の夫
ドン・アドラー	エヴリンの二番目の夫。俳優
ミック・リーヴァ	エヴリンの三番目の夫。シンガー
レックス・ノース	エヴリンの四番目の夫。俳優
ハリー・キャメロン	エヴリンの五番目の夫。映画プロデューサー
マックス・ジラール	エヴリンの六番目の夫。フランス人の映画監督
ロバート・ジャミソン	エヴリンの七番目の夫。投資家。シーリアの兄
コナー・キャメロン	エヴリンとハリーの娘
シーリア・セントジェームズ	女優
ジョン・ブレイヴァーマン	アメリカンフットボールのスター選手
デイヴィッド	モニークの夫

ニューヨーク・トリビューン

エヴリン・ヒューゴ、ドレスをオークションに

プリヤ・アムリット　二〇一七年三月二日

映画界の伝説にして一九六〇年代の〝イットガール〟エヴリン・ヒューゴが、とくに思い出深い十二着のドレスをクリスティーズを通じてオークションにかけ、乳がん研究の資金を募(つの)ると発表した。

七十九歳のヒューゴは魅惑的で優雅(ゆうが)な女性として長年偶像視(ぐうぞうし)されてきた。官能的でありながらも慎(つつし)みのあるスタイルを好むことで知られており、有名な装いの多くは流行やハリウッドの歴史を語るうえで欠かせないものと見なされている。

ヒューゴの歴史の一部を所有したいと考える人々は、ドレスそのものだけでなく、それが着られた状況にも興味をそそられるはずだ。出品されるもののなかには、

ヒューゴが一九五九年にアカデミー賞の授賞式で身にまとったミランダ・ラ・コンダのエメラルドグリーンのドレスや、一九六二年に『アンナ・カレーニナ』のプレミアで着用した、襟（えり）ぐりが大きく開いている、すみれ色のふんわりとしたオーガンジーのドレスや、一九八二年に『すべてはわたしたちのために』でオスカーを手にした際に着ていたマイケル・マダックスのネイビーブルーのドレスも含まれている。

ハリウッドの住人としてヒューゴもまたスキャンダルと無縁ではない。その最たるものが七度に及ぶ結婚だ。夫となった人物のなかには、数十年にわたってつきあいのあった映画プロデューサーのハリー・キャメロンもいる。ともにハリウッドで生きていたふたりは一人娘のコナー・キャメロンをもうけた。このたびヒューゴがドレスをオークションにかけようと思ったのは、彼女のことがあったからに違いない。ミズ・キャメロンは昨年四十一歳の誕生日を迎えてすぐに乳がんで亡くなった。

キューバからの移民である両親のもと、一九三八年に生まれたエヴリン・エレナ・エレーラは、ニューヨークのヘルズキッチンで育った。一九五五年にはハリウッドに移り、髪をブロンドに染め、名前をエヴリン・ヒューゴに変えている。ほぼ一夜にしてハリウッドの中心的な存在になり、三十年以上にわたって脚光を浴びつづけたが、八〇年代後半に引退して、三度オスカーに輝いた女優のシーリア・セントジェームズの兄である投資家のロバート・ジャミソンと結婚した。現在は七番目の夫である彼と死別し、マンハッタンに住んでいる。

並外れて美しく、大胆な性的魅力に満ちたヒューゴは、長年にわたって世界じゅうの映画ファンを魅了してきた。今回のオークションでは二百万ドルを超える収益が見込まれている。

1

「わたしのオフィスに来てくれる？」

わたしはフランキーが誰に話しかけているのか確かめようと、まわりのデスクに目をやってから、彼女に視線を戻し、自分を指差す。「わたしですか？」

フランキーは我慢強いほうではない。「ええ、モニーク、あなたに言ってるの。だから『モニーク、わたしのオフィスに来てくれる？』って言ったのよ」

「すみません、最初のほうは聞き逃してました」

フランキーが背を向ける。わたしはノートパッドを手に、彼女のあとを追う。

フランキーにはどこか人の目を引くところがある。一般的な意味で魅力的と言えるかどうかはわからないが——きつい顔つきで目がひどく離れている——みな彼女から目が離せなくなり、気づけば見とれている。百八十センチを超える、すらりとした体。短いアフロヘア。鮮やかな色の服を好み、つねに大振りのアクセサリーをつけている。

フランキーが部屋に入ってくると、誰もが目を奪われる。

わたしが今の仕事に就いた理由のひとつが彼女だ。大学院でジャーナリズムを学んでいたときから彼女を尊敬していて、彼女が今、編集長を務め、わたしもライターのひとりとして働いている雑誌に掲載された彼女の記事を読んでいた。正直言って、責任ある立場につく黒人女性の存在には大いに励まされる。わたし自身、黒人の父親と白人の母親という人種の異なる両親を持つ女性だが、フランキーを見ていると、いつの日か自分も責任ある立場につけるのではないかと思えてくる。

「かけて」フランキーが腰をおろしながら言い、アクリル製のデスクのまえにあるオレンジ色の椅子を身振りで示す。

わたしは静かに座って足を組み、フランキーが話しはじめるのを待つ。

「どうしてなのかさっぱりわからないんだけど」フランキーがパソコンの画面を見ながら言う。「『エヴリン・ヒューゴ側から、彼女の特集記事を載せてくれないかと言ってきてるの。独占インタビューに応じるって」

思わず〝嘘でしょ〟と言いそうになる。〝どうしてわたしにその話をするの?〟とも。「なんについてのインタビューですか?」わたしは尋ねる。

「ドレスをオークションにかけることについてだと思うわ」フランキーは言う。「米国乳がん基金のためにできるだけ多くのお金を集めることが、きっと何よりも大事なのよ」

「でも、そうはっきり認めてるわけではないんですね？」

フランキーはうなずく。「エヴリンが話したいことがあると言うだけ」

エヴリン・ヒューゴは映画史に残る大物スターのひとりだ。人々に聞かせる話を持つ必要すらないほどの。

「うちにとっては願ってもない話ですね。だって、彼女は生ける伝説ですから。たしか、八回結婚したんでしたっけ？」

「七回よ」フランキーは言う。「そう、これは大きなチャンスよ。だから、これから言うことをよく聞いてほしいの」

「というと？」

フランキーは大きく息を吸う。その表情から、わたしはクビを告げられるのではないかと思うが、こう言われる。「エヴリンはあなたを指名してきてる」

「わたしを？」誰かがわたしと話したがっていると知って驚くのは、この五分間で二度目だ。もっと自分に自信を持つべきなのかもしれない。このところ、すっかり自信を失っているのだ。自信がたっぷりあったふりをする必要もないが。

「正直言って、わたしもわけがわからなかったわ」フランキーは言う。

わたしも正直に言わせてもらえれば、そんなふうに言われていい気はしないが、彼女がそう思うのも無理はない。『ヴィヴァン』誌に来て一年足らず。まるで提灯記事担当のようになっている。そのまえは『ディスコース』という、イベントやカルチャーに関する最新情報を扱うサイトでブログを書いていた。ニュースマガジンと称されているが、実際にはパンチの効いた見出しをつけたブログだ。わたしはおもに〝現代の暮らし〟欄で流行りのものに関する記事やコラムを書いていた。

何年もフリーランスとして働いたあとだったので『ディスコース』の仕事はまさに救いの神だった。けれども『ヴィヴァン』からうちに来ないかと誘われて断れるはずもなかった。わたしは名だたる雑誌の編集部に入り、伝説的な人々とともに働くチャンスに飛びついた。

出勤初日、足を踏み入れた廊下の両側の壁にはカルチャーの変遷を映し出す象徴的な表紙の数々が飾られていた。マンハッタンを見下ろす摩天楼のてっぺんに裸で立ち、注意深くポーズをとる女性活動家のデビー・パーマーの写真が使われた一九八四年の号の表紙。キャンバスに絵を描く、画家のロバート・ターナーの写真に、彼はＡＩＤＳに冒されていると告げる文字が躍る一九九一年の号の表紙。『ヴィヴァン』の世界の一員になれるなんて、とても現実とは思えなかった。ずっと『ヴィヴァン』の光沢（こうたく）のある誌面に自分の名前が記されているのを見たいと思いつづけてきたのだ。

だが、あいにく過去十二号分の雑誌を作るにあたって、わたしがしてきたことと言えば、資産家の人々に古臭い質問をすることだけ。『ディスコース』のかつての同僚たちがインターネットを介して世界を変えようとしているときに。そう、簡単に言えば、わたしは今の自分にまったく満足していない。

「ねえ、あなたが嫌いってわけじゃないの。みんな、あなたのことが大好きよ」フランキーが言う。「みんな、あなたは『ヴィヴァン』で大きな仕事をする運命にあると思ってる。でも、この仕事はもっと経験豊かで実力のある人間にさせたかったから。嘘はつきたくないから言うけど、エヴリン側にはあなたを推薦（すいせん）しなかった。経験豊かな五人のライターの名前を挙げたんだけど、こう返事が返ってきたの」

フランキーはパソコンの画面をわたしのほうに向け、エヴリン・ヒューゴの広報担当とおぼしきトーマス・ウェルチなる人物からのメールを見せる。

差出人　トーマス・ウェルチ
宛先　フランキー・トループ

CC　ジェイソン・ステイミー、ライアン・パワーズ

モニーク・グラントでなければ、この話はなかったことに。


わたしはフランキーに目を戻す。驚いているが、正直に言うと、エヴリン・ヒューゴがわたしと何かをしたがっていることを喜ぶミーハーな気持ちもある。

「エヴリン・ヒューゴと知り合いなの？　そういうこと？」フランキーがパソコンを自分のほうに向けながら尋ねる。

「いいえ」そう訊かれたことに驚きながら言う。「映画は何本か観たことありますけど、わたしよりまえの世代の女優さんなんで」

「個人的なつながりはないのね？」

わたしはうなずく。「ありません」

「あなたはロサンゼルス出身じゃなかった？」

「ええ、でもエヴリン・ヒューゴとつながりがあるとすれば、わたしの父が、当時、彼女の映画のどれかにかかわっていたかもしれないってことだけです。撮影現場でスチールカメラマンをしてたんです。なんなら母に訊いてみますけど」

「あらそう？　ありがとう」フランキーが期待のこもった目でわたしを見る。

「今、訊いたほうがいいですか？」

「そうしてもらえる？」

わたしはポケットから携帯電話を取り出して母にメッセージを送る。〝お父さんはエヴリン・ヒューゴが出てる映画の仕事をしたことある？〟

相手が文字を入力していることを示す三つの点が現われる。目を上げると、フランキーが携帯電話の画面をのぞこうとしている。自分がプライバシーを侵害していることに気づいたらしく、身を起こす。

メッセージの着信音が鳴る。

母からの返信。〝あるかもしれないわね。数多くの映画にかかわってたから全部は覚えてないわ。どうして？〟

〝話せば長くなるんだけど〟と返す。〝わたしとエヴリン・ヒューゴとのあいだに何かつながりがあるかどうか確かめたくて。お父さんは彼女と知り合いだったと思う？〟

母が答える。〝まさか！　ありえないわ。お父さんは撮影現場で有名人と仲良くなったりしなかったもの。有名人と友だちになりたいって、いくら言っても無駄だった〟

わたしは声をあげて笑う。「ないみたいです。エヴリン・ヒューゴとはなんのつながりもありません」

フランキーはうなずく。「そう、わかったわ。なら、エヴリン側は力のない人間を選んだってことね。好きなように操れて、思いどおりの記事を書かせられる相手を」

携帯電話がまた振動する。〝そういえば、お父さんが撮ったスチール写真をあなたに送りたいと思ってたんだった。どれも素敵な写真よ。手元に置いておいてもいいんだけど、あなたのほうがもっと気に入るんじゃないかと思って。今週中に送るわね〟

「エヴリン側が弱い者を食い物にしようとしてると思ってるんですね」フランキーに向かって言う。

フランキーは穏やかに微笑む。「まあね」

「つまり、うちの雑誌の奥付を見て下っ端ライターのわたしの名前を見つけ、こいつなら好きなようにできると思ったと。そういうことですか？」

「そうじゃないかと心配してるの」

「それなら、わたしにこの話をしてるのは……」

フランキーは言葉を選んで言う。「あなたは好きなようにされる人間だとは思わないからよ。向こうはあなたを甘く見てる。それにわたしはこの仕事が欲しい。大きな話題になる記事をうちの雑誌に載せたいの」

「つまり？」わたしは椅子のうえでわずかに体を動かして尋ねる。

フランキーは体のまえで手を叩き、両手をデスクについて、わたしのほうに身を乗り出す。「エヴリン・ヒューゴと渡り合う気概があるかどうか教えてほしいの」

今日、誰かに尋ねられるかもしれないと思っていたことのなかで、九百万番目あたりに位置する質問だ。エヴリン・ヒューゴと渡り合う気概があるかだって？　さあ、どうだろう。

「あります」結局、そう答える。

「それだけ？　ほかに言うことは？」

このチャンスは逃せない。どうしてもこの記事を書きたい。下っ端でいるのはうんざりだ。とにかく勝利を手にしたい。「あるに決まってるじゃないですか？」

フランキーは考えながらうなずく。「さっきよりはいい答えね。でもまだ確信が持てないわ」

わたしは三十五歳で、十年以上ライターの仕事をしている。いつの日か本を出版したい。書くネタを自分で選びたい。いずれはエヴリン・ヒューゴのような人物が電話をかけてきたときに、みんなが慌てて呼びにくるようなライターになりたい。それにわたしは『ヴィヴァン』で能力を存分に発揮できる仕事を任されていない。望む場所に行くには何かを変えなければならない。それも早急に。わたしにはこの仕事しかないのだから。邪魔になる人間は排除するしかない。現状を変えたいのなら、今のやり方を変えるしかない。おそらくは徹底的に。

「エヴリンはわたしを必要としてます」わたしは言う。「あなたはエヴリンを必要としてる。わたしがあなたを納得させる必要はないんじゃないですか、フランキー。むしろ、あなたがわたしを納得させる必要があるのでは？」

フランキーは黙り込み、合わせた両手の指先のうえからわたしをじっと見つめる。どうやらわたしは恐れ多いことを望んでいたようだ。やりすぎたのかもしれない。

ウエイトトレーニングでいきなり十八キロのウエイトから始めようとしたときと同じ気持ちになる。時期尚早なことをすると、自分が何をしているのかまったくわかっていないことを思い知らされる。

発言を撤回し、謝罪しなければ、すべてを失うことになる。母には、礼儀正しく控えめな人間に育てられた。ずっと、相手に従うのが礼儀だと思って生きてきた。けれども、その手の思いやりはわたしを飛躍させてはくれなかった。世間が敬意を払うのは自分が物事を動かさなければならないと考える人間だ。わたしはそれをわかっておらず、戦うこともやめている。今ここにいるのは、いつの日かフランキーのように、いや、できるならフランキーを超える存在になるためだ。誇りに思える重要な仕事をするためであり、名を残すためだ。それなのに、まだその足掛かりすらつかめていない。

沈黙が続く。一秒ごとに緊張が募り、押しつぶされそうになるが、先にフランキーが降参する。

「わかったわ」彼女はそう言って立ちあがり、片方の手を差し出す。

わたしは驚きとともに誇らしい気持ちが湧きあがるのを感じながら手を差し出す。フランキーの万力のような握手に応え、力強く握手する。

「最高の仕事をしてちょうだい、モニーク。うちの雑誌のためにも、あなた自身のためにも」

「任せてください」

わたしたちはお互いの手を放す。わたしはドアのほうに向かう。「エヴリンはあなたが『ディスコース』に書いた医師による自殺幇助に関する記事を読んだのかもしれないわね」オフィスを出ようとするわたしにフランキーが言う。

「えっ？」

「あれはすごくよかった。だからあなたを指名してきたのかも。わたしたちもあの記事であなたを見つけたんだから。素晴らしい記事だった。閲覧数が多かったからだけじゃない。あなたが書いた記事自体がよかったのよ。最高の記事だったわ」

それはわたしが初めて自発的に書いた本当に意味のある記事のうちの一本だった。ブルックリンのレストランを中心にマイクログリーン（成長の初期段階で収穫される野菜の若芽のこと）の人気が高まっていることに関する記事を書くよう指示されたあと、自分から持ちかけた企画だ。パークスロープ・マーケットを訪れて、地元の農家の人に取材したのだが、からし菜には惹かれないと打ち明けると、彼の妹さんと同じようなことを言うと言われた。妹さんは肉中心の食生活を送っていたが、昨年、脳腫瘍があることがわかり、病魔と闘うためにヴィーガンになって、オーガニックのものしか口にしないようにしているとのことだった。

さらに話していると、彼が自分自身や愛する人の最期のために妹さんといっしょに入った、医師による自殺幇助を支援するグループについて聞かされた。グループに属する多くの人々が尊厳をもって死ぬ権利のために闘っていた。健康的な食事をしていても妹さんは死を免れそうになく、彼も妹さん自身も、必要以上に苦しみを長引かせたくないと思っていた。

そのときわたしは、自分がその支援グループの人々に〝声〟を与えたいと心の底から思っていることに気づいた。

わたしは『ディスコース』の編集部に戻って企画を持ちかけた。時代の最先端を行く人々が発信する流行やセレブに関する記事を書くよう言われていることを考えると、却下(きゃっか)されて当然だったが、驚いたことにゴーサインが出た。

わたしは全力で取り組んだ。教会の地下室で開かれる会合に参加し、メンバーから話を聞いて、苦しんでいる人々の人生を終わらせる手伝いをすることが有する複雑な問題――救済と考えるか道徳に反していると考えるか――を網羅(もうら)する記事が書けたと確信するまで、何度も書き直した。

わたしがこれまでに書いてきたもののなかでいちばん誇りに思う記事だ。ここでの仕事を終えて帰宅したあとに読み返すこともある。そうやって、自分にできることや、それがどんなに信じがたいことであれ、真実を伝えることで得られる満足感を思い出している。

「ありがとうございます」フランキーに向かって言う。

「つまり、あなたには才能があるのよ。そういうことになるわね」

「そうならないかもしれませんけど」

「そうね」彼女は言う。「ならないかもしれない。でも、今回の記事がどういうものになるにしろ、いい記事を書けば、あなたには才能があるということになるわ」

ザ・スピル・コム

エヴリン・ヒューゴが真実を告白

ジュリア・サントス　二〇一七年三月四日

ちまたの噂(うわさ)では、魔性の女にして生ける伝説であり世界でもっとも美しいブロンド女性でもあるエヴリン・ヒューゴが、ドレスをオークションに出品して、何十年も受けてなかったインタビューに応じるそうよ。

どうか、彼女はついに歴代の夫たちについて話す気になったと言ってちょうだい。(四人なら理解できる。まあ五人でも。ぎりぎり六人までは理解してあげられなくもないわ。でも、七人ですって？　七人も夫を持ったの？　八〇年代後半にジャック・イーストン下院議員と恋愛関係にあったのは誰もが知る事実だし。なかなかのやり手よね)

夫たちについて話してくれなかったとしても、せめて眉毛については教えてくれることを祈るわ。つまり〝分かち合いの精神を忘れないで、エヴリン〟ってこと。オレンジがかったブロンドの髪に黒っぽいまっすぐな眉。小麦色の肌にゴールデンブラウンの瞳。当時のエヴリンの写真を見たら、誰もがそのときしていることをやめて、その姿に見入るはずよ。

その体については言わずもがな。

お尻も腰もないの――ほっそりした体に大きなおっぱいがついてるだけ。

大人になってからずっと、そういう体になりたいと思って頑張ってきたわ。（実際にはほど遠いの。今週になって毎日ランチに食べてるブカティーニ（中心に穴が開いている太めのパスタ）みたいな体型なのよ）

でもひとつ頭にきてることがあるの。エヴリンなら誰でも好きなインタビュアーを選べたはずよ（ほら、わたしとか）。それなのに『ヴィヴァン』の新米を選んだの？　誰だって選べたのに（ほら、わたしとか）。どうして（わたしじゃなくて）モニーク・グラントとかいう女なのよ。

まあ、いいわ。選ばれたのがわたしじゃなかったから、ちょっと辛辣になっちゃった。

『ヴィヴァン』に就職するべきかもね。おいしい話はみんな向こうに行くんだから。

コメント：

ハイハロー565　〝『ヴィヴァン』の人たちだって、もうここでは働きたくないと思ってるはず。会社の上層部は検閲(けんえつ)に通る広告ばかり載せてくだらない雑誌にしてる〟

ハイハロー565への返信　Pppppppppps　〝なるほど、そうかもね。この国でいちばん敬意を払われてて洗練されてる雑誌からうちに来ないかと誘われたら、あなたは喜んで応じるような気がするけど〟

E・クリスティーン999　〝エヴリンは最近娘さんをがんで亡くしたんじゃなかった？　そうどこかで読んだような気がするけど。胸が痛むわ。それはそうとハリー・キャメロンのお墓のまえに立つエヴリンの写真を見た？　何カ月も忘れられなかったわ。素敵なご家族だったのに。おふたりを失うなんて、本当にお気の毒だわ〟

ミセス・ジャニーン・グラムズ　〝エヴリン・ヒューゴのことなんてどうだっていい。その手の人たちのことなんて書かないで。彼女の結婚や恋愛沙汰や映画のほとんどが示すことはただひとつ。彼女はあばずれだってこと。『午前三時』は女性にとって恥

ずべき映画よ。もっと注目する価値のある人々に目を向けて〃

セクシー・レキシー89　〃エヴリン・ヒューゴは史上もっとも美しい女性かもしれない。『ブータントラン』で裸で水から出てくるところで、乳首が見える直前で暗転するだろう？　あのシーン、最高だ〃

ペニー・ドライバーKLM　〃髪をブロンドにして眉を黒っぽくしたエヴリン・ヒューゴを全力で褒めたい。最高にいかしてる。エヴリン、脱帽よ〃

ヤッピー・ピッグズ3　〃ちょっと細すぎる！　好みじゃないね〃

エヴリン・ヒューゴは聖人　〃虐待を受けた女性のための組織やLGBTQ＋の団体に大金を寄付してきた人なのよ。そして今、がんの研究のためにドレスをオークションにかけようとしてる。それなのに眉毛のことしか言うことないの？　どうかしてるんじゃない？〃

エヴリン・ヒューゴは聖人への返信　ジュリア・サントス@ザ・スピル　〃もっともな意見だと思うわ。ごめんなさい。言い訳するわけじゃないけど、彼女は六〇年代にタフで強い女として大金を稼ぎはじめたから。才能と美しさがなければそうできるだけの影響力も持てなかったろうし、あの眉がなければあれほど美しくなかったはずよ。でも、たしかにもっともな意見だわ〃

ジュリア・サントス@ザ・スピルへの返信　エヴリン・ヒューゴは聖人　〝やだ、うるさいこと言ってごめんなさい。お昼抜きだったもんだから。謝ります。あくまでもわたしの意見だけど、『ヴィヴァン』はあなたの半分もうまくインタビュー記事を書けないと思うわ。エヴリンはあなたを選ぶべきだった〟

エヴリン・ヒューゴは聖人への返信　ジュリア・サントス@ザ・スピル　〝そうよね？？？？？　そもそもモニーク・グラントって何者なのよ。まったく嫌になるわ。このままではすまさないから……〟

2

　ここ数日でエヴリン・ヒューゴについてできるかぎりのことを調べた。わたしは大の映画ファンではないし、ましてや昔のハリウッドスターに興味などない。とはいえエヴリンの人生——少なくとも現時点で公にされているもの——を題材にしたら、連続ドラマを十本は作れそうだ。

　早くに結婚して十八歳のときに離婚。その後、映画会社のお膳立てでハリウッドのセレブ、ドン・アドラーと恋愛関係になり、お騒がせの結婚生活を送る。彼と別れたのは殴られたからだという噂だ。ヌーヴェルヴァーグのフランス映画で女優復帰。シンガーのミック・リーヴァとラスベガスで駆け落ち結婚。お互いの浮気で終わった、伊達男のレックス・ノースとの華やかな結婚生活。ハリー・キャメロンとの美しい愛と娘のコナーの誕生。つらい離婚と、それから間を置かずしての、旧知の映画監督マックス・ジラールとの結婚。ジラールとの関係が終わる理由になったと言われる、自分よりはるかに若いジャック・イーストン下院議員との浮気疑惑。そして最後に、過去に共演したことがあるシーリア・セントジェームズを困らせたいと思ったことが少なからずきっかけになったと噂される、彼女の兄で投資家のロバート・ジャミソンとの結婚。夫だった人物はみなすでに亡くなっていて、エヴリンと彼らとの関係について深く知るのは、もはや彼女ただひとり。

彼女に夫たちとの関係を話させたいと思ったら、なかなか大変な仕事になりそうだ。

今夜は残業して、ようやく九時少しまえに家路についた。わたしは狭いアパートメントに住んでいる。〝ちっぽけなサーディンの缶ぐらい〟と表現するのがぴったりだ。だが、物が半分なくなると、狭い部屋でも驚くほど広く感じられる。

デイヴィッドが出ていったのは五週間まえだが、わたしはまだ彼が持っていた食器類やコーヒーテーブルのかわりを手に入れていない。コーヒーテーブルは去年、彼の母親が結婚祝いにくれたものだ。なんてことだろう。わたしたちは初めての結婚記念日も迎えられなかったのだ。

玄関を入ってバッグをカウチソファに置くと、コーヒーテーブルを持っていくなんて、なんて心の狭いことをするんだろうという思いが、また湧いてくる。サンフランシスコにある彼の新しいワンルームのアパートメントは、昇進にともなって提供された気前のいい引っ越し補助によって一通りの家具がついている。おそらくコーヒーテーブルは倉庫に入れられているのだろう。彼が当然自分のものだと主張した、ひとつしかなかったベッドサイドテーブルや、一冊残らず持っていった料理の本とともに。料理の本は惜しくない。料理はしないのだから。だが〝モニークとデイヴィッドへいつまでもお幸せに〟と記されたものは、半分は自分のものだと思って当然ではないだろうか。

コートを掛けて、これまでに何度も考えたことを考える。どちらが真実に近いのだろう。デイヴィッドが新しい仕事を得て、わたしをおいてサンフランシスコに移った？ それとも、わたしが彼のためにニューヨークを離れることを拒んだ？ 靴を脱ぎながら、いつもと同じように、正解はそのふたつのあいだのどこかにあるのだろうと答えを出す。だがそこでまた、いつもの考えが湧いてきて、いつものようにつらくなる。〝彼は本当に出ていった〟

宅配でパッタイを頼んでシャワーを浴びる。ハンドルをまわしてお湯をかなりの高温にする。やけどするほど熱いお湯が好きだ。シャンプーの香りも。いちばん幸せを感じる場所はシャワーヘッドの下かもしれない。こうして石鹸（せっけん）の泡（あわ）に包まれて湯気のなかに立っていると、置き去りにされたモニーク・グラントではないような気になる。

うだつのあがらないライターのモニーク・グラントですらない気になる。たんに贅沢(ぜいたく)なバスグッズを持っているモニーク・グラントになれる。

すっかりきれいになって、髪と体を拭く。スウェットパンツを穿(は)き、髪をうしろでまとめたところに、配達員が到着する。

プラスチックの容器を持って座り、テレビに集中しようとする。頭のなかを空っぽにして、仕事やデイヴィッドのこと以外に意識を向けようとする。だが、食べ終わってしまうと、そんなことをしても無駄だと気づく。仕事をするほうが、まだましだ。

考えただけで怖くなる。エヴリン・ヒューゴにインタビューするなんて。しかも、向こうに主導権を握られないようにして、こちらのペースで進めなければならないなんて。けれども、さらに問題なのは、わたしには現実逃避しがちなところがあるということだ。砂に頭を突っ込んで、目のまえの現実から逃げようとする駝鳥(だちょう)のように。

だから、続く三日間、わたしはエヴリン・ヒューゴのことをひたすら調べる。昼は彼女の結婚やスキャンダルについて書かれた古い記事を集め、夜は彼女が出ている古い映画を観る。

『カロライナ・サンセット』や『アンナ・カレーニナ』や『ジェイド・ダイヤモンド』や『すべてはわたしたちのために』のクリップを観る。『ブータントラン』で彼女が水のなかから出てくるところのＧＩＦは何度も観たので、夢のなかでも繰り返し再生される。

そうして彼女の映画を観るうちに、彼女のことがほんの少しだけ好きになりはじめる。世界が眠りについている午後十一時から午前二時、わたしのノートパソコンには彼女の姿が映し出され、室内には彼女の声が響く。

息をのむほど美しい女性であることは否定できない。よく話題にのぼるのはまっすぐで濃い眉とブロンドの髪だが、わたしが目を引かれるのはその骨格だ。力強い顎に高い頬骨。美しい骨格の中心をなすふっくらした唇。大きいが丸すぎない特大のアーモンドのような目。小麦色の肌に、ゆるめのウェーブがかかった無造作なのに優雅な明るい色の髪。ブロンドの髪に小麦色の肌が自然でないのはわかっていながらも、そうあるべきだという思いを振り払えない。人はこのような姿で生まれるべきだと。

かつて映画史研究家のチャールズ・レディングが、エヴリンの顔は〝必然的なものに思える。きわめて美しく完璧に近いので、彼女を見ると、それぞれのパーツがこのように組み合わされ、こう配置された顔立ちの人間が遅かれ早かれ現われる運命にあったと感じる〟と言ったのも、この眉と髪と無縁ではないはずだ。

わたしは円錐状に突き出たブレットブラをつけてぴったりしたセーターを着た、五

○年代のエヴリンの画像をピン留めする。結婚後すぐにサンセット・スタジオの撮影所で撮られた彼女とドン・アドラーのプレス用写真や、ストレートのロングヘアにふんわりと厚めにおろした前髪でショートパンツを穿いた六○年代初期の写真も。

白いワンピースを着て自然のままのビーチの波打ち際に腰をおろす写真がある。顔のほとんどはつばの広い黒い帽子におおわれ、ホワイトブロンドの髪と顔の右側が日の光を浴びて輝いている。

個人的に好きなもののひとつが、一九六七年のゴールデングローブ賞授賞式で撮られた白黒写真だ。彼女は髪をゆるいアップにして通路側の席に座っている。襟ぐりが大きく開いた明るい色のレースのドレスを着ていて、胸の谷間を惜しみなく見せ、深いスリットから右脚をのぞかせている。

今では名前も定かではない、ふたりの男が横に座っていて、ステージのほうを向く彼女を見つめている。すぐ隣の男は胸を、その隣の男は太腿（ふともも）を見つめている。どちらもうっとりとした表情をしていて、もう少し奥まで見たいと望んでいるように見える。

その写真については考えすぎかもしれないが、わたしは一定のパターンに気づきはじめている。エヴリンはつねにもっと多くのことを望ませておいて、けっしてそれを与えない。

大きな話題になった一九七七年公開の『午前三時』のセックスシーンでも、ドン・アドラーの足のほうを向いて彼にまたがりもだえる彼女の胸は、三秒も見えない。その映画が信じられないほどの観客動員数を記録したのは、カップルが何度も観にいったからだと長年言われていた。

どれだけ与えて、どのくらい与えずにおくのがいいか、彼女にはどうしてわかるのだろう。

そして話したいことがあるという今、状況は変わったのだろうか。それとも、彼女は長年観客に対してしていたのと同じことを、わたしにするつもりなのだろうか。

エヴリン・ヒューゴは、わたしに椅子から身を乗り出させはするものの、何かを明らかにするわけではない話を、聞かせようとしているのだろうか。

3

アラームが鳴る三十分まえに目を覚ます。メールを確認すると、フランキーが件名欄に大文字だけを用いて〝逐一報告すること〟と記して送ってきている。まるで大声でそう言われているような気になる。わたしは軽い朝食を作る。

黒いスラックスと白いTシャツを身につけ、お気に入りのヘリンボーンのブレザーを羽織る。きつくカールした長い髪を頭のうえでひとつにまとめ、コンタクトはやめて、いちばん縁が太い黒縁の眼鏡を選ぶ。

鏡を見ると、デイヴィッドが出ていくまえより、顔が痩せていることに気づく。昔から細いほうだが、太るとしたらお尻と顔からだった。そしてデイヴィッドといっしょにいたあいだ——つきあっていた二年と結婚してからの十一カ月——で少し太った。デイヴィッドは食べることが好きだったし、食べた分を消費しようと彼が早起きをして走っているあいだ、わたしは寝ていたからだ。

こうして自制心を取り戻し、まえよりスリムになった自分を見ていると、自信が湧いてくる。わたしはイケてる。いい気分だ。

玄関を出るまえに、去年のクリスマスに母がくれたキャメル色のカシミアのマフラーをつかむ。一歩ずつ足をまえに踏み出して、地下鉄でマンハッタンに入り、アップタウンに向かう。

エヴリンのアパートメントは五番街から少し入ったところにあり、眼下にセントラルパークをのぞんでいる。わたしはインターネットを駆使して、彼女がこのアパートメントと、スペインのマラガ郊外にある海に面したヴィラを所有していることを調べた。アパートメントは六〇年代後半にハリー・キャメロンとともに購入して以来、ずっと所有している。ヴィラは五年ほどまえにロバート・ジャミソンが亡くなったときに相続した。わたしも来世では必ず、二次収入が得られる映画スターになろう。

少なくとも外から見るかぎりでは――戦前に石灰岩を用いて建てられたボザール様式――素晴らしい建物だ。足を踏み入れもしないうちに、穏やかな目をして優しそうな笑みを浮かべた、年配のハンサムなドアマンに迎えられる。

「何かご用ですか?」彼が言う。

わたしは早くも自分がどぎまぎしていることに気づきながら答える。「エヴリン・

ヒューゴさんに会いにきました。わたしはモニーク・グラントです」

彼は微笑んで、わたしのためにドアを開ける。どうやら、わたしが来ることを知っていたらしい。エレベーターに案内して、最上階のボタンを押す。

「よい一日をお過ごしください、グラントさん」彼は言う。エレベーターのドアが閉まり、その姿が見えなくなる。

午前十一時ちょうどにエヴリンのアパートメントの玄関チャイムを鳴らす。ジーンズを穿きネイビーブルーのブラウスを着た女性がドアを開ける。年は五十歳ぐらい。それより少しうえかもしれない。アジア系で、真っ黒なストレートの髪をポニーテールにしており、なかば開封された郵便物の束を抱えている。

彼女は笑みを浮かべて片方の手を差し出す。「モニークね」わたしが手を差し出すと彼女は言う。人と会うのを心から楽しんでいる女性のようだ。今日はすべてに対してニュートラルな心でいようと固く決意しているにもかかわらず、すでに彼女のことが好きになっている。

「グレースよ」

「はじめまして、グレース」わたしは言う。「お会いできてうれしいです」

「こちらこそ。さあ、入って」

　グレースは脇にどいて、わたしを招き入れる。わたしはバッグを床に置いてコートを脱ぐ。

「ここに掛けておけばいいわ」彼女が玄関ホールのすぐそばにあるクローゼットのドアを開けて、わたしに木製のハンガーを渡す。

　クローゼットはわたしのアパートメントのバスルームほどの広さがある。エヴリンが神様よりお金持ちであることは秘密でもなんでもないが、そのせいで委縮しないようにしなければならない。彼女は美しく、裕福だ。大きな影響力があり、セクシーで魅力的だ。一方、わたしはごくふつうの人間。彼女とわたしは対等の関係にあると、どうにかして自分を納得させなければ、この仕事はうまくいかない。

「そうします」にっこり笑って言う。「ありがとう」コートをハンガーに掛けてパイプに戻す。ドアを閉めるのはグレースに任せる。

「エヴリンは階上で支度なさってるわ。何かお持ちしましょうか？　お水かコーヒーか紅茶でも？」

「コーヒーをお願いします」わたしは言う。

　グレースはわたしを客間に案内する。明るくて風通しのいい部屋だ。床から天井まである白い本棚が設えられており、クリーム色の一人掛けソファが二脚置かれている。

「おかけになって」彼女が言う。「お好みは？」
「コーヒーですか？」迷いながら言う。「クリームを入れていただこうかしら。ミルクでもかまわないんですけど。でも、できたらクリームで。いえ、あるものでけっこうです」冷静になって続ける。「つまり、クリームがあるなら少し入れてください。緊張してるのわかります？」

グレースは微笑む。「まあね。でも、何も心配いらないわ。エヴリンはとても優しい方だから。特別な方だし、ご自分のことはあまり話されないから、慣れるまで少しかかるかもしれないけど。わたしはこれまでにたくさんの方のもとで働いてきたの。そのわたしが言うんだから間違いないわ。エヴリンほどいい方はいなかった」
「そう言うよう買収されたんですか？」わたしは尋ねる。冗談のつもりだったが、思いのほか辛辣で非難めいた口調になる。

幸いグレースは笑い声をあげる。「去年、クリスマスのボーナスに、夫といっしょにロンドンとパリに行かせてもらったの。だから、ある意味、そうかもね」

なんて豪勢な。「それを聞いて心が決まりました。お辞めになるときは、わたしを後釜に据えてください」

グレースはまた笑う。「いいわよ。クリームを少し入れたコーヒーもすぐにお持ちするわね」

腰をおろして携帯電話を確認する。母からわたしの幸運を祈るメッセージが送られてきている。返信を打ちはじめ、〝早く(アーリー)〟という単語を、〝地震(アースクエイク)〟に予測変換されないよう気をつけながら打っていると、階段をおりる足音が聞こえてくる。振り返ると、七十九歳のエヴリン・ヒューゴがわたしのほうに歩いてくるのが見える。

実物も写真同様に息をのむほど美しい。

まるでバレリーナのような姿勢。細身の黒いストレッチパンツに、グレーとネイビーブルーのストライプの、丈の長いセーターを合わせている。昔と変わらずほっそりしていて、顔に手を加えているとわかるのは、彼女の年で、医師の力を借りずにあの容貌(ようぼう)を保てるはずがないからにすぎない。

肌には艶(つや)があり、こすって洗ったかのように、かすかに赤みを帯びている。つけまつ毛をつけているか、まつ毛エクステをしているようだ。かつては張りのあった頬はわずかにたるんでいるが、柔らかな薔薇(ばら)色に染められていて、唇は暗めのヌードカラーに塗られている。

髪は肩より少し長く、白とグレーとブロンドが美しく配置されていて、顔まわりにいちばん明るい色が使われている。三段階の工程を踏んでいるに違いないが、日なたぼっこをして優雅に年を重ねている女性という自然な雰囲気をかもし出している。

だが、特徴的だった太くて濃いまっすぐな眉は、長い年月を経て薄くなっている。

しかも、今は髪と同じ色だ。

エヴリンがわたしのもとに来るころには、わたしはすでに彼女が大きな厚手の靴下しか履いていないことに気づいている。

「こんにちは、モニーク」エヴリンは言う。

彼女がまるでわたしを昔から知っていたかのように、その名前をまったく気負わず自信たっぷりに口にしたことに、一瞬驚く。「はじめまして」わたしは言う。

「エヴリンよ」彼女は片方の手を差し出してわたしと握手する。同じ部屋にいる人間はもとより世界じゅうの人間が自分の名前をすでに知っていると承知しながら名乗るのは、独特な力の誇示の仕方だと、わたしは思う。

グレースが白いマグカップに入ったコーヒーを白いソーサーにのせて持ってくる。

「さあどうぞ。クリームを少し入れたコーヒーですよ」

「ありがとうございます」わたしは言って、コーヒーを受け取る。

「わたしと好みが同じね」エヴリンが言う。認めるのは恥ずかしいがうれしくなる。

自分が彼女を喜ばせたような気になる。

「ほかに何かお持ちしましょうか？」グレースが尋ねる。

わたしは首を横に振り、エヴリンは何も答えない。グレースは部屋を出ていく。

「来てちょうだい」エヴリンが言う。「リビングに行って、くつろぎましょう」

わたしがバッグを持つと、エヴリンはわたしの手からコーヒーを取り、かわりに運んでくれる。以前、カリスマ性とは〝人々を心服させる魅力〟だと読んだことがあるが、彼女がわたしのためにコーヒーを持ってくれている今、そのことを考えずにはいられない。このように大きな影響力のある女性が、些細な気遣いを見せてくれるのは、たしかにとても魅力的だ。

わたしたちは床から天井まで届く窓がある、大きくて明るい部屋に入る。オイスターグレーの一人掛けソファが二脚、柔らかなスレートブルーのカウチソファと向かい合って置かれている。足元には明るいアイボリーの分厚い絨毯が敷かれている。絨毯を目でたどると、大屋根が開けられた黒いグランドピアノが窓から降り注ぐ光を浴びていて、思わず見とれてしまう。壁には大きく引き延ばされた白黒写真が二枚飾られている。

ソファのうえの一枚は映画の撮影現場で撮られたハリー・キャメロンの写真。

暖炉のうえの一枚はエヴリンが出演した一九五九年公開の『若草物語』のポスター

だ。エヴリンとシーリア・セントジェームズとほかのふたりの女優の顔で構成されている。四人全員が五〇年代にはよく知られた存在だったのだろうが、時代を超えて生き残ったのはエヴリンとシーリアだ。こうして見ると、エヴリンとシーリアはほかのふたりより輝いているように見える。たんに後知恵バイアスによる現象なのはわかっているが。その後のことを知っているので、その知識をもとに見たいものが見えているのだ。

エヴリンがわたしのマグカップとソーサーをラッカー塗装の黒いコーヒーテーブルに置く。「座っててちょうだい」そう言ってフラシ天の一人掛けソファに腰をおろし、座面に足を上げて横座りになる。「どこでも好きなところに」

わたしはうなずいてバッグを置き、カウチソファに座って、ノートパッドを手にする。

「ドレスをオークションに出品されるそうですね」心を落ち着かせて言い、ノック式のボールペンの芯を出して、話を聞く態勢になる。

するとエヴリンが言う。「じつを言うと、インタビューに応じるというのは、あなたをここに呼ぶための口実なの」

わたしは聞き間違いに違いないと思いながら、彼女をまっすぐ見る。「なんですって？」

エヴリンはソファのうえで姿勢を変えて、わたしを見つめ返す。「ドレスをクリスティーズに託すことについては、たいして話すことはないわ」

「でも、それなら——」

「あなたをここに呼んだのは、ほかに話し合いたいことがあるからなの」

「いったいそれはなんですか？」

「わたしの伝記についてよ」

「あなたの伝記についてですって？」わたしは驚き、どうにか彼女の話についていこうとする。

「告白よ」

エヴリン・ヒューゴの告白なら……なんというか、今年いちばんの話題になってもおかしくない。「『ヴィヴァン』に告白記事を載せたいとおっしゃるんですか？」

「いいえ」彼女は言う。

「告白記事を載せたいわけではないと？」

「『ヴィヴァン』に載せるつもりはないわ」

「じゃあ、どうしてわたしはここに呼ばれたんです？」ますますわけがわからなくなる。

「あなたに話して聞かせたいから」

わたしはエヴリンを見つめ、彼女が言っていることを正確に理解しようとする。

「あなたはこれまでの人生について明かそうとなさってて、わたしに話して聞かせたいと思ってるけど、それを『ヴィヴァン』に載せるつもりはないとおっしゃってるんですか？」

エヴリンはうなずく。「ようやく理解してくれたみたいね」

「正確には、何をなさろうとしてるんです？」この世でもっとも興味をそそる人物のひとりが、なんの理由もなく自分の人生について話して聞かせようと言ってくるなんてありえない。何か見落としているに違いない。

「お互いにとって得になる方法で、あなたにこれまでのことを話して聞かせようとしているの。率直に言うと、おもにあなたにとってだけど」

「どの程度突っ込んだところまで聞かせていただけるんですか？」軽い内容の回顧録でも書かせようとしているのだろうか。あたりさわりのないことが書かれた自伝を、自分が選んだ版元から出版させようとしているのだろうか。

「一切合切よ。つまり〝いいことも、悪いことも、醜いことも〟。好きな言いまわしで表現してもらってかまわないけど、わたしはこれまでにしてきたことを洗いざらい正直に話すつもりなの」

わお。

彼女がドレスに関する質問に答えてくれるものと思ってここに来た自分が恥ずかしくなる。ノートパッドを目のまえのテーブルに置き、そのうえにそっとボールペンをのせる。まるで美しく繊細な鳥が飛んできて、肩に止まったかのようだ。へたに動いたら、飛び去ってしまいかねない。

「わかりました。つまり、わたしの理解が正しければ、あなたはこれまでに犯してこられたさまざまな罪を告白したいとおっしゃって——」

これまですっかりくつろいで超然としているように見えていたエヴリンの態度が一変する。彼女はわたしのほうに身を乗り出して言う。「罪の告白がしたいなんて言ってないわ。罪だなんてひと言も口にしていない」

わたしはわずかに身を引く。しくじった。「謝ります」と言う。「言葉の選択を間違えました」

エヴリンは何も言わない。

「申しわけありませんでした、ヒューゴさん。とても現実とは思えないお話なので」

「エヴリンと呼んでくれてかまわないわ」

「わかりました。じゃあ、エヴリン、次はどうします？　正確には、あなたとわたしで何をしようというんです？」わたしはマグカップを口に運び、コーヒーをほんの少しだけ飲む。

「わたしたちは『ヴィヴァン』の特集記事は作らない」彼女は言う。

「ええ、そこまではわかりました」マグカップをおろしながら言う。

「ふたりで本を作るの」

「ふたりで？」

エヴリンはうなずく。「あなたとわたしで」と言う。「あなたが書いた記事を読んだわ。わかりやすく簡潔に物事を伝えようとしているのが気に入った。あなたの文章にはばかげたところが一切ない。わたしはそういう文章を高く評価してるの。わたしの本にぴったりだと思う」

「わたしに自伝の代筆を任せたいとおっしゃってるんですね？」素晴らしい。間違いなく最高に素晴らしいことだ。これこそまさにニューヨークに残っている理由だ。大きな理由だ。サンフランシスコではこうしたことは起こらない。

エヴリンはまたうなずく。「これまでの人生についてあなたに話して聞かせるわ、モニーク。すべて本当のことを。あなたはそれをもとに本を書くの」

「そして本の表紙にはあなたの名前を載せて、世間にはあなたが書いたと言うんですね。代筆とはそういうものですから」わたしはまたマグカップを持ちあげる。

「わたしの名前が表紙に載ることはないわ。わたしは死んでいるんだから」

わたしはコーヒーにむせ、白い絨毯に茶色の染みをつける。

「やだ、大変」思いのほか大きな声が出る。マグカップを置いて言う。「絨毯にコーヒーの染みが……」

エヴリンは手を振って退けるが、グレースがドアをノックしてわずかに開け、顔をのぞかせる。

「どうかされました？」

「絨毯に染みをつけちゃって」わたしは言う。

グレースはドアを大きく開けて部屋に入り、絨毯を調べる。

「本当にごめんなさい。ちょっと驚いちゃって」

わたしはエヴリンの目をとらえる。彼女のことはよく知らないが、わたしに黙っているよう告げていることはわかる。

「これくらいなんでもありませんよ」グレースが言う。「わたしにお任せください」

「お腹(なか)空いてない、モニーク？」エヴリンが立ちあがりながら言う。

「えっ？」

「すぐ近くに、とてもおいしいサラダを出す店があるの。わたしのおごりよ」

昼の十二時になったばかりだし、不安なときは真っ先に食欲がなくなるのだが、それにもかかわらず同意する。訊かれているわけではないという印象を受けたからだ。

「よかった」エヴリンは言う。「グレース、〈トランビーノ〉に電話しておいてくれる？」

エヴリンはわたしの肩をつかむ。それから十分もしないうちに、わたしたちはアッパーイーストサイドの手入れの行き届いた歩道を歩いている。

身を切るような寒さに驚かされる。気づくと、エヴリンは細い腰にコートをしっかりと巻きつけるようにしている。

日の光のなかでは加齢による変化がより簡単に見て取れる。白目は濁り、手の皮膚は透き通るほど薄くなっている。くっきりと青く浮き出た血管を見て、わたしは祖母を思い出す。柔らかくて紙のように薄い祖母の皮膚が大好きだった。押したら戻らない皮膚が。

「エヴリン、わたしは死んでいるんだからとおっしゃったのは、どういう意味ですか？」

エヴリンは笑い声をあげる。「わたしが死んでから、あなたの名前で、本人公認の伝記として出版してほしいという意味よ」

「そうですか」わたしは誰かにそう言われるのがまったくふつうのことであるかのように言うが、すぐにばかげたことだと気づく。「不躾かもしれませんが、もうすぐ死ぬとおっしゃってるんですか？」

「みんな死に向かってるのよ、モニーク。あなたも死に向かってるし、わたしも死に向かってる。あの男の人だって死に向かってるわ」

彼女は毛がふわふわした黒い犬を散歩させている中年の男性を指差す。男性は彼女の言葉を聞き、自分が指差されているのを見て、話しているのが誰だか気づく。その表情の変化から、彼が三段階で驚いたことがわかる。

わたしたちは向きを変えて階段を二段おり、レストランに入る。エヴリンは奥のテーブルにつく。誰に案内されることもなく。どこに行くべきかわかっていて、みなそれに対応してくれると思っているのだ。白いシャツに黒いズボンを合わせ、黒いネクタイを締めたウエイターがテーブルにやってきて、水の入ったグラスをふたつ置く。エヴリンの水には氷が入っていない。

「ありがとう、トロイ」エヴリンは言う。

「チョップドサラダですね？」彼が尋ねる。

「ええ、もちろん、わたしにはそれを。でも、わたしのお友だちはどうかわからないわ」エヴリンは言う。

わたしはテーブルからナプキンを取って、膝のうえに敷く。「わたしにもチョップドサラダをお願いします」

トロイは微笑んで、テーブルを離れる。

「きっと気に入るわ」エヴリンがまるで友人同士でふつうの会話をしているかのように言う。

「では」わたしは話を本題に戻そうとして言う。「ふたりで作る本について話してください」

「あなたが知る必要があることはすべて話したわ」

「話してくださったのは、わたしが本を書くということと、あなたが死に向かってるということだけです」

「あなたはもっと言葉の選択に気を配ったほうがいいわね」

ここにいるのは少しばかり場違いに思えるし、人生において今置かれている状況はわたしが望むものではないかもしれないが、言葉の選択については少しは知っている。

「どうやら、あなたがおっしゃったことを誤解したようです。言葉には十分に気をつけるとお約束します」

エヴリンは肩をすくめる。この会話は彼女にとってはごく小さな賭けでしかない。

「あなたは若いし、あなたの世代の人たちは大きな意味を持つ言葉に無頓着（むとんちゃく）だから」

「わかります」

「それに、わたしは罪を告白するなんてひと言も言わなかった。罪という言葉は誤解を招きやすいし、人を傷つける。わたしはこれまでにしてきたことを――少なくとも、あなたが思ってるようなことではないわよ――後悔していない。もしかしたら、かなりひどいことをしてきたのかもしれないし、理性的に考えると厭（いと）わしく思えるかもしれないこともしてきたけれど」

「〝わたしは何も後悔していない（ジュ・ヌ・ルグレット・リアン）〟」わたしは水の入ったグラスを掲げて言い、中身を少し口にする。

「そう、それよ」エヴリンは言う。「もっとも、あの歌（シャンソンの楽曲『ノン、ジュ・ヌ・ルグレット・リアン（水に流して）』）では、過去に生きていないから後悔もしていないというように歌われているけど。わたしが言っているのは、今のわたしでも当時のわたしと同じ決断をするだろうと思えることが、たくさんあるということ。誤解のないように言うと、後悔していることもある。それほど……浅ましいことじゃないけれど。たくさんついた嘘や、多くの人を傷つけたことは後悔していない。時には正しいことをするために卑劣にならなければならないという事実も受け入れている。それにわたしは自分に同情してるし、自分を信じてもいる。たとえば、さっきうちで、あなたにきつく言い返したわよね。あなたが自分の役割を確かめるなかで、わたしが罪を告白するつもりでいると口にしたときよ。あれはいい行ないではなかったし、あなたにそうされるだけの落ち度があったのかどうかもわからない。でも、わたしは後悔していない。わたしにはそうするだけの理由があったし、あのとき抱いていた考えや感情をもとに最良のことをしたとわかってるから」

「罪という言葉を不快に思われるのは、その言葉を使うと、自分が悪いと思ってるということになるからなんですね」

サラダが運ばれてくる。トロイが何も言わずに胡椒（こしょう）を挽（ひ）き、エヴリンが片方の手を上げて微笑むまで彼女のサラダにかける。わたしはかけなくていいと伝える。

「何かについて悪いと思っていても、後悔していないこともあるわ」エヴリンは言う。

「たしかにそうですね」わたしは言う。「わかります。これからは、わたしはあなたと同じ考えだということにしておいていただけるといいんですが。話してることが何通りにも解釈できるときでも」

エヴリンはフォークを手にするが、それで何をするわけでもない。「わたしの遺産を手にすることになるジャーナリストに対しては、言いたいことを正確に言葉にするのが何よりも大事だと思うの」と言う。「あなたにわたしの人生について話すなら、実際に起こったことや、すべての結婚の背後にある真実や、出演した映画や、愛した人たちや、寝た相手や、傷つけた相手や、どう自分の信用を落とすようなことをして、その結果がどう自分に返ってきたかについて話すなら、わたしが言うことをあなたがちゃんと理解していることを知っておく必要がある。わたしが伝えようとしていることを正確に聞き取って、わたしの話に勝手な憶測を加えないことを知っておく必要があるのよ」

わたしは間違っていた。これはエヴリンにとって小さな賭けなどではない。エヴリンは非常に重要なことを何気なく言うことがある。だが、彼女が多くの時間を費やして要点をはっきりさせようとしている今この瞬間、わたしはこれは現実なのだと理解しはじめる。現実に起こっていることなのだと。彼女は本当にわたしに自分の人生についで話して聞かせようとしている。そのなかには彼女のキャリアや結婚やイメージの背後にある生々しい真実も間違いなく含まれている。彼女は自分自身を非常に弱い立場に置こうとしている。わたしに大きな力を与えようとしている。どうしてそうしようとしているのかわからないが、そうしようとしているという事実は変わらない。そして今、わたしがするべきことは、わたしがそれに値する人間であり、与えられる力を神聖なものとして扱うということを、彼女にわからせることだ。

わたしはフォークを置く。「もっともだと思います。わたしが口にしたことが軽々しく聞こえたのなら謝ります」

エヴリンはわたしの言葉を手を振って退ける。「今は文化そのものが軽いもの。新たな問題だわ」

「もう二、三、質問してもいいですか？　いったん状況を把握したら、あなたがおっしゃってることや、伝えようとなさってることだけに集中するとお約束しますから。あなたの秘密の管理者として、わたし以上に適した者はいないと思っていただけるように」

わたしの誠意が通じたのか、エヴリンはあっさり態度を和らげる。「どうぞ」そう言って、サラダをひと口食べる。

「あなたが亡くなったあとに本を出版するとして、金銭的な利益はどのようなものになるとお考えなんですか？」

「わたしにとって？　それとも、あなたにとって？」

「まずは、あなたにとって」

「わたしにはなんの利益もないわ。言ったでしょ。わたしは死んでるって」

「そうでしたね」

「次の質問」

わたしは秘密の話をしているかのように身を乗り出す。「不躾なことをお訊きしたくはないんですが、どの程度の期間になると考えていらっしゃるんですか？　本を書いてから何年も待つことになるんですか？　その、あなたが……」

「死ぬのを？」

「ええ……まあ」わたしは言う。

「次の質問」

「えっ？」

「次の質問をどうぞ」

「まだ答えていただいてません」

エヴリンは何も言わない。

「わかりました。じゃあ、わたしにはどんな金銭的な利益があるんです？」

「そのほうがはるかに興味深い質問だわ。どうしてすぐに訊かないんだろうと思ってたのよ」

「今こうして訊いてます」

「わたしはこれから、どれだけかかろうが必要なだけの日数をかけて、あなたに洗いざらい話す。それがすんだら、わたしたちの関係は終わり、あなたはわたしの話をもとに本を書く。いえ、書かなければならないと言うべきね。そして、それをいちばん高い値段をつけてきた相手に売る。いちばん高い値段よ。交渉には断固とした態度でのぞんでちょうだいね、モニーク。白人の男性に対して払う額と同じだけ払わせるの。それがすんだら、その収入はすべてあなたのものよ」

「わたしのものですって？」わたしは驚いて言う。

「水を飲んだほうがいいわ。今にも気を失いそうな顔してる」

「エヴリン、七度の結婚について洗いざらい書かれてる、あなた公認の伝記ですよ？」

「だから？」

「そういう本なら、交渉しなくても数百万ドルの値がつくはずです」

「でも、交渉してちょうだい」エヴリンはそう言って水をひと口飲み、満足げな顔になる。

訊いておかなければならない。ふたりして、話題にするのをずっと避けてきたことを。「どうしてわたしにそこまでしてくださるんです?」

エヴリンはうなずく。そう訊かれるだろうと思っていたのだ。「今のところは、わたしからの贈り物だと考えてちょうだい」

「でも、どうしてなんです?」

「次の質問」

「まじめに訊いてるんです」

「わたしもまじめに言ってるのよ、モニーク。次の質問」

誤ってアイボリーのテーブルクロスにフォークを落としてしまう。ドレッシングの油分が布地に染み込み、濃く半透明な染みを作る。チョップドサラダはとてもおいしいが、タマネギがふんだんに使われている。自分の熱い息がまわりに広がるのを感じる。いったい何が起きているのだろう。

「恩知らずだと思われたくはないんですが、わたしには知る権利があると思います。史上もっとも有名な女優のひとりが、どうして無名のわたしに自分の伝記を書かせて、それをもとに数百万ドルを手にする機会を与えようとしてるのか」

「わたしの自伝は千二百万ドルで売れると『ハフィントン・ポスト』が報じているわ」

「えっ？　そうなんですか？」

「好奇心旺盛な人々が多いんでしょうね」

エヴリンが楽しそうにしているようすや、わたしを驚かせて喜んでいるようすから、わたしはパワープレーの要素を感じ取る。エヴリンは他人の人生を変えるかもしれないことに対して無頓着な態度をとるのが好きなのだ。それこそまさに力があるということではないだろうか。自分にはなんの意味もないことのために人々が必死になっているのを見物していられるのは。

「千二百万ドルは大金よ、誤解しないで……」エヴリンは言う。彼女が最後まで言い終えなくても、わたしの頭のなかで文が完成される。〝でも、わたしにとってはたいした額じゃないわ〟

「でも、エヴリン、どうしてなんです？　どうして、わたしなんですか？」

エヴリンは顔を上げ、冷静な表情でわたしを見つめる。「次の質問」

「失礼ながら、あなたはフェアじゃありませんね」

「わたしはあなたに、大金を手にして、業界でトップに躍り出るチャンスを与えようとしてるのよ。フェアである必要はないわ。あなたにどう思われようが、その必要はないのよ」

そもそも、考えるまでもないように思える。だが、同時に、わたしはまだエヴリンから確かなものは何も与えられていない。それに、彼女の伝記を自分のものにしたことで仕事を失うかもしれない。今のわたしにとってはすべてである仕事を。「少し考えさせてもらえませんか？」

「考えるって、何を？」

「今のお話です」

エヴリンの目がわずかに険しくなる。「いったい何を考えなきゃならないっていうの？」

「お気を悪くされたなら謝ります」わたしは言う。

エヴリンがわたしの言葉をさえぎるようにして言う。「気を悪くなんてしてないわ」

わたしには彼女を怒らせることができると暗に言われているように感じて、癪にさわったのだ。

「考えなきゃならないことが、たくさんあるんです」わたしは言う。解雇されるかもしれないし、エヴリンの気が変わるかもしれない。うまく書けないかもしれない。

エヴリンは身を乗り出して、わたしの話に耳を傾けようとする。「たとえば?」

「たとえば『ヴィヴァン』にはなんて言えばいいんです? あなたの独占インタビューを載せられると思ってるのに。今この瞬間にもカメラマンに電話をかけてるかもしれません」

「何ひとつ約束しないようトーマス・ウェルチには言ってある。向こうが先走って、特集記事を載せられると決めてかかってたとしても、こちらに非はないわ」

「でも、わたしにはあります。この先『ヴィヴァン』と話を進める気があなたにないことを今では知ってるんですから」

「だから?」

「だから、わたしはどうすればいいんですか? オフィスに戻って、上司に、あなたは『ヴィヴァン』のインタビューに応じる気はないと言えばいいんですか? そのかわりに、わたしと本を作って、どこかに売り込むつもりでいると? まるで、わたしが『ヴィヴァン』を裏切って——それも勤務時間中に——彼らのものになるはずだった特ダネを盗んだみたいに思われかねません」

「わたしにとってはたいした問題じゃないわ」エヴリンは言う。

「でも、わたしはよく考えなきゃいけないんです。わたしにとっては大問題なんですから」

エヴリンはわたしの言葉に耳を傾ける。わたしの言うことを真剣に受け止めているらしく、水のグラスをおろして両腕をテーブルに置き、身を乗り出して、わたしをまっすぐ見つめる。「一生に一度のチャンスなのよ、モニーク。それはわかるわね?」

「もちろんです」

「それなら悪いことは言わないから、勇気をもって人生をつかみ取ることを学びなさい。どうするのが賢いことなのか、はっきりしているときに、正しいことをすることにばかりとらわれないで」

「雇い主に包み隠さず話すべきだとお思いにならないんですか? わたしがあなたと共謀して彼らをひどい目にあわせたと思われかねません」

エヴリンはかぶりを振る。「こちらがあなたを指名したら、会社はもっとうえの人間を推薦してきたのよ。あなたをよこすことに同意したのは、あなたじゃなきゃ、この話はなかったことにすると、言ってやったからにすぎない。どうしてだかわかる?」

「それは会社がわたしを――」

「それは会社が事業を営んでるからよ。あなたもそう言えなくもない。そして今、あなたは業績を大きく伸ばそうとしてるの。選ばなきゃならないわ。わたしと本を作るか、作らないか。言っておくけど、あなたが書かないなら、ほかの誰かに頼むつもりはない。そうしたら、わたしの伝記はわたしとともに葬り去られることになる」

「どうしてご自分の人生について、わたしだけに話して聞かせようとなさるんですか？　わたしを知りもしないのに。まったく筋が通りません」

「あなたに対して筋の通った行動をする義務はこれっぽっちもない」

「いったい何をお望みなんです、エヴリン？」

「質問が多すぎるわね」

「インタビューしに来てるんです」

「それにしてもよ」エヴリンは水をごくりと飲んで、わたしの目をまっすぐに見つめる。「わたしの話が終わるころには、わたしに訊きたいことはなくなってるはずよ」と言う。「あなたが知りたがってることには、終わるまでにすべて答えると約束する。でも、そうしたいと思ったときより一分でも早く答えるつもりはないから。決定権はわたしにある。それは承知しておいて」

わたしは彼女の言葉を聞いて考えをめぐらせ、どういう条件を出されようが、断るのは大ばか者だと気づく。ニューヨークに残り、デイヴィッドをひとりでサンフランシスコに行かせたのは自由の女神が好きだからではない。成功への階段をのぼれるところまでのぼりたいからだ。いつの日か、わたしの名前が、父がつけてくれた名前が、大きく太文字で記されているのを見たいからだ。このチャンスを逃す手はない。

「わかりました」わたしは言う。

「じゃあ、決まりね。そう言ってもらえて、うれしいわ」エヴリンは肩の力を抜くと、ふたたび水のグラスを持ちあげて微笑む。「モニーク、どうやらあなたのことが好きになったみたい」と言う。

自分が今まで浅く息をしていたことにようやく気づき、深く息をする。「ありがとうございます、エヴリン。何よりの言葉です」

4

エヴリンとわたしは彼女のアパートメントの玄関ホールに戻っている。「三十分後にわたしのオフィスで会いましょう」

「わかりました」わたしがそう言うと、エヴリンは廊下の奥に姿を消す。わたしはコートを脱いで、クローゼットに掛ける。

この時間を利用して、フランキーに連絡を入れなければならない。このまま何も報告せずにいたら、向こうから連絡してくるはずだ。

どうするか決めなければならない。彼女がわたしからこの仕事を奪おうとしないようにするには、どうすればいいだろう。

すべて計画どおりにいっているふりをするしかないと思う。嘘をつくしかないと。

深呼吸する。

子どものころのもっとも古い記憶のひとつは、両親にマリブのズマビーチに連れていってもらったことだ。たしか、まだ春だったと思う。水遊びに適しているほどには水が温かくなっていなかった。

母が砂浜に残って毛布を敷いたりパラソルを立てたりしているあいだに、父はわたしを抱きあげて、波打ち際まで走った。父の腕のなかでは体が軽くなったように感じたのを覚えている。父に足を水につけられ、わたしは悲鳴をあげて、水が冷たすぎると言った。

父はわたしに同意した。たしかに冷たいと。だが、こう続けた。「深く息を吸って吐くのを五回繰り返してごらん。そうしたら、それほど冷たくなくなるよ」

わたしが見守るなか、父は水に入って、深呼吸しはじめた。わたしもまた水に入って、父といっしょに深呼吸しはじめた。もちろん、父が言ったことは正しかった。水はそれほど冷たくなくなった。

それから父はわたしが泣きそうになると、決まっていっしょに深呼吸してくれるようになった。肘をすりむいたときも、いとこにわたしは黒人じゃないと言われたときも、母に子犬を飼うのはだめだと言われたときも、父はわたしの横に座って、いっしょに深呼吸してくれた。長い年月が経った今でも、そのときのことを思うと切なくなる。

だが、とりあえず今は深呼吸する。エヴリンのアパートメントの玄関ホールに立って、父に教えられたとおり、自分自身に集中する。

そうやって気持ちを落ち着けてから、携帯電話を手にしてフランキーに電話をかける。

「モニーク」彼女は二回目の呼び出し音で電話に出る。「教えて。どうなってるの?」

「うまくいってます」わたしは言う。落ち着いた抑揚(よくよう)のない声が出たことに自分でも驚く。「エヴリンは偶像視される存在そのものです。昔と変わらずゴージャスでカリスマ性に満ちてます」

「それで?」

「それで……話は進んでます」

「ドレス以外の話もしてくれるって?」

どう言えば、ばれずにすむだろう? 「その、オークションのこと以外は何も話したくないとおっしゃってるんです。とりあえず今は感じよくして、もっとわたしを信用させてから、説得してみるつもりです」

「表紙用の写真を撮らせてくれるって?」

「まだわかりませんよ。わたしを信じてください、フランキー」わたしは言う。口から出た言葉があまりにも誠実そうに聞こえたので、自分で自分が嫌になる。「この仕事がうちにとってどんなに大事なものなのか、わたしにもよくわかってます。でも今はエヴリンに気に入られるようにするのがいちばんなんです。そうすれば影響力を及ぼせるようになって、こちらが望むことを主張できるようになりますから」

「わかったわ」フランキーは言う。「ドレスに関するコメント以上のものが欲しいのはやまやまだけど、それだって何十年ものあいだ、どこの雑誌も手にできなかったものなんだから。だから……」フランキーは話しつづけるが、わたしの耳には入ってこない。フランキーはコメントさえも手に入れられないという事実で頭がいっぱいになる。

そしてわたしは彼女よりはるかにたくさんのものを手に入れる。

「もう切らないと」わたしは電話を切りにかかる。「五分後にまた彼女と話すことになってるんで」

電話を切って、息を吐く。やっ、てしまっ、た。

廊下を進んでいくと、グレースがキッチンにいるのが物音でわかる。スイングドアを押し開けて、花の茎を切っている彼女に声をかける。

「お邪魔してすみません。エヴリンにオフィスで会おうと言われたんですけど、場所がわからなくて」

「あら」グレースは鋏(はさみ)を置いて言い、タオルで手を拭く。「ご案内するわ」

彼女について階段をのぼり、エヴリンが書斎として使っている部屋に入る。まったく光沢のないチャコールグレーの壁に、金色がかったベージュ色のラグ。大きな窓の両側にはダークブルーのカーテンが寄せてあり、窓の反対側には作りつけの本棚が設えられている。大きなガラス製のデスクと向かい合って、灰色がかったブルーのカウチソファが置かれている。

グレースは微笑むと、エヴリンを待つわたしを残して立ち去る。わたしはバッグをカウチソファに置いて、携帯電話を確認する。

「デスクを使ってちょうだい」エヴリンが部屋に入ってきてそう言うと、わたしに水の入ったグラスを渡す。「わたしが話して、あなたが書くというやり方がいいと思うわ」

「わたしは」デスクの椅子に腰をおろしながら言う。「これまで伝記を書こうと思ったことがありません。そもそも、伝記作家じゃないので」

エヴリンは鋭い目でわたしを見ると、カウチソファに座って、わたしと向き合う。

「これから言うことをよく聞いてちょうだい。十四歳のとき、母はすでに死んでいて、わたしは父と暮らしてた。大きくなるにつれて、父がわたしを、父かその上司の友人と結婚させようとするのは時間の問題にすぎないことがはっきりしてきた。父が置かれてる状況を変えてくれそうな相手とね。そして率直に言えば、成長するにつれて、父自らわたしの大事なものを奪おうとするはずがないと確信できなくなってきた。

わたしたちはお金がなかったから、うえの階のアパートメントの電気を盗んでた。うちにはうえの階の回路につながってるコンセントがひとつあって、電気が必要なときはいつもそのコンセントを使ってたの。暗くなってから宿題をしなきゃならなくなったら、電気スタンドをそのコンセントにつないで、その下で教科書を広げたわ。

母は聖人だった。本気で言ってるのよ。驚くほど美しくて、歌が素晴らしくうまい、思いやりのある人だった。亡くなるまでずっと、わたしを連れてヘルズキッチンを出て、ハリウッドに行くつもりだと言ってた。世界でいちばん有名な女性になって、海岸沿いに大きな家を持つつもりだと。わたしも母とふたりで大きな家に住んで、パーティーを開いたり、シャンパンを飲んだりするのを夢見てた。それから母が亡くなって、まるで夢から覚めたようだった。ふいにそのどれもがけっして現実にならない世界の住人になった。永遠にヘルズキッチンから出られないことになったの。

わたしは十四歳にしてすでにゴージャスだった。ええ、自分が持つ力をわかっていない女のほうが万人受けするのはわかってるけど、そういうのにはうんざりなの。わたしはみんなの目を引いた。だからといって、それを誇りに思ってるわけじゃない。この顔を作ったのはわたしじゃないし、わたしがこの体を自分に与えたわけでもないもの。でも、変に気取って〝もう、まいったわ。わたしがきれいだとみんな本当に思ってたのかしら〟なんて言うつもりもない。

ベヴァリーという友だちが、彼女と同じ建物に住むアーニー・ディアスいう電気工を知ってたの。そしてアーニーにはMGMで働く知り合いがいた。少なくとも、そういう噂だった。ある日、ベヴァリーから、アーニーはハリウッドで照明機材を扱う仕事に就くつもりでいるらしいと聞かされたの。だから、その週末、理由をつけてベヴァリーのうちに行き、〝間違って〟アーニーの家のドアをノックした。ベヴァリーの家がどこなのかわかってたけど、アーニーの家のドアをノックして言ったの。『ベヴァリー・ガスタフソンを見ませんでしたか』って。

アーニーは二十二歳だった。けっしてハンサムではなかったけど、そこまで悪い顔でもなかったわ。彼は見てないと答えたけど、わたしから目を離そうとしなかった。わたしが見守るなか、視線を目から下へと移していって、お気に入りのグリーンのワンピースを着たわたしを隈(くま)なく見ていたわ。

そして言ったの。『ねえ、きみは十六歳だろう？』って。覚えてると思うけど、わたしは十四歳だった。だけど、どうしたと思う？『どうしてわかったの？　十六歳になったばかりよ』と言ったのよ」

エヴリンは意味ありげにわたしを見つめる。「何を言おうとしてるかわかる？　人生を変えるチャンスを与えられたら、そのためならどんなことでもすると覚悟を決めなければならない。世間は何も与えてくれない。自らつかみ取るの。あなたがわたしからひとつ学べることがあるとしたら、それよ」

「わかりました」わたしは言う。

「あなたはこれまで伝記作家ではなかったけど、今からそうなるの」

わたしはうなずく。「はい」

「よかった」エヴリンは言い、カウチソファのうえでくつろいだ姿勢になる。「さて、どこから始めましょうか」

わたしはノートパッドを手にし、数ページにわたってメモした言葉に目をやる。日付や映画のタイトルや、典型的な彼女のイメージに対するコメントや、クエスチョンマークで締めくくられた噂の数々。そして、大きな文字で書かれたメモに行き当たる。そこだけ紙の手ざわりが変わるぐらい何度も繰り返しボールペンでなぞった、黒々とした文字に。〝エヴリンの運命の人は誰だったのか？？？〟

重大な問題だ。伝記の売りになる。

七人の夫。

彼女がいちばん愛していたのは誰だったのだろう。本当に愛していたのは誰だったのだろう。

ジャーナリストとしても一読者としても、知りたいのはそれだ。本の書き出しにはできないだろうが、エヴリンの人生について聞かせてもらうなら、まずそれから話してもらうべきではないだろうか。わたしは知りたい。何度も結婚した彼女がいちばん大事に思っているのは誰なのか。

顔を上げてエヴリンを見る。彼女は姿勢を正して、わたしが口を開くのを待っている。

「あなたの運命の人は誰だったんですか？　ハリー・キャメロン？」

エヴリンは少し考えてから、ゆっくり答える。「あなたが言っている意味では違うわ」

「というと？」

「ハリーはかけがえのない友だちだった。わたしを作ってくれたのは彼だし、誰よりも無条件で愛してくれた。わたしも彼をいちばん純粋に愛してたと思う。娘は別にして。でも、彼は運命の人ではなかったわ」

「どうしてです？」

「運命の人は別にいたから」

「わかりました。じゃあ、誰があなたの運命の人だったんです？」

エヴリンはうなずく。まるでそう訊かれることを予想していたかのように。こうなるだろうと正確にわかっていたかのように。だがすぐに、首を横に振る。「ねえ」立ちあがりながら言う。「もう遅い時間ね」

わたしは腕時計を見る。まだ午後のなかばだ。「そうですか？」

「そうよ」エヴリンは言って、わたしのほうに、つまり、ドアに向かって歩きはじめる。

「わかりました」わたしは立ちあがりながら言い、彼女がそばに来るのを待つ。

エヴリンはわたしの体に腕をまわして廊下に連れ出す。「続きは月曜日に。それでいいかしら？」

「あ……はい。エヴリン、何かお気に障るようなこと言いました？」

エヴリンはわたしを連れて階段をおりる。「いいえ、何も」そう言って手を振り、わたしの心配を退ける。「いいえ、何も」

どことなく空気が張りつめているのを感じる。エヴリンはわたしを玄関ホールまで送ると、クローゼットのドアを開ける。わたしは手を伸ばしてコートをつかむ。

「またここに来てもらえる？」エヴリンは言う。「月曜日の午前中に。十時ぐらいから始めるのはどうかしら？」

「それでかまいません」厚手のコートを着ながら言う。「あなたがそうしたいとおっしゃるなら」

エヴリンはうなずく。一瞬、わたしの肩越しに背後に目を向けるが、とくに何かを見ているわけではなさそうだ。やがて、口を開く。「とても長い時間をかけて身につけてきたものだから……真実を捻じ曲げることを」と言う。「捻じ曲げた真実をもとに戻すのは難しいの。たぶん、いつのまにか、真実を捻じ曲げるのがとてもうまくなっていたのね。今では真実を話す方法がわからなくなってる。真実を話す練習はたいしてしてこなかったから。生き残るためにはまったく必要のないことに思えて。でも、きっと話せるようになるわ」

わたしはどう答えればいいのかわからずにうなずく。「じゃあ……月曜日に」

「月曜日に」エヴリンはゆっくりまばたきし、うなずいて言う。「そのときには話せるようになってるわ」

冷たい空気のなか、歩いて地下鉄の駅に向かう。満員の電車に乗って頭上の手すりにつかまる。歩いてアパートメントに帰り、玄関ドアを開ける。

カウチソファに座ってノートパソコンを開き、何通かのメールに返信する。宅配で夕食を注文したあと、足をのせようとしてようやくコーヒーテーブルがないことを思い出す。帰宅してすぐにデイヴィッドのことを考えなかったのは、彼が出ていってから初めてだ。

それどころか、週末のあいだ――家にいた金曜日の夜も、外出した土曜日の夜も、公園で過ごした日曜日の午前中も――頭の片隅にあるのは〝わたしの結婚はいったいどこでうまくいかなくなったの?〟ではなく〝エヴリン・ヒューゴが愛したのはいったい誰なの?〟ということだ。

5

わたしはまたエヴリンの書斎を訪れている。窓から差し込む暖かな日差しが、エヴリンの顔の右側に影を作っている。

本当にふたりで本を作るのだ。エヴリンとわたし。伝記の主人公と伝記作家。いよいよ始まる。

エヴリンは黒いレギンスに男物のネイビーブルーのボタンダウンシャツを合わせ、うえからベルトを締めている。わたしは普段身につけているジーンズにTシャツにブレザーという格好だ。その必要があれば丸一日ここにいるつもりで服装を考えてきた。エヴリンが話しつづけるなら、わたしはここで聞きつづける。

「では」わたしは言う。

「では」エヴリンが言う。その声は、さあ、頑張って、とけしかけているように聞こえる。

わたしがデスクにつき、彼女がカウチソファに座っていると、ふたりが敵対関係にあるような気がしてくる。エヴリンには同じチームの一員であると思ってもらいたい。実際、そうなのではないだろうか。本当の意味でエヴリンを知ることは誰にもできないような気もするが。

本当に真実を話してくれるのだろうか。彼女にそれができるのだろうか。

わたしはカウチソファの隣に椅子を運んで座る。膝のうえにノートパッドを置き、ボールペンを手にして、身を乗り出す。携帯電話を出してボイスメモのアプリを開き、録音ボタンを押す。

「本当に話していただけるんですか?」と尋ねる。

エヴリンはうなずく。「わたしが愛した人たちは、今ではみんな死んでしまった。守るべき人は誰もいないし、わたし以外の人のために嘘をつく必要もない。わたしが真実を捻じ曲げて作った複雑な人生の物語は多くの人々の関心を集めてきた、でも、そんなのは……わたしは……みんなに本当のことを知ってほしいの。本当のわたしを」

「わかりました」わたしは言う。「それなら、本当のあなたを見せてください。必ず世間の理解を得られるようにします」

エヴリンはわたしを見て、一瞬、微笑む。わたしは彼女が聞きたかったことを言ったのだ。幸い、心からそう思っている。

「時系列でいきましょう」と言う。「アーニー・ディアスのことをもっと詳しく話してください。あなたの最初のご主人で、あなたをヘルズキッチンから連れ出してくれた人物のことを」

「そうね」エヴリンはうなずいて言う。「そこから話すのが良さそうね」

POOR
ERNIE DIAZ

気の毒な
アーニー・ディアス

6

わたしの母はオフブロードウェイのコーラスガールだった。キューバからの移民で、十七歳のときに父とともにアメリカに来た。大きくなって〝コーラスガール〟というのは売春婦の遠まわしな言い方でもあると知ったが、母がそうだったのかはわからない。そうではなかったと思いたい——そうだとしたら恥ずべきことだからではなく、望んでいないのに誰かに体を与えることについては少しばかり知っているからだ。母はそうする必要がなかったのならいいのだけれど。

わたしが十一歳のときに母は肺炎で亡くなった。言うまでもないことだが、母の思い出はそう多くはない。けれども、安っぽいバニラのにおいがしたことや、世界一おいしいカルド・ガジェゴ（スペインのガリシア地方の郷土料理。肉と野菜を煮込んだスープ）を作ってくれたことは覚えている。わたしのことをエヴリンとは呼ばず、たんにわたしの娘（ミハ）と呼んでいた。そう呼ばれると、自分が特別な存在であるように思えた。わたしは母のもので、母はわたしのものであるように感じた。いちばんよく覚えているのは、母が映画スターになりたがっていたことだ。映画界に入れば、わたしを連れてヘルズキッチンを抜け出し、父から離れられると本気で思っていた。

わたしは母のようになりたかった。

母が死の床で何か感動的な、つねに心にとどめておけるようなことを言ってくれたらよかったのにと、ずっと思ってきた。けれども、わたしも母も、病状がどれだけ悪くなっているのか、終わりがくるまでわかっていなかった。母が最後にわたしに向かって言ったのは「ちょっと横になるとお父さんに伝えて（ディレ・ア・トゥ・パドレ・ケ・エスタレ・エン・ラ・カマ）」だった。

母が亡くなったあと、シャワーを浴びているときだけ涙が出た。誰かに泣いているのを見られたり、泣き声を聞かれたりすることはなく、涙とお湯の区別もつかなかった。どうしてシャワーを浴びているときだけ涙が出たのかわからない。わかっているのは、何カ月かしたら泣かずにシャワーを浴びられるようになったということだけだ。

やがて夏になり、わたしは成長しはじめた。

胸が大きくなりはじめ、どこまでも大きくなりつづけた。十二歳のとき、合うブラを求めて、母が遺（のこ）した衣類を漁（あさ）らなければならなかった。一枚だけ見つかったブラは小さすぎたが、つけるしかなかった。

十三歳になるころには、身長は百七十三センチになっていた。艶のあるダークブラウンの髪に長い脚。淡いブロンズ色の肌。ワンピースの胸のボタンは今にもはち切れそうになっている。通りを歩くと大人の男たちにじろじろ見られ、同じ建物に住む女の子たちの何人かはわたしといっしょにいたがらなくなった。わたしは孤独だった。母親はいなく、父親は暴力的で、友だちもいない。心の準備ができていないのに体だけが大人になっていく。

角の日用雑貨店でレジ係をしていたビリーという男の子がいた。彼は十六歳で、わたしの隣の席の女の子のお兄さんだった。十月のある日、キャンディーを買いにその店に行くと、彼にキスされた。

わたしはキスされたくなかったので、彼を押しのけたが、彼はわたしの腕をつかんで放さなかった。

「なあ、いいだろう?」彼は言った。

店にはほかに誰もいなかった。彼は力が強く、わたしの腕をいっそう強くつかんできた。その瞬間、わかった。わたしが許そうが許すまいが、彼は望むものを手に入れると。

そうなると選択肢はふたつしかない。ただでさせるか、キャンディーをただでもらうかわりにさせるかだ。

それから三カ月のあいだ、わたしはその日用雑貨店で欲しいものをただで手に入れた。そして、そのかわりに、毎週土曜日の夜に彼と会い、彼がわたしのシャツを脱がすのを許した。選択の余地はないように思えた。求められたら満足させなければならない。少なくとも、当時のわたしはそう思っていた。

暗くて狭苦しい倉庫で、わたしを木箱に押しつけながら、彼がこう言ったのを覚えている。「おまえがおれにこうさせてるんだ」

わたしを求めているのはわたしのせいだと、彼は自分に言い聞かせていた。

そして、わたしも彼が言うことを信じた。

〝かわいそうな男の子たち。わたしにこんなふうにさせられて〟と思った。〝これがわたしの価値なのね。わたしの力なんだわ〟とも。

だから、彼に捨てられると――彼がわたしに飽(あ)き、もっと刺激的な相手を見つけたから――ほっとするとともに、失敗したと感じた。

そういう男の子がもうひとりいた。わたしはそうしなければならないと思って、彼のためにシャツを脱いでいたが、やがて自分も選ぶ側になれることに気づきはじめた。

問題なのは、わたしには手に入れたい相手がいないということだった。率直に言うと、わたしはすでに自分の体のことがわかりはじめていた。気持ちよくなるために男の子は必要ない。そう気づくと、わたしは大きな力を手にした。だから、誰にも性的関心は抱かなかった。とはいうものの、望んでいることはあった。

わたしはヘルズキッチンから遠く離れたかった。

今のアパートメントを出て、父のテキーラ臭い息や支配から逃れたかった。面倒を見てくれる人が欲しかった。素敵な家とお金を手に入れたかった。今の生活から抜け出して、遠くへ行きたかった。母がいつかふたりで行こうと約束してくれた場所に行きたかった。

それでハリウッドだ。場所という点からも、気持ちのうえでも。ハリウッドに行くということは、つねに太陽が輝き、薄汚れた建物や汚い歩道のかわりに椰子の木やオレンジ畑がある南カリフォルニアに行くということだ。そして同時に、映画に描かれているような生活を送れるようになるということでもある。

いい人間が勝って悪い人間が負ける、道徳的な世界の一員になれる。直面する苦しみのすべてがもっと強くなるための糧となり、最後には大勝利を収められる世界の。

わたしはそれから長い年月をかけて、生活が華やかになったからといって生きるのが楽になるわけではないと知った。とはいえ、たとえ誰かにそう言われたとしても、十四歳のわたしは耳も貸さなかっただろう。

だから、小さくなりかけていたお気に入りのグリーンのワンピースを着て、ハリウッドに行くつもりでいるという男の家のドアをノックした。

アーニー・ディアスの顔に浮かぶ表情から、わたしと会えて喜んでいるのがわかった。

そして、わたしは処女と引き換えに望むものを手に入れた。ハリウッドへの切符を。アーニーとわたしは一九五三年の二月十四日に結婚した。わたしはエヴリン・ディアスになった。その当時、わたしは十五歳でしかなかったが、父は書類にサインした。わたしはまだ結婚できる年齢ではないのではないかと、アーニーは疑っていたに違いない。けれども、そんなことはないと面と向かって嘘をつくと、わたしがそう言うならそれでいいと思ったようだった。彼は見た目が悪いわけではなかったが、とくに物知りでもなければ、魅力的でもなかった。美しい娘と結婚できるチャンスは、そうそうめぐってこなさそうだった。自分でもそれがわかっていたのだと思う。よくわかっていて、降って湧いたチャンスに飛びついたのだ。

それから何カ月かして、アーニーとわたしは彼の一九四九年式のプリムスに乗り込み、南に向かった。彼の友だちの家を転々としながら、彼はグリップ（撮影機材や資材のセッティングと保持を行なうスタッフ）として仕事を始めた。ほどなくしてアパートメントを借りられるだけのお金が貯まり、デトロイト・ストリートとデ・ロングプレ・アベニューの角に居を構えた。わたしは新しい服と、週末には肉を焼いて食べられるだけのお金を手にした。

　わたしはハイスクールを終えることになっていたが、アーニーには成績表を確認する気がなさそうだったし、学校に行くのは時間の無駄だとわかっていた。ハリウッドに来た目的はただひとつ。なんとしても、その目的を果たすつもりでいた。

　授業に出るかわりに、毎日、昼になると歩いて〈フォルモサ・カフェ〉に行き、ハッピーアワーが終わるまで居座った。その店のことはゴシップ紙で知った。すぐそばに映画スタジオがあり、有名人たちがたむろしているとのことだった。

　筆記体の看板と白と黒の縞の日よけがある赤い建物が、毎日決まって足を運ぶ場所になった。使い古された手だが、わたしにはその手しかなかった。女優になりたいのなら見出されなければならない。映画関係者が来るかもしれない場所をうろつくこと以外に、どうすればいいのかわからなかった。

　だから、毎日そこに行き、一杯のコーラで粘った。

　わたしが店に現われて、そうした行動をとる日が、あまりにも長く続いたので、ついにはバーテンダーが、わたしが賭けに出ていることに気づいていないふりをするのに嫌気がさした。

「なあ」三週間が過ぎたころ、彼に言われた。「きみがハンフリー・ボガートが現われるのを期待して、ここにいたいというなら、それはそれでかまわない。でも、せめて役に立つ存在になってくれ。きみにコーラをちびちび飲ませるために、金になる席をみすみす無駄にする気はない」

彼は五十歳ぐらいの年配の男性だったが、髪は多く、黒々としていた。額の皺が、父を思い出させた。

「何をすればいいんですか？」わたしは尋ねた。

すでにアーニーに与えているものを要求されるのではないかと少しばかり不安だったが、注文用紙を投げてよこされ、注文を取ってみるよう言われた。

ウエイトレスの仕事などまったく知らなかったが、そう言うつもりはさらさらなかった。「わかりました」わたしは言った。「どこから始めればいいですか？」

彼は一列に並ぶボックス席のひとつを指差した。「あれが一番テーブルだ。あとは順番に並んでるから数えればわかる」

「はい」わたしは言った。「わかりました」

わたしはカウンター席を立ち、二番テーブルに向かって歩きはじめた。そのテーブルにはスーツ姿の三人の男たちがいて、メニューを閉じて話していた。

「なあ」バーテンダーが言った。

「はい?」

「きみはすごい美人だ。きみの望みがかなうことに五ドル賭けるよ」

わたしは十件の注文を取り、三人のサンドウィッチを取り違えたが、四ドル手にした。

四カ月後、当時はサンセット・スタジオの若手プロデューサーだったハリー・キャメロンが、すぐそばの映画スタジオのお偉方と会いに店にやってきた。ふたりともステーキを注文した。わたしが伝票を持っていくと、ハリーが顔を上げ、わたしを見て言った。「なんてこった」

二週間後、わたしはサンセット・スタジオと契約した。

家に帰り、アーニーにはこう言った。サンセット・スタジオの人間がわたしなんかに興味を持つとは驚きだ。女優の仕事は趣味程度にやる。わたしの本来の仕事である母親業が始まるまでの時間つぶしに、と。大嘘だった。

その時点で、わたしはもうすぐ十七歳になろうとしていた。アーニーにはなおも、もっと年上だと思われていたけれど。一九五四年の後半、そうしてわたしは毎朝起きて、サンセット・スタジオに行くようになった。

　演技などまったくできなかったが、徐々に学んでいった。何本かのロマンティック・コメディにエキストラで出演し、ある戦争映画では台詞（せりふ）がひとつある役をもらった。

「それの何がいけないんですか？」というのがその台詞だった。

　傷ついた兵士の世話をする看護師の役だった。医師がふざけて、わたしにちょっかいを出していると兵士を責めるシーンで、わたしは言う。「それの何がいけないんですか？」わたしはニューヨーク訛（なま）りの残る英語で、まるで学芸会で演じる五年生の子どものようにその台詞を口にした。当時、わたしが口にする単語の多くに訛りがあった。英語を話せばニューヨーカーのように聞こえたし、スペイン語を話せばアメリカ人のように聞こえた。

　映画が公開されると、アーニーといっしょに観にいった。自分のなんてことのない妻が映画でなんてことのない台詞をひとつだけ口にしているのが、彼には愉快に思えたようだった。

　それまでわたしはたいしてお金を稼げずにいたが、そのころには、キーグリップ

（グリップチームの責任者）に昇進したアーニーと同じぐらいの収入を得ていた。だから、自分で学費を出して演技を学んでもいいか、彼に尋ねた。その晩、彼のためにアロス・コン・ポジョ（鶏の炊き込みご飯）を作り、わざとエプロンをつけたまま、その話を持ち出した。害のない、家庭的な女に見せたかった。脅威を感じさせなければ、多くを手に入れられると思った。自分のお金の使い道について彼に尋ねなければならないのは癪にさわったが、ほかに選択肢があるようには思えなかった。

「そうだな」彼は言った。「いい考えだと思う。そうすれば演技もうまくなるし、いつの日か映画の主役にだってなれるかもしれない」

わたしは絶対に主役を張る。

彼の顔を思い切り殴ってやりたくなった。

けれども、あとになって、アーニーが悪いのではないと気づいた。アーニーは何も悪くない。わたしは彼に他人のふりをしてみせていた。それなのに、彼が本当のわたしをわかってくれないことに苛立ちはじめていたのだから。

半年後、心を込めて台詞を言えるようになった。けっして上手ではなかったが、十分に通用するレベルだった。

さらに三本の映画に出演したが、どれも端役だった。そのころ、あるロマンティック・コメディで、スチュー・クーパーのティーンエイジャーの娘役がまだ決まっていないと聞き、わたしはその役が欲しいと思った。

だから、わたしと同じレベルの女優たちには、そうするだけの勇気がなく、なかなかできないだろうことをした。ハリー・キャメロンのオフィスのドアをノックしたのだ。

「エヴリン」彼は訪ねてきたわたしを見て、驚いて言った。「いったいどうしたんだい？」

「キャロラインの役が欲しい」わたしは言った。「『愛がすべてじゃない』の」

ハリーはわたしに座るよう身振りで示した。彼はお偉方にしてはハンサムだった。撮影所のプロデューサーはたいてい丸々と太っていて、そのうちの多くは髪が薄くなっている。だが、ハリーは背が高く、すらりとしていた。しかも、若かった。わたしと十歳も違わないように見えた。身につけているスーツはつねに体に合っていて、アイスブルーの目を引き立てていた。彼にはどこか中西部の人間を思わせるところがあった。見た目というよりは、まずは優しくして、次に強さを見せるという、人への接し方に。

ハリーは撮影所でわたしの胸をじろじろ見ない、数少ない男性のひとりだった。実際、彼が胸を見ようとしないので、何か間違ったことをしているせいで注意を引けていないのではないかと、気になって仕方がなかった。このことから、あなたが唯一持っている能力は求められることだと言われた女性が、それを信じてしまうのがよくわかる。わたしも十八歳になるまで、ずっとそう信じていた。

「はっきり言わせてもらうよ、エヴリン。きみにあの役をやらせることをアリ・サリヴァンが許すはずがない」

「どうして？」

「きみはあの役にふさわしくないからだ」

「どういう意味？」

「きみがスチュー・クーパーの娘だなんて、誰も信じないよ」

「きっと、そう思わせられるわ」

「いや、無理だ」

「どうして？」

「どうしてだって？」

「ええ。どうしてなのか知りたい」

「きみの名前はエヴリン・ディアスだ」

「だから？」

「きみを映画に出して、メキシコ系じゃない設定にするなんて、ぼくにはできない」

「わたしはキューバ系よ」

「ぼくたちにとっては、たいした違いはない」

違いは大いにあったが、今ここでそれを説明してもなんの得にもならなかった。

「わかったわ」わたしは言った。「じゃあ、ゲーリー・デュポンの映画は？」

「きみにはゲーリー・デュポンの相手役はできないよ」

「どうして？」

ハリーは、本当にそれを言わせたいのかと尋ねるような目でわたしを見た。

「メ、キ、シ、コ系だから？」わたしは訊いた。

「ゲーリー・デュポンの映画には素敵なブロンド娘が必要だからだ」

「わたしだって素敵なブロンド娘になれる」

ハリーはわたしを見つめた。

わたしは引かなかった。「あの役が欲しいの、ハリー。わたしならやれるって、あなたもわかってるでしょ。わたしは今、あなたたちのもとにいるもっとも興味深い女優のひとりなのよ」

ハリーは笑い声をあげた。「きみは度胸があるな。それは認めるよ」

ハリーの秘書がドアをノックした。「キャメロンさん、お邪魔して申しわけありませんが、一時にはバーバンクにいらっしゃらないと」

ハリーは腕時計に目をやった。

わたしは最後にもう一押しした。「よく考えてよ、ハリー。わたしは演技がうまいし、もっとうまくだってなれる。それなのに、あなたたちは小さな役しかやらせないで、わたしの才能を無駄にしてる」

「自分たちがしてることぐらい、ぼくたちはちゃんとわかってる」彼はそう言って立ちあがった。

わたしも立って言った。「一年後のわたしにはどんな役をさせるつもりなの、ハリー？　台詞が三つしかない教師の役？」

ハリーはわたしの脇を通ってドアを開け、外へ出るよう促した。「さあ、どうだろうね」と言った。

戦いに負けたわたしは、なんとしても戦争に勝とうと決意した。だから、次はアリ・サリヴァンに会った。スタジオの食堂で、彼のまえでハンドバッグを落とし、服のなかを〝うっかり〟見せながら、腰をかがめて拾った。彼と目が合ったが、そのまま立ち去った。彼から欲しいものなど何もなく、そもそも彼が誰なのか知りもしないというように。

一週間後、お偉方のオフィスが並ぶフロアで迷子になったふりをして、廊下で彼と出くわした。彼は太っていたが、そのために堂々として見えた。虹彩と瞳孔の区別がつかないほど濃いダークブラウンの目をしていて、つねに伸びかかった無精ひげのようなひげをたくわえていたが、笑顔はとてもかわいかった。わたしはそこに意識を集中した。

「ディアスさん」彼は言った。彼がわたしの名前を知っていたことに、わたしは驚くとともに当然だとも思った。

「サリヴァンさん」と言った。

「どうかアリと呼んでくれ」

「じゃあ、こんにちは、アリ」彼の腕に軽くふれて言った。

その晩、彼の秘書が帰ったあと、わたしは彼のデスクに横たわっていた。スカートは腰までたくしあげられ、脚のあいだにはアリの顔があった。アリは未成年の女の子を口で喜ばせるのが好きだった。七分ほどそうされてから、わたしは絶頂を迎えたふりをした。いくらかでも感じていたとは言えないが、幸せだった。これで欲しいものが手に入るとわかっていたから。

セックスを楽しむということが快楽を得ることを意味するなら、わたしは楽しくないセックスをたくさんしてきた。けれども、取引をして幸せな気分になることを意味するなら、嫌なセックスはあまりしてきていない。

オフィスを出るとき、アリが手にしたオスカー像がずらりと並んでいるのを見た。そして、いつの日か、わたしも手にするわ、と誓った。

わたしが出演したかった『愛がすべてじゃない』とゲーリー・デュポンの映画は、一週間も空かずに続けて公開された。『愛がすべてじゃない』は大失敗に終わり、わたしが望んでいたゲーリーの相手役を演じたペネロペ・クイルズは酷評（こくひょう）された。

わたしはペネロペを酷評する記事を切り抜いて、ハリーとアリに社内便で送った。〝わたしなら場外ホームランを打てたわ〟と書いたメモをつけて。

翌朝トレーラーに行くと、ハリーからのメモが置かれていた。〝わかったよ。きみの勝ちだ〟と書かれていた。

ハリーに呼ばれてオフィスに行くと、アリと話し合って決めたと言われ、わたしにできそうな役がふたつあると告げられた。

戦争ロマンス映画で四番手であるイタリア人の相続人を演じるか、『若草物語』のジョーを演じるか。

ジョーを演じるということが何を意味するか、わたしにはわかっていた。ジョーが白人女性であることもわかっていたが、それでもその役が欲しかった。赤ん坊のような小さな歩みで前進するために、横たわったわけではないのだから。

「ジョーにするわ」わたしは言った。「ジョーの役をちょうだい」

そうやってわたしはスター製造機を作動させた。

ハリーはわたしをスタジオのスタイリストのグウェンドリン・ピーターズに引き合わせた。グウェンはわたしの髪の色を抜き、肩までの長さのボブにした。さらには眉を整えて、V字型の生え際の毛を抜いた。栄養士からも指導を受け、おもに煙草を吸いはじめ、食事をキャベツスープに置き換えることで、体重を三キロ減らした。話し方指導の専門家からはニューヨーク訛りを直され、スペイン語で話すことを禁じられた。

そして当然ながら、それまでの人生について、三ページに及ぶ質問に答えなければならなかった。父親の職業は？　空いた時間は何をして過ごすのが好き？　ペットを飼っている？

本当のことを書いて提出すると、担当のスタッフは一気に読んで言った。「だめ、だめ、だめ。こんなんじゃ話にならない。これからは、こういうことにするんだ。きみのお母さんは事故で亡くなり、お父さんが男手ひとつで育ててくれた。お父さんはマンハッタンで建築関係の仕事に就いていて、夏の週末にはコニーアイランドに連れていってくれる。もし訊かれたら、テニスと水泳が大好きで、ロジャーという名前のセントバーナードを飼っていると答えるんだ」

少なくとも百枚は宣材写真を撮った。髪をブロンドに染め、絞った体で、白さが増した歯をのぞかせているわたし。とうてい信じてもらえないくらい、いろいろなことをさせられた。ビーチで微笑んだり、ゴルフをしたり、誰かが映画セット・デコレーターから借りてきたセントバーナードに引っ張られるようにして通りを走ったり。グレープフルーツに塩をかけたり、弓矢を射ったり、張りぼての飛行機に乗っていたりする写真もあった。ホリデーシーズンの写真のことまで言いだしたらきりがない。うだるように暑い九月のある日に、赤いベルベットのワンピース姿で、電飾が灯されたクリスマスツリーの横に座り、生まれたばかりの子猫が入った箱を開けるふりをさせられた。

ハリー・キャメロンの指示により、わたしに何を着せるかについて衣装部は終始一貫した態度をとっていて、用意された衣装のなかには、ボタンで留める体にぴったりしたセーターがつねに含まれているように思えた。

わたしは砂時計のような体型には恵まれなかった。お尻は真っ平らな壁のようで、絵を掛けることさえできそうだった。男性の興味を引いたのは胸で、女性はわたしの顔に憧れた。

正直に言うと、わたしたちが目指している方向がどういうものなのか、わたしがいつ理解したのか定かではないが、宣材写真を撮っている数週間のあいだのことだったのは間違いない。

わたしは相反するふたつのものにデザインされようとしていた。簡単に手に入るが、解き明かすのは難しいという、複雑なイメージを持つ存在に。純真でありながらもエロティックな女の子。あまりにも健全すぎて、相手が自分に対して不健全な考えを抱いていることすらわからないというような。

もちろん、そんなのはばかげている。けれども、演じるのは簡単だった。スターが女優と違うのは、世間が望む姿でいることを心地よく感じられる点なのではないかと思うことがある。そして、わたしは無垢でありながら挑発的に見えることを心地よく感じていた。

写真が現像されてくると、ハリー・キャメロンにオフィスに連れていかれた。彼が何を話したがっているのかわかっていた。しかるべき場所にはめなければならないピースが、まだひとつ残っていた。

「アメリア・ドーンはどうだい？　いい響きだろ？」彼は言った。ハリーのオフィスで、彼はデスクにつき、わたしは椅子に座っていた。

わたしは考えをめぐらせた。「イニシャルがＥ・Ｈになる名前はどう？」と尋ねた。母がつけてくれたエヴリン・エレーラ（Ｈｅｒｒｅｒａ）という名前にできるだけ近いものにしたかった。

「エレン・ヘネシーはどうだ？」彼は首を横に振った。「いや、古臭すぎる」

わたしは彼を見つめて、まえの晩に考えた名前を売り込んだ。あたかも、たった今思いついたかのように。「エヴリン・ヒューゴは？」

ハリーは笑みを浮かべた。「フランス人みたいだね」と言った。「気に入った」

わたしは立ちあがって、彼と握手した。まだ慣れないブロンドの髪が視界を縁取っていた。

ドアのノブをまわそうとしたが、ハリーに引き止められた。

「もうひとつ話したいことがある」彼は言った。

「どうぞ」

「インタビューを想定した質問へのきみの答えを読んだよ」彼はまっすぐにわたしを見た。「アリはきみが変えた答えにとても満足してる。きみには大きな可能性があると考えてるんだ。スタジオはきみに何度かデートさせるのもいいんじゃないかと考えてる。ピート・グリーアやブリック・トーマスのような男たちといっしょにいるところを見せるんだ。なんならドン・アドラーでもいい」

ドン・アドラーはサンセット・スタジオでいちばんホットな俳優だった。彼の両親のメアリー・アドラーとロジャー・アドラーは、どちらも一九三〇年代の大スターだ。ドンはいわばハリウッドの王族だった。

「問題になるかな？」ハリーは尋ねた。

直接アーニーの名前を出そうとはしなかった。出す必要はないとわかっていたから。

「いいえ、大丈夫よ」わたしは言った。「なんの問題にもならないわ」

ハリーはうなずいて、一枚の名刺を渡してよこした。

「ベニー・モリスに電話するといい。ハリウッドの弁護士だよ。ルビー・ライリーがマック・リッグズとの結婚を無効にするのに手を貸した。きみが方をつけるのを手伝ってくれる」

わたしは家に帰って、アーニーに別れると言った。

彼はそれから六時間泣きつづけ、明け方近くになって、ベッドで隣に横たわるわたしに向かって言った。「いいよ（ビエン）。きみがそうしたいなら」

スタジオは彼にまとまった額のお金を払い、わたしは別れるのはとてもつらいと告げる心のこもった手紙を残した。真実ではなかったが、始めたときと同じように、彼を愛しているふりをして結婚を終わらせなければならない気がした。

彼にしたことを誇りに思ってはいない。あんなふうに傷つけたことを気にせずにはいられなかった。当時もそうだったし、今もそうだ。

けれどもまた、わたしは自分がどうしてもヘルズキッチンを出たかったことを知っている。父親に憎まれて殴られたり、愛されすぎたりするのを恐れて、じろじろ見られたくないと思うのが、どういう気持ちなのかも。そして、父親の新装版でしかない夫に、それがいちばんしたくないことにもかかわらずベッドで身を任せ、肉を買うお金がないからビスケットと缶詰のコーンしか夕食に出せないという未来がどんなものか、どういう気持ちなのかも知っている。

だから、自分にできる精いっぱいのことをして町を抜け出した十四歳の少女をどうして責められるだろう。さらには、もうそうしても大丈夫となったときに、結婚生活から抜け出した十八歳の少女を、どうして非難できるだろう。

アーニーは結局ベティという女性と結婚して、彼女とのあいだに八人の子どもをもうけた。何人もの孫の祖父になり、九〇年代初めに亡くなったはずだ。スタジオからもらったお金は、二十世紀フォックスの撮影所からそう遠くないマービスタにある家の頭金にしたという。

だから、終わり良ければすべて良しという尺度に倣(なら)うなら、わたしは悪くないと言ってもかまわないのではないかと思う。

7

「エヴリン」グレースが部屋に入ってきて言う。「一時間後にロニー・ビールマンとディナーのお約束があります。念のため、お伝えしておきたくて」

「あら、そうだったわね」エヴリンは言う。「どうもありがとう」グレースが出ていくのを待って、わたしのほうを向く。「この続きはまた明日でいいかしら。今日と同じ時間でどう？」

「ええ、それでかまいません」わたしはそう言って、持ち物を集めはじめる。左足がしびれてしまっていたので、足を堅い木の床に何度か軽く打ちつけて、感覚を取り戻そうとする。

「ここまでのところはどうかしら」エヴリンが立ちあがり、わたしを部屋から送り出しながら尋ねる。「本にできそう？」

「わたしにできないことはありません」

エヴリンは笑い声をあげて言う。「いい子ね」

「どうしてる?」わたしが電話に出た瞬間、母が尋ねる。〝どうしてる?〟としか言わないが、〝デイヴィッドがいなくなってどう?〟という意味なのは明らかだ。

「元気にしてる」わたしはそう言って、バッグをカウチソファに置き、冷蔵庫に向かう。デイヴィッドはわたしにとって最適な相手ではないかもしれないと、以前、母に警告された。つきあって数カ月のときに、ロサンゼルスのエンシノにある実家に彼を連れていき、感謝祭の休暇を過ごしたことがあったのだ。

母はデイヴィッドの礼儀正しさや、食卓の準備や片付けの手伝いを申し出たことを気に入った。だが、帰る日の朝、デイヴィッドが起きてくるまえに、わたしが彼と意味のある関係を築けているのか疑問だと言ってきた。自分には〝そうは見えない〟と。

母にそう見える必要はないとわたしは言った。わたしは築けていると感じていると。とはいえ、母の言葉がずっと頭に残っていた。ささやき声のように聞こえることもあれば、頭のなかで大きく鳴り響くこともあった。

それから一年と少しして、デイヴィッドと婚約したことを報告するために電話をかけたとき、わたしは彼の優しさや、彼がわたしの人生になくてはならない存在になっていることを、母にわかってもらえることを願っていた。彼といると物事が簡単に運ぶような気がした。当時はそれがとても貴重で、めったにないことのように思えた。それでも、母がまた心配を口にして、わたしは間違いを犯そうとしていると言うのではないかと不安だった。

母はそうしなかった。それどころか、応援してくれた。

今になって考えると、わたしの決断に賛成してくれたというより、わたしの決断を尊重してくれたのではないかと思う。

「考えてるんだけど……」母が話すのを聞きながら冷蔵庫のドアを開ける。「ううん、計画を立ててると言うべきかしら」

サンペレグリノのボトルと、ミニトマトが入ったプラスチック容器と、水に浸かったブッラータチーズをつかむ。「やだ、やめてよ」と言う。「いったい何をしたの?」

母は笑い声をあげる。相変わらず素敵な笑い声だ。とても楽しそうで若々しい。わたしの笑い声にはむらがある。大きな声のときもあれば、かすれた声が出るときもあるし、老人のような声になることもある。老人のような声になったときが、いちばん心から笑っているときだと、デイヴィッドはよく言っていた。まともな人間なら、誰もそんな声で笑いたいと思わないだろうからと。最後にそう言われたのはいつだったのか、わたしは思い出そうとする。

「まだ何もしてないわ」母が言う。「計画段階だもの。じつは、そっちに行きたいと思ってるの」

少しのあいだ何も言わず、口に入れたばかりの大きなチーズを嚙みながら、いい点と悪い点を秤にかける。悪い点——母がいるあいだすべての服装を批評される。いい点——マカロニチーズとココナッツケーキを作ってもらえる。悪い点——大丈夫なのかと三秒おきに訊かれる。いい点——少なくとも何日かは、誰もいないアパートメントに帰らずにすむ。

わたしはごくりと唾を飲み込む。「わかった」結局、言う。「いい考えだと思うわ。ショーに連れていってあげられるかも」

「まあ、どうもありがとう」母は言う。「もう飛行機のチケットは取ってあるの」

「お母さんったら」わたしは不満げに言う。

「何がいけないの？　来るなと言われたらキャンセルすればよかったんだから。でも、言われなかった。本当によかったわ。二週間後ぐらいに行くから。かまわないでしょ？」

去年、母が教師の仕事をなかば引退するやいなや、こういうことになるのはわかっていた。母は長年、私立のハイスクールで科学の教科主任を務めていた。一線を退いて一週間に二コマだけ教えることにすると告げられた瞬間、余った時間と関心はほかのものに向けられるに違いないとわかった。

「ええ、かまわないわ」そう言いながら、ミニトマトを小さく切り、そのうえにオリーブオイルをかける。

「あなたがそれでいいか確認しておきたいんだけど」母は言う。「あなたのところに泊まりたいの。あなたは何もしなくて――」

「わかってるわ、お母さん」わたしは母の言葉をさえぎって言う。「わかってるから。大丈夫よ。ありがとう。来ることにしてくれて。きっと楽しいわ」

楽しいとまではいかないだろうが、悪いことでもないだろう。大変な一日を過ごしたあとでパーティーに行くようなものだ。行きたくはないが、行くべきだとわかっている。たとえ楽しめなくても、家を出る理由にはなる。

「わたしが送った荷物は届いた？」母が言う。

「荷物って？」

「お父さんが撮った写真よ」

「ああ」わたしは言う。「まだ届いてない」

しばらくのあいだ、ふたりして黙り込む。やがて、わたしが何も言わずにいることに、母がしびれを切らす。「ねえ、あなたから話してくれるのをずっと待ってたけど、もうこれ以上待てないわ。エヴリン・ヒューゴとはどうなってるの？」母は言う。「知りたくてたまらないのに、何も教えてくれないんだから！」

わたしはサンペレグリノを注いで、エヴリンは率直だけど何を考えているのかわからないところがあると告げる。さらに、『ヴィヴァン』に特集記事を載せるつもりはなく、わたしに本を書いてもらいたがっているとも。

「よくわからないんだけど」母は言う。「彼女はあなたに伝記を書いてもらいたがってるの？」

「そう」わたしは言う。「わくわくするような話なんだけど、ちょっとおかしな点もあるの。その、そもそも初めから『ヴィヴァン』に特集記事を載せるつもりはなかったみたいなのよ。どうやら……」声が小さくなる。自分でも何を言おうとしているのかよくわからないからだ。

「どうやら？」

わたしは考えをめぐらせる。「わたしに近づくために『ヴィヴァン』を利用したんじゃないかと思うの。はっきりとはわからないけど。でも、エヴリンはとても抜け目のない人のようだから。何か考えてることがあるみたいなのよ」

「彼女があなたを必要としてるのは、何も驚くことじゃないわ。あなたには才能があるもの。とても頭がいいし……」

母の予想どおりの言葉に呆れ、気づくと目をうえに向けているが、そう言われて喜んでいる自分もいる。「やだ、そんなことないわよ、お母さん。でも、これには何か裏がある。それは間違いないと思う」

「なんだか気味が悪いわね」

「そうかもしれない」

「心配するべきかしら？」母は尋ねる。「つまり、あなたは心配してるの？」

そうした直接的な言葉で考えたことはなかったが、答えはノーだと思う。「興味を引かれすぎてて、心配する暇もないみたい」わたしは言う。

「じゃあ、興味をそそられる話はなんでもお母さんに話すこと。あなたを産むのに二十二時間かかったのよ。話してもらう資格があるわ」

わたしは笑い声をあげる。かすかに老人のような声が出る。「わかったわ」と言う。

「約束する」

「さて」エヴリンが言う。「始めましょうか」

エヴリンは前回同様カウチソファに座り、わたしはデスクについている。グレースが持ってきたトレイにはブルーベリーマフィンと白いマグカップが二個と、コーヒーが入ったガラス製のポットと、クリームが入ったステンレス製のポットが置かれている。立ちあがって、自分用にコーヒーを注いでクリームを入れ、デスクに戻って録音ボタンを押してから言う。「ええ、そうしましょう。それからどうなったんです？」

GODDAMN
DON ADLER

忌々しい
ドン・アドラー

8

『若草物語』はわたしの鼻先にぶら下げられたにんじんであることがわかった。わたしが〝ブロンドの新進女優エヴリン・ヒューゴ〟になったとたん、サンセットはわたしをあらゆる種類の映画に出演させようとしはじめたからだ。ばかげたセンチメンタル・コメディとか。

わたしはそれでかまわなかった。理由はふたつ。ひとつは、わたしには決定権がなく、それでかまわないとするしかなかったから。ふたつめは、わたしがスターの階段をのぼりはじめていたからだ。それも駆け足で。

最初に主演を任せられたのは『父と娘』という映画だった。一九五六年に撮影され、エド・ベイカーがわたしのやもめの父親を演じた。父と娘は同時に恋に落ちる。父親は秘書と。娘は父親のもとで働く見習い社員と。

その当時、わたしはハリーに強要されて、ブリック・トーマスと何度かデートをしていた。

ブリックは元子役スターの二枚目俳優だったが、自分は救世主なのではないかと本気で思っていた。隣に立つと、彼からほとばしる自己愛に溺(おぼ)れるのではないかと思った。

ある金曜日の晩、ブリックとわたしは、ハリーとグウェンドリン・ピーターズとともに〈チェイスンズ〉から数ブロック離れたところで落ち合った。グウェンはわたしにワンピースとストッキングを身につけさせ、ハイヒールを履かせた。髪はアップにさせられた。ブリックはジーンズにTシャツで現われたが、グウェンに見栄えのいいスーツに着替えさせられた。わたしたちはハリーの新車の深紅のキャデラック・エルドラド・ビアリッツに乗って、一キロも離れていない〈チェイスンズ〉に向かった。

ブリックとわたしは車を降りてもいないうちから写真を撮られた。わたしたちは円形のボックス席に案内され、ぴったりくっついて座った。わたしはシャーリー・テンプルを注文した。

「きみは何歳なんだい？」ブリックが尋ねた。

「十八歳よ」わたしは答えた。

「それなら部屋の壁にぼくの写真が貼ってあるに違いない。そうだろう？」

飲み物のグラスをつかんで中身を彼の顔にぶちまけないようにするのが精いっぱいだった。わたしはできるかぎり礼儀正しく微笑んで言った。「どうしてわかったの?」

カメラマンたちが、いっしょにいるわたしたちの写真を撮った。わたしたちは彼らが視界に入っていないふりをして、腕を組んで笑い合っているように見せた。

一時間後、ハリーとグウェンドリンのもとに戻り、もとの服に着替えた。

別れ際にブリックがわたしのほうを向いて微笑んだ。「明日はきみとぼくの噂で持ち切りになるよ」彼は言った。

「そうでしょうね」

「噂を本当にしたくなったら、いつでもそう言ってくれ」

わたしは黙ってにっこり微笑むべきだったが、そうせずに言った。「期待しないでね」

ブリックはわたしを見て笑い声をあげると、侮辱されてなどいないかのように、手を振って別れの挨拶をした。

「あの男は信じられるの?」わたしは言った。ハリーはすでに助手席側のドアを開け、わたしが車に乗るのを待っていた。

「あの男は大金を稼がせてくれる」わたしが助手席に座ると、彼は言った。

ハリーは運転席についてイグニッションに挿さったキーをまわしたが、車を発進させようとはせずに、わたしのほうを向いた。「好きでもない俳優たちと何度もデートしなきゃならないと言ってるわけじゃない。でも、きみにとっても悪い話じゃないんだ。そのうちの誰かを好きになったり、写真を撮られるための一、二回のデートをきっかけに、その先に進んだりしたら、スタジオは歓迎するし、ファンも歓迎するだろう」

わたしは世間知らずにも、出会う男の人すべての注意を引きたがっているふりはもうしなくていいものと思っていた。「わかったわ」少し不機嫌になって言った。「やってみる」

そして、キャリアのためには最適なことだとわかっていながらも、ピート・グリアやボビー・ドノヴァンとのデートでは、苦々しい思いで作り笑いをしていた。けれども、やがてハリーにドン・アドラーとのデートをお膳立てされ、そもそもどうして俳優たちとのデートを嫌がっていたのか思い出せなくなった。

ドン・アドラーは間違いなく街でいちばんホットなクラブである〈モカンボ〉にわたしを誘い、アパートメントまで迎えにきた。

ドアを開けると、素敵なスーツに身を包み、百合の花束を抱えた彼がいた。背はハイヒールを履いたわたしよりほんの数センチ高いぐらい。ライトブラウンの髪に、ハシバミ色の目。角張った顎。見る者を瞬く間に笑顔にする微笑み。母親を有名にしたその微笑みが、今はハンサムな顔に浮かんでいた。

「これ、きみに」彼は少し恥ずかしそうに言った。

「まあ」わたしは花束を受け取って言った。「なんてきれいなの。さあ、入って。花瓶に活けておくわね」

わたしはボートネックのサファイアブルーのカクテルドレスを着て、髪をシニヨンにしていた。シンクの下から花瓶を出し、水を入れはじめた。

「ここまでする必要はなかったのに」キッチンに来てわたしを待っているドンに言った。

「いや」彼は言った。「ぼくがこうしたかったから。きみに会わせてくれって、ずっとハリーにせがんでたんだ。きみに特別な気分になってもらうには、せめてこれぐらいしないとね」

わたしは花を活けた花瓶をカウンターに置いた。「出かけましょうか?」

ドンはうなずいて、わたしの手を取った。

「『父と娘』を観たよ」ドンのコンバーチブルでサンセット・ストリップに向かう車内で、彼が言った。

「あら、そうなの？」

「ああ。アリに初期の編集版を見せられたんだ。彼は、あの映画は大当たりすると言ってる。きみは大当たりするともね」

「あなたはどう思ったの？」

車はハイランド・アベニューで赤信号で停まっていた。ドンはわたしを見た。「きみは今まで会ったなかでいちばんゴージャスな女性だと思う」

「ちょっと、やめてよ」わたしは言った。気づくと笑い声をあげていて、顔が熱くなっていた。

「本当だよ。それに才能もある。映画が終わると、アリをまっすぐに見て言ったんだ。『彼女はぼくの運命の人だ』って」

「そんなまさか」わたしは言った。

ドンは片方の手を上げた。「誓って本当だよ」

ドン・アドラーのような男性が、この世のほかの男性たちとは違う影響をわたしに及ぼす理由などまったくなかった。ブリック・トーマスほどハンサムでもなければ、アーニー・ディアスほどまじめでもなかったし、わたしに愛されようが愛されまいが、わたしをスターにしてくれたはずだった。とはいえ、この手のことに理由はない。結局は、フェロモンが物を言うのだ。

それに事実、少なくとも最初のうちは、ドン・アドラーはわたしを人として扱ってくれた。美しい花を見ると、駆け寄って摘もうとする人々がいる。手に入れて、持っておきたがる人々が。花の美しさを自分のものにし、所有物として支配下に置きたがる。ドンはそうではなかった。少なくとも最初のうちは。ドンは花のそばで、花を見て、花の美しさを鑑賞するだけで満足していた。

じつのところ、当時、そういう男と、つまりドン・アドラーのような男と結婚するということは、相手に対してこう言っているようなものだった。〝今まであなたが鑑賞するだけで満足していたこの美しい存在は、これからはあなたのものよ〟

その晩、ドンとわたしは〈モカンボ〉でとても楽しく過ごした。まさに見物だった。外には、どうにかしてなかに入ろうと押し合いへし合いしている人々。なかはセレブの遊び場。有名人が並ぶテーブルに高い天井、最高の生演奏、そこらじゅうにいる鳥。ガラス製の小屋に生きている鳥が入れられていた。

ドンはわたしをＭＧＭとワーナーブラザーズの俳優たち数人に紹介した。その少しまえにフリーになり、『マネー、ハニー』で大成功を収めたボニー・レイクランドにも会った。ドンが〝ハリウッドの王子〟と呼ばれるのを一度ならず耳にしたが、三度目にそう呼ばれたあと、彼がわたしに向き直って「みんなぼくを見くびってる。ぼくは近いうちに王になるのに」とささやいたとき、とても魅力的だと思った。

ドンとわたしは真夜中をとうに過ぎても〈モカンボ〉にいて、足が痛くなるまで踊りつづけた。曲が終わるたびに少し休もうと言い合うのだが、いったん次の曲が始まるとフロアを離れたくなくなった。

ドンは帰りも送ってくれた。通りは静まり返り、街灯が街じゅうをほの暗く照らしていた。アパートメントに着くと、彼はドアのまえまで送ってくれたが、入ってもいいかとは訊かずに、ただこう言った。「次はいつ会える？」

「ハリーに電話して日にちを決めて」わたしは言った。

ドンはドアに手を置いた。「いや」と言った。「そうじゃなくて。ぼくときみで」

「カメラマンも？」

「きみがそうしたいというなら、来させてもかまわない」彼は言った。「そうしたくないなら、ぼくもそれでいい」そう続けて微笑んだ。優しく、からかうように。

わたしは笑い声をあげて言った。「いいわ。じゃあ、次の金曜日はどう？」

ドンは一瞬考えてから言った。「本当のことを言ってもいいかな?」

「言わなきゃならないのなら」

「次の金曜日の晩は、ナタリー・エンバーと〈トロカデロ〉に行くことになってるんだ」

「あら」

「名前のせいだよ。ぼくがアドラーだからだ。サンセットはぼくがアドラー家の人間であることを最大限利用しようとしてるんだ」

わたしは首を横に振った。「名前のせいだけじゃないと思う」と告げた。「『戦友』を観たの。あなたは素晴らしかった。観客全員があなたに心を奪われてたわ」

ドンはわたしを恥ずかしそうに見て微笑んだ。「本当にそう思う?」

わたしまた笑い声をあげた。彼はわたしが本当のことを言っているとわかっている。ただ、わたしの口からそう聞きたいだけなのだ。

「あなたを満足させてあげるつもりはないの」と言った。

「満足させてほしいな」

「もうそれぐらいにして」わたしは言った。「わたしはいつ都合がいいか言ったわ。どうするかはあなたが決めて」

ドンは背筋を伸ばし、まるで命令を下されてでもいるかのように、わたしの言葉に耳を傾けていた。「わかったよ。ナタリーとの約束はキャンセルする。じゃあ、金曜日の七時にここに迎えにくるよ」

わたしは微笑んでうなずいた。「おやすみなさい、ドン」

「おやすみ、エヴリン」

わたしがドアを閉めようとすると、彼は手を上げて止めた。

「今夜は楽しかった?」ドンが訊いてきた。

わたしはどう答えようか考えたが、生まれて初めて誰かに興奮させられていることにめまいを覚え、我を忘れて言った。「めったにないほど楽しい夜だったわ」

ドンはにっこりした。「ぼくも」

次の日、『サブ・ローザ』紙にわたしたちの写真が載った。〝お似合いのドン・アドラーとエヴリン・ヒューゴ〟とキャプションがつけられて。

9

『父と娘』は大成功を収めた。わたしの新しい人格への熱狂ぶりを示すかのように、サンセットは映画のオープニングに〝エヴリン・ヒューゴ　デビュー作〟と謳った。映画館の電飾看板の下にわたしの名前が掲げられたのは、それが最初で最後のことだった。

公開初日、わたしは母のことを思った。母がここにいたら、きっとにこやかに微笑んでいただろう。〝やったわよ〟と母に言いたかった。〝ふたりであそこを抜け出したのよ〟と。

映画が大当たりしたので、サンセットは『若草物語』にゴーサインを出すに違いないと思った。けれども、アリはエド・ベイカーとわたしで、できるだけ早くまた映画を作りたがった。当時は続編を作らずに、登場人物の名前を変えて、わずかに趣向が違うだけのまったく同じ映画を作るのがつねだった。

それで、わたしたちは『隣人』の撮影に入った。エドは両親を亡くしたわたしを引き取って育てているおじさんの役を演じた。ふたりはそれぞれ、隣に住む未亡人の母親とその息子とすぐに恋愛関係になる。

そのころドンは撮影所でスリラーを撮っていて、毎日昼休みになると、わたしに会いにきた。

わたしは愛と欲望に目覚めていた。

彼を見たとたんに気分が良くなり、彼にふれる口実や、その場にいない彼を話題に出す理由をつねに見つけようとしている自分に気づいていた。

ハリーはドンの話ばかり聞かされることにうんざりしていた。

「なあ、エヴ、これはまじめな話なんだが」ある日の午後、ハリーのオフィスでいっしょに飲み物を飲んでいるときに、彼に言われた。「ドン・アドラーの話ばかり聞かされて、もうお腹いっぱいだよ」当時、わたしはハリーのようすを確かめるためだけに、一日に一回は彼のもとを訪れていた。仕事にかこつけていたが、そのころでさえ、彼はわたしにとっていちばん友だちに近い存在だとわかっていた。

たしかに、わたしはサンセットに所属するほかのたくさんの女優たちとも仲良くなっていた。ルビー・ライリーのことはとくに好きだった。背が高く、ほっそりしていて、豪快に笑い、どこか超然とした雰囲気がある。歯に衣を着せないタイプだったが、ほとんどの人が彼女に魅了された。

ときどきルビーやほかの女優たちとともに昼食を食べて、噂話に興じることもあったが、正直に言うと、役を得るためなら、その全員を走る列車のまえに投げ入れていただろう。彼女たちのほうも、わたしに同じことをしたと思う。

親密な関係になるには、お互いを信じなければならない。そして、お互いを信じるのは愚かなことだった。

けれども、ハリーは違った。

ハリーとわたしは同じことを望んでいた。エヴリン・ヒューゴを誰もが知る女優にしたかった。それに、わたしたちはお互いのことが好きだった。

「ドンの話をするか、いつ『若草物語』にゴーサインが出るのかについて話すかよ」わたしはからかうように言った。

ハリーは笑い声をあげた。「それはぼくが決めることじゃないよ。わかってるだろう？」

「じゃあ、どうしてアリは腰を上げようとしないの？」

「今すぐ『若草物語』をやる必要はない」ハリーは言った。「もう数カ月してからのほうがいい」

「間違いなく、今すぐやる必要があると思うわ」

ハリーは首を横に振って立ちあがり、自分のグラスにスコッチのおかわりを注いだ。わたしに二杯目のマティーニを勧めようとはしなかった。そもそも一杯目も飲ますべきではなかったと思っているからだと、わたしにはわかった。

「きみは本当に大スターになれる」ハリーは言った。「みんなそう言ってる。『隣人』が『父と娘』と同じぐらいヒットして、ドンとの関係も今までのように続いたら、きみはスターになれる」

「わかってるわ」わたしは言った。「そうなることを期待してやってるんだから」

「『若草物語』は、きみはひとつのことしかできないと思われてるときに公開されたほうがいい」

「どういうこと？」

「『父と娘』が大ヒットして、人々はきみにコメディができることを知った。きみはとても愛らしいことも。あの映画のきみはみんなに愛された」

「そうね」

「だから、それをもう一度やるんだ。また魔法をかけられることをみんなに示すんだよ。ひとつの芸しかできないポニーじゃないって」

「わかったわ……」

「ドンと映画を撮るのもいいかもしれない。なんてたって〈チロズ〉や〈トロカデロ〉で踊るきみたちの写真がすぐにタブロイド紙に載るんだから」

「でも――」

「最後まで聞くんだ。きみとドンで映画を撮る。甘いロマンスがいいだろう。女の子はみんなきみになりたがって、男の子はみんなきみとつきあいたくなるような」

「いいわね」

「そして、みんながきみを知ってると思うようになったら、つまりエヴリン・ヒューゴのことなら〝なんでもわかってる〟と考えるようになったときに、ジョーを演じるんだ。みんなをびっくりさせるんだよ。観客たちは心のなかで思うだろう。〝彼女は特別だってわかってた〟って」

「でも、どうして今『若草物語』をやっちゃだめなの？　今やって、そう思わせればいいじゃない？」

ハリーは首を横に振った。「みんなに時間を与えて、きみにもっと関心を向けさせなきゃならない。きみを知る時間を与えるんだ」

「つまり、わたしは意外性のない人間にならなきゃならないのね」

「つまり、きみは意外性のない人間になったあとに、意外なことをしなきゃならないんだ。そうすれば永遠に愛される存在になれる」

わたしは彼の言葉に耳を傾けて考えをめぐらせた。「うまく丸め込んだわね」と言った。

ハリーは笑い声をあげた。「なあ、アリの考えはこうだ。きみが気に入るにしろ、気に入らないにしろ。きみに『若草物語』をやらせるまえに、もう何本か映画を撮らせる。でも、間違いなく『若草物語』をやらせる」

「わかったわ」わたしは言った。実際、ほかにどんな選択肢があっただろう。サンセットとの契約はあと三年残っていた。わたしが彼らの手に余るようになったら、いつでも切り捨てられる。借金を負わせたり、無理やり企画を引き受けさせたり、無償で休暇を取らせたりすることもできる。彼らのしたいようにできるのだ。わたしはサンセットのものなのだから。

「きみの今の仕事は」ハリーは言った。「ドンとうまくやっていけるかどうか確かめることだ。それがきみたちふたりにとって、いちばんいいことなんだから」

わたしは声をあげて笑った。「あら、今になってドンの話がしたくなったのね」

ハリーは微笑んだ。「ここにこうして座って、彼がどんなに素敵かきみが話すのを聞きたくはないよ。退屈でならないからね。ただ、きみたちふたりに、関係を正式なものにする心の準備ができているのかどうか知りたいんだ」

ドンとわたしは街じゅういたるところで目撃され、ハリウッドのあらゆるホットスポットで写真を撮られていた。〈ダン・タナズ〉でのディナーや、〈ヴァイン・ストリート・ダービー〉でのランチや、ビバリーヒルズ・テニスクラブでのテニス。そうやって、公の場でふたりでいる姿を見せながら、自分たちが何をしているのかわかっていた。

わたしはドンとわたしの名前が同じ文章のなかで挙げられるようにする必要があったし、ドンはこれからのハリウッドを背負って立つ人間に見せる必要があった。ほかのスターたちとダブルデートしているわたしたちの写真は、社交家としての彼のイメージを定着させるのに大いに役立った。

けれども、彼もわたしもそうしたことを話そうとはしなかった。いっしょにいるのが純粋に楽しかったからだ。キャリアを築くうえで助けにもなるという事実は、ボーナスのように思えた。

ドンが主演している『ビッグ・トラブル』がプレミア上映される晩、彼はしゃれたダークスーツに身を包み、ティファニーの箱を持って、わたしを迎えにきた。

「これは何？」わたしは尋ねた。黒と紫の花柄のクリスチャン・ディオールのドレスを着ていた。

「開けてみて」ドンは微笑みながら言った。

なかには大きなダイヤモンドがついたプラチナの指輪が入っていた。スクエアカットの宝石の両側には縄目模様が施されていた。

わたしは息をのんだ。「これって……」

そうなることはわかっていた。ドンがわたしと寝たくてたまらなくなっているのを知っていたからにすぎないにしても。ドンにあからさまに迫られ、ずっと拒んでいたが、それも難しくなってきていた。彼と暗い場所でキスすればするほど、リムジンの後部座席にふたりきりでいることが多くなればなるほど、彼を押しのけるのが難しくなった。

そんなふうに肉体的な欲望を抱くのは初めてだった。ふれられたくてたまらないと思ったことは一度もなかった——ドンと出会うまでは。彼の隣にいると、むき出しの肌にふれてほしいと願っている自分に気づいた。

それに愛を交わすという考えも気に入っていた。それまでしていたセックスは、わたしにとってはなんの意味もないものだった。わたしはドンと愛を交わしたかった。彼を愛していた。だから、いい加減なことはしたくなかった。

　そしてついにきた。結婚を申し込まれたのだ。

　指輪にふれて、これは現実に起こっていることなのか確かめようとしたが、ドンに蓋を閉められた。「プロポーズしてるわけじゃない」彼は言った。

「えっ？」自分がばかみたいに思えた。大きな夢を見すぎたのだ。ここにいるのはエヴリン・エレーラだ。もとからエヴリン・ヒューゴという名前で、映画スターと結婚できるかのように振る舞っているだけの。

「少なくとも、今はまだするつもりはない」

　わたしはがっかりしていることを悟られないようにしようとした。「じゃあ、好きにすればいいわ」と言って向きを変え、クラッチバッグをつかんだ。

「むくれるなよ」

「誰がむくれてるって？」わたしは言った。ふたりでアパートメントを出たあと、ばたんとドアを閉めた。

「今夜するつもりなんだから」申しわけなさそうにも聞こえる、訴えるような声。

「プレミア上映の会場で。みんなが見ているまえで」

わたしは態度を和らげた。

「確かめておきたかったんだ……知りたかったんだよ……」ドンはわたしの手を取ってひざまずくと、指輪の箱は開けずに、まっすぐな目でわたしを見つめた。「イエスと言ってくれる？」

「もう行かないと」わたしは言った。「自分の映画のプレミア上映に遅れるわよ」

「イエスと言ってくれる？　それだけ知っておきたいんだ」

わたしも彼をまっすぐに見て言った。「ええ、おばかさんね。わたしはあなたに夢中なのに」

ふいに抱きしめられ、キスされた。少しばかり痛かった。下唇に彼の歯が当たっていた。

結婚するのだ。今回は、愛している人と。映画のなかで抱いているふりをしている感情を、実際に抱かせてくれる人と。

ヘルズキッチンの、あの小さくてみすぼらしいアパートメントから、ここまで来られるなんて。

一時間後、カメラマンや報道関係者が大勢いるなかで、ドン・アドラーはレッドカーペットにひざまずいた。「エヴリン・ヒューゴ、ぼくと結婚してくれるかい？」

わたしは涙を流してうなずいた。彼は立ちあがって、わたしの指に指輪をはめると、わたしを抱えあげて、くるくるまわった。

ようやく下におろされたとき、ハリー・キャメロンが映画館のドアの横で拍手しているのが見えた。彼はわたしにウインクしてきた。

サブ・ローザ
一九五七年三月四日

ドンとエヴ、永遠にお幸せに！

どこよりも早くお知らせする。ハリウッドの最新の〝イットカップル〟ドン・アドラーとエヴリン・ヒューゴが結婚する！

結婚したい独身男性ナンバーワンは、ほかならぬまばゆいブロンドの新進女優を花嫁に選んだ。ふたりはかねてから抱き合ったり、いちゃついたりしているところを目撃されていたが、ついに関係を正式なものにすることを決意した。

ドンの自慢の両親メアリー・アドラーとロジャー・アドラーは、エヴリンを家族に迎えることを大いに喜んでいるという。

ふたりの婚礼が今シーズン最大のイベントになることは間違いない。ハリウッドの御曹司と美しい花嫁との縁組は、街じゅうの話題をさらうだろう。

10

わたしたちは素晴らしい結婚式を挙げた。主催者はメアリー・アドラーとロジャー・アドラーで、招待客は三百人。ルビーがわたしの付き添い人を務めてくれた。わたしは繊細なローズ・ポイント・レースでおおわれた、すっきりしたネックラインの、長袖のタフタのウェディングドレスを着た。サンセットの衣装部の責任者であるヴィヴィアン・ウォーリーがデザインしたものだ。グウェンドリンはわたしの髪をシンプルだが完璧なシニヨンにして、そのうえからチュールベールをつけた。わたしたちが段取りしたことはたいしてなく、ほとんどのことはメアリーとロジャーが決めて、残りをサンセットが取り仕切った。

ドンは両親の望みどおりに振る舞うことを期待されていた。それでも彼が親の影から抜け出し、彼らを超えるスターになりたがっているのがわかった。ドンは名声だけが追い求めるに値する力だと信じるように育てられた。そして、わたしが彼を愛したのは、彼がもっとも憧れられる存在になることによって、どこにいてもいちばん力のある人間になろうとしていたからだった。

それに、結婚式がわたしたち以外の人々の思いつきによるものだったとしても、わたしたちの愛やお互いへの誓いは神聖なものに思えた。ビバリーヒルズ・ホテルでドンとお互いの目を見つめ、手を取り合って「誓います」と言ったときには、ハリウッドの住人の半分に囲まれているにもかかわらず、その場には自分たちふたりしかいないように感じた。

ウェディングベルが鳴らされ、夫婦になったことが告げられて、そろそろお開きになろうかというころ、ハリーに脇に連れていかれ、気分はどうかと訊かれた。

「今この瞬間、わたしは世界でいちばん有名な花嫁なのよ」と言った。「最高にいい気分だわ」

ハリーは笑い声をあげた。「幸せになれそうかい?」と尋ねた。「ドンといっしょになって。彼は大事にしてくれそうかい?」

「きっとしてくれるわ」

わたしを理解してくれる相手を、少なくとも、わたしがなろうとしている〝わたし〟を理解してくれる相手を見つけたと、わたしは心から信じていた。十九歳にして、ドンがわたしの幸せな結末だと思っていた。

ハリーはわたしに腕をまわして言った。「おめでとう」

わたしは彼が手を引くまえに、その手をつかんだ。シャンパンを二杯飲んでいて、いい気分になっていた。「どうして何もしようとしなかったの？」と尋ねた。「知り合って何年にもなるのに。頬にキスされたこともないわ」

「頬にキスしてほしければするよ」ハリーは笑みを浮かべて言った。

「そういう意味じゃないわ。わかってるくせに」

「何か起こってほしかったのかい？」ハリーは訊いた。

わたしはハリー・キャメロンに惹かれてはいなかった。彼は間違いなく魅力的な男性だったにもかかわらず。「いいえ」と言った。「そんなことはないわ」

「でも、ぼくには何か起こってほしいと思ってほしかった？」

わたしは微笑んだ。「そうだとしたら？　そんなに悪いこと？　わたしは女優なのよ、ハリー。それを忘れないで」

ハリーは笑い声をあげた。「顔に〝女優〟って書いてあるよ。一日だって忘れたことはない」

「じゃあ、どうしてなの、ハリー？　いったいどういうことなの？」

ハリーはスコッチを飲んで、わたしから手を離した。「説明するのは難しいんだ」

「してみてよ」

「きみは若い」

わたしは手を振って、彼の言葉を退けた。「ほとんどの男の人は、そんな小さなことは気にしないみたいよ。わたしの夫だって七歳も年上だわ」

母親とダンスフロアで踊るドンに目をやった。メアリーは五十代になってもゴージャスだった。無声映画の時代に有名になり、何本かのトーキーに出たあとで、女優業を引退している。背が高く、印象的な顔をした、威圧感のある女性だった。

ハリーはまたスコッチを飲んで、グラスをおろした。考え込むような顔をしていた。

「話せば長くなるし、ちょっと込み入ってるけど、簡単に言えば、きみがぼくのタイプになることは、けっしてないんだ」

その言い方から、彼がわたしにあることを伝えようとしているのがわかった。ハリーはわたしのような女性に興味がない。女性自体に興味がないのだ。

「あなたはこの世でいちばんの親友よ、ハリー」わたしは言った。「わかってる？」

彼は微笑んだ。彼がそう言われて喜んでいるとともに、ほっとしたから、そうした印象をわたしは受けた。彼は本当の自分を明らかにした。漠然とではあったけれど。

そして、そんな彼を受け入れるとわたしは言った。遠まわしにではあったけれど。

「本当に？」彼は尋ねた。

わたしはうなずいた。

「じゃあ、きみはこの世でいちばんの親友になってくれ」

わたしは彼にグラスを掲げた。「親友同士はなんでも打ち明け合うのよ」

彼もグラスを掲げて微笑んだ。「そんなの信じられないな」からかうように言った。

「まったく信じられないよ」

ドンがやってきて、わたしたちの会話に割って入った。「キャメロン、ぼくが花嫁と踊ったら、きみは気を悪くするかな？」

ハリーは降参するように両手をうえに上げた。「彼女はきみのものだよ」

「そのとおり」ドンは言った。

わたしがドンの手を取ると、彼はわたしをダンスフロアに連れ出した。ふたりで踊りはじめてからも、彼はわたしの目をまっすぐに見ていた。わたしをちゃんと見ていた。

「ぼくを愛してるかい、エヴリン・ヒューゴ？」彼は尋ねた。

「この世でいちばん愛してるわ。わたしを愛してる、ドン・アドラー？」

「きみの瞳も、胸も、才能も愛してる。お尻がまったくないという事実もね。きみのすべてを愛してる。愛してるといくら言っても言い足りないぐらいだ」

わたしは笑い声をあげて、彼にキスした。ダンスフロアは人であふれ返っていて、まわりには大勢の人がいた。彼の父親のロジャーは部屋の隅でアリ・サリヴァンと葉巻をくゆらせていた。昔の生活からははるか遠くまで来たように感じた。昔のわたし、何をするにもアーニー・ディアスが必要だった少女から。

ドンがわたしを抱き寄せて、耳元でささやいた。「ぼくときみ。ふたりでこの街を支配するんだ」

結婚して二カ月が過ぎたころ、彼はわたしを殴るようになった。

11

結婚式の六週間後、ドンとわたしはメキシコのプエルト・バジャルタでお涙ちょうだいものの映画の撮影に入った。『もう一日』というタイトルで、夏のあいだ両親と別荘で過ごすことになったお金持ちの少女ダイアンと、彼女と恋に落ちる地元の青年フランクの物語だ。当然ながら、ふたりが結ばれることはない。ダイアンの両親が認めないから。

ドンと結婚して最初の数週間はこのうえなく幸せだった。わたしたちはビバリーヒルズに家を買い、大理石とリネンで装飾した。ほぼ毎週末、プールを囲んでのパーティーを開き、昼過ぎから夜になるまでシャンパンやカクテルを飲んで過ごした。

愛を交わすときのドンは、まさに王のようだった。男たちを率いる者の自信と力がみなぎっていた。わたしは彼の下でとろけた。たとえどんなことであっても、彼にとって最適なタイミングで、彼の望みどおりにした。

彼はわたしのスイッチを入れた。わたしをセックスは道具だと考える女からセックスは欲求だと知る女に変えるスイッチを。わたしは彼を必要としていた。彼に見られたかった。彼に見つめられると生き返ったような気がした。ドンとの結婚生活はわたしに自分の別の一面を見させた。まだ知らない一面を。わたしの好きな一面を。

プエルト・バジャルタに着いてから撮影が始まるまで何日かあった。わたしたちはボートを借りて海へ出たり、海に飛び込んだり、砂浜で愛を交わしたりした。

けれども、撮影が始まると、ハリウッドの人間を襲う日々のストレスが新婚家庭を壊しはじめ、潮目が変わったのがわかった。

ドンの最新映画『デューム岬の拳銃』は興行的にうまくいっていなかった。彼の初めての西部劇で、アクションヒーローに初挑戦したものだ。出たばかりの『フォトモーメント』の批評には〝ドン・アドラーはジョン・ウェインではない〟と書かれていて、『ハリウッド・ダイジェスト』には〝アドラーは銃を持った間抜けに見える〟と書かれていた。ドンがそのことを気に病み、自信が持てなくなっているのがわかった。男らしいアクションヒーローとしての地位を確立することは、彼の計画上、きわめて重要なことだった。彼の父親はおもにどたばたコメディでまじめな男の役、つまりピエロを演じていた。ドンは自分はカウボーイだと証明しようとしていた。

わたしがその少しまえに、オーディエンス・アプリシエーション賞の最優秀新人賞を受賞したことは、なんの助けにもならなかった。

ダイアンとフランクが砂浜で最後のキスをする別れのシーンを撮影する日、ドンともに貸しバンガローで目覚めたわたしに、彼は朝食を作るよう言った。朝食を作ってくれないかと頼んだのではない。大声でそう命じたのだ。それにもかかわらず、わたしは怒鳴られたことに気づいていないふりをして、階下にいるメイドに電話した。

メイドはマリアという名前のメキシコ人女性だった。プエルト・バジャルタに着いた当初、わたしは地元の人々にスペイン語で話すべきかどうか迷った。そして、結論が出ないままに、気づくと誰に対しても、英語ではっきり、ゆっくり話していた。

「マリア、旦那さまに朝食を作ってくれる？」わたしは電話口で言うと、ドンのほうを向いて尋ねた。「何がいい？　コーヒーと卵料理？」

ロサンゼルスの家のメイドのポーラは、毎朝ドンの朝食を作っていて、彼の好みを知っていた。わたしはそのとき初めて、自分が彼の好みに注意を払っていなかったことに気づいた。

ドンは苛立ったようすで頭の下から枕を取り、顔にあてて叫んだ。

「どうしたの？」わたしは言った。

「朝食を作ってくれる優しい奥さんになる気がなくても、せめて好みぐらいはわかってくれていてもいいはずだ」彼はバスルームに姿を消した。

気にはなったが、そこまで驚いたわけではなかった。ドンが優しいのは幸せなときだけで、幸せなのは勝っているときだけだと、すでにわかっていた。わたしは彼が勝ちつづけているときに出会い、上り調子のときに結婚したのだ。優しいドンだけがドンではないと、急速に学びつつあった。

その後、ドンはわたしを乗せたレンタカーのコルベットをバックさせてドライブウェイから出し、十ブロック先の撮影現場に向かった。

「今日の撮影の準備はできてる？」わたしは尋ねた。気持ちを高めようとしたのだ。

ドンは道路の真ん中で車を停め、わたしに向き直った。「ぼくはきみが生まれるまえからプロの役者だったんだ」それは本当だった。解釈次第では。彼はメアリーが主演した無声映画のひとつに赤ん坊役で出ている。次に映画に出演したのは二十一歳のときだけれど。

うしろには車が何台か続き、わたしたちは車の流れを止めていた。「ドン……」まえに進むよう促したが、彼は聞こうとしなかった。うしろの白いトラックが、わたしたちを追い越そうとして、車の向きを変えはじめた。

「ぼくが昨日アラン・トーマスになんて言われたかわかるか?」ドンは言った。アラン・トーマスは彼の新しいエージェントで、ドンにサンセット・スタジオを離れてフリーランスになるよう勧めていた。多くの俳優が自分自身でキャリアの舵取りをしている。そうすることで、大スターになれば大きな報酬が得られた。そしてドンは焦りはじめていた。両親が生涯で手にした額より多い出演料を一本の映画でもらえるようになるんだと、言いつづけていた。

何かを証明したがっている男性に対しては慎重にならなければならない。

「どうしてきみはまだエヴリン・ヒューゴという名前を使ってるんだと、街じゅうのみんなが不思議に思ってるって」

「合法的に変えた名前よ。いったいどういう意味?」

「映画館の看板だよ。〝ドン・アンド・エヴリン・アドラー〟にするべきだ。みんなそう言ってるって」

「誰がそう言ってるの?」

「みんなだよ」

「みんなって?」

「ぼくはきみの尻に敷かれてると思われてる」

わたしは両手に顔をうずめた。「ドン、ばかなこと言わないで」

また一台、別の車がわたしたちを追い越していったが、その際に車内の人間にドンとわたしだと気づかれたのがわかった。『サブ・ローザ』が丸々一ページを割いてハリウッドの人気カップルがいがみ合うようすを伝えるのも時間の問題だった。きっとこんなふうに書かれるはずだ。〝アドラー夫妻、怒り心頭(マッドラー)?〟

ドンの脳裏にも見出しが浮かんだらしく、彼は車を発進させて、撮影現場に向かった。撮影所に着くと、わたしは言った。「四十五分近くも遅刻するなんて信じられない」

するとドンが言った。「いや、ぼくたちはアドラーだ。なんの問題もない」

わたしはその言葉に嫌悪感を抱き、彼のトレーラーでふたりきりになるのを待って言った。「あんなふうに言うと、ばかみたいに聞こえるわ。誰かに聞かれるかもしれないところでは、ああいうことは言わないほうがいいわよ」

彼は上着を脱ごうとしていた。いつ衣装係が現われてもおかしくない。今すぐここを出て自分のトレーラーに行かなければならなかった。彼のことは放っておくべきだった。

「どうやらきみは勘違いしてるみたいだな、エヴリン」ドンは言った。

「どんなふうに？」

彼はわたしの正面に来た。「ぼくたちは平等じゃない。ぼくが優しくしすぎたせいで、きみがそれを忘れてしまったんなら謝るよ」

わたしは言葉を失った。

「これはきみが出演する最後の映画にするべきだ」ドンは言った。「そろそろ子どもを持たないと」

彼のキャリアは望みどおりにいっていなかった。そして、たとえ彼が家族でいちばん有名な人間になれないとしても、わたしがそうなることは許されるはずもなかった。

わたしは彼をまっすぐに見て言った。「絶対に、断じて、そうはさせないわ」

すると彼に顔を平手打ちされた。激しく、素早く、強く。

一瞬、何が起こったのかわからなかった。平手打ちされたなんてとうてい信じられなかったが、肌がひりひりしてきたので認めるしかなかった。

その経験がない人のために言うと、平手打ちされるのは屈辱的なことだ。泣くつもりであろうとなかろうと、涙があふれてくるからだ。平手打ちされたショックと物理的な衝撃が涙腺を刺激するのだ。

顔を平手打ちされて平然としていられるはずがない。顔が赤くなり、目が潤むままにして、その場に立ちすくみ、まっすぐまえを見つめることしかできない。

だから、わたしはそうした。

父に殴られたときに、そうしたように。

顎に手をあてると、肌が熱くなっているのがわかった。

助監督がドアをノックした。「アドラーさん、ヒューゴさんはこちらにいらっしゃいますか?」

ドンは話せる状態ではなかった。

「すぐ行くわ、ボビー」わたしは言った。張りつめた感じが一切ない、自信に満ちた声が出たことに我ながら感心した。今まで一度も殴られたことがない女性の声のように聞こえた。

すぐに見られる鏡はなかった。ドンが鏡を背にして立っているせいで、わたしの姿は映らなかった。わたしは顎を突き出した。

「赤くなってる?」と訊いた。

ドンはわたしをまともに見られずにいたが、ちらりと視線をよこしてうなずいた。

彼は子どものように恥じていた。まるで隣の家の窓を割ったのはおまえかと訊かれているかのように。

「ここを出て、わたしは女性特有の問題で体調が優れないとボビーに言って。そう言えば、決まりが悪くなって、それ以上何も訊いてこないわ。それから、あなたの衣装係にわたしの楽屋で会おうと言って。わたしの衣装係には三十分後にここに来るよう、ボビーから言ってもらって」

「わかった」彼はそう言うと、上着をつかんで、そっと出ていった。

彼がドアの外に出るやいなや、わたしは鍵をかけ、壁に背中をつけてずるずるとくずおれた。誰にも見られなくなったとたん、涙があふれ出してきた。

わたしは生まれ故郷から五千キロ近く離れたところまで来た。適切なときに適切な場所にいる方法を見出した。名前を変え、髪や歯や体を変えた。演技を学び、いい友だちもできた。結婚して有名な一家の一員になった。ほとんどのアメリカ人がわたしの名前を知っていた。

それでもまだ……

それでもまだ。

わたしは床から立ちあがって涙を拭き、気力を奮い起こした。

鏡台のまえに座り、電球に縁取られた三面鏡を見つめた。映画スターの楽屋の主になれば、なんの問題もなくなると思っていたなんて、なんてばかだったのだろう。

少しすると、わたしの髪を整えにきたグウェンドリンがドアをノックした。

「ちょっと待って！」わたしは叫んだ。

「エヴリン、急がないと。もうすでに予定より遅れてるのよ」

「ちょっと待っててってば！」

鏡のなかの自分を見て、赤みは引きそうにないと気づいた。問題はグウェンを信用するかどうかだった。そして、わたしは信用すると決めた。信用しなければならなかった。わたしは立ちあがって、ドアを開けた。

「まあ、エヴリン」彼女は言った。「なんだか、ようすが変よ」

「わかってるわ」

彼女はわたしをまじまじと見て、自分が見ているものを理解した。「転んだの？」

「ええ」わたしは言った。「そう。転んじゃったの。カウンターのうえに倒れて、顎をぶつけちゃった」

ふたりとも、わたしが嘘をついていることをわかっていた。

今でもわからない。グウェンが転んだのかと訊いたのは、わたしが自ら嘘をつかなくてもすむようにするためだったのか、黙っているよう促していたのか。

当時、殴られていた女性はわたしひとりではなかった。多くの女性が、あの瞬間のわたしとまったく同じことと折り合いをつけていた。その手のことには社会的なルールがあった。第一のルールは〝黙っていること〟だった。

一時間後、わたしは撮影現場に案内された。海沿いに立つ邸宅のすぐまえでのシーンを撮影することになっていた。ドンは監督のうしろで椅子に座っていた。四本の木の脚が砂にめり込んでいた。彼はわたしに駆け寄ってきた。

「気分はどうだい、エヴリン？」あまりにも明るく、こちらを気遣うような声だったので、一瞬、何があったのか忘れているのだと思った。

「大丈夫よ。やりましょう」

わたしたちは位置についた。音声係がわたしたちにマイクをつけ、グリップたちが適切に照明があたるようにした。わたしは頭を空っぽにした。

「ストップ、ストップ！」監督が怒鳴った。「ロニー、そのブーム（マイク・カメラ・照明等を先端に取りつけて操作するポール）はどうなってるんだ……」彼は会話に気を取られながらカメラから離れた。

ドンが自分のマイクをおおうと、手をわたしの胸に伸ばしてわたしのマイクもおおった。

「エヴリン、本当にすまなかった」彼はわたしの耳元でささやいた。

わたしは驚いて身を引き、彼を見つめた。殴ったことを謝られたのは初めてだった。「きみに手を上げるべきじゃなかった」その目には涙があふれていた。「自分が恥ずかしいよ。きみを傷つけるようなことをするなんて」苦しそうな表情で続ける。「許してもらえるならなんでもする」

わたしが手にしたと思っていた人生は、結局、そう遠くないところにあるのかもしれないと思った。

「許してくれる？」彼は言った。

何かの間違いだったのかもしれない。何かを変える必要があるわけではないのかもしれない。

「もちろんよ」わたしは言った。

監督がカメラに駆け戻った。ドンはわたしのマイクから手を離して、身を引いた。

「よし……アクション！」

ドンとわたしは『もう一日』でそれぞれアカデミー賞にノミネートされた。わたしたちに才能があるかどうかはたいして重要ではないというのが大方の考えだったと思う。人々はただ、わたしたちがいっしょにいるのを見るのが好きだったのだ。

あの映画でわたしたちのどちらかが実際にいい演技をしたのかどうか、今でもわからない。出演した映画で観る気になれないのは、あの一本だけだ。

12

男に一度殴られて、そのあと謝られ、もう同じことは二度と起こらないと思う。けれども、子どもが欲しいかどうかわからないと彼に言うと、また殴られる。彼が殴るのも無理はないと自分に言い聞かせる。こちらの態度がよくなかった。言い方が悪かったと。あなたはいつかは子どもが欲しいと思っている。嘘じゃない。映画の仕事と子育てをどう両立させればいいかわからないだけだ。とはいえ、もっとはっきり説明するべきだったと思う。

翌朝、彼に謝られ、花束を贈られる。彼は両膝を床について許しを請う。

三度目は〈ロマノフ〉に行くか行かずに家にいるかで口論になったとき。壁に突き飛ばされて気づく。彼と意見が食い違っているのは、自分たち夫婦を世間にどう見せたいかについてなのだと。

四度目はふたりともオスカーを逃したとき。あなたはエメラルドグリーンのシルクのワンショルダードレスを着て、彼は燕尾服を身につけている。彼は心の傷を癒そうとしてアフターパーティーでお酒を飲みすぎている。あなたと彼は自宅のドライブウェイに停まる車のまえの座席にいて、これから家のなかに入ろうとしている。彼は落選したことに動揺している。

彼に大丈夫だと言う。

きみにはわからないと言われる。

自分も落選したことを思い出させる。

彼は言う。「ああ、でもきみの親はロングアイランドのくずだ。誰もきみに期待していない」

言うべきではないとわかりながら言う。「わたしはヘルズキッチンの出身よ。ばかね」

彼は車のドアを開けて、あなたを外へ押し出す。

翌朝、彼が涙を浮かべてすり寄ってきたとき、あなたはもう彼のことが信じられなくなっている。それなのに、まさにそうする。

ドレスの穴を安全ピンで留めたり、窓ガラスのひび割れにテープを貼ったりするように。

それが、わたしが抜け出せなくなった役柄だった。問題の本質に目を向けるより謝罪を受け入れるほうが簡単だから、そうする役柄。そんなとき、ハリー・キャメロンがわたしの楽屋に来て、いい知らせを聞かせてくれた。『若草物語』にゴーサインが出たと。

「きみがジョーで、ルビー・ライリーがメグ。ジョイ・ネイサンがエイミーで、シーリア・セントジェームズがベスを演じる」

「シーリア・セントジェームズ？　オリンピアン・スタジオの？」

ハリーはうなずいた。「どうして顔をしかめてるんだ？　喜んでくれるものとばかり思ってた」

「あら」わたしは彼のほうを向いて言った。「喜んでるわ。とても喜んでるわよ」

「シーリア・セントジェームズが嫌いなのかい？」

わたしは微笑んだ。「あのティーンエイジャーの女は汚い手を使って、わたしに取ってかわろうとしてるのよ」

ハリーは頭をのけぞらせて笑った。

シーリア・セントジェームズは、それより少しまえに大きな話題を呼んでいた。十九歳にして、戦争映画で若くして未亡人になった母親を演じ、翌年のアカデミー賞にノミネートされるに違いないと言われていた。まさに会社がベスを演じさせたいと思うタイプの人間だった。

そして、まさにルビーとわたしが嫌いそうなタイプの人間だった。

「きみは二十一歳で、今まさにいちばん人気がある映画スターと結婚してる。しかも、ついこのあいだアカデミー賞にノミネートされたばかりなんだぞ、エヴリン」

ハリーの言うことにも一理あったが、わたしの言葉も核心をついていた。シーリアは問題になりつつあった。

「大丈夫。わたしは準備ができてるから。これまででいちばんの演技をして、映画を観た人たちにこう言わせてみせる。『ベスって誰だっけ？ ああ、死んじゃう三女？ あの子がなんだって？』って」

「きっとそうなるよ」ハリーはわたしの体に腕をまわして言った。「エヴリン、きみは素晴らしい。世界じゅうの人々がそのことを知ってる」

わたしは微笑んだ。「本当にそう思う？」

スターについて世間の人々に知っておいてもらいたいことがある。わたしたちは崇拝されていると言われたい。それも何度も。人生の後半になって、人々はわたしのもとに来てこう言うようになった。「あなたがどんなに素晴らしいか、わたしが延々としゃべるのなんて、きっとお聞きになりたくないでしょうね」わたしは決まってこう返す。冗談めかして。「あら、もう一回言われるぐらい、なんでもないわ」けれども、実際のところは、賞賛の言葉は中毒になる。賞賛されればされるほど、もっと賞賛されなければ平静を保てなくなる。

「ああ」彼は言った。「本当にそう思うよ」

わたしは椅子から立ちあがってハリーを抱きしめたが、その際に、わたしの頬骨のうえに明かりがあたり、目のすぐ下の丸く色が変わっている部分が照らし出された。

わたしが見守るなか、ハリーの視線がわたしの顔のうえを動いた。

彼にはわたしが隠していた薄い痣が見えた。パンケーキ・ファンデーションの下にある、内出血によって青紫色に変色した肌が。

「エヴリン……」彼はそう言って、親指でわたしの顔にふれた。本当に痣なのかどうか、さわって確かめなければならないというように。

「ハリー、やめて」

「あいつを殺してやる」

「だめよ、やめて」

「親友なんだよ、エヴリン。ぼくときみは」

「わかってる」わたしは言った。「わかってるわ」

「親友同士はなんでも打ち明け合うって、きみが言ったんだぞ」

「わたしがそう言ったとき、そんなのはたわごとだって、あなたもわかってたじゃない」

ハリーをじっと見つめると、彼も見つめ返してきた。

「力にならせてくれ」彼は言った。「何をすればいい？」

「フィルムのなかで、わたしがシーリアや、ほかの誰よりもよく見えるようにしてちょうだい」

「そういう意味じゃない」

「でも、あなたにできることはそれしかないわ」

「エヴリン……」

わたしは引かなかった。「これ以上、話すことはないわ、ハリー」

彼はわたしが言おうとしていることを理解した。わたしはドン・アドラーと別れられないと。

「アリに話してもいい」

「彼を愛してるの」わたしは向きを変えて、イヤリングをつけながら言った。

それは本当だった。ドンとわたしは問題を抱えていたが、多くの人がそうだった。それに、彼はわたしに火をつけた、ただひとりの男性だった。時折、彼を求めている自分や、彼の注意が自分に向けられて喜んでいる自分や、いまだに彼に認められたいと思っている自分が嫌になることもあった。それでも、彼を愛していた。愛していて、ベッドをともにしたいと思っていた。それに、わたしはスポットライトのあたる場所にいつづけたかった。

「話は終わりよ」

するとドアがまたノックされた。やってきたのはルビー・ライリーだった。ちょうど若い修道女の役でドラマを撮っているところで、わたしたちふたりのまえに立つ彼女は、白い襟がついた黒いチュニックを着て、手にフードを持っていた。

「聞いた？」ルビーがわたしに向かって言った。「ああ、もちろん聞いてるわよね。ハリーが来てるんだから」

ハリーは笑い声をあげた。「きみたちふたりとも、三週間後にはリハーサルが始まるぞ」

ルビーはハリーの腕をふざけて叩いた。「違うわよ、そのことじゃないわ！　シーリア・セントジェームズがベス役だって聞いた？　きっと、わたしたちみんな、あの女に恥をかかされるわよ」

「ほらね？　ハリー」わたしは言った。「シーリア・セントジェームズのせいで、すべてが台無しになろうとしてるわ」

13

『若草物語』のリハーサルが始まる日の朝、ドンがベッドに朝食を運んできて、起こしてくれた。半分に切ったグレープフルーツと火がついた煙草。わたしはとてもロマンティックだと思った。まさにわたしが欲していたものだったから。

「頑張るんだよ、エヴリン」彼は服を着て、部屋を出ていきながら言った。「ぼくにはわかってる。きみなら女優というのはどういうものか、シーリア・セントジェームズに見せてやれるって」

わたしは微笑んで、いい一日を、と言った。グレープフルーツを食べ、トレイをベッドに置いたままにして、シャワーを浴びにバスルームに入った。

バスルームを出ると、寝室にはメイドのポーラがいて、わたしが散らかしたあとを掃除していた。ちょうど上掛けから煙草の吸い殻をつまみ上げたところだった。トレイに置いておいたのが、上掛けのうえに落ちたのだ。

わたしは家をきれいに保てなかった。

前日の夜に着ていた衣類が床に散らばり、室内履きはドレッサーのうえにあって、タオルは洗面ボウルに入っていた。

ポーラの仕事は多く、彼女はわたしをとりわけ魅力的だとは思っていなかった。それだけは確かだった。

「あとにしてくれる？」わたしは言った。「申しわけないんだけど、急いで撮影所に行かなきゃならないの」

彼女は礼儀正しく微笑んで出ていった。

本当は急ぐ必要などなかった。ただ服を着たかっただけで。そしてポーラのいるところでは着たくなかった。脇腹に濃い紫色と黄色の痣があるのを見られたくなかった。

その九日まえ、ドンに階段から突き落とされた。こうして長い年月が経ったあとに話していても、彼をかばいたくなる。ひどいことをされたように聞こえるが、それほどたいしたことではなかったと言いたくなる。ふたりで階段をおりているときに軽く押され、四段分落ちただけだと。

運悪く、ドアのそばに置いてあるテーブルのうえに落ちた。鍵や郵便物を置いておくためのテーブルだ。わたしは体の左側を下にして落ちた。いちばんうえの引き出しの取っ手が胸郭にまともにぶつかった。

肋骨が折れたかもしれないと言うと、ドンは言った。「そいつは大変だ。大丈夫かい？」わたしを押したのは彼ではないとでもいうように。

わたしは愚かにも言った。「大丈夫だと思うわ」

痣はすぐには消えそうになかった。

ポーラが部屋に飛び込んできた。

「すみません、奥さま、うっかりして――」

わたしは慌てふためいた。「ちょっと、ポーラ！　出ていくよう言ったはずよ！」

彼女は踵(きびす)を返して出ていった。後日、何よりも頭にきたのは、どうせ暴露するなら、どうしてこの話にしなかったのだろうということだった。どうして彼女は世間にドン・アドラーは妻を殴っていると話さなかったのだろう。どうして、そうするかわりにわたしを攻撃したのだろう。

二時間後、わたしは『若草物語』の撮影現場にいた。サウンドステージ（屋内撮影所）には窓に雪が積もったニューイングランドの家が作られていた。

ルビーとわたしは、わたしたちから映画を盗もうとしているシーリア・セントジェームズと戦うために同盟を組んだ。誰がベスを演じても、観客はハンカチに手を伸ばすものだけれど。

上げ潮はすべての船を持ちあげると女優に言って聞かせようとしても無駄だ。女優の世界ではそうではないから。

けれども、リハーサル初日、ルビーとわたしが休憩スペースでコーヒーを飲んでいると、シーリア・セントジェームズがわたしたちに嫌われているとは夢にも思っていないことが明らかになった。

「どうしましょう」彼女はルビーとわたしのそばに来て言った。「怖くてたまらないわ」

グレーのズボンにペールピンクの半袖セーターという格好だった。彼女は隣の女の子タイプの純真そうな顔をしていた。大きくて丸いペールブルーの目に長いまつ毛。上唇がきれいな弓形を描く唇。ストロベリーレッドの長い髪。完璧そのものだった。わたしはどうやっても真似できないと女性に思われるタイプの美人だった。わたしのような女性には近づくことすらできないと、男性には思われた。

ルビーは優雅で超然とした美人だった。クールかつシックだった。

けれどもシーリアは、もしかしたら手に入るかもしれないと、人に思わせるタイプの美人だった。うまくやれば、自分もシーリア・セントジェームズのような女性と結婚できるかもしれないと、男性たちは思った。

ルビーとわたしは、手が届く存在であるということが、どういう力を持つのか気づいていた。

シーリアは軽食が用意されたテーブルからパンを一切れ取って焼き、ピーナッツバターをたっぷり塗ってかじった。

「いったい何が怖いの?」ルビーが言った。

「自分が何をしてるのか、自分でもわからないの!」シーリアは言った。

「シーリア、お決まりの〝困ったふり〟に、わたしたちが騙されると思わないで」わたしは言った。

彼女はわたしを見た。それまで誰もわたしを実際には見ていなかったように感じた。ドンでさえも。「そんなふうに言われたら傷つくわ」彼女は言った。

ほんの少しだけ悪いと思ったが、そう思っていることをわからせるつもりはなかった。「悪気があって言ったんじゃないわ」わたしは言った。

「いいえ、あったはずよ」シーリアは言った。「あなたは少し皮肉っぽいわね」

いいときだけの友のルビーは助監督が呼ぶ声を聞いたと言って、いなくなった。

「来年のオスカーにノミネートされると街じゅうの人に言われてる女性が、自分がベス・マーチを演じられるか不安に思ってるなんて、とうてい信じられないだけよ。いちばん手応えがあって、好かれる役なのに」

「そんなに確かな役なら、あなたがやればよかったんじゃない？」彼女は言った。

「わたしじゃ年を取りすぎてるわ、シーリア。でも、そう言ってくれてありがとう」

シーリアは微笑んだ。わたしは彼女の術中にはまったことに気づいた。

そのときから、シーリア・セントジェームズのことが好きになりはじめた。

14

「この続きはまた明日にしましょう」エヴリンが言う。太陽はかなりまえに沈んでいた。まわりを見まわし、朝食と昼食と夕食の残りが、室内のあちらこちらに置かれていることに気づく。

「わかりました」わたしは言う。

「そう言えば」帰る支度を始めたわたしに彼女が言う。「今日、広報担当者があなたのところの編集長からメールをもらったそうよ。六月号の表紙用の写真撮影について訊いてきたんですって」

「そうですか」わたしは言う。フランキーは何度か連絡を入れてきていた。折り返し電話して、今の状況を知らせなければならない。だが……どう言えばいいのかわからない。

「まだ、わたしたちの計画を話してないのね」エヴリンが言う。

わたしはパソコンをバッグに入れる。「そうなんです」わずかに決まり悪そうな声が出て、我ながら嫌になる。

「かまわないのよ」エヴリンは言う。「責めてるわけじゃないの。そう思ってるといけないから言うけど。わたしが真実の擁護者じゃないことは神様もご存じだもの」

わたしは笑い声をあげる。

「あなたがしなければならないと思うことをすればいいわ」彼女は言う。

「そうします」

それがなんであるのか、まだわからないが。

帰ると、建物に入ってすぐのところに母からの荷物が置いてある。持ちあげようとして初めて、かなり重いことがわかる。結局、タイル張りの床を足で押して進み、階段を一段ずつ持ちあげて運んで、アパートメントに引きずって入れる。

箱を開けると、なかには父の写真アルバムがぎっしり詰められている。どのアルバムの表紙にも、右下の隅に浮き出し文字で〝ジェームズ・グラント〟と記されている。

その場に座り込んで、写真を一枚一枚見ずにはいられない。

撮影現場のスチール写真。監督や、有名な俳優や、退屈しているエキストラや、助監督――とにかく、ありとあらゆる人々が写っている。父は仕事を愛していた。父に注意を向けていない人々の写真を撮るのが好きだった。

亡くなる一年ほどまえに、父がバンクーバーで二カ月仕事をしていたのを覚えている。母とわたしは、そのあいだに二度、父のもとを訪ねたが、ロサンゼルスよりはるかに寒かったうえ、父は仕事からなかなか帰ってこなかった。わたしは父に訊いた。どうして家で仕事ができないのか。どうしてこの仕事をしなければならないのか、と。

父はやる気が出る仕事がしたいと言った。そして、こう続けた。「おまえもやる気が出る仕事に就くんだぞ、モニーク。大きくなったら、心が小さくなったように感じる仕事じゃなくて、大きくなったように感じる仕事を見つけるんだ。わかったな？約束だぞ？」父が差し出した手を、わたしは握った。ビジネス上の取引をしているかのように。そのとき六歳だったが、八歳になるころには父を失っていた。

わたしはつねに父の言葉を胸にとどめてきた。ティーンエイジャーのころは、夢中になれるもの、どうにかして魂を大きくしてくれるものを見つけなければならないと、強烈なプレッシャーにさらされていた。簡単なことではなかった。父にさよならを言ってからかなりの年月が経ったハイスクール時代には、演劇とオーケストラを試した。コーラス部にも入ってみた。サッカーと討論も試した。ふいに啓示を得たような気がして、写真も試した。父の心を大きくしたものが、わたしの心も大きくしてくれるかもしれないと期待しながら。

　だが、初めて胸のなかで何かが膨（ふく）らんだように感じたのは、南カリフォルニア大学に入った年、創作のクラスの課題で、クラスメートのプロフィールを書いたときだった。わたしは実在する人々について書くのが好きだった。現実の世界を説明する、感情に訴える方法を見つけるのが好きだった。それぞれの物語を伝えることで人々をつなげるという考え方が好きだった。

　わたしはそうした心に従ってニューヨーク大学のＪスクール（ジャーナリズム大学院）に入り、さらにはニューヨーク公共ラジオ局（ＷＮＹＣ）のインターンになった。情熱に従ってフリーランスになり、ぎりぎりの生活をしながら、恥ずかしくなるようなブログを書いた。その後、ついに『ディスコース』で働くようになり、サイトのリニューアルを担当したデイヴィッドと出会った。やがて『ヴィヴァン』に移り、今こうしてエヴリンと仕事をしている。

　バンクーバーで、ある寒い日に父から言われた些細なことが、つまるところわたしの人生の軌道を定めるものになった。

ふと疑問を抱く。父が死んでいなかったとしても、その言葉を聞き入れていただろうか。この先も助言してもらえるだろうと思っていたら、父の言葉ひとつひとつに、これほどまでに執着していただろうか。

最後のアルバムの終わりに、撮影現場で撮られたのではない写真が貼ってある。バーベキューで撮られたものだ。そのうちの何枚かには母が写っている。そして、最後の一枚は両親とわたしの写真だ。

せいぜい四歳ぐらいだろう。母に抱かれ、手にしたケーキを食べながら、カメラをまっすぐ見つめている。父はわたしを抱く母の体に腕をまわしている。当時はまだ、多くの人がわたしをファーストネームのエリザベスで呼んでいた。エリザベス・モニーク・グラント。

母は、わたしは大きくなったらリズかリジーと呼ばれたがるだろうと思っていたが、父はモニークという名前が大好きで、わたしをつねにそう呼んでいた。わたしは父にわたしの名前はエリザベスだと言うのだが、そのたびに名前は自分の好きなものにしていいと言われた。父が亡くなると、母もわたしも、わたしはモニークになるべきだと思った。父に関するあらゆることに敬意を払うことで、悲しみがほんの少し癒された。そうして、いつも父がわたしを呼ぶのに使っていた名前が、わたしの名前となった。

た。わたしの名前は父からの贈り物だと、事あるごとに母に言われる。

こうして写真を見ていると、父と母がとても美しいことに心を打たれる。ジェームズとアンジェラ。ふたりがどのような犠牲を払って生活を築き、わたしをもうけたかわかっている。八〇年代初めに白人の女性と黒人の男性が結婚したのだ。どちらの家族もこの結婚をとくには喜ばなかった。父が亡くなるまで、わたしたちは両親が居心地よく、安心して暮らせる場所を求めて、何度も引っ越した。

学校に入り、わたしと同じような子と出会った。彼女の名前はヤエル。父親はドミニカ人で、母親はイスラエルの出身だった。彼女はサッカーが好きで、わたしは着せ替え遊びが好き。何かについて意見が合うことはめったになかったが、彼女が人にユダヤ人かと訊かれて「半分ユダヤ人よ」と答えるのが好きだった。半分何かである人間は、彼女以外知らなかった。

長いあいだ、わたしは半分がふたつ合わさったもののように感じていた。

やがて父が死に、わたしは母親の分の半分を残して、もう半分を失ったように感じた。自分の半分から引き裂かれ、不完全な存在になったように思えた。

だが、今こうして一九八六年に三人で撮った写真を見ていると、オーバーオールを身につけたわたしとポロシャツ姿の父とデニムジャケットを着た母は、とてもしっくりきている。わたしはあるものの半分と別のものの半分が合わさったものではなく、もともとひとつのものであるように見える。父と母のものに。愛されている存在に。

父が恋しい。いつだって父は恋しいが、今のように、ついにわたしの心を大きくしてくれそうな仕事に取りかかったときには、せめて自分がしていることを、父に手紙で知らせられればいいのにと思う。そして、父から返事をもらえればいいのにと思う。

父がなんて書いてよこすかはわかっている。〝誇りに思うよ。愛してる〟というようなことだ。それでも、とにかく返事が欲しい。

「さてと」わたしは言う。エヴリンのデスクはもはやわたしの第二の我が家だ。わたしはグレースが淹れてくれるモーニングコーヒーをあてにするようになっている。いつも飲んでいる〈スターバックス〉のコーヒーのかわりに。「昨日おしまいにしたところから始めましょう。あなたは『若草物語』の撮影に入ろうとしていた。さあ始めてください」

エヴリンは笑い声をあげる。「もうすっかりベテランの域ね」と言う。

「わたしは覚えが早いんです」

15

リハーサルが始まって一週間が経った日、わたしはドンとベッドに横になっていた。リハーサルのようすはどうだと訊かれ、シーリアは予想どおりいい演技をしていると認めた。

「まあ『モンゴメリー郡の人々』は今週も一位になりそうだ。ぼくはトップに返り咲いたというわけだ。それにスタジオとの契約は年末で切れる。アリ・サリヴァンはぼくを満足させるためなら、なんでもこちらの望みどおりにするだろう。だから、ひと言そう言えば、彼女は、ぽいっと、お払い箱さ」

「そんなのだめよ」わたしは手を彼の胸に置き、頭を肩にのせて言った。「大丈夫。主役はわたしなんだから。彼女は脇役にすぎない。たいして心配してないわ。それに彼女にはどこかわたしの好きなところがあるの」

「きみにはどこかぼくの好きなところがある」彼はそう言って、わたしを自分の体のうえに引きあげた。少しのあいだ、あらゆる心配事が消え去った。

その次の日、ランチ休憩に入ると、ジョイとルビーはターキーサラダを食べにいった。するとシーリアと目が合った。「ちょっと抜け出して、ミルクセーキを飲みたいなんてことないわよね？」彼女が訊いてきた。

サンセットの栄養士はわたしがミルクセーキを飲むのを気に入らないだろうが、知らなければ大騒ぎすることもないはずだった。

十分後、わたしたちはシーリアの一九五六年式のベイビーピンクのシボレーに乗り、ハリウッド・ブールバードに向かっていた。シーリアの運転はひどかった。わたしはドアの取っ手をきつく握りしめていた。そうすれば命が助かるとでもいうように。

シーリアはサンセット・ブールバードとカフエンガ・ブールバードの交差点の赤信号で車を停めた。「〈シェワブ〉に行こうと思ってるんだけど」にっこり笑って言った。〈シェワブ〉は当時、誰もが日中長い時間を過ごす場所だった。そして『フォトプレー』のシドニー・スコルスキーがほぼ毎日〈シェワブ〉で仕事をしていることは周知の事実だった。

シーリアは〈シェワブ〉で目撃されたがっていた。わたしといっしょに〈シェワブ〉にいるところを目撃されたがっていた。

「何をたくらんでるの?」わたしは尋ねた。

「何もたくらんでなんかないわ」彼女はそんなふうに言われるなんて心外だというように言った。

「ねえ、シーリア」わたしは彼女の言葉を手を振って退けて言った。「わたしはあなたより何年か長くこの仕事をしてるのよ。あなたは田舎から蕪を積んできたトラックから落ちたばかりで、世間知らずもいいところでしょ。いっしょにしないで」

信号が青に変わり、シーリアは車を急発進させた。

「わたしはジョージアの出身よ」彼女は言った。「サバンナの郊外」

「だから？」

「田舎から蕪を積んできたトラックから落ちたわけじゃないって言ってるの。向こうにいるときにパラマウントの人にスカウトされたんだから」

はるばる飛んでいって彼女を口説いた人間がいるということに、わたしは気圧され、脅威すら覚えた。わたしは血と汗と涙を流してこの街に来たが、シーリアは何者でもないうちからハリウッドを迎えにこさせたのだ。

「そうかもしれないけど」わたしは言った。「あなたが何をたくらんでるのか、わたしにはわかるわ。ミルクセーキを飲みに〈シェワブ〉に行く人なんていないもの」

「ねえ」彼女は言った。声の調子がわずかに変わり、いっそう誠実な響きを帯びた。「記事をひとつふたつ利用するのもいいわ。近いうちに主演映画でスターになるつもりなら、名前を知っておいてもらわなきゃならないもの」

「こうしてミルクセーキを飲みにいくのは、わたしといっしょにいるところを目撃されるようにするため？」わたしは侮辱されたように感じていた。利用され、甘く見られたことで。

シーリアは首を横に振った。「まったく、そんなことないわ。あなたとミルクセーキが飲みたかっただけ。そして駐車場を出るとき思ったの。〝〈シェワブ〉に行かなきゃ〟って」

シーリアはサンセット・ブールバードとハイランド・アベニューの交差点の信号で車を急停止させた。その時点で、これが彼女の運転の仕方なのだと気づいた。アクセルもブレーキも鉛の足で踏む乱暴な運転。

「右折して」わたしは言った。

「えっ？」

「右折して」

「どうして？」

「シーリア、いいから早く右折して。さもないと、ドアを開けて飛び降りるわよ」

彼女はまともじゃない人間を見るような目でわたしを見たが、無理もなかった。わたしは彼女がウインカーを出さなければ自殺すると言ったのだから。

シーリアは右折してハイランド・アベニューに入った。

「次の信号で左折して」わたしは言った。

彼女は何も言わずにウインカーを出し、左折してハリウッド・ブールバードに入った。わたしは車を脇道に停めるよう指示した。わたしたちは歩いて〈CCブラウン〉に向かった。

「ここのアイスクリームのほうがおいしいわ」わたしは店に入りながら言った。

彼女に身の程を思い知らせようとしていた。わたしがそう望み、計画したのでないかぎり、彼女といっしょにいるところを写真に撮らせるつもりはなかった。わたしより有名ではない人間の好きにされるつもりは、さらさらなかった。

シーリアは神妙な顔でうなずいた。

わたしたちがカウンター席に座ると、奥にいた店員がまえに来て、一瞬言葉を失った。

「えっと……」彼は言った。「メニューをお持ちしましょうか?」

わたしは首を横に振った。「わたしはもう決まってるから。シーリアは？」

彼女は店員を見た。「チョコレートモルトをください」

わたしは彼の目が彼女に釘付けになるのを見守った。シーリアは腕を組んでわずかにまえかがみになっていて、胸が強調されていた。無意識にそうしているようで、そのことがいっそう彼を魅了していた。

「わたしにはストロベリーミルクセーキをお願い」わたしは言った。

彼はわたしを見て、いっそう大きく目を見開いた。まるで一度にできるだけ多くわたしを見ようとしているかのように。

「もしかして……エヴリン・ヒューゴ？」

「いいえ」わたしはそう言うと、笑みを浮かべて、彼の目をまっすぐ見つめた。皮肉っぽく、からかうように。その口調と抑揚は、街で気づかれたときに何度も用いてきたものだった。

彼はそそくさと立ち去った。

「元気出して」わたしはシーリアを見て言った。彼女は光沢のあるカウンターを見つめていた。「おいしいチョコレートモルトが飲めるのよ」

「怒らせちゃったわね」彼女は言った。「〈シェワブ〉に行こうだなんて。ごめんなさい」

「シーリア、あなたがそうなりたいと明らかに思ってるぐらい大物になるつもりなら、覚えておかなきゃならないことがふたつあるわ」

「なんなの？」

「ひとつは、人の境界線を越えて、それを悪いと思わないようにすること。あなたから求めなければ、誰も何も与えてくれない。あなたはやってみたけど断られた。それを乗り越えて、次に進むの」

「ふたつめは？」

「人を利用するなら、うまくやること」

「あなたを利用するつもりなんてなかった――」

「いいえ、シーリア、あなたはそのつもりだった。それはかまわないのよ。わたしだって少しもためらわずにあなたを利用するでしょうから。それに、あなたがわたしを利用することを思い直すとも思えない。あなたとわたしの違いがわかる？」

「わたしとあなたには違うところがたくさんあるわ」

「とくに今、わたしが取りあげようとしてる違いが何かわかる？」わたしは言った。

「なんなの？」

「わたしは自分が人を利用してることをわかってるということ。わたしは人を利用するのをなんとも思わない。そして、あなたが人を利用してはいないと思い込もうとするのに使ってる労力を、もっとうまく人を利用できるようになるために使ってる」

「それを誇りに思ってるの？」

「そうしてたどりつけた場所を誇りに思ってるわ」

「わたしを利用してるの？　今この瞬間？」

「そうだとしても、あなたには絶対にわからないわ」

「だから、こうして訊いてるの」

先ほどの店員がわたしたちの飲み物を運んできた。飲み物を出すだけなのに自分に発破(はっぱ)をかけなければならないようだった。

「いいえ」彼がいなくなると、わたしはシーリアに言った。

「何が？」

「いいえ、わたしはあなたを利用してないわ」

「そう、ほっとしたわ」シーリアは言った。わたしの言うことを、あまりにも簡単に、あっさり信じたので、世間知らずもいいところだと思った。わたしは本当のことを言っていたが、それにしてもだ。

「ど、ど、どうしてわたしがあなたを利用してないかわかる？」わたしは言った。

「すごくおいしそう」シーリアはそう言ってチョコレートモルトを飲んだ。わたしは彼女の声の厭世的な響きと口調の速さに驚き、笑い声をあげた。

シーリアは当時の仲間内で誰よりも多くオスカーを受賞するのだが、どれも情熱的かつ感動的な役での受賞だった。けれども、わたしはずっと彼女はコメディでこそ本領を発揮するのではないかと思っていた。頭の回転が速かったから。

「わたしがあなたを利用してないのは、あなたから得られるものが何もないからよ。少なくとも、今のところは」

シーリアは傷ついたようすで、またチョコレートモルトを飲んだ。わたしもまえかがみになってミルクセーキを飲んだ。

「そうは思わないわ」シーリアは言った。「たしかにあなたはわたしより有名よ。キャプテン・ハリウッドと結婚すれば誰だってそうなれるわ。でも、それ以外は、わたしたちは同じ場所にいるのよ、エヴリン。あなたはこれまでに何度かいい演技をした。わたしもそうよ。そして今、わたしたちは同じ映画を作ってる。わたしもあなたも、アカデミー賞が欲しくて引き受けた映画を。率直に言えば、その点についてはわたしのほうが優位に立ってる」

「どうして？」

「わたしのほうがいい女優だから」

わたしはストローで濃いミルクセーキをを飲むのをやめて、彼女のほうを向いた。

「どうしてそう思うの？」

シーリアは肩をすくめた。「そうしたことは測れることではないけど、事実よ。『もう一日』を観たわ。あなたはとてもよかった。でも、わたしのほうがもっとうまくやれる。そして、あなたもそれを知ってる。だから、あなたとドンはわたしを今回の企画から追い出そうとしたのよ」

「そんなことはしてないわ」

「いいえ、したでしょ。ルビーから聞いたわ」

わたしはルビーがわたしから聞いたことをシーリアに話したことを怒らなかった。飼い犬が郵便配達の人に吠えても怒らないのと同じ理由で。ルビーも犬もそういうものだから。

「まあ、いいわ。あなたはわたしよりいい女優で、ドンとわたしはあなたを辞めさせることを話し合ったかもしれない。だからどうだっていうの？　たいしたことじゃないわ」

「それこそまさにわたしが言おうとしてることよ。わたしはあなたより才能があって、あなたはわたしより影響力がある」

「だから？」

「あなたの言うとおり、わたしは人を利用するのがそれほどうまいわけじゃない。だから別の方法でやろうと思うの。お互いに助け合いましょう」

わたしはまたミルクセーキを飲んだ。少し興味をそそられていた。「どうやって？」と尋ねた。

「時間外に、あなたが演技の練習をするのを手伝うわ。わたしが知ってることを教えてあげる」

「そして、わたしはあなたと〈シェワブ〉に行くのね？」

「あなたがしてきたことをわたしがするのを手伝ってほしいの。スターになるために」

「でも、そのあとは？」わたしは言った。「ふたりとも有名になって演技力も身についたら？　この街の全部の仕事を取り合うの？」

「それもひとつの選択肢だと思うわ」

「ほかの選択肢は？」

「わたしはあなたのことが本当に好きよ、エヴリン」

わたしは彼女を横目で見た。

彼女は笑い声をあげた。「この街の女優のほとんどが、そんなことを本気で言うはずがないってわかってるけど、わたしはほとんどの女優と同じになるつもりはない。あなたのことが本当に好きなの。スクリーンのなかのあなたを観るのが好き。あなたが現われた瞬間、ほかのものは目に入らなくなる。ブロンドの髪にしては肌の色が濃すぎるのも好きだし、その組み合わせは合わないはずなのに、あなたの場合はとても自然に思えるのも好き。それに正直に言うと、計算高くて、なんだか恐ろしいところも好きなの」

「わたしは恐ろしくなんかないわ！」

シーリアは笑った。「ああ、恐ろしいわよ。わたしに恥をかかされると思ってクビにしようとしたんでしょ？　恐ろしいわよ、エヴリン。それに人を利用してると自慢してまわるなんて。最悪だわ。でも、あなたがそう言うのは好き。あなたの正直さや恥知らずなところが好きなの。このあたりの女たちの多くはばかげたことばかり言ったりしたりしてる。でも、あなたがばかげたことをするのは、それで何かが手に入るときだけ。そういうところも好きよ」

「たくさん褒めてくれてるけど、侮辱もだいぶ含まれてるわね」わたしは言った。

シーリアはわたしの言葉を聞いてうなずいた。「あなたは自分の欲しいものがわかっていて、それを手に入れようとしてる。エヴリン・ヒューゴが近いうちにハリウッド一のスターになることを疑う人は、この街にはいないと思う。そして、それはあなたが見る価値がある人だからだけじゃない。大物になると決めてて、実際になりつつあるからよ。わたしはそういう女性と友だちになりたいの。つまりはそういうこと。本当の友だちになりたいの。ルビー・ライリーみたいに友だち面して陰で裏切り、好き勝手なことを言うんじゃなくて。友情を築きたいの。お互いをよく知り、高め合い、人生をより豊かにする関係になりたいのよ」

わたしは彼女が言ったことを考えた。「お互いの髪をセットするとか、そういうこともしなきゃならないの？」

「サンセットはそういうことをする人間を雇ってるわ。だから、答えはノーよ」

「あなたの男関係のトラブルについて話を聞かなきゃならない？」

「それは絶対にないわ」

「じゃあ、どうすればいいの？　いっしょに過ごす時間を持って、困ったときには力になるようにするの？」

「エヴリン、これまで友だちがいなかったの？」

「もちろん、いたわ」

「本当の友だち、親しい友だちよ？　真の友だちはいる？」

「真の友だちはいるわ、余計なお世話よ」

「誰なの？」

「ハリー・キャメロンよ」

「ハリー・キャメロンが友だちですって？」

「彼はわたしの親友よ」

「そう、わかったわ」シーリアは手を差し出して握手を求めながら言った。「わたしはあなたの二番目の親友になる。ハリー・キャメロンの次の」

わたしは彼女の手を取り、しっかり握った。「いいわ。明日、あなたを〈シェワブ〉に連れていく。そのあと、ふたりで演技の練習をしましょう」

「ありがとう」彼女はそう言って、晴れやかな表情で微笑んだ。この世で欲しいものをすべて手に入れたかのように。彼女に抱きしめられ、体を離すと、カウンターの奥にいる店員がわたしたちをじっと見つめていた。

わたしはお勘定（かんじょう）を頼んだ。

「お代はけっこうです」彼は言った。わたしはばかげていると思った。無料の食べ物を必要としている人がいるとしても、それは裕福な人ではないからだ。

「『デューム岬の拳銃』は最高だったとご主人に伝えていただけませんか？」わたしとシーリアが席を立って出ていこうとすると、彼は言った。

「ご主人って？」わたしは精いっぱいはにかんでみせて言った。

シーリアが笑い声をあげ、わたしは彼女ににっこり笑ってみせた。けれども、心のなかではこう考えていた。〝彼には話せない。わたしが彼を笑い物にしたと思われて、殴られるだろうから〟

サブ・ローザ
一九五九年六月二十二日

どこまでも冷たいエヴリン

寝室が五部屋ある豪邸に住む美しい夫婦が、家を子どもたちでいっぱいにする気がないのはいったいどうしてなのだろう。ドン・アドラーとエヴリン・ヒューゴに訊いてみれば、その答えがわかるかもしれない。

いや、エヴリンに訊くべきか。

ドンは赤ん坊を欲しがっているし、わたしたちはみな、美しいふたりの人間の子どもがいつこの世に生まれ出るのかわかるときを、固唾(かたず)をのんで待っている。ふたりの子なら間違いなくわたしたちを魅了するだろうとわかっている。

だが、エヴリンはノーと言っている。

口にするのは新作映画『若草物語』を始めとする、仕事の話だけ。

そればかりか、エヴリンは家をきれいに保とうともせず、夫の簡単なリクエストに応えようともしていない。さらには使用人に優しくする気もない。

そのかわりに、シーリア・セントジェームズのような独身女性と〈シェワブ〉に行っているのだ！

気の毒なドンが家にいて子どもを欲しがっている一方で、エヴリンは出かけて人生を謳歌（おうか）している。

あの家の主人公はあくまでもエヴリン。

夫の不満は大きくなるばかりだ。

16

「これは現実に起こってること？」わたしはそう言って、タブロイド紙をハリーのデスクに放り投げた。とはいえ、もちろん彼はすでに問題の記事を読んでいた。

「それほど悪い記事じゃないよ」

「いい記事でもないわ」

「ああ、そうだな」

「どうして誰も対処しなかったの？」わたしは訊いた。

「『サブ・ローザ』はこちらの言うことなんて聞かないからだ」

「どういう意味？」

「彼らは真実にもスターとのつながりにも興味がない。記事にしたいことを記事にしてるだけで」

「お金には興味あるでしょ？」

「ああ、でもきみの結婚生活の一部始終をさも知ったふうに書くことで、うちが払える額よりはるかに多い額を稼げるんだ」

「こっちはサンセット・スタジオなのよ？」

「そして念のため言っておくと、うちは以前ほど金を稼いでいない」

ハリーのデスクと向かい合う椅子のひとつに座っていたわたしは、肩を落とした。

するとノックの音がした。

「シーリアよ」彼女がドアの向こうで言った。

わたしは立ちあがって、彼女のためにドアを開けた。

「記事を見たのね」と言った。

シーリアはわたしを見た。「そんなに悪い記事じゃないわ」

「いい記事でもないわ」わたしは言った。

「ええ、そうね」

「ありがとう。あなたたち、息ぴったりね」

シーリアとわたしは、そのまえの週に『若草物語』の撮影を終えていた。撮影が終わった日の翌日には、ハリーとグウェンドリンとともに〈ムッソー&フランク・グリル〉に行き、ステーキとカクテルで祝っていた。

アリがわたしたちふたりは確実にアカデミー賞にノミネートされると思っているというい知らせも、ハリーから聞かされていた。

毎晩、撮影が終わると、わたしのトレーラーで、シーリアとふたりで遅くまでお互いのシーンのリハーサルをした。シーリアはメソッド演技法（俳優が自分の感情や経験を活かして役になりきろうとする演技手法）を用いていた。役に〝なりきろう〟としていた。わたしはそういうやり方はそれほど得意ではなかったが、シーリアは虚構の状況で真の感情が湧き起こる瞬間を見出す方法を教えてくれた。

そのころのハリウッドは奇妙だった。同時にふたつの流れが並行して起こっているように思えた。

大手スタジオとその専属俳優によるスタジオ同士の競争がある一方で、メソッド演技法を用いる俳優が出演するアンチヒーローやバッドエンドが付き物の生々しい映画、アメリカン・ニューシネマが観客の心を捉えはじめていた。

煙草ひとパックと一本のワインを夕食がわりに、シーリアとそうした夜を過ごすまで、わたしはその新しい流れに注意すら払っていなかった。

とはいえ、彼女がわたしにどういう影響を与えたにしろ、それがいい影響であったことは間違いなかった。わたしはオスカーを獲れるかもしれないと、アリ・サリヴァンに思われていたのだから。そして、そのために、わたしはいっそうシーリアのことが好きになった。

週に一度、シーリアとふたりでロデオ・ドライブのようなホットな場所に行くのは、もはや彼女への好意とは感じなくなってさえいた。たんにいっしょにいるのが楽しかったから、喜んで彼女のために注目を集めた。

だから、ハリーのオフィスで椅子に腰をおろし、ふたりが親身になってくれないことに怒っているふりをしながらも、自分が大好きなふたりといることはわかっていた。

「ドンはなんて言うかしら？」シーリアが尋ねた。

「わたしをつかまえようとして、撮影所中、探しまわるはずよ」

ハリーがわたしを鋭い目で見た。ドンが機嫌の悪いときにその記事を読んだらどうなるか、彼にはわかっていた。「シーリア、今日、撮影が入ってるかい？」彼は尋ねた。

彼女は首を横に振った。「『ベルギーの誇り』の撮影は来週まで始まらないわ。ランチのあとで衣装合わせがあるだけよ」

「衣装合わせは別の日に変更させよう。エヴリンといっしょにショッピングにでも行ったらどうだい？『フォトプレー』に電話して、きみたちふたりがロバートソン・

ブールバードにショッピングに行くと知らせてやってもいい」

「そしてシーリア・セントジェームズのような独身女性と街に出てるところを目撃されるの？」わたしは言った。「やっちゃいけないことの典型みたいに思えるけど」

ばかげた記事の内容が頭のなかを駆けめぐっていた。〝さらには使用人に優しくする気もない〟

「あの裏切り者」わたしはどういうことなのか察して言い、椅子の肘掛けに拳を叩きつけた。

「誰のことだい？」ハリーが言った。

「うちのメイドよ」

「きみのところのメイドが『サブ・ローザ』に話したっていうのかい？」

「間違いなくうちのメイドが『サブ・ローザ』に話したのよ」

「わかった。じゃあ、そのメイドはクビだ」ハリーは言った。「すぐにベッツィにきみの家に行ってもらって、メイドを出ていかせよう。きみが帰るころにはいなくなってるようにする」

わたしはどういう選択肢があるか考えた。

もっとも避けたいのは、わたしがドンに赤ん坊を抱かせようとしないという理由で、みながわたしの映画を観る気をなくすという事態だった。もちろん、ほとんどの映画ファンは口ではそうは言わないだろう。自分がそう思っていることに気づきもしないかもしれない。とはいえ、このような記事を読んだあとで、わたしの映画が公開されれば、わたしにはどこか好きになれないところがあると思うはずだ。それがなんなのか、はっきりわからないにしても。

自分のことを最優先に考える女に人々はそれほど同情もしなければ好意も持たない。さらには、妻に好きなようにされる男を尊敬しない。だから、ドンにとってもいい状況とは思えなかった。

「ドンと話す必要があるわ」わたしは立ちあがりながら言った。「ハリー、ロパーニ先生に今夜うちに電話してくれるよう言ってもらえる？　できたら六時ごろに」

「どうして？」

「先生からわたしに電話が欲しいの。ポーラが出たら、深刻な声で話してもらって。わたしにとても大事なことを話さなきゃならないという感じを出してもらいたいの。ポーラが興味を引かれるぐらい心配そうな声で」

「わかったよ……」

「エヴリン、いったいどうするつもりなの？」シーリアがわたしを見上げて言った。

「わたしが電話に出たら、先生には今から書くとおりに言ってもらって」わたしはそう言うと、紙を一枚取って、そこに文字を書きはじめた。

ハリーがわたしが書いたものを読んでから、紙をシーリアに渡した。彼女はわたしを見た。

ドアにノックの音がして、ドンが招かれもしないうちに入ってきた。

「探したんだぞ」彼は言った。その声からは怒りも愛情も感じられなかったが、わたしはドンを知っていた。彼には中間の感情などないことを。温かさがないということは冷え切っているということだった。「このくだらない記事は読んだよな？」彼はタブロイド紙を手にしていた。

「わたしに考えがあるの」わたしは言った。

「考えがあってよかったな。考えはあるに越したことはない。ぼくは妻の尻に敷かれた腰抜けだと思われたまま、この街をうろつくつもりはない。キャメロン、いったいどうなってるんだ？」

「ぼくがなんとかするよ、ドン」

「そいつはよかった」

「でも、とりあえずエヴリンの考えを聞くべきだと思う。彼女が先に進むまえに、きみにもわかっていてもらうことが重要だ」

　ドンはシーリアと向かい合う位置に置かれた椅子に腰をおろし、彼女にうなずきかけた。「やあ」

「どうも」

「悪いけど、これはぼくたち三人で話し合うべき問題だと思う」彼は言った。

「もちろんよ」シーリアはそう言って、椅子から立ちあがろうとした。

「いいえ」わたしは手で彼女を止めて言った。「ここにいて」

　ドンがわたしを見た。

「彼女はわたしの友だちよ」

　ドンは呆れたように目をうえに向けて肩をすくめた。「それで考えというのは、エヴリン？」

「流産したことにするの」

「いったいなんのために？」

「あなたに赤ん坊を抱かせるつもりがないと思われたら、わたしは嫌われ、たぶんあなたも尊敬されなくなるわ」わたしは言った。実際にそれがわたしたちふたりのあいだに起こっていることにもかかわらず。当然ながら誰も口にしないが、それが真実だった。

「でも、そうしたくてもできないと思われたら、ふたりとも気の毒だと思ってもらえる」シーリアが言った。

「気の毒？　いったい何を言ってるんだ、気の毒だって？　ぼくは気の毒だなんて思われたくない。気の毒な人間には力などない。同情に訴えても映画は観てもらえない」

するとハリーが口を開いた。「ああ、まったくだ」

六時十分に電話のベルが鳴り、ポーラが出た。彼女は寝室に駆け込んできて、わたしに医者から電話だと言った。

わたしはドンの傍(かたわ)らで電話に出た。

ロパーニ先生が彼のために書かれた台本を読みあげた。

ポーラが今回にかぎって他人のことには干渉しないと決めた場合にそなえて、わたしは声を張りあげて泣きはじめた。

三十分後、ドンが階下におりていき、ポーラに辞めてもらわなければならないと告げた。優しい言い方はしなかった。それどころか、彼女が怒ったとしても無理はないほどひどい言い方をした。

タブロイド紙に駆け込んで雇い主が流産したことを話す可能性は低くはないが、タブロイド紙に駆け込んで、自分をクビにしたばかりの元雇い主が流産したことを話す可能性はかぎりなく高いから。

サブ・ローザ
一九五九年六月二十九日

ドンとエヴリンに神のご加護を！　神のご加護が必要だ！

すべてを持ちながらも本当に欲しいものは手に入れられない夫婦……

ドン・アドラーとエヴリン・ヒューゴの結婚生活の実情は、見かけとは違っている。赤ん坊をもうけることとなると、ドンがいくら働きかけてもエヴリンは先送りにしているように見えるかもしれないが、真実はまったく異なっている。

エヴリンがドンを押しのけていると思われていたあいだ、実際には彼女は努力していた。エヴリンとドンは、ドン二世かエヴリン二世が家のなかを走りまわることを切に望んでいるが、全能の神は優しくない。

ふたりが〝家族が増える〟と思うたびに悲しい展開——今月、ふたりに降りかかった三度目の悲劇——を迎える。

ドンとエヴリンの幸せを祈ろう。
読者諸君、やはりお金で幸せは買えないようだ。

17

新しい記事が出た日の夜、これでよかったとドンは思っていなかった。ハリーは忙しいと言うだけで理由は言おうとしなかった。つまり誰かと会うということだと、わたしにはわかっていた。

そして、わたしは祝いたかった。

だから、シーリアに家に来てもらって、ふたりでワインを開けることにした。

「メイドがいなくなったわね」シーリアがキッチンでコルク抜きを探しながら言った。

「ええ」わたしはため息交じりに言った。「会社が応募者全員の身元調査を終えるまではね」

シーリアがコルク抜きを見つけ、わたしはカベルネ・ソーヴィニヨンのボトルを渡した。

あまりキッチンでは過ごしておらず、こちらのようすをうかがって、サンドウィッチを作りましょうかとか、お探しの物はなんですかとか言ってくる人間がいないキッチンにいるのは、なんだか妙な気分だった。裕福になると、家のなかに自分の家ではないように感じる場所ができる。わたしにとって、キッチンはまさにそうした場所のひとつだった。

ワイングラスはどこにあるのか思い出そうとしながら、キャビネットのなかを見てまわった。「ああ」グラスを見つけて言った。「ここにあったわ」

シーリアはわたしが差し出したグラスを見た。「それはシャンパン用のフルートグラスよ」

「ああ、そうね」そう言って、グラスを元あった場所に戻した。形の違うグラスがもう二種類あった。わたしはひとつずつシーリアに見せた。「どっち？」

「丸みがあるほうよ。グラスに詳しくないの？」

「グラスにも食器にも詳しくないの。覚えてるでしょ？　わたしは最近お金持ちになったのよ」

シーリアは笑い声をあげて、ワインをグラスに注いだ。

「そうしたものを買う余裕もなかったし、誰かに買わせられるほどお金持ちでもなかった。そういうことには、まったく縁がなかったの」

「あなたのそういうところが好きよ」シーリアはそう言うと、ワインの入ったグラスをわたしに渡してよこし、自分ももうひとつのグラスを手にした。「わたしは生まれたときからずっとお金持ちだった。両親はジョージアにはいわゆる貴族階級があるみたいに振る舞ってる。兄のロバートは別にして、きょうだいたちもみんな両親と同じ。姉のレベッカは映画に出てるわたしを家族の恥だと思ってる。ハリウッドがどうこうじゃなくて、〝働いてる〟という理由で。みっともないって言うの。家族のことは大好きだけど大嫌いでもあるわ。でも、家族ってそういうものよね」

「わからないわ」わたしは言った。「わたしには……家族がほとんどいないから。まったくいないと言ってもいいぐらい」父やヘルズキッチンにいる親戚がわたしと連絡を取ろうとしていたとしても成功してはいなかったし、わたしが彼らのことを思って眠れない夜を過ごすこともなかった。

シーリアはわたしを見た。気の毒に思っているようにも、わたしが持っていなかったものを持って育ったことを気まずく思っているようにも見えなかった。「あなたをすごいと思うのは、そういうところよ」彼女は言った。「あなたが手にしてるものは、すべて自分で手に入れたものだということ」グラスをわたしのグラスに合わせて言った。「誰にも止められないあなたに乾杯」

わたしは笑い声をあげて、シーリアといっしょにワインを飲んだ。「来て」と言って、彼女をキッチンから連れ出し、リビングに連れていくと、グラスをヘアピンレッグのコーヒーテーブルに置いてレコードプレーヤーのもとに行き、積み重ねられたレコードの下のほうからビリー・ホリデイの『レディ・イン・サテン』を取り出した。ドンはビリー・ホリデイが嫌いだったが、留守にしていた。

「彼女の本名はエリアノーラ・フェイガンだって知ってる？」わたしは言った。「ビリー・ホリデイのほうがずっといいわ」

わたしはブルーのボタン留めソファのひとつに座った。シーリアはわたしと向かい合う位置に置かれたソファに座り、両足を上げて横座りになると、空いているほうの手を足のうえに置いた。

「あなたの本名は？」彼女は尋ねた。「エヴリン・ヒューゴが本名なの？」

わたしはワイングラスをつかんで、本当のことを告げた。「エレーラよ。エヴリン・エレーラ」

シーリアはなんの反応も見せなかった。〝じゃあ、あなたはラテン系なのね〟とも言わなければ、彼女にそう思われているのではないかとわたしが恐れていたように〝白人のふりをしてるってわかってたわ〟とも言わなかった。それでわたしの肌の色が彼女やドンの肌の色より濃い説明がつくとも。実際、そうしたことは何も言わず「きれいな名前ね」とだけ言った。

「あなたの本名は？」わたしはそう尋ねると、立ちあがってシーリアが座るソファに移り、彼女との距離を縮めた。「シーリア・セントジェームズ……」

「ジャミソンよ」

「えっ？」

「セシリア・ジャミソン。それがわたしの本名なの」

「すごくいい名前ね。どうして変える必要があったのかしら」

「自分で変えたのよ」

「どうして？」

「隣に住んでる女の子みたいな名前だから。それに、昔からずっと、その姿を見られただけで幸せだと思われるような女性になりたかったの」彼女は頭をのけぞらせてワインを飲み干した。「あなたみたいな」

「ちょっと、やめてよ」

「それはこっちの台詞よ。自分でもよくわかってるくせに。あなたがどういう存在か。まわりの人にどういう影響を与えるか。そういう胸やあなたのようなふっくらした唇が手に入るなら、なんだってするわ。服を着たあなたが部屋に入ってきただけで、みんな、あなたの服を脱がすことを考えるのよ」

自分のことをそんなふうに言われて頰が熱くなるのを感じた。シーリアは男たちがわたしをどう見ているのかということについて話していた。女性がそんなふうにわたしのことを話すのを聞くのは、それが初めてだった。

シーリアはわたしの手からグラスを取りあげ、なかのワインを自分の喉に流し込んだ。「おかわりが必要ね」グラスを宙で振りながら言った。

わたしは微笑んで、両方のグラスを持ってキッチンに入った。シーリアもついてきて、わたしがワインを注ぐあいだ、フォーマイカのカウンターにもたれていた。

「初めて『父と娘』を観たとき、どう思ったかわかる?」シーリアが言った。かすかにビリー・ホリデイが聞こえていた。

「どう思ったの?」わたしはグラスを渡しながら言った。シーリアはグラスを受け取ると、いったん脇に置いて、カウンターのうえに飛び乗り、ふたたびグラスを手にした。彼女はダークブルーのカプリパンツとノースリーブの白いタートルネックシャツを身につけていた。

「あなたはこの世でいちばんゴージャスな女性で、わたしたちはどうやっても敵わないと思った」シーリアはグラスの中身を半分飲んだ。

「そんなこと、思うわけないわ」わたしは言った。

「思ったのよ」

わたしはワインをひと口飲んで言った。「そんなのおかしいわ。わたしがあなたとはまったく違うみたいに褒めちぎるなんて。あなたは見るからにすごい美人じゃない。大きなブルーの目にウエストがくびれためりはりのある体……わたしたちふたりがそろえば男たちの目を釘付けにできる」

シーリアは微笑んだ。「ありがとう」

わたしはワインを飲み干し、グラスをカウンターに置いた。シーリアはそれを挑戦と受け取って、わたしと同じことをし、ワインを飲み終えると指先で口を拭った。わたしはふたりのグラスにおかわりを注いだ。

「ずる賢い、姑息なやり方をいったいどうやって身につけたの?」シーリアが言った。

「なんのことを言われてるのか見当もつかない」わたしはとりすまして言った。

「あなたはみんなにそう見せてるより賢いわ」

「そうかしら?」わたしは言った。

シーリアの腕に鳥肌が立ちはじめていたので、ここより暖かいリビングに戻ろうと提案した。砂漠から吹く風のせいで六月なのに冷え込んでいた。わたしも寒くなってきたので、シーリアに火の熾し方を知っているかと訊いた。

「人がやってるのを見たことはある」彼女は肩をすくめて言った。

「わたしもよ。ドンがやってるのを見たことある。でも、自分ではしたことないの」

「きっとできるわ」彼女は言った。「わたしたちにできないことなんてない」

「そうよね！」わたしは言った。「もう一本ワインを開けて。どうすれば火を熾せるか考えてみる」

「いい考えね！」シーリアは肩に掛けていた毛布を放り投げてキッチンに駆け込んだ。

わたしは暖炉のまえにひざまずいて灰をつつきはじめた。それから薪を二本取って直角に交わるように置いた。

「新聞紙がいるわ」彼女が戻ってきて言った。「それから、もうグラスは必要ないと思うの」

目を上げると、シーリアがワインをボトルから飲んでいた。

わたしは笑い声をあげてテーブルのうえの新聞をつかみ、暖炉に投げ入れた。

「もっといいこと考えた！」そう言って階段を駆けあがり、わたしは冷たい女だと書かれている『サブ・ローザ』をつかんで階下に駆け戻ると、シーリアに見せた。「これも燃やすわよ！」

タブロイド紙を暖炉に投げ込んで、マッチを擦った。

「やって！」彼女が言った。「ごみを燃やしちゃって」

炎がページを這い、一瞬、安定したかに見えたが、すぐに消えた。わたしはまたマッチを擦って投げ入れた。

マッチの燃えさしが何本かできたあと、タブロイド紙にとても小さな火がついた。

「これでいいわ」わたしは言った。「そのうち大きな火になるはずよ」

シーリアがそばに来てワインのボトルを差し出した。わたしはボトルを受け取り、ワインを飲んだ。「わたしに追いついてもらわないと」ボトルを返そうとすると、彼女が言った。

わたしは笑い声をあげて、ボトルをまた唇に持っていった。

高いワインで、わたしはそれをまるで水のように、自分にとってなんの意味もないもののように飲むのが好きだった。〝ヘルズキッチン育ちのかわいそうな女の子たちは、この手のワインを飲んだり、なんでもないもののように扱ったりできない〟

「もうそれぐらいでいいわ。返して」シーリアが言った。

わたしはふざけてボトルを放そうとしなかった。

シーリアはわたしの手のうえからボトルをつかみ、わたしと同じ力で引っ張った。少しして、わたしは言った。「わかったわ。残りはあなたが飲んで」けれども、そう言うのが少し遅く、手を放すのが少し早かった。

シーリアの白いシャツにワインが飛び散った。

「やだ、どうしよう」わたしは言った。「ごめんなさい」

ボトルを受け取ってテーブルに置くと、彼女の手を引いて階段をのぼった。「わたしのシャツを着てちょうだい。あなたによく似合いそうなものがあるの」

彼女を寝室に案内し、自分のクローゼットに向かった。シーリアはわたしがドンといっしょに使っている寝室を見まわしていた。

「訊いてもいい？」彼女は言った。浮ついているようでもあり、物思いに沈んでいるようでもある声だった。わたしは幽霊か一目惚れを信じているかとでも訊かれるのではないかと思った。

「いいわよ」

「本当のことを言うと約束してくれる？」彼女はベッドの隅に座りながら言った。

「それはどうかしら」

シーリアは声をあげて笑った。

「でも、とりあえず訊いてみて」わたしは言った。「本当のことを言うかもしれないから」

「彼を愛してる？」彼女は尋ねた。

「ドンのこと？」

「ほかに誰がいるの？」

わたしは考えた。かつては彼を愛していた。とても愛していた。でも、今は愛しているだろうか。「わからない」と言った。

「すべては世間の注目を集めるため？　アドラー家の一員になりたいから結婚したの？」

「いいえ」わたしは言った。「そうじゃない」

「じゃあ、どうして？」

わたしはベッドに足を運んで腰をおろした。「説明するのは難しいの。彼を愛してるのか、愛してないのか。彼といっしょにいる特別な理由があるのか。わたしは彼を愛してるけど、大嫌いだと思うときもたくさんある。いっしょにいるのは彼がアドラーだからでもあるけど、いっしょにいて楽しいからでもある。昔はとても楽しかったし、今でも楽しいときがある。うまく説明できないけど」

「彼とは寝てるの？」彼女は言った。

「ええ、寝てるわ。自分でも戸惑うほど、彼といっしょにいたくてたまらなくなるときがあるの。ドンが欲しくてたまらない。そんなふうに男を求めるのが、女にとってふつうのことなのかわからないけど」

ドンはわたしに誰かを愛し、その相手に欲望を抱くことを教えてくれたのかもしれないが、相手を好きではないときでも欲望を抱けることや、相手を好きではないときにいっそう欲望を抱けることも教えてくれた。今はヘイトファックと呼ぶようだが、とても人間的かつ官能的なことをそんなふうに呼ぶのは、あからさますぎると思う。

「今の質問はなかったことにして」シーリアがベッドから立ちあがって言った。何か思い悩んでいるようだった。

「シャツを出すわ」わたしはドレッサーに向かいながら言った。

銀色の光沢を帯びたライラック色のボタンダウンのブラウスは気に入っていたが、わたしにはサイズが合わなかった。かろうじてボタンは留まるが、胸のところがきつかった。

シーリアはわたしより小柄で、めりはりはあるものの全体的に細かった。

「はい」そう言って、ブラウスを彼女に差し出した。

彼女はブラウスを受け取って眺めた。「とってもきれいな色ね」

「そうでしょ」わたしは言った。「『父と娘』のセットから盗んだの。誰にも言っちゃだめよ」

「もうわかってくれてると思ってたけど。わたしはあなたのどんな秘密でも守るから安心してくれていいって」シーリアはブラウスのボタンをはずしながら言った。

何気なく言ったのだろうが、わたしには大きな意味があった。シーリアがそう言ってくれたからではない。シーリアがそう言うのを聞いて、自分が彼女を信じていることに気づいたからだ。

「わかってるわ」わたしは言った。「ちゃんとわかってる」

誰かと親密な間柄だというと、人は性的なことを思い浮かべる。けれども、親密さというのは真実と関係している。誰かに本当のことを話せると気づいたら、自分の本当の姿を見せられたら、誰かのまえに裸で立って〝安心していいよ〟と言われたら――それは相手と親密な関係にあるということだ。

そして、そうした基準から考えると、シーリアと共有したその瞬間は、わたしが生まれて初めて誰かと共有したもっとも親密なひとときだった。

とてもうれしくて、ありがたかったので、シーリアを抱きしめて放したくなくなった。

「サイズが合うかしら」シーリアが言った。

「着てみて。きっと合うわ。そしたら、それはあなたにあげる」

わたしは彼女にたくさんのものをあげたかった。わたしのものを彼女のものにしたかった。誰かを愛するというのは、こういう気持ちなのだろうかと考えた。誰かと恋に落ちるのがどういうことかは、すでにわかっていた。そのときの感情や、自分の行動もわかっていた。けれども、誰かを愛するということは、よくわかっていなかった。誰かを大切に思い、運命を共にして〝何があろうと、あなたとわたし〟と考えるということは。

「わかったわ」シーリアはそう言うと、ブラウスをベッドのうえに放り投げ、着ているシャツを脱いだ。気づくとわたしは彼女の肋骨をおおう白い肌を見つめていた。まぶしいほど白いブラを見つめていた。彼女の胸がわたしのようにブラで持ちあげられておらず、ブラがただの飾りのように見えることに気づいた。

わたしは彼女の右腰にいくつかあるダークブラウンのそばかすを目でたどった。

「やあ、ただいま」ドンが言った。

わたしは飛びあがった。シーリアははっと息をのんで、慌ててまたシャツを身につけた。

ドンは声をあげて笑いはじめた。「いったいここで何が起こってるんだ?」からかうように言った。

わたしは彼のもとに行き言った。「まったく何も起きてないわ」

フォトモーメント
一九五九年十一月二日
パーティーガールの生活

もはやこの街でシーリア・セントジェームズの名前を知らない者はいない！　それは彼女が素晴らしい女優だとわかったからだけではない。〝ジョージア・ピーチ〟は友だちの選び方を心得ている。

もっとも有名な友だちは誰もが好きな新進女優のエヴリン・ヒューゴだ。シーリアとエヴリンは街のあらゆる場所で目撃されている。ショッピングしたり、おしゃべりに興じたり、ときには時間を見つけてビバリーヒルズ・ゴルフクラブで一、二ラウンド、コースをまわったり。

より完璧なことに、近い将来、このふたりは、親友同士で何度もダブルデートを重ねることになりそうだ。シーリアは〈トロカデロ〉で、ほかならぬロバート・ローガンといっしょにいるところを目撃されている。エヴリンの夫であるドン・アドラーの親しい友だちだ。

ハンサムなデート相手に、魅力的な友だちに、そのうち小さな彫像を手にするというもっぱらの評判――シーリア・セントジェームズは我が世の春を謳歌している！

18

「気が進まない」シーリアが言った。

彼女はオーダーメイドの深いVネックのブラックドレスを身につけていた。わたしが家の外で着ていたら、売春の罪で逮捕されそうなドレスだった。そして、ドンがサンセット・スタジオを説得して貸してもらったダイヤモンドのネックレスをしていた。サンセット・スタジオはフリーランスの女優を支援していないが、シーリアはそのネックレスをつけたがったし、わたしはシーリアには欲しいものをすべて手に入れてほしかった。そして、ドンは少なくとも、ほとんどのときは、わたしには欲しいものをすべて手にしてほしいと思っていた。

ドンがもう一度打席につかせてほしいとアリ・サリヴァンを説き伏せて主演した、二作目の西部劇『正義の人』が公開されたばかりだった。けれども、このときは前回と違って評判がよかった。ドンは〝男らしくなった〟と評された。二回目の挑戦で、素晴らしいアクションスターだとみなを納得させていた。

その結果、ドンの主演映画は国内で一位となり、アリ・サリヴァンは彼の頼みをなんでも聞くようになった。

そうしてダイヤモンドのネックレスはシーリアの首に掛かることになった。中央の大きなルビーが胸元で輝いていた。

わたしはまたエメラルドグリーンのドレスを身につけた。その色がわたしのトレードマークとなりつつあった。このときはポードゥソワ（柔らかなシルク生地）で作られたオフショルダーのドレスだった。ウエストはくびれていて、スカート部分はゆったりしており、襟ぐりにはビーズがあしらわれていた。髪はふんわりとした短めのボブにしていた。

わたしはシーリアに目をやった。彼女は鏡台の鏡を見ながら、逆毛を立てて膨らませた髪をいじっていた。

「そんなこと言わないで」わたしは言った。

「気が進まないの。わたしの意見はどうでもいいの？」

わたしはドレスに合わせて作られたクラッチバッグを手にした。「まあそうね」と言った。

「あなたはわたしのボスじゃないのよ」シーリアは言った。

「どうしてわたしたちは友だちになったの？」わたしは尋ねた。

「正直に答えていい？　覚えてないわ」

「ふたりなら一足す一が三にも四にもなるからよ」

「だから？」

「どんな役をどんなふうに演じるか決めるのは誰？」

「わたしよ」

「じゃあ、わたしたちの映画の公開日なら？　誰に決定権があるの？」

「あなただと思うわ」

「そのとおり」

「わたしは彼のことが大嫌いなのよ、エヴリン」シーリアはきれいにメイクされた顔をいじりながら言った。

「口紅を置いて」わたしは言った。「グウェンがせっかくゴージャスな顔にしてくれたんだから。完璧なメイクを台無しにしないで」

「わたしが言ったことを聞いてた？　彼が大嫌いだって言ったのよ」

「もちろん、大嫌いに決まってるわ。ずるい男なんだから」

「ほかに誰かいないの？」

「この時間にはいないわ」

「ひとりで行っちゃだめ？」

「わたしたちの映画のプレミアに？」

「あなたとわたしで行けばいいじゃない？」

「わたしはドンと行くことになってるの。あなたはロバートと行くのよ」

シーリアは顔をしかめて鏡に向き直った。自分の怒りの度合いを測っているかのように険しい目をして唇をすぼめていた。

わたしは彼女のバッグをつかんで差し出した。出かける時間だった。

「シーリア、いい加減にしてくれる？　新聞に名前を載せるために必要なことをするつもりがないなら、そもそもどうしてここにいるの？」

彼女は立ちあがって、わたしの手からバッグをひったくると、部屋を出ていった。

わたしが見守るなか、階段をおり、満面の笑みを浮かべてリビングに入っていって、ロバートの腕のなかに飛び込んだ。まるで彼を全人類の救世主だと思っているかのように。

わたしはドンのもとに足を運んだ。彼はつねにタキシードを完璧に着こなしていた。

会場でもっともハンサムな男性になるのは間違いなかった。けれども、わたしは彼にうんざりしていた。人はどう言っていただろう。ゴージャスな女の背後には、決まって彼女と寝るのに飽きた男がいる？　まあ、それは逆も然り。誰も口には出さないけれど。

「行きましょうか？」シーリアが言った。ロバートの腕を取って会場に登場するのが待ち切れないとでもいうように。彼女は名女優だった。それは誰も否定できなかった。

「もう一分でも無駄にしたくないわ」わたしはそう言って、ドンの腕に腕を絡めてしがみついた。彼はわたしの腕に目を向けてから、わたしの顔を見た。わたしの体の温もりを好ましく感じたかのように。

「ぼくたちの小さなご婦人たち（リトル・ウィミン）が『若草物語（リトル・ウィミン）』でどんな演技をしてるか見にいこう」とドンが言い、わたしは危うく彼の顔を叩きそうになった。彼は一発や二発、叩かれてもいいはずだった。なんなら十五発でも。

　わたしたちは迎えの車に乗ってグローマンズ・チャイニーズ・シアターに向かった。

　わたしたちの到着にそなえてハリウッド・ブールバードの一部が封鎖されていた。運転手はシアターのまえでシーリアとロバートの車のすぐうしろに車を停めた。わたしたちの車のまえに三台の車が停まっていた。

映画のおもな登場人物が四人の女性で、映画会社が華々しく演出しようとするなら、四人が四台の別々の車で乗りつけて、同時に登場するようにする。結婚相手としてふさわしい四人の独身男性にエスコートされて——わたしの場合は夫だけれど。

それぞれのエスコート役が最初に車を降り、その場に立って、手を差し伸べた。わたしは車に乗ったまま、まずはルビー、次いでジョイ、最後にシーリアが車を降りるのを見守った。そして、その三人より一拍長く待ってから、片方の脚から車の外に出して、レッドカーペットに降り立った。

「ここにいる女性のなかで、きみがいちばんきれいだよ」わたしが隣に立つとドンが耳元で言った。けれども、すでに彼がその場にいる女性のなかでわたしがいちばんゴージャスだと思っていることを知っていた。そう思っていなければ、こうしてわたしといないだろうと痛いほどわかっていた。

わたしの人間的魅力に惹かれて、わたしといっしょにいた男性はほぼいなかった。魅力的な女性は、見た目のきれいな女性を気の毒に思うべきだというのではない。自分の力で得たものではないもののために愛されるのは、それほど素晴らしいことではないと言っているのだ。

わたしたちが歩きはじめると、カメラマンたちが名前を呼びはじめた。わたしたちに向かって投げかけられる言葉で頭のなかが混乱した。「ルビー！　ジョイ！　シーリア！　エヴリン！」「アドラー夫妻！　こっちを見て！」

カメラのシャッター音と人々のざわめきがうるさすぎて考えることすらできなかったが、はるか昔に身につけたとおり、落ち着き払っているふりをした。動物園の虎みたいに扱われるのがいちばんリラックスできるとでもいうように。

ドンとわたしは手をつないで、すべてのフラッシュに微笑みかけた。レッドカーペットの端にマイクを持った男が何人か立っていた。ルビーがそのうちのひとりに向かって話していて、ジョイとシーリアが別のひとりに向かって話していた。三人目の男がわたしの顔にマイクを突きつけた。

小さい目に赤らんだ団子鼻をした背の低い男だった。いわばラジオ向きの顔だった。

「ヒューゴさん、この映画の公開を迎えて興奮されてますか？」

わたしは精いっぱい優しく笑って、ばかげた質問だと思っていることを隠した。

「生まれてからずっとジョー・マーチを演じたいと思ってきたの。今夜はとっても興奮してるわ」

「撮影してるあいだに、いいお友だちができたようですね」彼は言った。

「いったいなんのことかしら」

「あなたとシーリア・セントジェームズです。おふたりはとてもいいお友だちのようですね」

「彼女は素晴らしい人よ。映画のなかでも素晴らしいわ。本当に素晴らしいのよ」

「彼女とロバート・ローガンはどうやらホットな関係になってるようですね」

「あら、そういうことはふたりに直接訊いて。わたしにはわからないわ」

「でも、あなたがおふたりを引き合わせたんでは?」

ドンが割って入ってきた。「質問はもうそれぐらいでいいんじゃないかな」彼は言った。

「ドン、あなたと奥さまはいつごろお子さんを持とうと考えてらっしゃるんですか?」

「もうそれぐらいにしてくれと言っただろ。もうたくさんだ。ありがとう」

ドンはわたしをまえに押した。

シアターの両開きのドアのまえで足を止め、ルビーとそのエスコート役がなかに入っていくのを見守った。次いで、ジョイと彼女のエスコート役が入っていった。

ドンが片方のドアを開けてわたしを待った。ロバートがシーリアのためにもう片方のドアを開けて押さえた。

そのとき、いい考えが浮かんだ。

わたしはシーリアの手を取って向きを変えた。

「みんなに手を振りましょう」微笑んで言った。「イギリスの女王になったかのように」

シーリアは晴れやかな笑みを浮かべて、わたしと同じようにした。ブラックとグリーンのドレスを身にまとい、赤毛とブロンドの髪をして、ひとりはくびれた腰、もうひとりは立派な胸が特徴のわたしたちは、その場に立って、まるでみなを支配しているかのように手を振った。

ルビーとジョイは見える場所にはいなかった。そして、人々はわたし、わたしたちに歓声をあげていた。

わたしたちは向きを変えてシアターに入り、自分たちの席についた。

「決定的な瞬間だったな」ドンが言った。

「そうね」

「あと何カ月かしたら、きみはこの映画で賞を獲って、ぼくは『正義の人』で賞を獲る。ぼくたちは天井知らずだ」

「シーリアもきっとノミネートされるわ」わたしはドンの耳元でささやいた。

「この映画を観終わって外に出ていく人たちが話題にするのはきみのことだよ」彼は言った。「間違いない」

ロバートがシーリアの耳元で何かをささやいているのが見えた。彼女は彼が実際に何かおもしろいことを言っているかのように笑っていたが、彼女にダイヤモンドのネックレスを与えたのはわたしだし、翌日の新聞に大きく載るはずの、わたしたちふたりの素晴らしい写真を撮らせたのもわたしだった。その一方で、シーリアは彼の魅力に負けて今にもドレスを脱ぎそうになっているかのように振る舞っていた。彼は彼女の腰のそばかすのことを知らないと自分に言い聞かせるしかなかった。わたしは知っているけれど、彼は知らないと。

「彼女は本当に才能があるのよ、ドン」

「おいおい、彼女の話はもうやめてくれ」ドンは言った。「四六時中、彼女の名前ばかり聞かされて、いい加減うんざりだ。さっきの記者も、きみに彼女のことを訊くなんてどうかしてる。ぼくたちのことを訊くべきなのに」

「ドン、わたしは――」

わたしが何か言うまえから、ドンは手を振って退けた。わたしが何を言おうが関係ないと思っているようだった。

照明が暗くなり、観客が静かになった。クレジットが流れはじめ、少しするとスクリーンにわたしの顔が現われた。

観客全員が見つめるなか、スクリーンのなかのわたしは「プレゼントがないクリスマスなんてクリスマスじゃないわ！」と言った。

けれども、シーリアが「わたしたちにはお父さまとお母さま、それにきょうだいもいるじゃない」と言ったとき、わたしは終わりだとわかった。

誰もがシーリア・セントジェームズのことを話しながらシアターを出ていくだろう。怖くなったり、嫉妬したり、不安になったりして当然だった。彼女は清純ぶっているが誰とでも寝ているという話を売り込んで、蹴落とそうとすべきだった。結局、女性の評判を落とすにはそれがいちばん手っ取り早いからだ。性的な満足を望んでいるように見せずに性的に満足しているという難しいことを、きちんとやれていないとほのめかすことが。

けれども、そのあとの一時間四十五分を傷を癒すことに費やすかわりに、わたしは自然と笑みが浮かびそうになるのをこらえて過ごした。

シーリアはオスカーを獲るだろう。それは明白だった。そう思っても、嫉妬しなかった。ただ幸せな気分になった。

ベスが死んだとき、わたしは泣いた。そして、ロバートとドンの膝越しに手を伸ばして、シーリアの手を握りしめた。

ドンが呆れたようにわたしを見た。

わたしは思った。〝あとで彼は口実を作ってわたしを殴るだろう。でも、本当の理由はこれだ〟

わたしはベネディクト・キャニオンの頂にあるアリ・サリヴァンの邸宅にいた。曲がりくねった道をのぼってくるあいだ、ドンとわたしはほとんど口をきかなかった。彼はあの映画のシーリアを見て、わたし同じことを思ったのではないだろうか。みな彼女のことで頭がいっぱいになると。

車から降り、邸宅のなかに入ると、ドンは「トイレを見つけないと」と言い残して姿を消した。

わたしはシーリアを探したが、見つけられなかった。

そのかわりに、甘いカクテルを飲み、アイゼンハワーの話をしながら、わたしと親しくなろうとするおべっか使いの負け犬に囲まれた。

「ちょっと失礼します」わたしは流行(はや)りの髪型がまったく似合っていない女性に言っ

た。彼女はホープダイヤモンド（〝呪われた宝石〟の異名をとる大粒のブルーダイヤモンド）について延々と話していた。

珍しい宝石を集めている女は、わたしと一夜をともにしたがっている男と少しも変わらないように思えた。彼らにとってこの世は物質的であり、所有することにしか興味がないのだ。

「あら、そこにいたのね、エヴ」ルビーが廊下でわたしを見つけて言った。グリーンのカクテルが入ったグラスをふたつ手にしていた。声にはしまりがなく、少し聞き取りにくかった。

「楽しんでる？」わたしは訊いた。

彼女は肩越しに振り返ると、ふたつのグラスを片方の手に持って、わたしの肘を引っ張った。その拍子にグラスの中身がこぼれた。

「やだ、ルビー」わたしは動揺して言った。

彼女は秘密めかした表情をして、右手にあるランドリールームを顎で示した。

「いったい……」わたしは言った。

「いいからそのドアを開けて、エヴリン」

わたしがドアノブをまわすと、ルビーはなかに入ってわたしを引き入れ、ドアを閉めた。

「はいこれ」彼女はそう言って、暗闇のなか、わたしにカクテルを差し出した。「ジョイに持っていくところだったんだけど、あなたにあげる。あなたのドレスに合ってるし」

暗闇に目が慣れると、わたしは彼女からグラスを受け取った。「わたしのドレスに合ってて、あなたは運がよかったわ。半分近く、わたしのドレスにこぼしたんだから」

ルビーは空いた手で頭上の明かりのチェーンを引っ張った。狭い室内が明るくなり、まばゆい光がわたしの目を刺した。

「今夜のあなたは礼儀を忘れてるみたいね、ルビー」

「わたしがあなたにどう思われるか気にするとでも思ってるの、エヴリン・ヒューゴ？　ねえ、聞かせて、わたしたち、どうすればいいと思う？」

「どうすればいいって何を？」

「何をですって？　シーリア・セントジェームズに決まってるじゃない」

「彼女がなんだっていうの？」

ルビーは苛立ちもあらわにがっくりと頭を垂れた。「エヴリン、勘弁してよ」

「彼女は素晴らしい演技をしたわ。わたしたちに何ができるっていうの？」わたしは言った。

「きっとこうなるってハリーに言ったとおりになったわ。彼はそうはならないって言ったけど」

「ねえ、わたしにどうしろっていうの？」

「あなたも負けそうになってるのよ？　それがわからないの？」

「もちろん、わかってる！」言うまでもなく、わたしも気にしていたが、それでも主演女優賞は獲れるとわかっていた。シーリアとルビーは助演女優賞を争うことになるだろうけれど。「なんて言ったらいいかわからないわ、ルビー。シーリアはわたしたちが思ったとおりの人だったのよ。才能があって、ゴージャスで、魅力的で。いつかは認めて、まえに進むしかないのよ」

ルビーはわたしに叩かれでもしたかのように、わたしを見つめた。

ほかに言えることはなかったが、彼女がドアをふさいでいて部屋から出られなかったので、カクテルを口に運び、ふた口で飲み干した。

「あなたはわたしがよく知ってて尊敬してるエヴリンじゃないわ」ルビーが言った。

「お願いだから、ルビー、それ以上言わないで」

彼女はカクテルを飲み干した。「みんな、あなたたちふたりのことをあれこれ言ってるけど、わたしは信じてなかった。でも今は……よくわからない」

「あれこれ言ってるって、何を言ってるの？」

「わかってるくせに」

「いいえ、見当もつかないわ」

「どうして物事をそんなにややこしくするの？」

「ルビー、あなたはわたしを無理やりランドリールームに引きずり込んで、わたしにはどうにもできないことで、やいのやいの言ってる。ややこしくしてるのは、あなたのほうよ」

「彼女はレズビアンなのよ、エヴリン」

そのときまで、部屋の外のパーティーの騒ぎは小さくではあるが聞こえてはいた。けれども、ルビーがそれを口にした瞬間、レズビアンという言葉が聞こえた瞬間、心臓が激しく打ちはじめ、自分の鼓動以外は聞こえなくなった。ルビーの口から放たれる言葉には注意が向かなかった。〝女の子〟や〝ダイク（レズビアンの意。もとはレズビアンの蔑称）〟や〝ゆがんだ〟という特定の言葉をとらえただけで。

胸の肌が熱を持ち、耳が燃えるように熱くなった。

必死に冷静を保とうとして、ルビーの言葉に集中すると、彼女がわたしに告げようとしているもうひとつのことが耳に入った。

「それはそうと、夫のこともっとちゃんと管理したほうがいいわよ。アリの寝室でMGMの性悪女に口で気持ちよくしてもらってるわ」

そう聞かされても〝ああ大変、夫が浮気してる〟とは思わなかった。ただ〝シーリアを探さないと〟と思っていた。

19

エヴリンはカウチソファから立ちあがって電話を手にし、角の地中海料理のレストランから夕食を届けてもらうようグレースに頼む。

「モニーク、あなたは何にする？　ビーフ？　それともチキン？」

「チキンにします」わたしはエヴリンを見つめ、彼女がカウチソファに戻って話を続けるのを待つ。だが、彼女は腰をおろすと、黙ってわたしを見つめる。たった今わたしに話したことは本当のことだと認めもしなければ、わたしがいつからそうではないかと疑っていたことを認めもしない。わたしは単刀直入に訊くしかなくなる。「ご存じだったんですか？」

「何を？」

「シーリア・セントジェームズがゲイだってことを」

「時系列で話すと言ったでしょ」

「ええ、そうですが」わたしは言う。「でも……」

「でも何？」エヴリンはあくまでも冷静で落ち着き払っている。それが、わたしがそうではないかと疑っていることがわかっていて、ようやく真実を話す気になっているからなのか、わたしの予想がはずれていて、わたしが何を言っているのか見当もつかないからなのかはわからない。

答えを知らないまま訊いてみたいと思っているのかどうか、自分でもわからない。エヴリンの唇は真一文字に結ばれていて、その目はまっすぐわたしに向けられている。だが、わたしが話すのを待つ彼女の胸がかなり速く上下していることに気づく。エヴリンは緊張している。そう見せているほど自信に満ちているわけではないのだ。なんといっても彼女は女優なのだから。エヴリンに関しては見えているものが真実とはかぎらないと、わかっていてもいいころだ。

だから、それがどの程度のことにしろ、彼女に話す気があることを話させるように質問する。「あなたの運命の人は誰なんです？」

エヴリンはわたしの目を見つめる。わずかにもう一押ししなければならないことに、わたしは気づく。

「大丈夫です、エヴリン。嘘じゃありません」

大きな問題ではあるが、大丈夫なはずだ。当時と今では状況が違っている。絶対に安全とは言い切れないのは確かだが。

それでもやはり。

言っても大丈夫だ。

わたしには言っても大丈夫。

正直に認めていい。今。ここで。

「エヴリン、あなたの最愛の人は誰なんですか？　わたしには言っても大丈夫です」

エヴリンは窓の外に目をやり、大きく深呼吸してから言う。「シーリア・セントジェームズよ」

室内は静まり返っていて、自らが発した言葉がエヴリンの耳に届く。すると彼女は晴れやかな笑みを浮かべる。心からの笑みを。次いで、声をあげて笑ったあと、ふたたびわたしに目を向ける。「彼女を愛することに生涯をかけてきたような気がするわ」

「じゃあ、今回の本、つまりあなたの伝記で……ゲイであることをカミングアウトなさるつもりなんですか」

エヴリンは一瞬目を閉じる。最初、わたしは彼女がわたしが言ったことの重みを測っているのではないかと思うが、彼女がふたたび目を開けると、わたしの愚かさを測ろうとしていたのだとわかる。

「わたしの話を何ひとつ聞いてなかったの？　わたしはシーリアを愛してたけど、彼女を愛するようになるまえに、ドンを愛してたのよ。実際、ドンがとんでもないばかだとわからなければ、ほかの誰かと恋に落ちることもなかったはず。わたしはバイセクシュアルなの。わたしをひとつの枠にはめるために、わたしの半分を無視するのはやめてちょうだい、モニーク。絶対に」

ぐさりとくる。わたしは人々の目に映る自分をもとに憶測されたり、レッテルを貼られたりするのがどういう気分かわかっている。黒人に見えるがバイレイシャル（異なる人種の両親を持つ人間）だと説明しようとして過ごしてきたのだから。人々にレッテルを貼るのではなく、自らどういう人間なのか語らせることの重要性をわかっているのだ。

それなのに多くの人々にされてきたことをエヴリンにしてしまった。女性と恋に落ちたことでゲイだと思い、自らバイセクシュアルだと言うのを待たなかった。

エヴリンが言っているのはそういうことではないだろうか。だから彼女は言葉の選択に厳しく、正確に理解されたがっているのだ。微妙なニュアンスやごく小さな違いも含めて、本当の自分を見てもらいたがっている。わたしがそう見られたがっているように。

つまり悪いのはわたしだ。わたしはしくじった。そして、過ぎたことにするか、なかったことにしたいと強く思っているにもかかわらず、それよりいいのは謝ることだとわかっている。

「すみませんでした」わたしは言う。「おっしゃるとおりです。わかってると思わずに、あなたがご自分をどう捉えているかお訊きするべきでした。やり直させてください。本のなかでバイセクシュアルであることをカミングアウトなさるつもりなんですか？」

「ええ」エヴリンはうなずいて言う。「ええ、そのつもりよ」わたしが謝ったことをうれしく思っているようだ。怒りが完全に収まったわけではないかもしれないが。わたしたちはインタビューを再開する。

「どうしてわかったんです？」わたしは尋ねる。「彼女を愛してることが。だって、彼女が女性に興味があるとわかっても、あなたが彼女に興味があることに気づくとはかぎらないんですから」

「そうね、夫が二階で浮気してたことが助けになったわ。わたしは両方の話を聞いてひどく嫉妬していた。シーリアがゲイだとわかって嫉妬したのは、彼女がほかの女性という、もしくはいたということを意味するから。彼女の人生にはわたし以外の女性もいるということだから。そして、いっしょにパーティーに来た夫が二階でほかの女性といると聞いて嫉妬したのは、恥ずかしいことだし、わたしの生き方が脅かされたからよ。親密な関係にあるシーリアも心の距離を感じるドンも、わたし以外の人から何かを得ようとすることはないと思って生きていた。その幻想が砕け散ったの」

「当時は簡単には結論を出せなかったでしょうね。同性の相手に心を奪われているなんて」

「もちろんよ！　生まれてからずっと女性への思いと戦っていたのなら、ひな形ができていたかもしれない。でも、そうじゃなかった。わたしは男性を好きになるよう教えられ、一時的にではあるものの、男性を愛して、欲望を抱いた。いつもシーリアのそばにいたいと思っていて、自分の幸せより彼女の幸せを優先させるほど彼女が大事で、彼女がシャツを身につけずに目のまえに立っていた瞬間を思い出すのが好き――そうした事実を考え合わせれば、答えは一目瞭然。わたしは女性に心を奪われていることになる。でも、当時、少なくともわたしにとっては、その等式は成立しなかった。それを解くのに用いる公式の存在に気づいてさえいないなら、どうして答えを導き出せる？」

彼女は続ける。「わたしはついに女性と友情を築けたと思ってた。そして結婚がだめになったのは夫がばかだからだと思ってた。ちなみに、どちらとも本当のことよ。それがすべてではなかっただけで」

「それで、どうなさったんですか？」

「パーティーで？」

「ええ、まず誰のところに行かれたんです？」

「いいえ」エヴリンは言う。「ふたりのうちのひとりが、わたしのところに来たの」

20

ルビーは空のカクテルグラスを手にしたわたしを乾燥機の横に残して出ていった。パーティーに戻らなければならなかったが、その場から動けなかった。〝ここから出なきゃ〟と思ったが、ドアノブがまわせなかった。するとドアが開き、シーリアが現われた。背後からパーティーの喧騒（けんそう）が聞こえてきた。

「エヴリン、何してるの？」

「どうしてここにいるのがわかったの？」

「ルビーから聞いたの。あなたはランドリールームで飲んでるって言われたんだけど、何かのたとえかと思ったわ」

「そうじゃないわ」

「そのようね」

「女と寝てるの？」わたしは尋ねた。

シーリアはショックを受けたようすで、ドアを閉めた。「いったいなんの話をしてるの？」

「あなたはレズビアンだってルビーが言うの」

シーリアはわたしの肩のうしろに目を向けた。「ルビーの言うことなんて誰が気にするの？」

「そうなの？」

「わたしと友だちでいるのを今ここでやめるつもり？　そういうことなの？」

「違う」わたしは首を横に振って言った。「もちろん、そうじゃないわよ。そんなこと……ありえないわ。絶対にないい」

「じゃあ、なんなの？」

「ただ知りたいだけよ」

「どうして？」

「わたしには知る権利があると思わない？」

「場合による」

「それで、そうなの？」わたしは尋ねた。

シーリアはドアノブに手をかけて出ていこうとした。わたしは本能的に身を乗り出して、彼女の手首をつかんだ。

「どういうつもり？」彼女は言った。

つかんだ手首の感触も、狭い部屋に満ちる彼女の香水も、好ましく感じた。わたしは身を乗り出して、彼女にキスした。

自分が何をしているのかわかっていなかった。つまり、自分の行動を完全には制御できず、彼女にどうやってキスしたのか肉体的に認識していいなかった。男性にキスするのと同じようにしたはずだ。それとも違うやり方でしたのだろうか。わたしの行動がどのような感情を引き起こすのかもわかっていなかった。その意味や危険性をまったくわかっていなかった。

わたしはハリウッドでもっとも大きな映画会社の社長の家で、プロデューサーやスターや、喜んで『サブ・ローザ』に暴露話をする多くの人々がいるなかで、有名な女性にキスしている、有名な女性だった。

けれども、その瞬間、わたしが気にかけていたのは、彼女の唇が柔らかく、肌がとてもなめらかだということだった。彼女がキスを返してきたことと、彼女の手がドアノブから離れて、わたしの腰に置かれたことしか、気にならなかった。

彼女はライラックパウダーのような花の香りがした。唇は湿っていて、息は甘く、煙草とクレーム・ド・マント（ミントリキュール）の味がした。

彼女に体を押しつけられ、お互いの胸や下腹部がふれ合うと、たいして違わないが、まったく違うと思った。彼女はドンだと平らなところがすべて出ていて、ドンだと出ているところが平らだった。

とはいえ、自分の胸のなかの心臓を感じ、自分がもっと求めていることを体に告げられ、相手の香りや味や感触に我を忘れてしまうあの感覚は、まったく同じだった。

シーリアが最初に唇を離した。「ここにはいられないわ」そう言って、手の甲で唇を拭うと、親指でわたしの下唇を拭った。

「待って、シーリア」わたしはそう言って、彼女を引き止めようとした。

けれども彼女は部屋を出ていき、ドアをばたんと閉めた。

わたしは目を閉じた。どうすれば自分を抑えられ、心を静められるのかわからなかった。

大きく息を吸い込んでから、ドアを開けて階段に向かい、一段飛ばしでのぼった。

二階のドアをひとつ残らず開けて、探している相手を見つけた。

ドンがシャツの裾をスーツのズボンに押し込んでいる傍らで、ビーズで飾られたドレスを着た女が靴を履こうとしていた。

わたしがその場から走り去ると、ドンが追ってきた。

「帰ってから話そう」彼はわたしの肘をつかんで言った。

わたしは彼の手を振り払って、シーリアを探した。彼女の姿はどこにもなかった。

ハリーが玄関ドアから入ってきた。さっぱりした顔をしていて、どうやらしらふのようだった。わたしはドンを階段に残して彼に駆け寄った。ドンはメロドラマについて彼と話したがっているほろ酔いのプロデューサーにつかまっていた。

「今までどこにいたの？」わたしはハリーに尋ねた。

彼は微笑んだ。「それは秘密だ」

「家まで送ってくれる？」

ハリーはわたしを見たあと、まだ階段にいるドンに目を向けた。「旦那といっしょに帰らないのか？」

わたしはうなずいた。

「彼はわかってるのかい？」

「わかってなければ、ばかよ」

「わかった」ハリーはわたしへの信頼と従順さを示してうなずいた。わたしが望むことならなんでもするというように。

　わたしはハリーのシボレーの助手席に乗った。彼が車をバックで出そうとしはじめたとき、ドンが屋敷から出てきた。彼は車に乗るわたしのほうに駆け寄ってきたが、わたしは窓をおろさなかった。

「エヴリン！」彼が叫んだ。

　あいだに窓ガラスがあるために声が小さくなり、まるで遠くで叫んでいるようにくぐもって聞こえるのがうれしかった。彼の声を最大の音量で聞くかどうするか、自分が決められることがうれしかった。

「悪かったよ」彼は言った。「でも、きみが考えてるようなことじゃないんだ」

　わたしはまっすぐまえを見つめた。「出して」

　ハリーはわたしの側につかされ、難しい立場に置かれていたが、頼りになることに、まばたきひとつしなかった。

「キャメロン、妻を連れてかないでくれ！」

「ドン、明日の朝話そう」ハリーは声を張りあげて窓越しに言うと、車を出して、キャニオンの通りに進んだ。

　サンセット・ブールバードに入るころには鼓動が治まっていた。わたしはハリーのほうを向いて話しはじめた。ドンが二階でほかの女といっしょにいたと話すと、彼はそんなことだろうと思っていたというようにうなずいた。

「どうして驚かないの？」わたしは尋ねた。車はドヒーニー・ドライブとサンセット・ブールバードの交差点を走り抜けていた。ビバリーヒルズの美しい街並みが現われはじめる場所で、道幅は広くなり、両側に木々が立ち並んでいた。芝生は完璧に手入れされ、歩道にはごみひとつ落ちていなかった。

「ドンは昔から、会ったばかりの女性を好む傾向があったから」ハリーは言った。

「きみが知ってるかどうかわからなかった。気にするかどうかも」

「知らなかったし、気にするわ」

「そうか。それはすまなかった」彼は一瞬、わたしを見て言って、すぐにまた目を道路に戻した。「そういうことなら、話すべきだった」

「お互いに話してないことがたくさんあるみたいね」わたしは窓の外を見ながら言った。男性が犬を散歩させていた。

　わたしは誰かを必要としていた。

そのときは友だちが必要だった。本当のことを話せて、わたしを受け入れてくれて、わたしは大丈夫だと言ってくれる人間が。

「話したら、どうなるかしら？」わたしは言った。

「お互いに本当のことを話したら？」

「お互いに何もかも話したら」

ハリーはわたしを見た。「きみに負わせたくない重荷を負わせることになると思う」

「あなたにとっても重荷になるかもしれないわ」わたしは言った。「わたしは秘密が多いから」

「きみはキューバ人で、権力に飢えてる、計算高い女だ」ハリーはわたしに微笑みかけて言った。「たいした秘密じゃない」

わたしは頭をのけぞらせて笑った。

「そしてきみはぼくがどういう人間か知ってる」彼は言った。

「ええ」

「でも今は知らないことになってる。それについて聞いたり見たりしなくていい」

ハリーは丘をのぼらずに左折した。わたしの家ではなく彼の家にわたしを連れていこうとしていた。わたしがドンに何をされるかわからないと恐れていたのだ。わたしも恐れていないわけではなかった。

「心の準備はできてると思う。本当の友だちになってもいいわ。忠実な友だちに」わたしは言った。

「きみにこの秘密を守る義務を課していいものかどうかわからないんだ。厄介な秘密だから」

「その秘密はわたしたちが思ってるより、ありふれたものなんじゃないかと思うの」わたしは言った。「誰のなかにも少しはそういう部分があるんじゃないかしら。わたしだって、あなたと同じ秘密を抱えてるかもしれない」

ハリーは右折して、彼の家のドライブウェイに入ると、車を駐車場に入れて、わたしのほうを向いた。「きみはぼくとは違うよ、エヴリン」

「わたしにもあなたと同じところが少しあるかもしれないわ」わたしは言った。「わたしもそうだし、シーリアもそうよ」

ハリーは考え込むような顔をして、ハンドルに向き直った。「ああ」やがて言った。「シーリアはそうかもしれない」

「知ってたの？」

「そうじゃないかと思ってた」彼は言った。「ひょっとすると……きみを好きなんじゃないかって」

自分はまさに、目のまえで起こっていることをこの世で最後に知る人間だと思った。

「ドンとは別れるわ」わたしは言った。

ハリーは驚きもせずにうなずいた。「その言葉を聞けてうれしく思うけど」と言った。「それがどういうことを意味するのか、きみがちゃんとわかっていればいいんだが」

「自分がしようとしてることぐらいわかってるわ、ハリー」わたしは間違っていた。自分が何をしようとしているのか、わかっていなかった。

「ドンがおとなしく受け入れるはずがない」ハリーは言った。「つまりはそういうことだ」

「じゃあ、わたしはこの見せかけの生活を続けなきゃいけないの？　彼がいろいろな相手と寝て、好きなときにわたしを殴るのを受け入れなきゃならないの？」

「そうじゃない。ぼくがそんなこと言うはずないって、きみもわかってるはずだ」

「じゃあ、どうしろっていうの？」

「ちゃんと準備してから行動に出てほしいんだ」

「このことはもう話したくないわ」わたしは言った。

「いいだろう」ハリーはそう言うと、車のドアを開けて降り、助手席側にまわってドアを開けた。

「降りるんだ、エヴ」優しく言って、手を差し出した。「長い夜だった。休まないと」

ふいにひどい疲れを感じた。彼にそう言われたとたん、自分が疲れていることに気づいたかのように。わたしはハリーのあとをついて彼の家の玄関ドアに向かった。ハリーの家のリビングは、数は少ないものの、木と革を用いた家具が置かれて、きれいに整えられていた。アルコーブや出入口はすべてアーチ型で、壁は真っ白。ソファのうえに一枚だけ絵が掛けられていた。マーク・ロスコ（二十世紀を代表する抽象画家）の赤と青の絵だ。ハリーはお金のためにハリウッドのプロデューサーをしているのではないのだと思った。たしかにいい家だが、派手さも芝居がかったところもない。ただ眠るためだけの場所だった。

ハリーはわたしと似ていた。彼が映画界にいるのは栄誉を手にするためだった。忙しく、影響力のある、頭の冴えた人間でいるために、映画界で仕事を続けていた。わたしと同じように、自尊心のために映画界に入ったのだ。

そして、ふたりとも運よくそこで人間性を見出した。たまたまのように思いはするものの。

ハリーに連れられて曲線を描く階段をのぼり、来客用の部屋に案内された。ベッドには薄いマットレスが敷かれ、厚手のウールの毛布が掛けられていた。わたしは石鹸でメイクを落とし、顔を洗った。ハリーが親切にもドレスの背中のファスナーをおろしてくれ、自分のパジャマを貸してくれた。

「隣の部屋にいるから、何か必要なものがあったら言ってくれ」彼は言った。

「ありがとう。何もかも」

ハリーはうなずいて向きを変えたが、わたしが毛布を折り返していると、ふたたびわたしに向き直った。「エヴリン、ぼくたちの利益は一致してない」と言った。「きみとぼくの利益だが。わかるだろう？」

わたしは彼を見ながら、わかっているのかどうか考えた。

「ぼくの仕事は会社に金が入るようにすることだ。そして、きみが会社の望むようにしているあいだは、ぼくの仕事はきみを幸せにすることだ。でも、アリは何よりも――」

「ドンを喜ばせたがってる」

ハリーはわたしの目を見つめた。わたしは彼の言うことを理解した。

「ええ」わたしは言った。「わかってるわ」

ハリーは控えめに微笑んで、ドアを閉めた。

これからのことを心配したり、女性にキスしたことの意味を考えたり、本当にドンと別れるべきなのか悩んだりして、一晩じゅう、眠れない夜を過ごしたと思われるだろう。

けれども、そうではなかった。

翌朝、ハリーが車で家まで送ってくれた。喧嘩(けんか)になることを覚悟していたが、わたしが家に着いたとき、ドンの姿はどこにもなかった。

まさにその瞬間、わたしの結婚は終わり、決断――わたしが下すものと思っていた決断――がすでに下されていたことがわかった。

ドンは待ってもいなかったし、喧嘩する気もなかった。わたしが彼のもとを去るまえに、わたしのもとを去り、どこかに行ってしまっていた。

かわりに、玄関まえの階段にはシーリア・セントジェームズがいた。

ハリーはドライブウェイに車を停めて、わたしが彼女のもとに行くのを待っていた。わたしは振り返って彼に手を振り、帰るよう促した。

彼が車で走り去ると、わたしの家がある美しい並木道は、朝七時を過ぎたばかりのビバリーヒルズらしく静まり返った。わたしはシーリアの手を取って、家のなかに招き入れた。

「そうじゃないの……」わたしが玄関ドアを閉めると、シーリアは言った。「その……ハイスクール時代に親友の女の子がいて、彼女とわたしは――」

「聞きたくないわ」わたしは言った。

「わかった」彼女は言った。「わたしは……その……どこもおかしくなんかないのよ」

「あなたがどこもおかしくないことはわかってる」

彼女はわたしを見た。わたしがなんと言ってもらいたがっているか、自分が何を打ち明けるべきなのか、正確にわかっているように見えた。

「ほかにもわかってることがある」わたしは言った。「わたしはドンを愛してた」

「それぐらいわたしにだってわかってるわ！」彼女はむきになって言った。「あなたがドンを愛してることはわかってる。ずっとわかってた」

「わたしはドンを愛し*ていた*って言ったのよ。でも、いつからか、そうじゃなくなってたみたい」

「そう」

「今、わたしの頭にあるのは、あなたのことだけよ」

わたしはそう言うと、二階へ行って、荷物をまとめた。

21

わたしはシーリアのアパートメントに一週間半、身を寄せ、苦難の日々を過ごした。シーリアとわたしは毎晩彼女のベッドで清く正しく隣り合って眠った。

日中、彼女がワーナーブラザーズの新しい映画を撮りにいっているあいだ、わたしはアパートメントに残り、本を読んで過ごした。

キスはしなかった。腕や手がふれ合ったときに、けっして目を合わさずに、少しのあいだそのままでいることはあった。けれども、夜中、ふたりとも眠っているように見えているとき、背中に彼女の体を感じて、わたしも体を押しつけ、お腹のぬくもりや、うなじに収まる顎の感触を味わった。

朝、目が覚めると、彼女の髪に顔をうずめていることがあり、そんなときは彼女をできるかぎり多く吸い込もうと、深く息を吸い込んだ。

自分が彼女とまたキスしたがっているのはわかっていた。彼女にふれたがっていることも。とはいえ、いったいどうするべきなのか、どうすればうまくいくのか、正確にはわからなかった。暗いランドリールームでした一回のキスは突発的な事故だったと考えるのはたやすかった。わたしが彼女に抱いている感情はプラトニックなものだと自分に言い聞かせるのも、それほど難しくなかった。

シーリアへの思いにときどき、、、ふけっているぐらいなら、これは本物ではないと自分に言い聞かせることができた。ホモセクシュアルは社会のはみ出し者だった。そして、そうだからといって悪い人間だということにはならないと思っている一方で――なんといってもハリーを兄のように慕っているのだから――そのひとりになる心の準備はできていなかった。

だから、シーリアとわたしのあいだに散る火花は偶然の産物にすぎないと自分に言い聞かせた。それがたまにしか起こっていないあいだは説得力があった。

現実がふいに降りかかってくるときがある。現実を否定するのに必要なエネルギーが尽きるのを辛抱強く待ってくれるときもあるけれど。

そして、それが、ある土曜日の朝にわたしに起こったことだった。そのときシーリアはシャワーを浴びていて、わたしは卵料理を作っていた。

ノックの音がしてドアを開けると、戸口の向こうに見えたらうれしい、ただひとつの顔が見えた。

「いらっしゃい、ハリー」わたしはそう言って身を乗り出し、彼を抱きしめた。汚れたへらが彼のきれいなオックスフォードシャツにつかないよう気をつけて。

「おいおい」彼は言った。「料理してるじゃないか！」

「そうよ」わたしはそう言って脇にどき、彼を招き入れた。「起こるはずがないことが起こったというわけ。卵料理、食べる？」

わたしは彼をキッチンに連れていった。彼はフライパンのなかをのぞいた。「朝食作りには慣れてるのかい？」と尋ねた。

「卵を焦がすんじゃないかと訊いてるんなら、答えは〝たぶんそうなる〟よ」

ハリーは笑みを浮かべて、分厚い大きな封筒をダイニングテーブルのうえに置いた。木の天板にあたってどさりと音を立てたところをみると、何が入っているのかは一目瞭然だった。

「当ててみましょうか」わたしは言った。「わたしは離婚するのね」

「どうやらそのようだ」

「理由は？　彼の弁護士は不貞行為や虐待の欄にはチェックを入れてないはずよ」

「放棄」

　わたしは眉を吊りあげた。「賢いわね」

「理由は重要じゃない。わかってるだろう？」

「わかってるわ」

「書類をひととおり読んで、弁護士にも読んでもらわなきゃならないが、基本的に大事な点がひとつある」

「教えて」

「きみはあの家と、きみのお金と、彼のお金の半分を手に入れる」

　わたしはハリーにブルックリン・ブリッジを売りつけられようとしているかのように、彼を見つめた。「どうしてそうしてくれるの？」

「きみは結婚しているあいだにあったことを、いつなんどき、いかなる相手にも話してはならないからだ」

「彼もそうなの？」

　ハリーは首を横に振った。「いや、少なくとも書面上はそうなっていない」

「じゃあ、わたしは何も話せないのに、彼は街じゅうに話してまわれるわけ？　わたしがそんな条件を受け入れると、どうして思ってるのかしら」

　ハリーは一瞬、テーブルに視線を落としてから、ふたたび目を上げ、決まり悪そうにわたしを見た。

「わたしは会社に捨てられるのね？」

「ドンがきみを会社から出ていかせたがってるんだ。アリはきみをMGMとコロンビアに貸し出す気でいる」

「そのあとは？」

「そのあと、きみはひとりでやってくことになる」

「そう、かまわないわ。きっと、やっていける。シーリアもフリーランスだもの。彼女みたいにエージェントを見つければいいわ」

「ああ、そうだな」ハリーは言った。「それに、やってみるべきだと、ぼくも思う。でも……」

「でも何？」

「ドンはアリにきみのオスカー受賞を邪魔するよう求めてて、アリもそれに応じる気でいる。きみを貸し出して、意図的に失敗作に出させるつもりでいるようだ」

「そんなこと、できるはずないわ」

「いや、できるし、やるだろう。ドンは金の卵を産む鵞鳥だから。映画会社はどこも苦しんでる。映画を観にいく人はそれほど多くない。みんなテレビ西部劇『ガンスモーク』の次の放送を待ってるんだ。サンセットは自前の映画館を売るしかなくなったときから、業績は落ちる一方だ。どうにかやっていけてるのは、ドンのようなスターのおかげなんだよ」

「そして、わたしみたいなスターのおかげでもあるわ」

ハリーはうなずいた。「でも——こんなことを言ってすまないが、きみも全体像を見ることが大事だと思うから——ドンのほうがきみより価値がある」

自分がなんの価値もない人間になったような気がした。「傷ついたわ」

「そうだろうな」ハリーは言った。「すまない」

バスルームの水音がやみ、シーリアがシャワーを浴び終えたのがわかった。窓から風が入ってきていた。窓を閉めたいと思ったが、動けなかった。「つまりはこういうことなのね。ドンがわたしを必要としなければ、誰もわたしを必要としない」

「ドンはきみを必要としてなくても、ほかの誰かのものにはさせたくないと思ってるというべきだろう。たいして違いはないかもしれないが……」

「でも、少しは元気づけられるわ」

「よかった」

「これが彼のやり方なの？　わたしの人生をめちゃくちゃにして、わたしの沈黙を家と百万ドルにも満たないお金で買うのが？」

「それでも大金だよ」ハリーは言った。それが大事なことであるかのように。助けになるというように。

「わたしはお金のことは気にしないって、あなたも知ってるじゃない」わたしは言った。「少なくとも、お金が第一ではないって」

「ああ」

シーリアがバスローブ姿でバスルームから出てきた。髪は濡れていて、まっすぐだった。「あら、いらっしゃい、ハリー」彼女は言った。「すぐに服を着てくるから」

「ぼくのために急ぐ必要はない」彼は言った。「もう帰るところだから」

シーリアは微笑んで、寝室に入っていった。

「書類を届けてくれてありがとう」わたしは言った。

ハリーはうなずいた。

「一度やり遂げたんだから、またできるわ」彼をドアまで送りながら言った。「ゼロからまたすべてを築いてみせる」

「きみがこうと決めたらできないことはないってわかってるよ」ハリーはドアノブに手をかけて、出ていこうとしながら言った。「できたら……これからも友だちでいられるといいんだが、エヴリン。これからも——」

「やだ、おかしなこと言わないで」わたしは言った。「わたしたちは親友よ。お互いに何もかも話すにしろ話さないにしろ、それは変わらないわ。今でもわたしのこと、好きでいてくれてるでしょ？　会社から放り出されようとしていても」

「ああ」

「それに、わたしもあなたのことが大好きよ。だから、この話は終わり」

ハリーはほっとしたように微笑んだ。「わかったよ」と言った。「ぼくときみは変わらない」

「わたしとあなたは忠実な友だちよ」

ハリーはアパートメントを出ていった。わたしは彼が通りを歩いていって車に乗り込むのを見届けると、向きを変えて、背中をドアに預けた。

わたしはそれまでに築いてきたものをすべて失おうとしていた。

お金を除いて。

わたしにはまだお金があった。

それはたいしたことだった。

すると、ほかにもわたしを待っているものがあることに気づいた。手に入れたいと思っていて、今では自由に手に入れられるものが。

彼女のアパートメントのドアに背中を預け、ハリウッドでもっとも人気のある男との離婚を目前に控えて、わたしは気づいた。自分が何を望んでいるかについて自分に嘘をつくのは、持てる力以上のエネルギーが必要なのだと。

だから、その意味や、それがわたしにもたらすものについて考えるかわりに、ドアから背を離して、シーリアの部屋に入っていった。

彼女はバスローブ姿のまま、鏡台のまえで髪を乾かしていた。

わたしは彼女のもとに足を運び、その美しいブルーの目を見て言った。「あなたを愛してるみたい」

そして、彼女のバスローブのベルトをほどいて、まえを開いた。

わたしはゆっくり時間をかけた。ゆっくり時間をかけて、まえが開くまでに、彼女が何度も止められるようにしたが、彼女はそうしなかった。

それどころか、椅子のうえで背筋を伸ばし、わたしを大胆に見つめ返すと、ベルトをほどくわたしの腰に手を置いた。

ベルトがほどけ、バスローブがはだけると、目のまえに、裸の彼女が座っていた。

その肌はなめらかで青白かった。胸は思っていたより大きく、乳首はピンク色。平らなお腹はおへその下がわずかに膨らみを帯びていた。

わたしの目が脚のほうにおりると、彼女はほんの少しだけ脚を開いた。

わたしは本能的に彼女にキスした。両手を彼女の胸に置き、まずはわたしがふれたいように、次いでふれられたいようにふれた。

彼女がうめき声をあげると、鼓動が激しくなった。

首筋と胸の頂にキスされた。

シャツを頭から脱がされた。

彼女はあらわになったわたしの胸を見た。

「あなたはゴージャスだわ」彼女は言った。「想像以上よ」

わたしは頬が熱くなるのを感じ、両手で顔をおおった。自分の感情が抑えられず、慣れない状況にいることに戸惑っていた。

彼女はわたしの顔から手をどけさせて、わたしを見た。

「自分が何をしてるのかわからないわ」わたしは言った。

「大丈夫」彼女は言った。「わたしがわかってるから」

その晩、シーリアとわたしは裸で抱き合って眠った。もう偶然ふれたふりはしなかった。そして、朝、彼女の髪に顔をうずめて目を覚ますと、わたしは大きな音を立てて、誇らしげに息を吸い込んだ。

四方を壁に囲まれていれば、恥ずかしいことは何もなかった。

サブ・ローザ
一九五九年十二月三十日

アドラーとヒューゴ、破局を迎える!

ドン・アドラー、ハリウッドでもっとも結婚したい独身男性に返り咲き?

ドンとエヴリンは結婚生活を終わらせようとしている! 二年間の結婚生活のあと、ドンはエヴリン・ヒューゴとの離婚を申請した。

あれほど仲睦まじかったふたりが別々の道を行くのを見るのは悲しいが、驚いたと言えば嘘になるだろう。ドンの運気がますます上昇気流に乗るのをエヴリンが嫉妬して、意地悪になっているという噂をさんざん耳にしてきたからだ。

ドンにとっては幸運なことに、彼はサンセット・スタジオとの契約を更新し——社長のアリ・サリヴァンはにんまりしているに違いない——来年には三本の主演映画の公開を控えている。ドンの勢いは止まらない!

一方、エヴリンの最新映画『若草物語』は大当たりし、批評家たちの評価も高いが、サンセットはこの先公開される『ジョーカーズ・ワイルド』から彼女をはずして、かわりにルビー・ライリーを起用した。

エヴリンのサンセットにおける人生は日没（サンセット）を迎えようとしているのだろうか。

22

「どうやって自信を保ってらしたんですか？　ご自分の決断を信じていられたんですか？」わたしはエヴリンに尋ねる。

「ドンがわたしから去ったとき？　それとも、キャリアが無に帰したとき？」

「どちらもです」わたしは言う。「あなたにはシーリアがいたから、少しは違ってたでしょうけど」

　エヴリンは首をかすかに傾げる。「違ってたって、何と？」

「えっ？」物思いにふけっていたわたしは言う。

「わたしにはシーリアがいたから、少しは違ってた、と言ったでしょ」エヴリンは説明する。「何と違ってたっていうの？」

「すみません」わたしは言う。「ちょっと……ほかのことに気を取られてて」一瞬、自分が抱えている人間関係の問題が頭をもたげ、一方的な会話になってしまったようだ。

エヴリンは首を横に振る。「謝らなくていいから、何と違うのか教えてちょうだい」

わたしは彼女を見て、自分が二度と閉められないドアを開けたことに気づく。「わたしの間近に迫っている離婚とです」

エヴリンはにやりと笑う。「おもしろくなってきたわね」と言う。

わたしの弱さに対する彼女の無頓着な態度が気に障る。話を持ち出したわたしが悪いのはわかっているが、もっと思いやりを見せてくれてもいいはずだ。わたしは自分をさらけ出してしまった。傷を見せてしまった。

「書類にサインはしたの?」エヴリンが尋ねる。「モニーク（Monique）のiの点のかわりに小さなハートを描いて?　わたしならそうするわ」

「わたしはあなたのように離婚を軽く考えられないんだと思います」にべもない口調になる。口調を和らげようとしたが――うまくいかない。

「それはそうよ」エヴリンは優しく言う。「あなたの年で軽く考える人がいたら、その人は皮肉屋だわ」

「でも、あなたの年だと?」わたしは尋ねる。

「わたしのように経験のある人間がそう考えると?　現実主義者ということになるわ

「離婚は痛手なのに」「そうおっしゃること自体が、とても皮肉っぽくないですか？　離婚は痛手なのにね」

エヴリンは首を横に振った。「心に傷を負うのは痛手だけと、離婚はただの紙切れよ」

わたしは下を向き、自分が青いインクのボールペンで立方体を何度もなぞっていることに気づく。すでに紙に穴が開きそうになっている。ペン先を紙から離しもしなければ、強く押しつけもせず、ただ立方体の辺をなぞっている。

「もしあなたが今、心に傷を負ってるなら、深く同情するわ」エヴリンは言う。「最大限に配慮もする。心の傷は人を真っ二つにしかねない。でも、ドンが去ったとき、わたしは心に傷を負わなかった。わたしの結婚は失敗に終わったと思っただけで。大きな違いだわ」

わたしはエヴリンがそう言うのを聞いて、ボールペンを止め、顔を上げて彼女を見る。そして、どうしてエヴリンにそう言ってもらわなければならなかったのだろうと考える。

そのふたつの違いに、どうして考えが及ばなかったのだろうと。

その晩、地下鉄の駅に向かう途中、フランキーが二度電話してきていることに気づく。

返事をするのは、地下鉄に乗って最寄り駅で降り、アパートメントまでの道を歩きはじめるまで待つ。九時近くなのでメッセージを送ることにする。〝今エヴリンの家を出たところです。遅くなってすみません。話は明日にしましょうか？〟

鍵を玄関ドアに差し込むと同時に、フランキーから返事が来る。〝今日でかまわないわ。できるだけ早く電話して〟

思わず天を仰ぐ。フランキーにごまかしは通用しない。

バッグを置いて、アパートメントのなかを歩きまわる。どう言えばいいだろう。思うに、選択肢はふたつある。

嘘をついて、すべて順調だと言ってもいい。ふたりで六月号に特集記事を載せることについて話していて、もうすぐエヴリンからより具体的な話を聞けそうだと。

あるいはクビになる危険を冒して本当のことを話すか。

すでに、クビになるのも悪くないと思いはじめている。近い将来、本を出版できることが決まっていて、その本でおそらくは大金を手にできる。それがきっかけで、ほかのセレブの伝記を書くチャンスもめぐってくるかもしれない。そのあと、ついに、自分で題材を見つけて、どこかの出版社が買ってくれるに違いないと確信しながら、書きたいことを書けるようになるかもしれない。

だが、その本がいつ出版されるのかわからない。それに、わたしが本当に目指していることが、書きたい記事を書けるようになることなら、信用が大事だ。『ヴィヴァン』の大きな企画を盗んでクビになれば、とうていい評判は得られない。

どうするかはっきり決めるまえに、手のなかの携帯電話が鳴る。

フランキー・トループ。

「はい」

「モニーク」フランキーが言う。その声は心配しているようでもあれば苛立っているようでもある。「いったいどうなってるの？　全部、報告して」

フランキーにもエヴリンにもわたしにも望ましい状況を維持する方法を探すが、ふいに気づく。わたしにできるのは、わたしが望むものをわたしが手にできるようにすることだけだと。

どうしてそうしてはいけないのだろう。

本当のところ。

どうして勝利を収めるのがわたしではいけないのだろう。

「フランキー、お疲れさまです。なかなか連絡できなくてすみません」

「いいの、いいの」フランキーは言う。「インタビューがうまくいってさえすれば」

「ええ、でもあいにくエヴリンは『ヴィヴァン』に記事を載せるつもりはないようです」


電話の向こうが異常なほどに静かになる。そして次の瞬間、その静けさが抑揚のない乾いた声で破られる。「なんですって？」

「ずっと彼女を説得してたんです。連絡を入れられなかったのは、そのせいです。このインタビューは『ヴィヴァン』に載せないといけないって彼女に説明してたんです」

「その気がないなら、どうしてうちに連絡してきたの？」

「エヴリンはわたしと連絡を取りたかったんです」わたしは言う。何もつけ足すことなく。〝エヴリンはわたしと連絡を取りたかったんです。だから連絡してきたんです〟とも〝エヴリンはわたしと連絡を取りたかったんです。こんなことになってすみません〟とも言わない。

「あなたに近づくためにうちを利用したの？」フランキーが言う。これ以上の侮辱はないというように。だが、実際にはフランキーがエヴリンに近づくためにわたしを利用したのだ。だから……

「ええ」わたしは言う。「どうやらそのようです。彼女は伝記を出版したいと思ってるんです。わたしに書かせて。ひとまず引き受けて、考え直してもらおうとしてたんです」

「伝記ですって？　あなたはうちの雑誌の記事になるはずだったインタビューをもとに、本を書こうとしてるの？」

「エヴリンがそう望んでいるんです。わたしはどうにか考え直してもらおうと説得してたんです」

「それで？」フランキーは尋ねる。「説得できたの？」

「いいえ」わたしは言う。「今はまだできてません。でも、できなくはないと思います」

「そう」フランキーは言う。「じゃあ、説得して」

ここが正念場だ。

「わたしはエヴリン・ヒューゴに関して、内容の濃い、雑誌の目玉になる記事を書けると思います」と言う。「でも、そうできたら、昇進させてほしいんです」

フランキーはいぶかしげな声を出す。「昇進って？」

「特任編集者にしてください。好きなときに仕事をして、書きたい記事を自分で選べる」

「だめよ」

「それでは『ヴィヴァン』に記事を載せるようエヴリンを説得する意味がありません」

フランキーが選択肢を秤にかける音が聞こえる。彼女は黙っているが、緊迫感は伝わってこない。彼女が言うことを決めるまでわたしは何も言わないとわかっているようだ。「特集記事をうちの雑誌に載せることができて」ようやく言う。「撮影にも応じさせられたら、あなたを特任ライターにするわ」

わたしがその申し出を考えていると、フランキーが続ける。「特任編集者の枠はひとつしかないの。実力で手に入れた椅子からゲイルをはじき出すのは正しいこととは思えない。それはあなたにもわかるはずよ。特任ライターが適切だと思う。あなたが書くものについてあれこれ指図しないようにする。そこで実力を示せたら、ほかの者と同じように昇進させるわ。公平でしょ、モニーク」

少しのあいだ考える。特任ライターは妥当に思える。響きもいい。「いいでしょう」わたしは言う。そして、さらに少し押してみる。多額のお金を払わせるようにしろと、初めにエヴリンに言われたから。彼女の言うとおりだ。「肩書を変えるだけでなく、給料も上げてください」

自分があからさまに金銭的な要求をするのを聞いて身がすくむが、フランキーの返事が聞こえた瞬間、肩の力が抜ける。「ええ、わかったわ」わたしはほっと息をつく。「でも、彼女には明日じゅうに承諾させて」彼女が続ける。「それから撮影の日時は来週までに決めること」

「はい」と言う。「わかりました」

フランキーが電話の切り際に言う。「感銘を受けたけど、腹が立ちもしたわ。あなたを許さなきゃと思えるぐらい、素晴らしい記事にして」

「ご心配なく」わたしは言う。「きっとそうなります」

23

翌朝、エヴリンのオフィスに入っていくわたしは、緊張のあまり背中に汗をかいている。背骨に沿って浅い汗だまりができている。

グレースがハムやソーセージなどの食肉加工品（シャルキュトリ）がのった大皿を置く。わたしがきゅうりのピクルス（コルニション）から目を離せずにいるあいだ、エヴリンとグレースは夏のリスボンについて話す。

グレースが出ていくやいなや、わたしはエヴリンのほうを向く。

「話し合わないと」と言う。

彼女は笑い声をあげる。「率直に言って、わたしたちはそれ以外のことはしてないと思うけど」

「『ヴィヴァン』とのことを、という意味です」

「わかったわ」彼女は言う。「どうぞ話して」

「わたしは本がいつごろ出版されるのか知る必要があります」エヴリンの返事を待つ。どんなものでもいいから、何か答えに近いものを与えてくれるのを。

「続けて」彼女が言う。

「本が実際に販売されるのがいつになるのか教えていただけないと、何年も、いえ、ことによると何十年も先になるかもしれないことのために、仕事を失う危険を冒すことになります」

「わたしの寿命についてずいぶん大きな期待を抱いてるのね」

「エヴリン」彼女がなおも真剣に捉えてくれていないことに、いくぶんがっかりして言う。「本がいつ出版されるのか知る必要があります。それが無理なら、その抜粋を六月号に載せると、わたしは『ヴィヴァン』に約束しなければなりません」

エヴリンは考える。わたしと向かい合って、カウチソファに脚を組んで座っている。細身の黒いジャージパンツにグレーのタンクトップ、白いオーバーサイズのカーディガンという格好だ。「わかったわ」うなずきながら言う。「六月号に抜粋を――どこでもあなたが好きなところを――載せていいわ。本の出版時期について、もう訊かないと約束するなら」

喜んでいることを顔に出さないようにする。まだ半分だ。やり遂げるまで休めない。

もうひと押し。断られるのを覚悟で、訊いてみなければならない。自分の価値を確かめなければならない。

結局、エヴリンはわたしから何かを得ようとしているのだ。わたしが必要なのだ。その理由も目的もわからないが、そうでなければ、わたしはここにこうして座っていない。わたしは彼女にとって価値のある人間なのだ。それは間違いない。そして今、それを利用しなければならない。エヴリンがわたしなら、きっとそうするように。

さあ。

「写真を撮らせていただかなければなりません。雑誌の表紙用に」

「お断りよ」

「交渉の余地はありません」

「どんなことにも交渉の余地はあるのよ。もう十分でしょ？　抜粋を載せることを承知したんだから」

「あなたの近影がどれだけ貴重なものになるか、わたしにはわかってるし、あなたもわかってらっしゃるはずです」

「断ると言ったでしょ」

いいだろう。さあ。きっとやれる。エヴリンならするはずのことをしなければならない。エヴリン・ヒューゴに〝エヴリン・ヒューゴのやり方〟でぶつからなければならない。「表紙用の写真を撮らせていただけないのなら、わたしはこの件から手を引きます」

エヴリンがカウチソファのうえで身を乗り出す。「なんですって？」

「あなたはわたしにご自分の伝記を書かせたいと思ってらっしゃるし、わたしもあなたの伝記を書きたいと思ってる。でも、はっきり言わせてもらうと、あなたのために仕事を失うわけにはいかないんです。そして仕事を失わないようにするには、エヴリン・ヒューゴの特集記事を彼女の表紙の号に載せるしかない。だから、わたしを説得して、今回のことで仕事を失うことを承知させるか――その場合は本がいつ出版されるか教えてくださることが絶対条件ですけど――写真撮影に応じるかの、ふたつにひとつです」

エヴリンはわたしを見つめる。わたしがここまでするとは夢にも思っていなかったようだ。わたしはいい気分になる。自然と笑みが浮かびそうになるのを、必死にこらえる。

「この状況を楽しんでるのね？」彼女は言う。

「自分の利益を守ろうとしてるんです」

「そうね、でもそれをうまくやってるし、どうやら少し楽しんでもいるようだわ」

わたしは結局笑みを浮かべる。「最高の先生から学んでますから」

「ええ、そうね」エヴリンは言う。そして、鼻に皺を寄せて続ける。「表紙？」

「表紙です」

「いいでしょう。表紙ね。そのかわり、月曜からは、起きているあいだはずっとここにいてもらうわ。話さなきゃならないことを、できるだけ早くあなたに話したいの。それと、これからはわたしが質問されて答えなかったら、二度と同じ質問はしないこと。取引成立？」

わたしはデスクから立ちあがってエヴリンのもとに足を運び、片方の手を差し出す。

「取引成立です」

エヴリンは笑い声をあげる。「ごらんなさい」と言う。「あなたはうまくやってるわ。いつの日か、この世界のあなたが住んでいる場所を支配するようになるかもね」

「まあそんな、ありがとうございます」わたしは言う。

「はい、はい、わかったから」彼女は優しくなくもない声で言う。「デスクに戻って、録音を始めて。ぐずぐずしないで」

言われたとおりに準備をして、彼女を見つめる。「さて」と言う。「あなたはシーリアと恋に落ちて、ドンと離婚し、それまでのキャリアが無に帰したように見えた。それからどうなったんです？」

エヴリンは答えるまえに、一瞬、間を置く。その瞬間、わたしは気づく。彼女はわたしを引き止めるだけのために、けっしてしないと断言したこと——『ヴィヴァン』の表紙用の写真撮影——をすることに同意したのだと。

エヴリンは何かのためにわたしを必要としている。しかもそれを強く望んでいる。

ここに来てようやく、わたしは怖がるべきなのではないかと思いはじめる。

GULLIBLE
MICK RIVA

おめでたい
ミック・リーヴァ

フォトモーメント
一九六〇年二月一日

エヴリン、グリーンはきみの色じゃない

先週木曜日、エヴリン・ヒューゴは一九六〇年のオーディエンス・アプリシエーション賞の授賞式に、プロデューサーのハリー・キャメロンと腕を組んで現われた。エメラルドグリーンのシルクのカクテルドレスを着ていたが、かつてのように人々を熱狂させはしなかった。エヴリンを象徴する色は、人々をうんざりさせるものの象徴になりはじめたようだ。

一方で、シーリア・セントジェームズは、ビーズで飾られた驚くほどに美しいペールブルーのタフタのシャツドレスを着て登場し、よりいっそう魅力的で新鮮な昼の装いを提案した。

だが、冷淡なエヴリン・ヒューゴはかつての親しい友人にひと言も声をかけず、一

晩じゅうシーリアを避けていた。

エヴリンは、その晩、シーリアが〝もっとも有望な女性賞〟を受賞した事実を受け入れられずにいたのだろうか。それとも、ふたりが出演した『若草物語』でシーリアがオスカーの助演女優賞にノミネートされている一方で、エヴリンの名前は挙がらなかったからだろうか。

エヴリン・ヒューゴは彼女をひどく羨ましがっているようだ。顔が緑色になるほどに。

24

アリはわたしをサンセットが制作するすべての映画からはずし、コロンビアに貸し出しはじめた。記憶にも残らないロマンティック・コメディに二本出演させられたあと――二本ともお粗末すぎて見事なまでに失敗するのは目に見えていた――どこの映画会社もわたしを欲しがらなくなった。

ドンは『ライフ』の表紙を飾った。人生最良の日であるかのように微笑んで、優雅に海から岸に上がってくるという写真で。

一九六〇年のアカデミー賞が発表される時期になると、わたしは公式に招かれざる客になった。

「わかってるだろうけど、ぼくがきみを連れていってもいい」当日の午後、わたしのようすを確かめるために電話してきたハリーが言った。「きみがそうして欲しいと言えば迎えにいく。着ていくきれいなドレスも持ってるだろうし、きみと腕を組んでるぼくは、みんなに羨ましがられるよ」

わたしはシーリアのアパートメントにいて、彼女のヘアメイクを担当する人々が来るまえに出ていこうと支度していた。シーリアはドレスを着られなくなることを恐れて何も食べず、キッチンでレモンウォーターを飲んでいた。

「そう言ってくれると思ってたわ」受話器に向かって言った。「でも、今わたしといっしょにいるところを見られたら、あなたの評判に傷がつくだけだって、あなたもわたしもわかってるじゃない」

「でも、本当にそうしてもいいと思ってるんだ」ハリーは言った。

「それはわかってるわ」わたしは言った。「でも、わたしは賢すぎるし傷には弱いから、その申し出には応じられないって、あなたもわかってるはずよ」

ハリーは笑い声をあげた。

「目が腫(は)れてない？」ハリーとの電話を切ると、シーリアに訊かれた。彼女は目を大きく開けてわたしを見つめた。そうすれば、わたしがちゃんと答えられるというように。

ふだんとたいして違わなかった。「とてもきれいよ。それにグウェンが素敵にしてくれるってわかってるでしょ。何が心配なの？」

「まあ、エヴリン」シーリアはからかうように言った。「わたしが何を心配してるか、わからない人はいないと思うけど」

わたしは彼女の腰に手をまわした。彼女はレースの縁取りがある薄いサテンのスリップを着ていて、わたしは半袖セーターにショートパンツという格好だった。彼女の髪は濡れていた。シーリアは髪が濡れていてもシャンプーの香りはせず、粘土のようなにおいがした。

「あなたはオスカーを獲るわ」わたしは彼女を抱き寄せながら言った。「勝負にもならない」

「獲れないかもしれない。ジョイかエレン・ワトソンが獲るかもしれないじゃない」

「エレン・ワトソンに与えるぐらいなら、ロサンゼルス川に投げ入れるほうがましだと思われてるはずよ。それにジョイは、かわいそうだけど、あなたじゃないわ」

シーリアは赤くなり、両手を顔にうずめたが、すぐにまたわたしを見た。「わたしって我慢できないほど不愉快でない？」と言った。「まるで取りつかれてるみたいでしょ？　あなたにそんなこと言わせるなんて。あなたは……」

「落ち目なのに？」

「受賞を邪魔されたのにって言おうとしたの」

「あなたが我慢できないほど不愉快な人間なら、わたしはただひとりあなたに我慢できる人間になるわ」わたしはそう言って彼女にキスし、唇に残るレモンの味を味わった。

腕時計を見て、ヘアメイクの担当者たちがいつ来てもおかしくないことに気づき、鍵をつかんだ。

彼女とわたしはいっしょにいるところを見られないようにしていた。ただの友だちだったころはふつうのことだったが、隠さなければならないことができた今、ふたりでいることは秘密にしなければならなくなっていた。

「愛してるわ」わたしは言った。「あなたを信じてる。頑張って」

ドアノブに手をかけると、彼女に呼び止められた。「受賞できなくても」濡れた髪からスリップの細い肩紐のうえに水が滴り落ちていた。「愛してくれる?」

冗談を言っているのだと思ったが、彼女の目を見て、そうではないことに気づいた。

「あなたが段ボール箱に住む名も無き人になったとしても愛しつづけるわ」わたしは言った。そんなことを言ったのも、本気でそう思ったのも初めてだった。

シーリアはにっこり笑った。「わたしもよ。あなたが段ボール箱に住むようになろうが、どうなろうが」

その数時間後、かつてはドンといっしょに住んでいて、今では丸々自分のものと言える家に戻っていたわたしは、ケープ・コッダー（ウォッカとグランベリージュースを混ぜたカクテル）を作ってカウチソファに座り、テレビのチャンネルをNBCに合わせて、友だち全員と愛する人がパンテージズ・シアターに敷かれたレッドカーペットを歩くのを見守った。

テレビの画面で見ると、すべてがいっそう魅力的に見えた。あまり言いたくないが、実際にはシアターはもっと小さく、人々は青白くて、ステージもそれほど立派ではない。

すべては家で観ている人々に、のけ者になったように、入る資格のないクラブの壁に止まる蠅（はえ）になったように感じさせるように企画されていた。それが自分にもひどく効果的であることに、わたしは驚いた。観ている者の心をいとも簡単に奪うことにも。つい最近まで、その中心にいた人間の心まで。

助演女優賞が発表されるころには、カクテルを二杯飲み、自分自身を憐（あわ）れんでいた。けれども、カメラがシーリアに寄った瞬間、誓って言うが、しらふになり、シーリアのために両手をできるだけ強く握り合わせた。強ければ強いほど彼女が受賞する確率が高くなるというように。

「そして受賞者は……シーリア・セントジェームズ『若草物語』」

わたしはカウチソファから飛びあがって歓声をあげた。そして目に涙があふれるのを感じながら、彼女がステージに上がるのを見守った。

わたしはオスカー像を手にマイクのまえに立つ彼女に魅了された。ボートネックの素晴らしいドレスや、輝くダイヤモンドとサファイヤのイヤリングや、完璧な顔に。

「アリ・サリヴァンとハリー・キャメロンに感謝します。エージェントのロジャー・コルトンと、家族にも。そして、いっしょに映画に出られてとても幸運だった、素晴らしい女性出演者、ジョイとルビー。それから、エヴリン・ヒューゴにも感謝します。どうもありがとうございました」

彼女がわたしの名前を口にしたとき、誇りと喜びと愛で胸がいっぱいになった。うれしくてたまらなかった。そして、恥ずかしくなるぐらいばかげたことをした。テレビにキスしたのだ。

白黒映像の彼女の顔に。

かちっという音がして、次に痛みがやってきた。シーリアが観客に手を振ってステージから去ったとき、歯が欠けたことに気づいた。

とはいえ、気にならなかった。あまりにも幸せすぎて。興奮のあまり、彼女にお祝いを言うことも、彼女をとても誇りに思っていると伝えることもできなかった。

カクテルをもう一杯作って、どうにか最後まで授賞式を観た。作品賞が発表され、クレジットが流れはじめると、テレビを消した。

ハリーとシーリアは一晩じゅう帰らないだろうとわかっていた。だから、明かりを消して、二階に寝にいった。メイクを落としてコールドクリームを塗り、上掛けを折り返した。わたしはひとりで暮らしていて孤独だった。

シーリアとわたしは話し合い、いっしょに暮らすことはできないという結論に達していた。彼女はわたしほど納得していなかったが、わたしは考えを変えなかった。わたしのキャリアはどん底だったが、彼女は絶好調だった。危険を冒させることはできなかった。わたしのために。

頭を枕にのせはしたが、車がドライブウェイに入ってくる音が聞こえたので、ぱっと目を開けた。窓から外を見ると、シーリアが車をおり、運転手に手を振って挨拶をしていた。手にはオスカー像を持っていた。

「すっかりくつろいでいるみたいね」シーリアが寝室にいるわたしのもとに来て言った。

「こっちに来て」わたしは言った。

彼女は二、三杯飲んでいるようだった。わたしは酔っ払っている彼女が好きだった。我を忘れてはいないが、陽気になっていた。元気いっぱいすぎて、このままどこかに飛んでいってしまうのではないかと、ときに心配になった。

彼女は助走をつけてベッドに飛び乗った。わたしは彼女にキスした。

「あなたを誇りに思うわ」

「一晩じゅう、あなたに会いたくてたまらなかった」彼女は言った。なおもオスカー像を手にしていたが、かなり重いようで、つねにマットレスのうえに倒していた。彼女の名前が入るところには、まだ何も刻まれていなかった。

「これを持ってきてよかったのかわからないんだけど」彼女は微笑んで言った。「返したくなかったから」

「どうしてお祝いしにいってないの？　サンセットのパーティーに出てるはずでしょ」

「あなたとお祝いしたかったから」

わたしがシーリアを引き寄せると、彼女は靴を蹴るようにして脱いだ。

「あなたがいなきゃ、なんの意味もないわ」彼女は言った。「あなた以外のものはすべて犬の糞（ふん）よ」

わたしは頭をのけぞらせて笑った。

「その歯はどうしたの?」シーリアが尋ねた。

「目立つ?」

シーリアは肩をすくめた。「そうでもない。わたしはあなたのどこもかしこも覚えてるから気づいただけ」

そのわずか数週間まえ、わたしは裸でシーリアの横に寝そべり、彼女にわたしを見せた。わたしの体のあらゆる部分を。どこもかしこも覚えておきたいと言われたのだ。ピカソの絵を鑑賞するようなものだと彼女は言った。

「恥ずかしい話なんだけど」わたしは彼女に言った。

シーリアは興味を引かれたらしく、身を起こした。

「テレビの画面にキスしちゃったの」わたしは言った。「あなたがオスカーを獲ったとき。テレビのなかのあなたにキスしたら歯が欠けちゃった」

シーリアは大笑いして、オスカー像をマットレスのうえにどさりと落とすと、わたしのうえに乗ってきて、両腕を首に巻きつけた。「人類の夜明け以来、いちばん愛すべき行為だわ」

「明日の朝いちばんで歯医者を予約するわ」

「ええ、そうして」

わたしはオスカー像を手にして、まじまじと眺めた。自分でも欲しかった。もう少し我慢してドンといれば、今夜手にしていたかもしれなかった。

シーリアはなおもドレスを着ていたが、ハイヒールはとっくに脱いでいた。ピンで留められていた髪は乱れ、口紅は取れかけていたが、イヤリングはなおも輝いていた。

「オスカー受賞者と寝たことある?」彼女は言った。

アリ・サリヴァンとそれにかなり近いことをしたことがあったが、今は話すときではないと思った。それに、その質問の趣旨は、今のような瞬間をこれまで経験したことはあるかということで、わたしは間違いなく経験したことがなかった。

わたしはシーリアの手を頬に感じながら、彼女とキスし、彼女がドレスを脱いでベッドに入ってくるのを見守った。

わたしの映画は二本とも失敗に終わった。シーリアが主演したロマンス映画はチケットが完売した。ドンはスリラー映画で主演を務めヒットさせた。ルビー・ライリーは『ジョーカーズ・ワイルド』で〝驚くほど完璧〟で〝間違いなく唯一無二の存在だ〟と評された。

わたしは独学でミートローフの作り方とズボンのアイロンのかけ方を学んだ。それから少しして『勝手にしやがれ』を観た。わたしは映画館を出て、まっすぐ家に帰り、ハリー・キャメロンに電話して言った。「いいこと思いついたの。パリに行くわ」

25

シーリアはビッグベア・レイクのロケ地で三週間の予定で映画の撮影に入った。いっしょに行くのも撮影現場を訪ねるのも論外だと、わたしにはわかっていた。週末ごとに帰ると言われたが、それも危険すぎるように思えた。

なんといっても、彼女は独身女性なのだ。一般的な常識をもとに〝独身女性が自宅に帰る理由は?〃と見当違いな方向に勘ぐられるのではないかと思った。

だから、今こそフランスに行くときだと思った。

ハリーはパリの映画製作者につてがあり、わたしのために、ひそかに何本か電話をかけてくれた。

わたしが会ったプロデューサーや監督たちのなかには、わたしが誰か知っている人もいたが、明らかに、ハリーのお気に入りとしか見てくれていない人もいた。そして新進気鋭のヌーヴェルヴァーグの監督マックス・ジラールは、それまでわたしの名前を聞いたこともなかった。

「きみは爆弾(ユヌ・ボンブ)だな」彼は言った。

わたしたちはパリのサンジェルマン・デ・プレ地区にある静かなバーの、奥のボックス席に座っていた。ディナータイムを少し過ぎていたが、わたしはまだ夕食を食べていなかった。マックスはボルドー産の白ワインを飲んでいて、わたしは同じくボルドー産の赤ワインのグラスを手にしていた。

「褒められてると思っていいのよね」わたしはワインを飲んで言った。

「今までに、きみほど魅力的な女性と会ったことがあるかどうかわからないよ」彼はわたしを見つめて言った。訛りがきつく、気づくと身を乗り出して彼の言葉を聞いていた。

「どうもありがとう」

「演技はできる?」彼は言った。

「見た目より演技のほうに自信があるわ」

「そんなはずない」

「本当よ」

マックスの頭が回転しはじめたのがわかった。「役にふさわしいかどうかテストを受ける気はある？」

役をもらうためならトイレ掃除も厭わなかった。「いい役なら」わたしは言った。

マックスは微笑んだ。「素晴らしい役だよ。映画スターがやる役だ」

わたしはゆっくりうなずいた。強く望んでいるように見えないよう必死になっているときは、体の隅々までコントロールしなければならない。

「台本を送って。話はそれからよ」そう言うと、グラスのワインを飲み干して立ちあがった。「ごめんなさい、マックス。もう行かないと。素敵な夜を過ごしてね。また連絡して」

わたしの名前を聞いたこともない男とそれ以上バーでいっしょに過ごして、時間がありあまるほどあると思われるのはごめんだった。

歩きながら背中に彼の視線を感じたが、自信――窮地に立たされているにもかかわらずたっぷりあった――に満ちた態度で店から出た。ホテルの部屋に戻ってパジャマに着替え、ルームサービスを注文してテレビをつけた。

ベッドに入るまえにシーリアに手紙を書いた。

あなたの微笑みで日が昇り、また沈むことを忘れないで。少なくとも、わたしにとってはそう。この地球上で崇拝する価値があるのはあなただけ。

愛を込めて
エドワード

手紙を半分に折って、彼女に宛てた封筒に入れると、明かりを消して目を閉じた。

三時間後、枕元のテーブルに置かれた電話が鳴る耳障りな音で目が覚めた。

わたしは苛立ち、なかば寝ぼけたまま受話器を取った。

「もしもし（ボンジュール）？」と言った。

「きみの言葉で話そう、エヴリン」マックスの訛りのある英語が電話越しに響いた。

「ぼくが撮る映画に出られるかどうか知りたくて電話した。再来週からだ」

「今から二週間後？」

「そんなところだ。パリから六時間のところで撮影する。やれそうか？」

「どんな役？　撮影期間は？」

「映画のタイトルは『ブータントラン』。少なくとも今のところはそうだ。アヌシー湖（ラックダヌシー）で二週間撮影する。残りの撮影は参加しなくていい」

「ブータントランというのはどういう意味なの？」彼と同じように発音しようとしたが、やりすぎておかしな感じになり、二度と口にするのはやめようと誓った。得意でないことはしないにかぎる。

「パーティーを盛りあげる人という意味だ。きみのことだよ」

「パーティーガール？」

「人生の中心のような人のことだよ」

「それで、わたしの役は？」

「男なら誰でも好きになってしまうような女だ。もともとはフランス人の女優のために書かれた役だが、きみがやるなら彼女はクビにしようと今夜決めた」

「よくないわ」

「彼女はきみじゃない」

わたしは微笑んだ。彼の魅力と熱意に驚いていた。

「ふたりのこそ泥の話なんだ。彼らはスイスに逃げる途中、偶然出会った信じられないほど美しい女性に心を奪われる。三人は山のなかで冒険を繰り広げる。脚本を手に、その女性をアメリカ人にできるか、ずっと考えていたんだが、できると思った。そのほうが、おもしろくなる。思いがけない幸運だ。このタイミングで、きみに出会えたことは。それで、やってくれるか？」

「一晩考えさせて」わたしは言った。自分がその役を引き受けるとわかっていた。もらえる役はそれしかなかった。とはいえ、いそいそと応じたら、けっしていい結果は得られない。

「ああ」マックスは言った。「もちろんだ。脱いだことはあるよな？」

「ないわ」わたしは言った。

「きみにトップレスになってもらわなきゃならない。映画のなかで」

請われて胸を見せるのなら、フランス映画がいいのではないだろうか。そして、このフランス人が誰かにそうするよう頼むのなら、それはわたしであるべきではないだろうか。最初に自分を有名にしてくれたのは何か、わたしにはわかっていた。ふたたび有名になるために、またそれを利用できることも。

「その話は明日にしない？」と言った。

「明日の朝話そう」彼は言った。「今のところ決まってる女優は胸を見せることに同意してるんだ、エヴリン」

「もう遅いわ、マックス。明日の朝、電話する」わたしはそう言って、電話を切った。

目を閉じて深く息をしながら考えた。本来なら見向きもしない仕事だが、この機会をもらえて本当に運がよかったと。かつての真実と今の真実の折り合いをつけるのは難しい。幸い、わたしがそうしなければならなかったのは、それほど長いあいだではなかった。

二週間後、わたしは撮影現場に復帰した。このときは、サンセットに課せられていた、きちんとしている無垢な女性というイメージから解放されていた。自分のやりたいようにやれた。

撮影のあいだじゅう、マックスはわたしを自分のものにしたがっているような態度を見せていた。わたしをちらりと盗み見るようすから、監督であるマックスを惹きつけているわたしの魅力は、男としての彼も惹きつけていることがわかった。

撮影最終日の前日、マックスがわたしの楽屋に来て言った。「ぼくの美しい人（マ・ベル）、今日きみはトップレスになる（オジュルデュイ・テュ・スラ・サン・ニュ）」そのころには、彼が、わたしが湖から出てくるところを撮りたいと言っているとわかるぐらいには、フランス語が理解できるようになっていた。フランス映画に出演している胸の大きなアメリカの映画スターなら、フランス人の男たちが〝むき出しの乳房（サン・ニュ）〟と口にすれば、自分がトップレスになることを話しているとすぐにわかるようになる。

ふたたび世間に名前を広めるためなら、喜んでトップレスになり、わたしの武器を見せるつもりでいた。とはいえ、そのころすでに、わたしは女性に狂おしいまでに恋していた。全身全霊で彼女を求めるようになっていて、女性の裸を楽しむ喜びを知っていた。

だから、マックスに、好きなように撮ってもらってかまわないが、いっそう評判を呼ぶ映画にするために提案したいことがあると言った。

自分のアイデアがいいものであることはわかっていた。女性のシャツを剝ぎ取りたくなる気持ちを知っていたから。

それを聞いたマックスにも、いいアイデアだとわかった。わたしのシャツを剝ぎ取りたくなる気持ちを知っていたから。

マックスは編集室で、わたしが湖から出てくるところを非常にゆっくりした速度で再生し、胸があらわになる寸前でフィルムをカットした。その結果、映像はただ暗転した。まるでフィルム自体が改ざんされたか、間違って編集されたかのように。

さんざん期待させられるが、空振りに終わる。何度観ようが、完璧なタイミングでフィルムを止めようが。

つまりはこういうこと。性別や性的指向にかかわらず、誰もがじらされたいと思っているのだ。

わたしたちが『ブータントラン』の撮影を終えた半年後、わたしは国の内外で旋風を巻き起こした。

フォトモーメント
一九六一年九月十五日

歌手のミック・リーヴァ　エヴリン・ヒューゴに夢中

昨夜〈トロカデロ〉で歌ったミック・リーヴァは、数分間わたしたちの質問に答えた。もともとはほかの誰かのものだったと思われる年代物の服を身につけたミックは、ひどく協力的だった……

彼は魔性の女ヴェロニカ・ロウと離婚できて幸せだと明かした。なぜなら、彼の言葉を借りれば「おれは彼女のような女性にはふさわしくないし、彼女はおれのような男にはふさわしくないから」

さらに、つきあっている人はいるのかと訊かれると、多くの女性とデートしているが、エヴリン・ヒューゴと一晩過ごせるなら、その全員と別れてもかまわないと話した。

ドン・アドラーの元妻はこのところ大人気だ。彼女が出演したフランスの映画監督マックス・ジラールの最新作『ブータントラン』は、この夏、ヨーロッパじゅうの映画館で大当たりし、今、古き良きアメリカを席巻している。

「『ブータントラン』は三回観た」とミックはわたしたちに語った。「四回目も観る。彼女が湖から出てくるところは何回観ても観たりないよ」

エヴリンをデートに誘いたい気持ちはあるのだろうか。

「彼女と結婚したい気持ちはあるよ」

聞いたかい、エヴリン？

ハリウッド・ダイジェスト
一九六一年十月二日

エヴリン・ヒューゴ　アンナ・カレーニナを演じる

エヴリン・ヒューゴがフォックスの大作映画『アンナ・カレーニナ』で主役を務める契約を結んだと話題になっている。彼女はまた、以前はサンセット・スタジオにいたハリー・キャメロンとともに同映画のプロデュースも任されたという。

ミス・ヒューゴとミスター・キャメロンはともにサンセットで『父と娘』や『若草物語』などのヒット作を生み出した。今回初めてサンセットの傘下を離れて組むことになる。

優れた鑑識眼とそれ以上に優れた実務的な洞察力で、業界で名を成してきたミスター・キャメロンは、ほかでもないスタジオの社長アリ・サリヴァンと意見が合わずサンセットを離れたという。だが、どうやらフォックスはミス・ヒューゴ、ミスター・キャメロン両名との仕事を熱望しているようで、多額の報酬と興行収入の歩合を約束した。

ミス・ヒューゴの次回作が何になるのか誰もが注目していた。『アンナ・カレーニナ』は興味深い選択だ。ひとつ確かなことがある。エヴリンがむき出しの肩をちらりとでも見せれば、観客は殺到するだろう。

サブ・ローザ
一九六一年十月二十三日
ドン・アドラーとルビー・ライリー　婚約か?

メアリー・アドラーとロジャー・アドラーがこの土曜日に開いたパーティーは大いに盛りあがり、いささか収拾がつかなくなったという！　集まった招待客が驚いたことに、パーティーの主役はドン・アドラーだけではなかった……

ドンとほかでもないサンセット・スタジオの現女王ルビー・ライリーの婚約を発表するためのパーティーだったのだ！

ドンとルビーは、二年ほどまえにドンがセクシー美女エヴリン・ヒューゴと離婚したあと親しくなった。どうやらドンは彼女がエヴリンとともに『若草物語』の撮影をしていたころからルビーに興味があったと認めているという。

ドンとルビーのことは大変喜ばしいが、エヴリンの名声が一気に高まっていることをドンがどう思っているのか、どうしても気になるところ。今、エヴリンはこの世でもっともホットな存在であるし、彼女を手放したことを後悔するのは当然のことに思えるからだ。

いずれにしても、ドンとルビー、お幸せに！　願わくは、この結婚が末永く続かんことを！

26

その秋、わたしのもとにハリウッド・ボウルで開催されるミック・リーヴァのライブの招待状が届いた。わたしは行くことに決めた。ミック・リーヴァに関心があったからではなく、夜に野外にいるのが楽しそうだったからだ。それにタブロイド紙にネタを提供してあげるのも悪くないと思った。

シーリアとハリーとわたしでいっしょに行くことにした。大勢の人に見られる場所にシーリアと行くのはそれが初めてだったが、ハリーの存在が完璧なカモフラージュになってくれた。

その晩のロサンゼルスの空気は思ったよりひんやりしていた。わたしはカプリパンツと半袖セーターを身につけていて、作ったばかりの前髪を片側に流していた。シーリアはブルーのシフトドレスを着て、フラットシューズを履いていた。ハリーはいつもどおり粋（いき）に決めていて、スラックスに半袖のオックスフォードシャツという格好だったが、三人のうちの誰かが寒くなったらすぐ着られるように、大きなボタンがついたキャメルのニットカーディガンを手にしていた。

わたしたちはハリーの友だちのパラマウントのプロデューサーのカップルといっしょに、二列目に座った。通路の向こう側にエド・ベイカーが若い女性といるのが見えた。彼の娘であってもおかしくない年ごろだったが、そうでないのはわかっていた。声はかけないことにした。彼がまだサンセットの一員だったからだけでなく、昔から好きになれなかったから。

ミック・リーヴァがステージに上がると、客席の女性たちが大きな声で歓声をあげはじめ、シーリアは実際に両手で耳を塞いだ。彼はダークスーツにネクタイをゆるく締めていた。真っ黒な髪はうしろになでつけられていたが、わずかに乱れていた。あえて言うなら、楽屋で一、二杯ひっかけてきていたようだが、そのせいで動きが鈍くなっていることはなさそうだった。

「わからないわ」シーリアがわたしに身を寄せてきて耳元で言った。「あの男のどこがいいの？」

わたしは肩をすくめた。「まあ、ハンサムではあるんじゃない？」

スポットライトが追うなかミックはマイクに向かい、情熱的かつ優しい手つきでマイクスタンドを握った。まるでそれが彼の名前を叫ぶ多くの女性のひとりであるかのように。

「それに自分のしてることをわかってる」わたしは言った。

今度はシーリアが肩をすくめた。「わたしなら、いつでも彼をブリック・トーマスと交換するわ」

わたしは身をすくめて首を横に振った。「だめだめ。ブリック・トーマスはろくでなしよ。信じて。会って五秒で吐きたくなる」

シーリアは声をあげて笑った。「キュートだと思うけど」

「嘘でしょ」わたしは言った。

「とにかくミック・リーヴァよりはキュートだと思う」彼女は言った。「ハリー？あなたはどう思う？」

ハリーが反対側から身を寄せてきて、かろうじて聞き取れるぐらいのか細い声でささやいた。「認めるのは恥ずかしいが、まわりで金切り声をあげてる女の子たちとぼくには共通点があるようだ」彼は言った。「ミックがベッドでクラッカーを食べても蹴飛ばしたりしないよ」

シーリアがまた笑った。

「それぐらいにして」わたしはそう言いながら、ミックが感情を込めて歌いながらステージの端から端へ歩くのを見守った。「このあとどこで食事する？」とふたりに訊いた。「そのほうが問題だわ」

「楽屋に行かなくていいの？」シーリアが尋ねた。「そうしたほうが礼儀にかなってるんじゃない？」

最初の曲が終わり、みなが拍手したり、歓声をあげたりしはじめた。ハリーが拍手をしながら、シーリアに聞こえるよう、身を乗り出した。

「きみはオスカーを獲ったんだぞ、シーリア」ハリーは言った。「なんでも好きなようにしてかまわないんだ」

シーリアは手を叩きながら、頭をのけぞらせて笑った。「それなら、ステーキを食べにいきたいわ」

「いいわね」わたしは言った。

笑い声なのか歓声なのか拍手なのか、まわりには音があふれ、会場は興奮のるつぼと化していた。ほんの束の間、わたしは我を忘れた。自分がどこにいるのか、誰なのか、誰といるのか忘れた。

そして、シーリアの手を握った。

彼女は驚いて目を下に向けた。彼女の手を握るわたしの手に、ハリーも視線を向けたのがわかった。

慌てて彼女の手を放し、自分を取り戻したとき、同じ列の女性がわたしを見つめていることに気づいた。小さなブルーの目に貴族的な顔立ちをした三十代なかばの女性で、深紅の口紅が完璧に塗られた唇をゆがめて、わたしを見ていた。

彼女は見ていたのだ。

わたしがシーリアの手を握るのを。

そして、慌てて放すのを。

彼女はわたしがしたことと、わたしがそれを見られたくなかったことを知っていた。

彼女は小さな目をいっそう小さくして、わたしを見つめた。

わたしが誰なのか気づいていないかもしれないという期待は、彼女が夫とおぼしき隣の男性のほうを向いて、耳元で何かささやいたときに消え失せた。わたしが見守るなか、その男性はミック・リーヴァからわたしに視線を移した。

その目にはかすかに嫌悪の色が宿っていた。彼が疑っていることが本当だという確信はないものの、そう考えただけで吐き気がして、それもこれもすべてわたしのせいだと思っているかのように。

ふたりの頬をひっぱたいて、わたしが何をしようがあなたたちには関係ないと言ってやりたくなったが、そうできないのはわかっていた。そんなことをするのは安全ではなかった。わたしは、わたしたちは安全ではなかった。

曲が歌のない部分に入り、ミックがステージのまえに出てきて、観客に話しかけはじめた。わたしは反射的に立ちあがり、彼に声援を送った。その場で飛びあがり、誰よりも大きな声を出した。考えてやっていたわけではなかった。ただ、ふたりがお互いやほかの誰かに話すのをやめさせたかった。その女性が始めた、ゴシップを広める伝言ゲームを、その男性のもとで終わらせたかった。すんだことにしたかった。何かほかのことがしたかった。だから、できるだけ大きな声で歓声をあげた。うしろにいるティーンエイジャーの女の子たちのように歓声をあげた。まるで人生がこれにかかっているかのように歓声をあげた。実際、そうなのかもしれないから。

「見間違いかな？」ミックがステージから言った。手を額にかざしてスポットライトの光をさえぎり、わたしをまっすぐ見つめていた。「それとも、そこにおれの夢の女がいるのか？」

サブ・ローザ
一九六一年十一月一日

エヴリン・ヒューゴとシーリア・セントジェームズ 毎夜のパジャマパーティー

親しすぎる関係とは?

数々のヒット作がありオスカーも手にした隣の女の子シーリア・セントジェームズは、ハニーブロンドのセクシー美女エヴリン・ヒューゴと昔からの友だちだ。だが、最近このふたりには何かあるのではないかと疑われはじめている。

情報筋によると、ふたりはかなりの……役者だという。

たしかに、多くの女性が、女友だちとショッピングしたり、飲みにいったりしている。だが、エヴリンがかつてほかならぬドン・アドラーと住んでいた家のまえに、毎晩、シーリアの車が停まっている。それも一晩じゅう。

あの壁のなかでは何が起こっているのだろう。
何が起こっているにしろ、道徳的に正しいことではなさそうだ。

27

「ミック・リーヴァとデートするわ」

「そんなのだめよ」

シーリアは怒ると胸と頬が赤くなるが、このときほど早くそうなるのを見たのは初めてだった。

わたしたちはパームスプリングズにある彼女の週末用の家の屋外キッチンにいた。彼女は夕食用のハンバーグステーキを焼いていた。

記事が出て以来、ロサンゼルスでシーリアといっしょにいるところを見られるのが嫌だった。パームスプリングズの家はまだ知られていなかったので、週末はそこでいっしょに過ごし、平日はロサンゼルスで別々に過ごしていた。

シーリアは不当に扱われている配偶者さながらに、その計画に従い、わたしの望みどおりにしてくれた。そのほうが喧嘩するよりよかったからだ。けれども、デートをするという案を出したのはさすがにやりすぎだった。自分がやりすぎているのはわかっていた。ある意味、やりすぎるぐらいでいいと思っていた。

「わたしの話を聞いてちょうだい」わたしは言った。

「わたしの話こそ聞いて」彼女はグリルの蓋をばんと閉めて、銀色のトングでわたしを指した。「なんでもあなたの計画どおりにしてあげるけど、どちらかがデートする案には賛成できない」

「選択の余地はないのよ」

「選択肢はいくらでもあるわ」

「仕事を失いたくないいならない。この家や友だちを失いたくないなら。警察に捕まりたくない場合は言うまでもないけど」

「いくらなんでも怖がりすぎよ」

「そんなことない、シーリア。本当に怖いことだもの。それに、知られてるのよ」

「ちっぽけな新聞に記事を書いてる連中が、知ってると思ってるだけよ。知られてるのとは違うわ」

「あなたの言うとおり。今ならまだ止められる」

「それか、自然に立ち消えになるか」

「シーリア、来年、あなたの映画が二本公開されるし、街じゅう、わたしの映画の話で持ち切りなのよ」

「そのとおりよ。つまり、ハリーがいつも言ってるように、わたしたちはなんでも好きなようにできる」

「そうじゃないわ。わたしたちには失うものが多いということよ」

シーリアは怒ってわたしの煙草のパックを手にすると、一本取って火をつけた。

「それがあなたの望みなの？　わたしたちが本当は何をしてるのか、どんな人間なのか隠して生きていくのが？」

「この街の誰もが毎日していることよ」

「でも、わたしはしたくない」

「じゃあ、あなたは有名になるべきじゃなかった」

シーリアはわたしを見つめながら煙草をふかした。フィルターにピンクの口紅がついた。「あなたは悲観主義者ね、エヴリン。骨の髄まで」

「あなたはどうしたいの、シーリア？　わたしから『サブ・ローザ』に電話したほうがいい？　直接ＦＢＩに電話する？　わたしは名台詞を残せるわ。〝そうよ、シーリア・セントジェームズとわたしは変態なの！〟って」

「わたしたちは変態じゃない」

「わかってるわ、シーリア。あなたもわかってる。でも、ほかの人はわかってないのよ」

「でも、わかってもらえるかもしれない。そうしてもらえれば」

「わかろうとなんてしてくれない。わからないの？　誰もわたしたちみたいな人間を理解したいなんて思わないのよ」

「でも、理解するべきよ」

「誰もがするべきことはいくらでもあるわ。そううまくはいかないのよ」

「こんな話、もうたくさん。最悪な気分だわ」

「そうね。悪いと思ってるわ。でも、最悪なことが真実じゃないということにはならないの。仕事を失いたくなかったら、あなたとわたしは友だち以上だと思われちゃいけないのよ」

「じゃあ、わたしが仕事を失ってもいいと思ってたら？」

「あなたは仕事を失いたくないはずよ」

「いいえ、失いたくないのはあなたよ。そして、わたしもそうだと思い込んでる」

「もちろん、失いたくないわ」

「わたしはすべてあきらめてもいいと思ってる。何もかも。お金も仕事も名声も。あなたといられるなら、あなたとふつうの暮らしができるなら、全部捨ててもいいと思ってる」

「あなたは自分が何を言ってるのかわかってないのよ、シーリア。悪いけど、そうだわ」

「つまりはこういうことよ。あなたはわたしのためにすべてを捨てる気はないの」

「いいえ、つまりはこういうこと。あなたは女優業がうまくいかなくなったらサバンナに戻って親に頼って生きていけばいいと思ってる、腰掛け女優だってことよ」

「わたしにお金の話をするあなたはどうなの？　あなただってお金をたくさん持ってるじゃない」

「ええ、持ってるわ。必死に働いたし、わたしを殴るろくでなしと結婚してたから。そのおかげで有名になれたし、今のような暮らしができてる。わたしにそれを守る気がないと思ってるなら、あなたはどうかしてるわ」

「少なくとも、自分のためだということは認めるのね」

わたしは首を横に振って、鼻筋の付け根をつまんだ。「シーリア、よく聞いて。あのオスカー像を愛してるでしょ？　ベッドサイドテーブルに置いて、寝るまえには必ずさわってるあの像を」

「やめて――」

「あなたは早くに獲ったから、この先もまた獲れるだろうと言われてる。わたしはそうなって欲しい。あなたはそうじゃないの？」

「もちろん、そうなって欲しいわ」

「わたしと出会ったために、その機会を奪われてもいいの？」

「それは、よくないけど――」

「よく聞いて、シーリア。わたしはあなたを愛してる。誰ひとり味方になってくれないなか立場をはっきりさせたために、あなたが築きあげたものや、素晴らしい才能を捨てるようなことになって欲しくないの」

「でも、はなからあきらめたら……」

「誰ひとり味方してくれないわ、シーリア。わたしはこの街から締め出されるのがどういうことかわかってる。ようやく戻ってこられたの。あなたは巨人ゴリアテと戦って勝てる世界を思い描いてるのかもしれないけど、そんなことはありえないわ。わたしたちが本当はどのような暮らしをしてるか明かしたら、葬り去られる。刑務所か精神病院に入れられるかもしれない。わかるでしょう？　そこから出られなくなるのよ。ありえないことじゃないわ。十分にありえるの。間違いなく、誰もわたしたちに折り返し電話してくれなくなるわ。ハリーでさえも」

「もちろんハリーは電話してくれるわよ。ハリーは……こちら側の人間だもの」

「だからこそ、わたしたちといっしょのところを見られるわけにはいかないのよ。わからない？　わたしたちより彼のほうが危険だわ。もし知られたら実際に殺されかねないのよ。わたしたちはそういう世界に住んでるの。わたしたちと関係がある人間はみんな調べられる。ハリーはきっと耐えられないわ。彼をそんな目にあわせるわけにはいかない。努力して得たものをすべて失うかもしれないし、文字どおり命が危険にさらされるかもしれない。そんなのだめよ。彼は巻き込めないわ。のけ者になるのは、わたしたちふたりだけでいい」

「でも、わたしたちにはお互いがいるじゃない。わたしはそれで十分よ」

いつしかシーリアは泣いていた。涙が頬をつたい、マスカラも流れてしまっていた。わたしは彼女を抱きしめ、その頬を親指で拭った。「愛してるわ。とっても愛してる。あなたのそういうところも好きよ。理想主義者でロマンティックで、心がきれい。あなたが見てるままの世界になってくれればいいのにと思うわ。この世界のわたしたち以外の人々が、あなたの期待に応えてくれればどんなにいいか。でも、そうじゃないの。この世界は醜いし、誰も疑うだけにしておこうなんて思ってくれない。仕事や評判や友だちや、ついには持ってるお金まで失ったら、わたしたちは貧困に苦しむことになるわ。わたしはそういう暮らしを経験してる。あなたをそんな目にあわせることはできない。あなたにそんな暮らしをさせないためなら、なんだってできる。ねえ聞いてる？　あなたを愛してるから、わたしだけのために生きてほしくないの」

シーリアはわたしに身を預けていた。涙は尽きることなくあふれ出ていて、裏庭が水浸しになるのではないかと思えるほどだった。

「愛してるわ」彼女は言った。

「わたしも愛してるわ」わたしは彼女の耳元でささやいた。「世界でいちばん愛してる」

「悪いことじゃないわ」シーリアは言った。「悪いことじゃないはずよ、あなたを愛するのは。どうしてみんな、悪いことだと思うの？」

「悪いことじゃないわ。絶対に」わたしは言った。「そう思うほうが間違ってるのよ」

彼女はわたしの肩に顔をつけたままうなずき、わたしを強く抱きしめた。わたしは彼女の背中をなでて、髪の香りを嗅いだ。

「わたしたちにできることはたいしてないのよ」わたしは言った。

シーリアは落ち着きを取り戻してわたしから離れ、ふたたびグリルの蓋を開けると、わたしのほうを見ずにハンバーグステーキをひっくり返した。「それで、どうするつもりなの？」と言った。

「ミック・リーヴァにわたしと駆け落ちさせるわ」

泣いたせいで赤くなっている目がふたたび潤んできた。彼女は視線をグリルに向けたまま涙を拭いて言った。「わたしたちにとってどういう意味があるの？」

わたしは彼女のうしろに立って、背後から抱きしめた。「あなたが考えているような意味はないわ。彼にわたしと駆け落ち結婚させて、そのあと結婚を無効にさせられないかと思ってるの」

「そうすれば世間に注目されなくなると思ってるの？」

「いいえ、そんなことしたら、もっと注目されるだけだってわかってる。でも、世間の目は今とは違う方向に向くはずよ。ふしだらだの、ばかだの言われるでしょうね。男の趣味が悪すぎるとも。悪い妻だの、軽率だの言われるかもしれない。でも、そのためには、わたしとあなたのことをあれこれ言うのをやめなきゃならない。辻褄が合わないもの」

「わかったわ」彼女はそう言うと、皿を手にして、グリルのうえのハンバーグステーキをのせた。

「よかった」わたしは言った。

「あなたはしなきゃならないことをして。でも、その話を聞くのはこれが最後よ。そして、できるだけ早く終わらせて」

「わかった」

「そして、それがすんだら、いっしょに暮らしたい」

「シーリア、それはできない」

「うまくいけば、誰もわたしたちのことをあれこれ言わなくなるって言ったじゃない」

じつを言うと、わたしもいっしょに暮らしたいと思っていた。とても強く。「わかったわ。それがすんだら、いっしょに暮らすことについて話し合いましょう」

「ええ」彼女は言った。「取引成立ね」

わたしは握手しようと手を差し出したが、彼女は手を振って退けた。そのように悲しくて悪趣味なことのために握手したくはなかったのだ。

「ミック・リーヴァをその気にさせられなかったら？」彼女は尋ねた。

「それはない」

シーリアはようやくわたしを見た。その顔にはかすかに笑みが浮かんでいた。「あなたはとてもゴージャスだから、誰もその魅力に抗(あらが)えないと思ってるのね」

「ええ、そう思ってる」

「そうね」彼女はそう言うと、少し背伸びしてわたしにキスした。「それは本当のことだわ」

28

わたしはゴールドのビーズ飾りがついていて胸元が深く開いたクリーム色のカクテルドレスを着ていた。長いブロンドの髪を高い位置でポニーテールにして、ダイヤモンドのイヤリングをつけていた。

わたしは輝いていた。

男に駆け落ち結婚させるためには、まずラスベガスに行く気にさせなければならない。

ロサンゼルスのクラブに出かけ、いっしょにお酒を何杯か飲みながら、その気にさせようとする。彼があなたといっしょにいるところを写真に撮られたがっていることに呆れた顔をしたくなる衝動を無視して。あなたは誰もが誰かを利用しようとしているのだと気づく。こちらが彼を利用しようとしているときに彼もこちらを利用しようとしているのは公平だと思う。お互い相手から何かを得ようとしていることに気づいて、そうした事実と折り合いをつける。

あなたはスキャンダルを必要としている。

彼はあなたと寝たことを世間に知らせたい。

このふたつは同じことだ。

彼にすべてを話そうかと考える。こちらが望んでいることや、彼に与えてもいいと思っているものを説明しようかと。けれども、有名になってから長いので、誰にも必要以上のことを話してはならないとわかっている。

だから〝あなたとふたりで明日の新聞に載りたいの〟と言うかわりに、こう言う。

「ミック、ベガスに行ったことある?」

このおれにベガスに行ったことがあるか訊くなんて信じられないというように彼が笑うのを見て、思ったより簡単そうだと思う。

「ときどきさいころを振りたくなるのよね」あなたは言う。性的なことをほのめかすなら、徐々に、雪だるま式に想像が膨らむようにしたほうがいい。

「さいころを振りたいのかい、ベイビー?」そう言われて、あなたはうなずく。

「でも、もう遅いわよね」と言う。「それに、もうここに来てるんだし。ここも悪くないわ。素敵な時間が過ごせそう」

「うちのやつらに飛行機を手配させれば、あっという間に向こうに行ける」彼は指をぱちんと鳴らす。

「だめよ」あなたは言う。「そんなのやりすぎだわ」

「きみのためなら、なんでもない」彼は言う。「きみのためなら、やりすぎなんてことはない」

彼が言いたいのは、おれには〝やれないことはない〟ということだと、あなたにはわかっている。

「そんなことが本当にできるの？」

一時間半後、あなたは飛行機に乗っている。

お酒を何杯か飲んで、彼の膝に座っている。彼の手を好きにさまよわせておいてから、ぴしゃりと叩いて、引っ込めさせる。あなたを強く求めさせ、手に入れる方法はひとつしかないと彼に思わせなければならない。彼がそれほどあなたを求めていなかったり、別の方法でも手に入れられると思っていたりしたら、すべては終わり。あなたの負けだ。

飛行機が着陸し、サンズ・ホテルに部屋を取ろうかと訊かれたら、ためらわなければばならない。ショックを受けているように見せて、当然わかってくれているものだと思っていたという口調で、夫以外の男性とセックスはしないと言わなければならない。

断固とした態度をとりながらも、ひどく悲しんでいるように見せなければならない。彼はこう思うに違いない。〝この女はおれを求めてる。やるには結婚するしかない〟

一瞬、自分はむごいことをしているという考えが頭をよぎる。けれども、すぐに、この男は自分と寝て、欲しいものを手に入れたら離婚するのだと思い出す。だから、ここには聖人はいないのだと。

あなたは彼が欲しがっているものを与えるのだから、公正な取引だ。

クラップスのテーブルに足を運んで、何回か賭ける。最初は負けつづけ、彼もそうなので、このままではふたりとも酔いがさめてしまうのではないかと心配になる。衝動的になるには自分は無敵だと信じなければならない。風が自分のほうに吹いてくるまで、誰も風に注意を払わない。

シャンパンを飲む。すべてが祝うべきことのように思えるように。今夜は特別な晩なのだと思えるように。

人々があなたたちふたりに気づくと、あなたは彼らといっしょに写真を撮ることにうれしそうに同意する。写真を撮られるたびに、彼にしがみつく。そうやって、大々的に彼に伝える。〝わたしがあなたのものになれば、ずっとこんな感じなのよ〟と。

あなたはルーレットのテーブルで勝ちつづけ、あまりのうれしさに飛びあがる。そうすれば彼の目がどこに向けられるか知っているから。そして、彼の視線に気づいていることを彼に気づかせる。

ふたたびルーレットがまわると、あなたは彼にお尻をさわらせる。

また勝って、今度はお尻を彼の手に押しつける。

彼に身を寄せさせて、こう言わせる。「ここを出ないか?」

あなたは言う。「いい考えだとは思えないわ。あなたといっしょにいたら、自分がどうなってしまうかわからないもの」

あなたのほうから結婚を持ち出してはならない。すでにその言葉を口にしているのだから。彼が言うのを待たなければならない。記者のまえで言っているのだから、また言うはずだ。けれども待たなければならない。急かしてはならない。

彼はもう一杯お酒を飲む。

あなたたちふたりはもう三回勝つ。

彼の手が太腿のうえのほうに伸びてくるのを許しておいて、少ししたら押しのける。

時刻は午前二時。あなたは疲れている。運命の人に会いたくてたまらない。家に帰りたい。ここにいるより、ベッドで彼女と横になり、軽いいびきを聞きながら、眠る姿を眺めていたいと思う。ここには好きなものは何もない。

ここにいることで得られるもの以外には。

ふたりで土曜の夜にディナーに出かけても、誰にも変に思われない世界を想像する。あまりにも単純で小さなことなので泣きたくなる。一生懸命に働いて、豪勢な暮らしを手に入れたが、今欲しいのは、ささやかな自由だけ。シンプルに愛し合う平和な日々だ。

今夜は、その生活のために払わなければならない、小さくて大きな代償に思える。

「ベイビー、もう我慢できないよ」彼は言う。「ふたりきりにならなきゃ。きみを見て、愛さなきゃならない」

今だ。魚が針にかかった。うまく釣りあげないと。

「まあ、ミック」あなたは言う。「だめよ。できないわ」

「きみを愛してるみたいだ、ベイビー」彼は言う。目に涙を浮かべている。この人はわたしが思っているより複雑な人なのかもしれないと思い直す。

あなたもまた彼が思っているより複雑な人間だ。

「本気で言ってるの？」あなたは尋ねる。本当であることを心から願っているような口ぶりで。

「どうやらそうみたいだ、ベイビー。おれは本気だ。きみのすべてを愛してる。出会って間もないが、きみなしじゃ生きられないような気がする」つまりは、あなたと寝なければ生きていけないと思っているということだ。そう考えて、あなたは彼の言葉を信じる。

「まあ、ミック」それだけ言って押し黙る。沈黙は最良の友だ。

彼が首筋に鼻をすりつけてくる。なんだか汚らしいし、ニューファンドランド犬になつかれているような感じもするが、そうされて喜んでいるふりをする。あなたたちふたりはベガスのカジノの明るい店内にいて、人の目にさらされている。見られていることに気づいていないふりをしなければならない。そうすれば、明日、人々は記者たちに、ふたりはまるでティーンエイジャーのカップルみたいだったと話してくれる。

あなたの写真が載った低俗な新聞をシーリアが手にしないことを願う。彼女はそんなことをするほど愚かではないし、自分を守る方法を知っているはずだが、確信は持てない。すべてが終わり、家に帰ったら、真っ先に、彼女にわからせなければならない。あなたが彼女をどんなに大事に思っているか。彼女がどんなに美しいか。そして、彼女がいなければ人生は終わりだと、あなたが思っていることを。

「結婚しよう、ベイビー」彼があなたの耳元で言う。

来た。

返事をしないと。

けれども、あまり積極的に見せてはいけない。

「ミック、頭がおかしくなったの？」

「きみがおれをおかしくさせてるんだ」

「結婚なんてできないわ！」あなたは言うが、彼が何も言い返してこないので、少し強く言いすぎたかと心配になる。「いえ、できるのかしら？」と訊く。「そうね、できるはずよ！」

「もちろん、できるさ」彼は言う。「おれたちは世界の頂点に立ってるんだから。なんだって好きにできるんだ」

彼に抱きついて体を押しつけ、結婚することにあなたがどんなに興奮して――驚いて――いるのかわからせて、彼がなんのためにそうしようとしているのか思い出させる。あなたは彼にとって自分がどういう価値があるのかわかっている。彼にそれを思い出させる機会をみすみす無駄にするのは愚かというものだ。

彼があなたをさっと抱きあげる。あなたはみんなが見るよう大声ではしゃぐ。明日、人々は記者たちに、彼はあなたを抱きかかえて出ていったと話すだろう。忘れられない光景だ。人々は忘れないだろう。

四十分後、あなたたちふたりは酔っ払って祭壇のまえに立っている。

彼はあなたを永遠に愛すると約束する。

あなたは彼に従うと約束する。

彼はあなたを抱きかかえてトロピカーナ・リゾート&カジノのいちばんいい部屋に入る。ベッドのうえに投げ出され、あなたは驚いたふりをして、くすくす笑う。

そして、二番目に重要な場面がやってくる。

いいセックス相手になってはならない。期待はずれでなければならない。

彼を満足させれば、またしたいと思われてしまう。けれども、それはできない。一度しかできない。またすれば心が壊れてしまう。

ドレスを脱がされそうになったら言わなくてはならない。「ちょっと待って、ミック。お願いだから落ち着いて」

ドレスをゆっくり脱いだら、彼に好きなだけ胸を見させなければならない。彼はまじまじと見るはずだ。長いあいだ待ってようやく『ブータントラン』の例のシーンの続きを見られたのだから。

謎めいた部分も、好奇心をそそる部分も、すべてさらけ出さなければならない。

彼が飽きるまで胸を愛撫させる。

そして脚を開く。

彼の下になって横たわり、板のように身をこわばらせる。

やがて、どうにも受け入れられないが避けられない瞬間が訪れる。彼はコンドームを使わない。知り合いの女性のなかにはピルを飲んでいる者もいるが、あなたは飲んでいない。この計画を思いついた数日まえまでは必要なかったから。

ひそかに祈る。

目を閉じる。

重い体がどさりと落ちてきて、彼が果てたことを知る。

あなたは泣きたくなる。以前、自分にとってセックスはどういうものだったか思い出して。とても気持ちいいセックスもあるとわかり、セックスが好きだと気づくまえのことを。けれどもそれを頭から追い出す。全部、頭から追い出す。

終わったあと、ミックは何も言わない。

あなたもまた何も言わない。

裸で寝たくないので、暗闇のなか彼の肌着を着て眠りにつく。

朝になり、窓から差し込む日の光に目を直撃されて、顔を腕でおおう。頭はがんがんし、心は傷ついている。

とはいえゴールはすぐそこだ。

彼と目を合わせると、彼は微笑んで、手を伸ばしてくる。

あなたは彼を押しのけて言う。「朝セックスするのは好きじゃないの」

「どういう意味だい？」彼は言う。

あなたは肩をすくめる。「ごめんなさい」

彼は言う。「いいだろう？　ベイビー」そして、うえに乗ってくる。もう一度、嫌だと言っても聞いてもらえるかわからないし、自分がその答えを知りたがっているのかどうかもわからない。自分が耐えられるのかも。

「わかったわ。どうしてもしなきゃならないなら」あなたは言う。彼が身を起こして目を見つめてきたのを見て、望みどおりになったことに気づく。彼をすっかり冷めさせたのだ。

彼は首を横に振ると、ベッドから出て言う。「どうやらきみはおれが思ってたのとは違うみたいだ」

ミック・リーヴァのような男は、いったん寝てしまえば、どんなに素晴らしい女性でもそれ以前ほど魅力を感じなくなる。あなたはそれがわかっているので受け入れる。髪を直そうともせずに、剝がれたマスカラを顔から取る。

ミックがバスルームに入っていくのを見守り、シャワーのお湯が出されるのを聞く。彼はシャワーから出てきて、ベッドの端に腰掛ける。

彼は清潔だが、あなたはお風呂に入っていない。

彼は石鹼の香りがするが、あなたはお酒のにおいがする。

彼は座っているが、あなたは横になっている。

これもまた計算どおりだ。

彼に、すべての決定権は自分にあると思わせなければならない。

「ハニー、とても楽しかったよ」彼は言う。

あなたはうなずく。

「でも、ふたりともひどく酔っ払ってた」彼は子どもに言い聞かせるように言う。

「おれもきみも。自分が何をしてるのか、わかってなかったんだ」

「そうね」あなたは言う。「どうかしてたわ」

「おれはいい人間じゃないんだ、ベイビー」彼は言う。「きみはおれみたいな男にはふさわしくないし、おれはきみみたいな女にはふさわしくない」

独創性の欠片(かけら)もないし、笑えるほど見え透いている。前妻について記者たちに語ったのとまったく同じ台詞を言うなんて。

「何を言ってるの？」あなたは言う。声に動揺をにじませて、今にも泣きだしそうだと思わせる。たいていの女はそうなるからだ。たいていの女と同じ姿を彼に見せなければならない。騙された女のように見せなければならない。

「おれもきみも、自分のところの人間に電話をかけたほうが良さそうだ。婚姻の無効を申し立てなきゃならない」

「でも、ミック――」

彼はあなたの言葉をさえぎる。これには頭にくる。言いたいことがあったから。

「このほうがいいんだ、ハニー。嫌だと言われても聞いてやれない」

男になるのはどんな感じだろうと考える。決めるのは自分だと自信たっぷりに思えるのはどんな感じだろうと。

彼がベッドから立ちあがり、上着をつかむと、あなたは考えに入れていなかった要素があることに気づく。彼は拒絶するのが好きなのだ。偉そうにするのが好きなのだ。昨夜、これからの行動を考えていたときに、この瞬間のことも考えていたのだ。あなたから去る瞬間のことを。

だから、頭のなかでリハーサルしていないことをする。

彼がドアのまえで振り返り、あなたに向かって「きみとうまくいかなくて本当に残念だ。幸運を祈ってるよ」と言うと、ベッドの傍らにある電話機をつかんで投げつける。

そうするのは、彼がそうされるのが好きだとわかっているからだ。彼はあなたが望むものをすべてくれたのだから、あなたも彼が望むものをすべて与えなければならない。

彼はひょいと身をかがめ、顔をしかめてあなたを見る。森に置き去りにしなければならない子鹿を見るような目で。

あなたは泣きはじめる。

すると彼は出ていく。

あなたは泣きやむ。

そして考える。〝これでオスカーをもらえたらいいのに〟

フォトモーメント
一九六一年十二月四日

リーヴァとヒューゴ　正気を失う

電撃挙式という言葉を聞いたことは？　電撃結婚なら？　いやはや、このふたりの場合は並外れている！

先週金曜日の夜、ラスベガスのど真ん中で、セクシー美女エヴリン・ヒューゴがほかでもない彼女の大ファンのミック・リーヴァの膝に乗っているのが目撃された。トランプに興じたり、さいころを振ったりしていた人々は、ふたりが繰り広げるショーを楽しんだ。ふたりが派手に抱き合ったり、キスしたり、飲んだりしながら、クラップスのテーブルから出口に直行し、通りに出て向かった先は……教会だった！

そのとおり！　エヴリン・ヒューゴとミック・リーヴァは結婚したのだ！

そしてさらにどうかしていることに、すぐに婚姻の無効を申し出た。

どうやら酒で頭がどうにかなったようだ——朝になって正気に戻ったのだろう。
どちらもすでに結婚に失敗しているが、さらにまた?

サブ・ローザ
一九六一年十二月十二日

エヴリン・ヒューゴ　悲しみに暮れる

エヴリンとミックの酔った末の突飛な行動について世間で言われていることを信じてはならない。ミックは酒に酔って、いささか積極的になっていたかもしれないが、情報筋によると、その晩、主導権を握っていて、どうしても結婚したがっていたのはエヴリンだったという。

かわいそうなエヴリンはドンに去られてからなかなか愛を見つけられずにいた――最初に現われたハンサムな男の腕に飛び込んだとしても不思議ではない。

しかも彼女はミックに去られてから悲しみに暮れているという。

ミックにとってはエヴリンは一晩のお楽しみの相手にすぎなかったが、彼女は本気で彼との未来があると思っていたらしい。

エヴリンがあまり日を置かずに気持ちを整理できることを祈るばかりだ。

29

それから二カ月のあいだ、わたしは至福の日々を過ごした。シーリアとわたしはけっしてミックの話をしなかった。する必要がなかったからだ。そのかわりに行きたいところに行き、やりたいことをした。

シーリアは二台目の車を買った。平凡なブラウンのセダンで、毎晩わたしの家のドライブウェイに停めておいても、誰にも変に思われなかった。わたしたちは寝る一時間まえに明かりを消し、暗闇のなかで話をしてから、抱き合って眠った。朝になると、わたしは彼女の手相を指でなぞって起こした。誕生日には、彼女がビバリーヒルズ・ホテルの〈ポロ・ラウンジ〉に連れていってくれた。わたしたちは人目につきながらも、ふたりの関係を隠していられた。

幸い、わたしをホモセクシュアルだと報じるより、夫を引き止められない女だと書くほうが、新聞を多く――それも長いあいだ――売ることができた。ゴシップ・コラムニストたちは嘘だと知りながらコラムを書いていたと言っているわけではない。わたしが売り込んでいた嘘をみな喜んで信じていたと言っているだけだ。それにもちろん、相手が本当だと思いたがっていることを言うと、それが嘘でも簡単に信じてもらえる。

わたしは、この恋愛スキャンダルが大きく報じつづける価値のあるネタだと思わせればよかった。そうしているあいだは、ゴシップ紙がシーリアに疑いの目を向けることはないとわかっていた。

すべてが素晴らしくうまくいっていた。

妊娠していることに気づくまでは。

「そんなはずないわ」シーリアがわたしに言った。彼女はわたしの家のプールのなかで立っていた。ラベンダー色の水玉模様のビキニを着て、サングラスをかけていた。

「そうなの」わたしは言った。「してるのよ」

キッチンでアイスティーをグラスに注いで、彼女に持ってきたところだった。ブルーのカバーアップを羽織ってサンダルを履き、プールサイドに立って、目のまえにいる彼女を見下ろしていた。その二週間まえから妊娠しているのではないかと思っていたが、まえの日にバーバンクに行って、ハリーに薦められた口の堅い医師に診てもらうまでは確かなことはわからなかった。

わたしはプールのなかに立つ彼女にそのことを告げた。薄切りレモンの入ったアイスティーのグラスを手にしたまま。それ以上、言わずにいることはできなかったから。

昔から嘘がうまかったが、シーリアはわたしにとって神聖な存在であり、彼女にはけっして嘘をつきたくなかった。

そのことが、今とこの先のシーリアとわたしにどういう影響を及ぼすか、ちゃんとわかっていた。幸せでいるために払わなければならない税金のようなものだ。世間はわたしの幸せを半分奪おうとしているが、残りの半分は手にしていられると。

それは彼女であり、今の生活だった。

とはいえ、そのようなことを彼女に言わずにいるのは間違っている気がした。それはできなかった。

わたしはプールに入ってシーリアの横に立ち、彼女にふれて、なだめようとした。彼女が動揺するとは思っていたが、アイスティーのグラスをプールの反対側の縁に投げつけるとは思ってもみなかった。グラスは割れ、欠片が水に飛び散った。

彼女が水に潜って叫ぶとも思っていなかった。女優というものは本当に芝居がかっている。

水から出てきたとき、彼女はずぶ濡れだった。髪は乱れて顔に貼りつき、マスカラは流れてしまっていた。彼女はわたしと話そうとしなかった。

わたしは彼女の腕をつかんだが、振り払われた。その顔と、傷ついた目が見えたとき、ミック・リーヴァとするつもりでいたことについて、シーリアとわたしでは認識が違っていたことに気づいた。

「彼と寝たのね？」彼女は言った。

「当然そうなるって、わかってると思ってたわ」

「いいえ、わかってなかったわ」

シーリアはプールから出たが、体を拭こうともしなかった。わたしは彼女の濡れた足跡がプールのまわりのセメントの色を変え、木の床に水たまりを作り、さらには階段に敷かれた絨毯を湿らせていくのを見守った。

家の裏手にある寝室の窓を見上げると、彼女が室内を行ったり来たりしているのが見えた。荷造りしているようだった。

「シーリア！　やめて」わたしは階段を駆けあがりながら言った。「こうなったからって何も変わらないわ」

寝室のドアには鍵がかかっていた。

わたしはドアを叩いた。「シーリア、お願いだから」

「ひとりにして」

「お願いよ」わたしは言った。「ちゃんと話しましょう」

「嫌よ」

「こんなのひどいわ、シーリア。ちゃんと話しましょう」わたしはドアに身を預け、枠との細い隙間(すきま)に顔を押しあてた。そうすれば声がもっと遠くまで届き、シーリアに早くわかってもらえるかもしれないと思って。

「こんなのは生きてることにならないわ、エヴリン」彼女は言った。

彼女はドアを開けて、わたしの脇を通り抜けた。わたしは彼女が開けたドアに体重の大部分をかけていたので、危うく倒れそうになったが、どうにか体勢を立て直し、彼女のあとを追って階段をおりた。

「いいえ、なるわ」わたしは言った。「これがわたしたちの人生なのよ。そのためにたくさんのものを犠牲にしてきた。今さら捨てられないはずよ」

「いいえ、捨てられる」彼女は言った。「もうこんなのはたくさん。こんなふうに生きたくないの。わたしがここにいるって知られないように、かっこ悪いブラウンの車でこの家に来たくないし、本当はあなたといっしょにに住んでるのに、ハリウッドでひとりで住んでるふりもしたくない。それに、わたしを愛してると世間に思われずにすむという理由だけで、どこかの歌手と寝る女を愛したくもないのよ」

「あなたは真実をゆがめてる」

「あなたは臆病者よ。今までそれがわからなかったなんて、どうかしてた」

「あなたのためにやったのよ！」わたしは叫んだ。

わたしたちはすでに階段を下までおりていた。シーリアは片方の手をドアノブにかけ、もう片方の手でスーツケースを持っていた。水着姿のままで、髪から水を垂らしていた。

「わたしのためなんかじゃない」彼女は言った。胸がところどころ赤くなり、頬が燃えあがっていた。「あなたは自分のためにしたのよ。この地球上でいちばん有名な女じゃなくなるのが耐えられないから。自分自身と、今度こそ胸が半分でも見られるんじゃないかと思って何度も映画館に足を運んでくれる大事なファンを守るためにしたのよ。自分と彼らのためにしたんだわ」

「あなたのためだったのよ、シーリア。あなたの家族が本当のことを知っても、あなたを見捨てないとでも思ってるの？」

わたしがそう言うと、彼女はいっそう腹を立て、ドアノブをまわした。

「本当のあなたを知られたら、すべてを失うことになるのよ」わたしは言った。

「本当のわたしたちよ」シーリアはわたしのほうを向いて言った。「わたしとは違うふりをしようとしないで」

「違うもの」わたしは言った。「あなたもわかってるはずよ」

「ばか言わないで」

「わたしは男を愛せるわ、シーリア。誰かと結婚して子どもをもうけ、幸せになることだってできるのよ。でも、それはあなたにとっては簡単なことじゃないって、あなたもわたしもわかってるじゃない」

シーリアはわたしを見た。その目は険しく、唇はすぼめられていた。「あなたはわたしより優れてると思ってるの？　結局、そういうことなの？　わたしは病気で、あなたはゲームを楽しんでるだけだと思ってるのね？」

わたしは彼女の腕をつかんだ。自分が言ったことを撤回したかった。そんなことを言うつもりはまったくなかったのだ。

けれども、彼女はわたしの手を振り払おうとしながら言った。「二度とわたしにさわらないで」

わたしは彼女から手を放した。「シーリア、わたしたちのことを気づかれても、わたしは許してもらえるわ。ドンのような男と結婚すれば、みんな、わたしがあなたを知ってたことさえ忘れてしまう。わたしは生き残れるわ。でも、あなたがどうなるかはわからない。男と恋に落ちるか、愛してもない男と結婚しなきゃならないのよ。あなたにはそのどちらも無理だわ。わたしはあなたが心配なの、シーリア。自分のことより心配なのよ。あなたがキャリアを取り戻せるかわからない。たとえ人生を取り戻せたとしても。わたしがどうにかしなかったら。だから、わたしにできる、ただひとつのことをしたの。そしてうまくいったわ」

「うまくいってなんかないわ、エヴリン。妊娠したんだから」

「どうにかするわ」

シーリアは床に目をやって、わたしを嘲笑(あざわら)った。「あなたはほぼすべてのことをどうにかできるみたいね」

「ええ」わたしは言った。どうしてそのことで侮辱されなければならないのかわからなかった。「そうよ」

「でも、人間でいるにはどうしたらいいかということは、何から始めたらいいのかもわかってないんだわ」

「本気で言ってるんじゃないわよね」

「あなたは売女よ、エヴリン。名声のために男と寝るんだから。それが、わたしがあなたと別れる理由よ」

彼女はドアを開けて出ていった。わたしのほうを振り向きもせずに。わたしは彼女が玄関まえの階段をおり、自分の車に向かうのを見守った。彼女を追って外に出たが、ドライブウェイで立ち止まった。

彼女はスーツケースを助手席側にのせると、運転席側のドアを開けて、その場に立った。

「あなたをとても愛してた。わたしの生きる目的だと思うぐらいに」シーリアは泣きながら言った。「人は誰かを見つけるためにこの世に生まれて、わたしはあなたを見つけるために生まれたんだと思ってた。あなたを見つけて、あなたの肌にふれて、あなたの息のにおいを嗅いで、あなたの考えてることを全部聞くために。でも、今はそう思えない」涙を拭いて続けた。「あなたのような人のために生まれたと思いたくないから」

胸が焼けるように痛んだ。「ねえ聞いて。あなたの言うとおりよ。あなたはわたしのような人間のために生まれたんじゃないわ」わたしはようやく言った。「わたしはわたしたちのための世界を作るためならなんでもするのに、あなたはとんでもない意気地なしだから。難しい決断をしようとしないし、不快なことは避けようとする。それはまえからわかってたけど、少なくともわたしのような人間を必要としてると認めるだけの礼儀はわきまえてると思ってた。あなたを守るために手を汚してくれる人間が必要だと。あなたはいつでも上等な人間のように振る舞ってる。前面に立って守ってくれる人間がいなくてもそうできるかどうか、試してみればいいわ」

シーリアは冷ややかな顔をしていた。彼女がわたしの言葉を少しでも聞いていたのかどうかわからなかった。「お互いにそう思ってたほどふさわしい相手じゃなかったようね」そう言って、車に乗り込んだ。

彼女がハンドルを握るのを見て初めて、これは現実に起こっていることなのだと気づいた。これはこれまでの喧嘩とは違う。わたしたちの関係を終わらせる喧嘩なのだと。すべてがとてもうまくいっていたのに、一瞬で逆の方向に向かってしまった。高速道路をヘアピンカーブでおりたみたいに。

「そうみたいね」そう言うのが精いっぱいだった。しわがれた声しか出なかった。

シーリアは車のエンジンをかけ、ギアをバックに入れた。「さようなら、エヴリン」そう最後に言うと、車をバックでドライブウェイから出し、通りに消えた。

わたしは家に入って、彼女が残した水たまりを拭きはじめた。電話をかけて業者に来てもらい、プールの水を抜いて、彼女のアイスティーが入っていたグラスの欠片を片付けてもらった。

そのあとハリーに電話した。

三日後、彼はわたしを車でメキシコのティファナに連れていった。そこでは誰にも何も訊かれなかった。わたしはそのあいだじゅうずっと、意識をほかの場所に飛ばすようにしていた。そうすれば忘れるために努力しなくてすむから。処置を受けたあと、わたしはほっとして車に戻った。心のなかを区分けしたり、意識を解離させたりするのが、いつしかとてもうまくなっていた。妊娠を終わらせたことを一分たりとも後悔しなかったことが世界記録に認定されればいいのに。正しい決断だった。心が揺れることはまったくなかった。

それでも、その帰り、ハリーがサンディエゴを抜けてカリフォルニアの海岸線沿いに車を走らせるあいだ、わたしはずっと泣いていた。自分が失ったすべてのものや、下した決断のために。月曜日に『アンナ・カレーニナ』の撮影が始まることになっていたが、演技も賞賛もどうでもいいと思っていたから。そもそもメキシコに来る必要がなかったらよかったのにと思った。そして、シーリアが泣きながら電話をかけてきて、自分が間違っていたと言ってくれることを心から願った。彼女がわたしの家の玄関まえに現われて、戻ってきてと懇願するのを。わたしは……彼女が欲しかった。ただ、彼女に戻ってきてほしかった。

サンディエゴ・フリーウェイをおりたところで、この何日間か頭をよぎっていたことをハリーに尋ねた。

「わたしは売女だと思う？」

ハリーは車を路肩に停めて、わたしのほうを向いた。「きみは素晴らしい人間だし、タフだと思う。そして〝売女〟という言葉は無知な人間がほかに言葉を思いつかなかったときに言い放つ言葉だと思う」

わたしは彼の返事を聞くと、顔を窓のほうに向けて外を見た。

「ひどく都合がいいと思わないか？」ハリーは続けた。「男たちが規則を定めてるときに、もっとも見下しているものが、最大の脅威にもなるなんて。地球上のすべての女性が体を与える代償を求めたらどうなるか。きみたち女性がこの地球を支配することになる。武装した民衆だ。ぼくのような男にだけ、きみたちに立ち向かえるチャンスがある。そしてそれが、ばかたちがもっとも望まないことだ。きみやぼくみたいな人間が世界を動かすことが」

わたしは声をあげて笑った。泣いたせいで目が腫れて疲れていた。「それで、わたしは売女なの？　そうじゃないの？」

「さあどうだろうね」彼は言った。「ぼくたちはある意味みんな売女だ。少なくともハリウッドじゃそうだよ。ほら、彼女がシーリア・聖ジェームズなのも理由がある。彼女はもう何年も〝いい子〟を演じてるんだ。残りのぼくたちはそこまで純粋じゃない。でも、ぼくはきみのそんなところが好きだ。不純なところや、戦闘的なところや、手に負えないところが。世のなかをあるがままに見て、そこに立ち向かい、欲しいものを奪い取るエヴリン・ヒューゴが好きだ。だから、なんでも好きなふうに自分を呼んで、ずっと変わらずにいるんだ。自分を変えたりしたら、それこそ悲劇だ」

　わたしの家に着くと、ハリーはわたしをベッドに寝かせてから、一階におりて夕食を作ってくれた。

　その晩、彼はわたしと同じベッドで並んで寝た。朝、わたしが目を覚ますと、彼はブラインドを開けているところだった。

「さあ起きて、小鳥ちゃん」彼は言った。

　それから五年間、わたしはシーリアと話さなかった。彼女は電話も手紙もよこさなかったし、わたしのほうから彼女に連絡することはできなかった。

彼女がどうしているかは新聞に書かれていることや、街を駆けめぐるゴシップでしか知ることができなかった。けれども、その朝、日の光を顔に浴びたとき、メキシコに行った疲れは残っていたものの、わたしは本当に大丈夫だった。

ハリーがいたから。ものすごく久しぶりに、わたしには家族がいると思えた。

自分がどれだけ速く走っていたか、どれだけ一生懸命働いていたか、どれだけ疲れていたか、誰かがうしろに立って〝大丈夫、もう倒れてもいいよ。受け止めてあげるから〟と言ってくれるまでわからない。

だから、わたしは倒れた。

そして、ハリーが受け止めてくれた。

30

「あなたとシーリアはまったく連絡を取らなかったんですか？」わたしは尋ねる。

エヴリンはうなずくと、立ちあがって窓辺に足を運び、窓を少しだけ開ける。気持ちのいい風が入ってくる。彼女はカウチソファに戻り、その話はこれで終わりというようにわたしを見る。だが、わたしはひどく戸惑っている。

「その時点で、つきあってどれぐらい経ってたんです？」

「三年ぐらい？」エヴリンは言う。「だいたいそんなところよ」

「それなのに彼女はそんなふうに去ったんですか？　それ以上何も言わずに？」

エヴリンはうなずく。

「彼女に電話しようとされました？」

彼女は首を横に振る。「わたしは……わたしはそのころはまだ、本当に欲しいもののためなら卑屈になってもいいってわかってなかった。彼女がわたしを必要としてないなら、どうしてわたしがそんなことをしたのかわからないなら、彼女は必要ないって思ったのよ」

「それで平気だったんですか？」

「いいえ、みじめだった。何年も彼女にこだわってた。まあ、楽しくは過ごしてたわ。誤解しないで。でも、シーリアはわたしの視界に入る場所にはいなかった。実際、シーリアの写真が載ってる『サブ・ローザ』を読み、彼女といっしょに写ってる人たちを見て、どんな関係なんだろう、どれぐらい親しいんだろうと考えたわ。彼女もわたしと同じようにひどく悲しんでたって今ではわかってる。わたしが彼女に電話して謝るのを、頭のどこかで待ってたって。でも当時は、ひとりで心を痛めてた」

「彼女に電話しなかったことを悔やまれてますか？」わたしは尋ねる。「そのあいだの時間を失ったことを？」

エヴリンは愚か者でも見るような目でわたしを見る。「彼女はもういないのよ」と言う。「わたしの運命の人はもういないの。彼女に電話して謝り、戻ってきてくれるよう頼むこともできない。彼女は永遠にいなくなってしまった。だから、そうね、モニーク、後悔してるわ。いっしょに過ごさなかった一秒一秒を後悔してる。彼女をほんのわずかにでも苦しめた愚かな行為をひとつ残らず後悔してる、彼女がわたしから去った日、通りに出て追いかけるべきだった。行かないでと懇願するべきだった。お詫(わ)びのしるしに薔薇の花を贈り、ハリウッドサインのうえに立って〝わたしはシーリア・セントジェームズに夢中なの！〟と叫んで、磔(はりつけ)にされるべきだった。そうするべきだったの。そして彼女を失った今、わたしは一生使い切れないほどのお金を持ってるし、わたしの名前はハリウッドの歴史に刻まれている。そしてそれがどんなに虚しいことなのかわかってる。彼女を堂々と愛することより、そうしたことを優先させた自分にずっと腹を立ててる。でも、それは贅沢なことよ。お金持ちで有名だからできることなの。富と名声を手にして初めて、それらはなんの価値もないって思える。当時はまだ、自分には欲しいものをすべて手に入れられるだけの時間があると思ってた。うまくやりさえすれば、全部手に入れられるって」

「彼女はあなたのもとに戻ってくると思ってらしたんですね」わたしは言う。

「彼女はわたしのもとに戻ってくるとわかってたの」エヴリンは言う。「そして彼女もわかってた。わたしたちの時間は終わっていないって、ふたりともわかってたの」

わたしの携帯電話の着信音が聞こえる。だが、聞き慣れた通常のメッセージの着信音ではない。昨年、結婚してすぐ、今の携帯電話を手に入れ、デイヴィッドがメッセージを送ってこなくなるとは夢にも思っていなかったころに、彼からのメッセージを受信したときに鳴るよう設定した音だ。

一瞬、視線を落として、彼の名前を見る。その下に〝おれたちは話し合うべきだと思う。これはとても大事なことだ、M。早急には決められない。ちゃんと話し合わないと〟と出ている。わたしはそのメッセージのことをすぐに頭から追い出す。

「じゃあ、あなたは彼女が戻ってくるとわかってらしたのに、レックス・ノースと結婚されたんですか？」集中しなおして尋ねる。

エヴリンは気持ちを整えるかのように少しのあいだ下を向いてから、自分の行動を説明する。「『アンナ・カレーニナ』の製作費は予算をはるかにオーバーしてたし、撮影も予定より何週間も遅れてた。レックスはヴロンスキー伯爵役だった。ディレクターズ・カットができてきたころには、全編、編集しなおさなければならないとわかってた。映画を救うためには、ほかの誰かの力が必要だとも」

「しかもあなたは興行成績に利害関係があった」

「ハリーとわたしの両方ともよ。ハリーがサンセット・スタジオを出て初めてかかわった映画だった。もし失敗したら、街でまたミーティングを持つのが難しくなる」

「あなたはどうなんです？　もし映画が失敗したら、どうなっていたんです？」

「『ブータントラン』のあとの映画がうまくいかなかったら、わたしはあっという間に過去の人になるんじゃないかと心配だった。それまでも何度かどん底から這いあがってきたけど、またそうするのはごめんだった。だから、みんながどうしても映画を観たくなるとわかってたことをした。ヴロンスキー伯爵と結婚したの」

CLEVER
REX NORTH

賢い
レックス・ノース

何も隠していないときに男と結婚することにはある種の自由がある。

シーリアが去り、わたしは誰かと恋に落ちられる状態ではなかったし、レックスはそもそも恋に落ちることができない人間のようだった。もし違う状況で出会っていたら、意気投合したかもしれないが、状況が状況だったので、レックスとわたしの関係は興行収入のためだけに築かれた。

悪趣味で、見せかけの、操作された関係だった。

けれども、それをきっかけにわたしは裕福になった。

シーリアを取り戻すこともできた。

それに、それはわたしが誰かとしたもっとも誠実な取引のひとつだった。

それらすべての理由で、わたしはレックス・ノースをこれからもずっと少しばかり愛しつづける。

31

「じゃあ、きみはけっしてぼくと寝ないのか？」レックスが言った。

彼はわたしの家のリビングで、脚を組んでくつろいで座り、マンハッタンを飲んでいた。黒いスーツを着て、細いネクタイを締めていた。ブロンドの髪をうしろになでつけているために、ブルーの目がいっそう鮮やかに見えた。

レックスは美しすぎて、退屈に思われかねないような男だった。けれども、彼が微笑むと、同じ部屋にいる女性はみな気を失いそうになった。完璧な歯、両頬の浅いえくぼ、わずかに弧を描く眉毛。誰もが完敗だった。

わたしと同じように、彼も映画会社に作られた存在だった。アイスランドでカール・オルヴィルソンとして生まれ育った彼は、ハリウッドに来て名前を変え、訛りを直した。望むものを手にするために必要なら誰とでも寝た。彼は演技ができることを証明しようと躍起になっている二枚目俳優だったが、実際に演技はできた。けれども過小評価されていたので、自分は見くびられていると感じていた。『アンナ・カレーニナ』は彼にとって、真剣に役者として見てもらえるチャンスだった。映画が大ヒットすることが、彼にとっても、わたしと同じぐらい必要だった。だから、彼もわたしがしようとしていることをするのを厭わなかった。結婚という離れ業に出るのを。

レックスは現実的で、けっして大げさなことは言わなかった。十歩先を見ていたが、心の内を明かそうとしなかった。その点では、わたしたちは似た者同士だった。わたしはリビングのソファに彼と隣り合って座り、片方の腕を彼の背後に置いていた。「けっして寝ないとは言い切れないわ」と言った。それは本当のことだった。「あなたはハンサムだもの。お得意の手に一度か二度は引っかかるかもしれない」

レックスは声をあげて笑った。彼はつねにどこか超然としていて、どんなことをしても苛立たせることはできないように見えた。そういう意味では手の届かない存在だった。

「だって、けっしてわたしを好きにならないと言い切れるの？」と尋ねた。「あなたがこの結婚を本物にしたくなったら？　誰にとっても困ったことになるわ」

「誰かがぼくをその気にさせられるなら、それがエヴリン・ヒューゴであってもおかしくない。つねに可能性はある」

「あなたと寝ることについて感じてるのもそれよ」わたしは言った。「つねに可能性はある」コーヒーテーブルからギブソン（ジンベースのカクテル）の入ったグラスを取って、ひと口飲んだ。

レックスはまた笑った。「それはそうと、ぼくたちはどこに住むんだい？」

「いい質問ね」

「ぼくの家はバード・ストリーツにあって、床から天井まで届く窓がある。ドライブウェイから出るのは少し面倒だが、プールからの景色は最高だ」

「いいわね」わたしは言った。「少しのあいだあなたの家に住むのはかまわないわ。あとひと月かそこらしたらコロンビアで別の映画の撮影に入るから、あなたの家からも近くなるし。ルイサを連れていけさえすればいいわ」

シーリアが去って、わたしはまたメイドを雇えるようになった。もう誰も寝室に隠れていないのだから。ルイサはエルサルバドル出身で、わたしよりほんの少し若かった。わたしの家で働きはじめた日の昼の休憩中に、彼女は母親と電話していて、わたしの目のまえでスペイン語で話していた。「ラ・セニョーラ・エス・タン・ボニータ、ペロ・ロカ」（「この女性はきれいだけど頭がおかしい」）

わたしは彼女のほうを向いて言った。「ディスクルペ？　ヨ・テ・プエド・エンテンデール」（「ちょっといい？　わたしはあなたの言ってることがわかるのよ」）

ルイサは目を丸くすると、母親との電話を切って言った。「ロ・シエント。ノ・サビア・ケ・ウステ・アブラバ・エスパニョール」（「すみません。あなたがスペイン語を話すと知りませんでした」）

わたしは英語に切り替えた。それ以上スペイン語を話したくなかったし、自分の口から出るスペイン語が奇妙に聞こえるのも嫌だった。「わたしはキューバ系なの」と言った。「生まれてからずっとスペイン語を話してきたわ」それは本当ではなかった。スペイン語は何年も話していなかった。

彼女は絵を解釈しようとしているような目でわたしを見てから、申しわけなさそうに言った。「キューバ系には見えません」

「プエス、ロ・ソイ」わたしは横柄な口調で言った。（「まあでも、そうなのよ」）

ルイサはうなずいて自分の昼食を片付けると、シーツと枕カバーを替えにいった。わたしは動揺して、少なくとも三十分はそのままテーブルについていた。〝どうして彼女はわたしのアイデンティティを奪おうとするの？〟と繰り返し考えながら。

けれども家のなかを見まわし、家族の写真もなければラテンアメリカの本の一冊もなく、ヘアブラシにはブロンドの毛がついていて、スパイスラックにはクミンの瓶ひとつもないのを見て、ルイサがそうしたのではないことに気づいた。わたしが自分でそうしていたのだ。本当のわたしとは別の人間になることを選んでいたのだ。

フィデル・カストロがキューバを支配していた。アイゼンハワーはその時点ですでに経済制裁を実施していた。ピッグズ湾への侵攻は大失敗に終わった。キューバ系アメリカ人でいるのは厄介だった。そして、わたしはキューバ系の女性として成功しようとするかわりに、ただルーツを捨てた。ある意味、そのおかげでわずかにでも残っていた父との絆を手放すことができたが、同時に母からも大きく引き離されることにもなった。ある時点では、女優になる動機となっていた母から。

すべては自分のせいだ。わたしが自分で選んできた結果だった。何ひとつルイサのせいではなかった。だから、わたしにはこうしてキッチンテーブルについて彼女を責める資格はないのだと気づいた。

その晩、ルイサが帰るとき、なおも気まずく感じているのがわかったので、わたしは心からの笑みを浮かべて、明日も会えることを楽しみにしていると言った。

その日以降、けっして彼女にスペイン語で話しかけなかった。わたしは自分の不実さを強く恥じ、不安を抱いていた。けれどもルイサはときどきスペイン語で話した。わたしに聞こえるところで母親に冗談を言っていると、わたしは微笑んで、彼女の言うことを理解していることを知らせた。すぐにルイサのことがとても好きになった。ありのままの自分に自信を持っていることが羨ましかった。本当の自分を見せることをまったく恐れていないことが。彼女はルイサ・ヒメネスであることに誇りを抱いていた。

ルイサはわたしが大事に思った初めての使用人だった。彼女を連れずに引っ越すつもりはなかった。

「さぞかし優秀なんだろうね」レックスは言った。「連れてくればいい。さて、実際的な話をしよう。ぼくたちは同じベッドで寝るのかい?」

「その必要はないと思うわ。ルイサは口が堅いから。わたしはまえに痛い目にあったことがあるから、その点には慎重なの。年に二、三回パーティーを開いて、同じ部屋で寝てるように見せればいい」

「それでぼくは今までどおり……することをしてもいいんだね?」

「今までどおり地球上のすべての女性と寝ていいわ、ええ」

「妻以外のすべての女性だ」レックスはそう言うと、にっこり笑って飲み物を飲んだ。

「ばれないようにしてよ」

レックスはわたしの心配などどうでもいいというように、わたしの言葉を手を振って退けた。

「本気で言ってるのよ、レックス。わたしを裏切って浮気したら大きなニュースになる。そんなのはごめんだわ」

「心配しなくていい」レックスは言った。わたしがどんなことを頼んだときよりも誠実な口調だった。おそらくは『アンナ・カレーニナ』のどのシーンの彼よりも。「きみに恥をかかせるようなことは絶対にしない。ぼくたちは仲間だ」

「ありがとう」わたしは言った。「うれしいわ。わたしも同じよ。あなたを困らせるようなことはしない。約束するわ」

レックスが差し出した手を、わたしは握った。

「さて、もう行かないと」彼は腕時計を見て言った。「ものすごく積極的な若い女性とデートの約束があるんだ。待たせるわけにはいかないからね」彼がコートのボタンを留めるとわたしは立ちあがった。「いつ結婚すればいいんだい？」彼が尋ねた。

「来週、何度か、ふたりで街にいるところを見せなきゃならないと思う。しばらくのあいだ、それを続けましょう。十一月あたりに、わたしの指に指輪がはまってるのを見せる。結婚式は映画が公開される二週間まえぐらいがいいんじゃないかとハリーに言われたわ」

「みんなをびっくりさせるんだね」

「そして映画のことを話させる」

「ぼくがヴロンスキーできみがアンナということで……」

「下品な行為に思えたことが、結婚によって正当なものになる」

「汚くもあり、清らかでもあるやり方だ」レックスは言った。

「まさしく」

「そうやってきみは生きている」彼は言った。

「あなたもね」

「ばか言うなよ」レックスは言った。「ぼくは汚れてる。徹底的に」

わたしは彼を玄関まで送り、挨拶がわりに抱きしめた。彼はドアを開けて尋ねた。

「編集が終わった最終版を観たかい？　できはどうだった？」

「素晴らしかったわ」わたしは言った。「でも三時間近くあるの。チケットを買わせるには……」

「ひと芝居打たなきゃならない」彼は言った。

「そのとおり」

「でも、得意だろ？　ぼくも、きみも」

「抜群にうまいわ」

フォトモーメント
一九六二年十一月二十六日
エヴリン・ヒューゴとレックス・ノース　結婚!

エヴリン・ヒューゴがまたやった。しかも今回は今までになくうまくやった。エヴリンとレックス・ノースは、先週末、ハリウッドヒルズにあるニックの屋敷で結婚式を挙げたのだ。

ふたりは近く公開される『アンナ・カレーニナ』の撮影で知り合って、瞬く間に恋に落ち、リハーサルのあいだから互いに夢中だったという。このブロンドの夫婦はアンナとヴロンスキー伯爵として、映画館につめかけた観客をこの先何週間にもわたって熱狂させるはずだ。

レックスは初婚だが、エヴリンはこれまでに何度か結婚に失敗している。今年、彼女の元夫として有名なドン・アドラーは妻である『ハットトリック』の主演女優ルビー・ライリーと別居している。

新作映画に、豪華な招待客が名を連ねた結婚式に、豪邸二軒。エヴリンとレックスは間違いなく我が世の春を謳歌している。

フォトモーメント
一九六二年十二月十日

シーリア・セントジェームズ、クォーターバックのジョン・ブレイヴァーマンと婚約

スーパースターのシーリア・セントジェームズは、歴史映画『ロイヤル・ウェディング』や、鮮やかな転身ぶりを見せたミュージカル映画『セレブレーション』で、このところ映画界で大きな成功を収めつづけている。

そして今、彼女にはさらに祝うべきことができた。ニューヨークジャイアンツのクォーターバック、ジョン・ブレイヴァーマンとの愛を実らせたのだ。

ふたりはロサンゼルスやマンハッタンで食事などのデートを楽しんでいるところを目撃されている。

シーリアがブレイヴァーマンにとって幸運の女神になることを願う。指に輝く大粒

のダイヤモンドを、彼女が幸運のお守りだと感じていることは間違いない！

ハリウッド・ダイジェスト
一九六二年十二月十七日

『アンナ・カレーニナ』大ヒット

公開が待たれていた『アンナ・カレーニナ』がこの金曜日に封切られ、週末の話題をさらった。

エヴリン・ヒューゴとレックス・ノースが絶賛されているのを見ると、観客が映画を観に押し寄せているのも不思議ではない。超一流の演技とスクリーンの内外での化学反応によって、映画は最高潮の盛りあがりを見せている。

人々は二体のオスカー像が新婚夫婦への最高の結婚祝いになるかもしれないと話している。

映画のプロデューサーとして、エヴリンは興行収入から多額の収入を得ることになりそうだ。

お見事だ、ヒューゴ！

32

アカデミー賞授賞式の夜、レックスとわたしは並んで座り、手を握り合って、わたしたちの思惑どおり、ロマンティックな結婚をした夫婦を見ていると思っている人々に、ちらちら見られるままにしていた。

受賞を逃すと、ふたりとも礼儀正しく微笑んで、受賞者に拍手を送った。わたしはがっかりしたが驚きはしなかった。レックスやわたしのように、外見だけではないと証明しようとしている美しい映画スターがオスカーを獲るなんて、少しできすぎているように思えた。多くの人々がわたしたちに今のままでいるよう望んでいるという印象を強く受けた。だから、わたしたちは冷静に受け止めて、パーティーをはしごし、明け方までお酒を飲んだり踊ったりして過ごした。

その年、シーリアはノミネートされていなかったが、それにもかかわらず、わたしはレックスと参加したすべてのパーティーで彼女の姿を探した。彼女はどこにもいなかったが、レックスとわたしは大いに楽しんだ。

わたしはウィリアム・モリスのパーティーでハリーを見つけて静かな場所に連れていき、ふたりでシャンパンを飲みながら、この先、自分たちが手にするお金について話した。

裕福な人々について知っておいてほしいことがある。彼らはつねにもっと裕福になりたいと思っているのだ。お金はいくら手にしても飽きることはない。

子どものころ、キッチンで古い米と乾いた豆以外に夕食に食べるものを探していたとき、毎晩お腹いっぱい食べられれば幸せだと思っていたはずだ。

サンセット・スタジオにいたときは、豪邸が手に入りさえすればいいと思っていた。豪邸が手に入ると、家がもう一軒と使用人が何人か必要だと思った。

わたしは二十五歳になったばかりだったが、すでにお金はいくらあっても足りないのだと気づいていた。

レックスとわたしは朝の五時ごろに、すっかり酔っ払って家に帰った。わたしたちを送ってきた車が走り去ると、わたしはハンドバッグのなかの家の鍵を探した。レックスは隣に立ち、酒臭い息をわたしの首筋に吹きかけていた。

「妻が鍵を見つけられずにいる！」レックスがよろけながら言った。「必死に探してるけど、見つけられないみたいだ」

「静かにしてくれる？」わたしは言った。「近所の人を起こしたいの？」

「彼らに何されるっていうんだ？」レックスはいっそう大きな声で言った。「街から追い出されるのか？　そうなのか、ぼくのかわいいエヴリン？　もうブルー・ウェイ・ジェイに住ませておくことはできないって言われるのか？　ロビン・ドライブかオリオール・レーンに引っ越しさせられるのか？」

鍵を見つけて、鍵穴に差し込み、ドアノブをまわした。わたしたちは倒れ込むようにして家のなかに入った。レックスにおやすみを言って、わたしは自分の部屋に向かった。

背中のファスナーをおろしてくれる人は誰もおらず、ひとりでドレスを脱いだ。その瞬間、孤独な結婚生活を送っていることを、いつになく身に染みて感じた。

鏡に映る自分を見て、間違いなく美しいと思った。だからといって、誰かがわたしを愛しているわけではなかった。

スリップ姿のまま、自分のオレンジがかったブロンドの髪とダークブラウンの目とまっすぐで濃い眉を見つめた。そして、わたしの妻になるはずだった女性を恋しく思った。シーリアを恋しく思った。

彼女は今この瞬間にもジョン・ブレイヴァーマンといっしょにいるかもしれないと不安になった。そんな話は信じるに値しないとわかっていたが、自分が思っているほどシーリアのことを知らないのかもしれないと心配になった。彼女は彼を愛しているのだろうか。わたしを忘れてしまったのだろうか。わたしの枕に広がっていた彼女の赤毛のことを考えていると、目に涙があふれてきた。

「やあ」背後でレックスの声がした。振り返ると、彼が部屋の入口に立っていた。

彼はタキシードのジャケットを脱ぎ、カフスボタンをはずしていた。シャツのボタンは途中まで開けられ、蝶ネクタイはほどかれて、首の両側に垂れ下がっている。国じゅうの多くの女性が、何を犠牲にしても見てみたいと願っているに違いない姿だった。

「もう寝たのかと思ってたわ」わたしは言った。「起きてるとわかってたら、ドレスを脱ぐのを手伝ってもらったのに」

「ぜひ手伝いたかったな」

彼の言葉を手を振って退けた。「いったいなんの用？　眠れないの？」

「寝ようともしてないよ」

彼は部屋に入ってきて、わたしに近づいた。

「じゃあ、してみて。もう遅いわ。このままじゃ、ふたりとも夜まで寝ちゃうわよ」

「考えてみてくれよ、エヴリン」彼は言った。窓から差し込む光がブロンドの髪を照らしている。えくぼが目にまぶしかった。

「考えるって何を？」

「どんなふうか考えてみてくれ」

彼はそばに来て、腰に手を置いた。わたしのうしろに立ったので、また首筋に息があたった。彼にふれられるのは気持ちよかった。

映画スターはあくまでも映画スターだ。たしかに、みんな、しばらくすると輝きが失せていく。わたしたちも、ほかの人々と同じように欠陥だらけの人間なのだから。けれども、わたしたちは選ばれた人間だ。非凡な人間なのだ。

そして非凡な人間ほど、非凡な人間が好きなものはない。

「レックス」

「エヴリン」彼は耳元でささやいた。「一度でいい。するべきなんじゃないか？」

「いいえ」わたしは言った。「するべきじゃないわ」とはいえ、そう確信しているわけではなかったし、レックスも同じだった。「明日になって、ふたりとも後悔するようなことをするまえに、部屋に戻ったほうがいいわ」

「本当にそれでいいのか？」彼は言った。「ぼくはきみの望みどおりにするけど、きみの望みが変わっても大歓迎だ」

「変わらないわ」わたしは言った。

「それでも考えてみてくれよ」彼はそう言うと、両手をわたしの胴のうえのほうにすべらせた。わたしたちを隔てるものはシルクのスリップだけだった。「ぼくの下になったらどんな感じか」

わたしは笑い声をあげた。「そんなことを考えるつもりはないわ。考えたら、ふたりともおしまいよ」

「考えてみてくれよ。ふたりでいっしょに動いたらどんな感じか。初めはゆっくり動いて、やがて体が勝手に動きだすのがどんな感じか」

「ほかの女の人が相手ならうまくいくの？」

「ほかの女性を相手にこれほど苦労したことはないよ」彼はわたしの首筋にキスしながら言った。

その場を去ることもできたし、顔をひっぱたいてやることもできた。彼は平然と受け止めて、わたしをひとりにしてくれただろう。けれども、まだ終わりにしたくはなかった。わたしは誘惑されるのが好きだった。間違った決断をしてしまうかもしれないと思うのが好きだった。

そして、それは間違った決断になるに違いなかった。わたしがベッドから出たとたんに、レックスはわたしを手に入れるために苦労したことを忘れてしまうだろうから。手に入れたことだけを覚えているだろうから。

それに、わたしたちはふつうの結婚をしているわけではなかった。わたしたちの結婚には大金がかかっていた。

わたしは彼がスリップの肩紐を片方おろし、胸元に手を差し入れるのを許した。

「ああ、きみのなかで我を忘れるのはどんな感じだろう」彼は言った。「きみの下になって、ぼくのうえでもだえるきみを見るのはどんな感じだろう」

わたしは危うくしそうになった。スリップを脱ぎ捨て、彼をベッドに押し倒しそうになった。

すると、彼が言った。「さあ、ベイビー、きみもその気だってわかってるだろう?」

その瞬間、レックスがこれまでに何度も同じことをしてきたことが明らかになった。数え切れないほどの女性と。

誰にも自分が平凡だと思わされてはならない。

「出てって」わたしはそれほど冷ややかではない口調で言った。

「でも――」

「〝でも〟はなしよ。もう寝て」

「エヴリン――」

「レックス、あなたは酔っ払ってるわ。あなたがつきあってるたくさんの女の子とわたしをいっしょにしてるみたいだけど、わたしはあなたの妻なのよ」わたしは皮肉たっぷりに言った。

「一度もなしかい？」彼は言った。一瞬でしらふに戻ったように見えた。なかば閉じた目は演技の一部だったかのように。彼に関してはつねに確信が持てなかった。レックス・ノースが相手だと、自分がどういう状況にいるのか正確にはわからなくなった。

「二度と今みたいなことはしないで、レックス。そうなることは絶対にないから」

彼は呆れたように目をうえに向けると、身をかがめてわたしの頬にキスした。「おやすみ、エヴリン」そう言うと、入ってきたときと同じようにするりと部屋から出ていった。

次の日、電話のベルで目が覚めた。ひどい二日酔いで、一瞬、どこにいるのかわからなかった。

「もしもし？」

「さあ起きて、小鳥ちゃん」

「ハリー、どうかしたの？」日差しで目がひりひりした。

「ゆうべきみがフォックスのパーティーから帰ったあと、サム・プールと非常に興味深い会話をしたんだ」

「パラマウントの重役がフォックスのパーティーで何してたの？」

「きみとぼくを探してたんだ」ハリーは言った。「それにレックスも」

「なんのために？」

「パラマウントはきみとレックスと三本の映画の契約を結びたがってると伝えるためだよ」

「なんですって？」

「彼らは映画を三本作りたがってる。プロデューサーはぼくたちで、主役はきみとレックスだ。サムに報酬を決めるよう言われた」

「報酬を決めるですって？」飲みすぎた次の日に起きると、決まって水中にいるような気分になった。視界がぼやけ、音がくぐもって聞こえた。自分が正しく理解していることを確かめなければならなかった。「報酬を決めるというのは、どういう意味なの?」

「一本の映画で百万ドル欲しくないかい？　ドンは『ザ・タイム・ビフォー』でそれだけもらうそうだ。きみも同じだけもらえるようにできる」

ドンと同じ額の報酬をもらいたいだろうか。もちろん、もらいたかった。小切手をもらって、そのコピーをわたしの中指の写真とともに郵便で彼に送りつけてやりたかった。けれども、いちばん望んでいたのは、やりたいことをできる自由だった。

「いいえ」わたしは言った。「だめよ。出る映画を向こうに決められる契約に応じるつもりはないわ。あなたとわたしで、わたしが出る映画を決めるの。そうじゃないとだめよ」

「話を聞いてなかったみたいだな」

「ちゃんと聞いてたわ」わたしはそう言うと、体重を肩にかけて、受話器を持つ手を替えた。心のなかで思った。〝今日は泳ぎたいわ。プールの水を温めるようルイサに言わないと〟

「映画は選べる」ハリーは言った。「これはいわば盲目的な取引だ。きみとレックスが気に入った映画なら、パラマウントはどんなものでも買うつもりだ。報酬も好きなだけもらえる」

「それもこれも全部『アンナ・カレーニナ』のおかげなの？」

「ぼくたちはきみの名前で人々を映画館に呼べることを証明したんだ。それにぼくの見方が正しいなら、サム・プールはアリ・サリヴァンに、目に物見せてやろうとしてるんだと思う。アリ・サリヴァンが放り出したものを手に入れて、金に変えようとしてるんだよ」

「つまり、わたしは駒というわけね」

「誰もが駒だよ。これまでそうしてこなかったのに、今になって物事を個人的に受け取るんじゃない」

「どんな映画でもいいの？」

「どんな映画でもいい」

「レックスにはもう話した？」

「ぼくが何かひとつでもきみに相談するより先にあの卑劣な男に相談すると、本気で思ってるのか？」

「あら、彼は卑劣じゃないわ」

「彼に振られたあとのジョイ・ネイサンから話を聞いてたら、そうは思わないはずだ」

「ハリー、彼はわたしの夫なのよ」

「エヴリン、いや、そうじゃない」

「なんでもいいから彼の好きなところを見つけられない？」

「いや、彼には好きなところがたくさんあるよ。これまでたくさん稼がせてくれたところも、これからたくさん稼がせてくれそうなところも大好きだ」

「とにかく、わたしにはずっとよくしてくれてる」わたしがノーと言ったら、彼は部屋を出ていってくれた。すべての男がそうしてくれるわけではない。すべての男がそうしてくれたわけではなかった。

「それはきみたちの望むものが同じだからだ。望むものが同じでも、相手の本性がわかるわけではないと、ほかの誰よりもきみがわかってるはずだ。犬と猫がねずみを殺したいから仲良くしてるようなものだ」

「でも、わたしは彼が好きだし、あなたにも好きになってもらいたいわ。この契約を結んだら、レックスとわたしは最初に思ってたよりかなり長く結婚生活を続けなきゃならなくなるもの。つまり、彼はわたしの家族になる。そして、あなたもわたしの家族だわ。だから、あなたと彼も家族というわけ」

「家族を好きじゃない人間はたくさんいる」

「もうそれぐらいにして」わたしは言った。

「レックスにも話して契約を結ぼう。それでいいね？　きみたちのエージェントにも来てもらって契約の内容を検討させる。最高の条件を要求するんだ」

「わかったわ」わたしは言った。

「エヴリン？」ハリーが電話の切り際に言った。

「なに？」

「何が起こってるのかわかってるだろう？」

「えっ？」

「きみはハリウッドでいちばん高い収入を得る女優になろうとしてるんだ」

33

それから二年半、レックスとわたしは結婚したままでいた。丘のうえの豪邸に住み、パラマウントで映画を作って出演した。

そのころにはわたしたちのために働いてくれる人も増え、ひとつのチームができていた。エージェントふたりに、広報係に、弁護士に、それぞれのマネージャー。そして、現場アシスタントふたりに、ルイサを始めとする家での使用人たち。

わたしたちは、毎朝、別々のベッドで目を覚まし、家の反対側で支度をすませると、同じ車に乗って撮影場所に向かい、手をつないで現場に入った。一日じゅう働いて、同じ車で家に帰り、そこで別れて、それぞれ思いのままに夜を過ごした。

わたしはハリーや親しくなった何人かのパラマウントのスターたちと過ごすことが多かった。秘密を守ってくれると信頼できる相手とデートすることもあった。

レックスと結婚していたあいだ、わたしはまた会いたいと強く思える相手と出会わなかった。男と寝たことはあった。映画スターと寝たことも何度かあったし、ロックシンガーと寝たことも一度あった。妻帯者――映画スターと寝たことをいちばん秘密にしたがる人々――が相手のことも数回あった。けれども、どれもなんの意味もないことだった。

レックスも意味のない情事を持っているのだろうと思った。そして、ほとんどの場合は、実際にそうだった。けれども、突然、そうではなくなった。

ある土曜日、キッチンでルイサにトーストを焼いてもらっていると、彼が入ってきた。わたしはコーヒーを飲みながら煙草を吸い、ハリーがテニスをしに迎えにくるのを待っていた。

レックスは冷蔵庫に足を運んで、オレンジジュースをグラスに注ぐと、テーブルにつくわたしの横に座った。

ルイサがトーストをわたしのまえに置き、テーブルの真ん中にバター入れを置いた。

「何かお作りしましょうか、旦那さま?」彼女が尋ねた。

レックスは首を横に振った。「いや、けっこうだ、ルイサ」

その場にいる者なら誰でも気づく空気が流れた。ルイサは出ていかなければならない。何かが起ころうとしていた。

「洗濯機をまわさないと」彼女はそう言って、そっと出ていった。

「好きな人ができたんだ」ようやくふたりきりになると、レックスが言った。

おそらく彼がいちばん言いそうにないとわたしが思っていた言葉だった。

「好きな人？」わたしは訊き返した。

驚いているわたしを見て、彼は笑った。「ありえないよな。でも、信じてくれ。本当なんだ」

「誰なの？」

「ジョイだ」

「ジョイ・ネイサン？」

「ああ。ここ何年もくっついたり別れたりしてたんだ。わかるだろう？」

「ええ、わかるわ。でも、最後に聞いたところでは、あなたが振ったってことだったけど」

「ああ、きみにとっては何も驚くことじゃないよな。ぼくは、以前は少しばかり……いわば冷酷な男だったたって」

「たしかに、そう言えるわね」

レックスはまた笑った。「でも、毎朝ベッドで起きたときに隣に女性がいるのもいいものかもしれないと思えてきたんだ」

「斬新ね」

「それでどんな女性に隣にいてもらいたいか考えたら、ジョイのことが頭に浮かんだ。だから、またつきあうことにした。あくまで目立たないようにしてだよ。すると、その、彼女のことばかり考えてる自分に気づいたんだ。ずっと彼女のそばにいたいと思ってる自分にね」

「レックス、素晴らしいことだわ」わたしは言った。

「そう思ってくれることを願ってた」

「じゃあ、どうすればいい？」わたしは尋ねた。

「そうだな」彼は深く息をして言った。「ジョイとぼくは結婚したいと思ってる」

「わかったわ」わたしは言った。すでに頭のなかはフル回転して、離婚を発表する完璧なタイミングを計っていた。わたしたちの映画はすでに二本公開されていた。一本はそこそこヒットとして、もう一本は大ヒットした。三本目の映画『カロライナ・サンセット』は、あと数カ月で公開されることになっていた。子どもを亡くした悲しみを癒そうとしてノースカロライナの小さな町にある農場に移り住み、結局、その町の人間と浮気する若い夫婦を描いた映画だった。

レックスはそれほど力を入れていなかったが、わたしはその映画で大きな成果を得られるかもしれないと思っていた。「『カロライナ・サンセット』の撮影で、ほかの相手とキスするところを見なきゃならないことにストレスを受けて、関係が壊れてしまったと言えばいい。悪く思われるでしょうけど、そこまで悪くは思われないわ。傲慢な人間が報いを受ける話が、みんな大好きだもの。わたしたちは自分が手にしてるものを当然だと思ってた。そして今その代償を払ってるというわけ。あなたにはしばらく待ってもらう。あなたに幸せになってもらいたいから、わたしがジョイを紹介したということにしましょう」

「見事だよ、エヴリン、本当に」レックスは言った。「でもジョイは妊娠してるんだ。赤ん坊が生まれるんだよ」

わたしはがっかりして目を閉じた。「わかったわ」と言った。「わかったから、少し考えさせて」

「少しまえから、ふたりでいても幸せじゃなくなってたと言うのはどうかな？　ずっと家庭内別居状態だったって」

「それは、ふたりのあいだに化学反応が起きなくなったと言ってるようなものよ。そうなったら、誰が『カロライナ・サンセット』を観にきてくれる？」

まさにハリーに警告されていたことが起こった。レックスは『カロライナ・サンセット』のことをわたしほど大切には思っていなかった。自分が演じているのは特別な役ではないとわかっていたのだ。それに、たとえそうではなかったとしても、新たに見つけた愛や生まれてくる赤ん坊のことで頭がいっぱいになっていた。

彼は窓の外に目をやってから、わたしに向き直った。「わかったよ」と言った。「きみの言うとおりだ。ふたりで始めたことなんだから、ふたりで終わらせよう。どうすればいいと思う？　ジョイには赤ん坊が生まれるまでには結婚できると言ってあるんだが」

レックス・ノースは昔から思いのほか頼りになる男だった。

「それはそうよね」わたしは言った。「当然だわ」

玄関チャイムが鳴り、少しするとハリーがキッチンに入ってきた。

わたしはいいことを思いついた。

完璧だとは言えなかったが。

まあでも完璧なアイデアなどほとんどない。

「ふたりとも浮気してることにしましょう」と言った。

「なんだって？」レックスが訊き返した。

だった。

「おはよう」ハリーが言った。会話の大部分を聞き逃したことに気づいているよう

「ふたりとも浮気する映画を撮ってるうちに、それぞれ浮気を始めたことにするの。あなたはジョイと、わたしはハリーと」

「は？」ハリーが言った。

「みんな、わたしたちがいっしょに仕事してることを知ってるわ」わたしはハリーに言った。「わたしたちがいっしょにいるところを見てる。わたしの写真の多くにあなたが写ってるわ。みんな信じるわよ」今度はレックスのほうを向いた。「このことが広まったらすぐに離婚しましょう。わたしを裏切ってジョイと浮気したあなたが責められるのは、明らかな理由から避けられないけど、結局みんな、これは被害者なき犯罪なんだと気づくわ。わたしも同じことをあなたにしてたんだから」

「それほどひどい考えでもなさそうだな」レックスは言った。

「まあ、ふたりとも悪者になるけど」わたしは言った。

「そうだな」とレックス。

「でも、間違いなくチケットは売れる」ハリーが言った。

レックスはにっこり笑うと、わたしの目をまっすぐに見て、手を差し出し、わたし

と握手した。

「誰も信じないよ」そのあとテニスクラブに向かう車のなかでハリーが言った。「少なくとも、この街の人間は」

「どういう意味？」

「きみとぼくのことだよ。そんな話は、はなから信じない人間がたくさんいるはずだ」

「それは……」

「ぼくのことを知ってるからだよ。じつは、まえに同じようなことを考えたことがある。いつかは妻を持とうって。母は喜ぶだろう。今もイリノイ州のシャンペーンで、息子はいついい相手を見つけて家族を作るんだろうとやきもきしてるんだから。ぼく自身も家族ができるのは大歓迎だ。でも、かなりたくさんの人に見抜かれるに違いない」彼は運転しながら、ちらりとわたしを見た。「きみたちの離婚の真相も、かなりたくさんの人に見抜かれるんじゃないかな」

わたしは窓の外に目をやり、風になびく椰子の木を眺めた。

「信じるしかないようにすればいいのよ」と言った。

ハリーの好きなところは、けっしてわたしに遅れをとらないことだった。

「写真を撮らせるんだね」彼は言った。「ぼくたちふたりの」

「ええ。スナップ写真を。何かしてるところを撮られたように見せるの」

「ほかに相手を見つけるほうが簡単なんじゃないか？」彼は言った。

「ほかの誰かとそんなふうになりたくないの」わたしは言った。「幸せなふりをするのはもう飽きたわ。少なくともあなたとなら、本当に愛してる相手を愛してるふりができる」

ハリーは少しのあいだ口を閉ざしていたが、やがて言った。「きみに話さなきゃならないことがある」

「そう」

「少しまえから、話さなきゃならないと思ってたことだ」

「そう。話して」

「ぼくはジョン・ブレイヴァーマンとつきあってるんだ」

鼓動が速くなった。「シーリアの夫のジョン・ブレイヴァーマン？」

ハリーはうなずいた。

「いつから？」

「数週間まえからだよ」

「いつ話してくれるつもりだったの？」

「話していいものか迷ってたんだ」

「じゃあ、ふたりの結婚は……」

「見せかけの結婚だよ」ハリーは言った。

「彼女は彼を愛してないの？」わたしは尋ねた。

「ふたりは別々のベッドで寝てる」

「彼女に会ったの？」

ハリーは最初答えなかった。慎重に言葉を選んでいるように見えたが、わたしには完璧な言葉を待つ忍耐力はなかった。

「ハリー、彼女に会ったの？」

「ああ」

「どんなようすだった？」そう尋ねてから、もっといい質問を思いついた。もっと知りたいことを。「わたしの話をしてた？」

シーリアなしで生きるのは楽ではないとわかったとき、彼女は別の世界の住人だと思うほうが楽になると気づいた。けれども、彼女が同じ世界に存在しているとわかった瞬間、抑えていたものが湧き起こってきた。

「してなかった」ハリーは言った。「でも、それは知りたくなかったからじゃなくて、訊きたくなかったからだと思う」

「でも、彼女は彼を愛してないのね？」

ハリーはうなずいた。「ああ、愛してない」

わたしはまた窓の外に目を向け、シーリアの家まで車で送ってくれるようハリーに頼んでいるところを想像した。戸口まで駆けていって、彼女のまえにひざまずき、本当のことを告げるところを。シーリアのいない人生は孤独で虚ろで、なんの意味もないと言うところを。

そうするかわりに、わたしは言った。「写真はいつ撮らせる？」

「なんだって？」

「あなたとわたしの写真よ。どこで浮気してるところを撮られたように見せればいいかしら？」

「明日の夜にしよう」ハリーは言った。「駐車中の車のなかがいい。丘のうえにすれば、カメラマンは見つけやすいが、写真は隠し撮りされたように見えるだろう。リッチ・ライスに電話するよ。彼はお金を必要としてる」

わたしは首を横に振った。「出どころはわたしたち以外にしないと。今回はこちらからゴシップを提供するんじゃなくて、流出したようにするの。誰かほかに電話してくれる人が必要だわ。わたしが撮られるのを望んでると、記者たちが信じる人が」

「誰がいいかな」

ある人物の顔が浮かんだ瞬間、わたしは首を横に振った。やらなければならないとわかっていたが、すでにやりたくなくなっていた。

わたしは書斎に座り、電話機をまえにしていた。ドアが閉まっているのを確かめてから、彼女に電話をかけた。

「ルビー、エヴリンよ。お願いしたいことがあるの」彼女が電話に出るやいなや言った。

「なんでも言って」ルビーはすかさず応じた。

「カメラマンに情報を流してほしいの。トラウズデール・エステーツに停まってる車のなかで、わたしがいちゃついてるのを見たって」

「はあ？」ルビーは笑いながら言った。「エヴリン、いったい何をたくらんでるの？」

「それは心配しなくていいわ。あなたはわたしが頼んだことだけしてくれればいいの」

「レックスは独身に戻るってこと？」彼女は尋ねた。

「わたしのお下がりはもうたくさんなんじゃないの？」

「ちょっと、ドンのほうから言い寄ってきたのよ」

「そうでしょうね」

「せめて警告してくれればよかったのに」彼女は言った。

「彼がわたしに隠れて何をしてるか、あなたもわかってたでしょ」わたしは言った。

「どうしてあなたが相手なら違うと思ったの？」

「そのことじゃないわ、エヴ」彼女は言った。

その瞬間、彼女も彼に殴られたのだと気づいた。

わたしは気が動転して、一瞬、言葉を失った。

「今は平気なの？」少しして尋ねた。「逃げられた？」

「もうすぐ離婚が成立するわ。わたしは海沿いに引っ越すの。サンタモニカに家を買ったのよ」

「彼が不服を申し立てるんじゃない？」

「実際、そうしてきたわ」ルビーは言った。「でも、無駄よ。彼の最近の映画三本はどれもかろうじて赤字を免れたぐらいだし、大方の予想に反して『ナイト・ハンター』でノミネートもされなかった。彼は今、下り坂なのよ。爪を抜かれた猫みたいに無害な男になりつつあるわ」

わたしは電話のコードをいじりながら、ほんの少しばかり彼に同情したが、彼女に同情する気持ちのほうがはるかに強かった。「どのぐらいひどかったの、ルビー?」

「メイクや長袖で隠せないほどじゃなかったわ」傷ついたと認めるのは自分の弱さを認めることになると思っているような、プライドがにじむ声を聞いて、わたしは胸が痛くなった。彼女を思って、そして以前、同じようにしていた自分を思って。

「近いうちにディナーに来てよ」わたしは彼女に言った。

「やだ、やめておきましょうよ、エヴリン」彼女は言った。「わたしたちには、仲いいふりができないぐらい、いろんなことがあったんだから」

わたしは声をあげて笑った。「たしかに」

「明日、わたしに電話してもらいたい相手がとくにいるの? 情報を受け付けてる相手なら誰でもいい?」

「影響力がある人なら誰でもかまわないわ。わたしを破滅させることでお金を儲けたがってる人なら誰でも」

「あら、みんなそうよ」ルビーは言った。「気を悪くしないで」

「してないわ」

「あなたは成功しすぎたのよ」彼女は言った。「ヒット映画の数々に、ハンサムな夫たち。今では誰もがあなたを撃ち落としたがってる」

「わかってるわ、ルビー。よくわかってる。わたしがそうなったら、次はあなたよ」

「誰かに好かれてるうちは、有名になったとは言えないわ」ルビーは言った。「明日、電話する。あなたがしようとしてることがなんであれ、うまくいくことを祈ってる」

「ありがとう」わたしは言った。「あなたは命の恩人よ」

電話を切りながら思った。〝わたしが彼にされたことを公にしていたら、彼女が同じ目にあうことはなかったかもしれない〟

自分の決断の犠牲者を記録することにたいして興味はなかったが、もしあったとしたら、ルビー・ライリーをリストに加えなければならなかっただろうと思った。

34

わたしは胸の谷間が少しばかり見えすぎているきわどいドレスを身につけ、ハリーの運転する車でヒルクレスト・ロードをのぼった。

彼が車を路肩に停めると、わたしは彼に近づいた。わたしはヌードカラーの口紅をつけていた。赤ではできすぎに見えるからだ。細かいところまで気を配っていたが、完璧に見せたくなかったので、やりすぎないようにした。演出された写真に見えないようにしたかった。うまくいかないのではないかと心配する必要はなかった。写真は雄弁だ。一般に、わたしたちは目で見たものを振り払えない。

「さて、どうすればいい？」ハリーが言った。

「緊張してるの？」わたしは彼に尋ねた。「女性とキスしたことはある？」

ハリーは愚か者でも見るような目でわたしを見た。「もちろん、あるよ」

「寝たことは？」

「一度だけある」

「よかった？」

ハリーは考え込んだ。「それは答えるのが難しい質問だな」

「じゃあ、わたしを男だと思って」わたしは言った。「わたしと寝なきゃならないと思ってみて」

「自分からキスできるよ、エヴリン。手ほどきは必要ない」

「長いあいだしてなきゃならないのよ。彼らが来たときに、しばらくここにいたように見えるように」

ハリーは自分の髪を乱して、襟元を引っ張った。わたしは笑い声をあげて、彼と同じように髪を乱し、ドレスの肩紐を片方おろした。

「おっと」ハリーは言った。「きわどい状況になってきたぞ」

わたしは笑いながら彼を押しやった。背後から車が近づいてくる音がして、車内がヘッドライトに照らされた。

ハリーは慌ててわたしの両腕をつかんでキスしてきた。わたしの唇に唇を強く押しあて、車が横を通り過ぎる瞬間、髪に手を差し入れた。

「今のは近所の人だったたんじゃないかしら」わたしは丘をのぼって遠ざかっていく車

のテールランプを見ながら言った。

ハリーがわたしの手を握った。「すればいい」

「えっ？」

「ぼくたちは結婚すればいいんだ。結婚するふりをするぐらいなら、本当にすればいい。それほどおかしなことじゃないよ。なんといっても、ぼくはきみを愛してるんだから。夫が妻を愛するのとは違うかもしれないけど、十分だと思う」

「ハリー」

「それに……妻を持ちたいと思ってたことについては昨日話しただろう？　ずっとまえから考えてたことだし、もしうまくいけば、人々に信じてもらえたら……いっしょに子どもを育ててもいい。子どもを持ちたくないかい？」

「ええ」わたしは言った。「いつかは持ちたいわ」

「ぼくたちはお互いにとって素晴らしい相手になれる。新鮮味がなくなったからという理由で離婚に至ることもないはずだ。すでにお互いのことをよく知ってるんだから」

「ハリー、本気で言ってるのかどうかわからないわ」

「ぼくは本気だよ。少なくとも、本気だと思う」

「わたしと結婚したいの？」

「ぼくは愛する人といっしょにいたい。伴侶が欲しい。故郷に連れていって家族に紹介できる人が欲しい。これ以上ひとりで暮らしたくない。そして息子か娘が欲しい。きみとなら全部実現できる。ぼくはきみにすべてを与えることはできない。それはわかってる。でも、子どもを育てたいんだ。きみといっしょに育てられたら、これほどうれしいことはない」

「ハリー、わたしは皮肉屋だし、偉そうな態度をとるし、ほとんどの人にふしだらだと思われてるのよ」

「きみは強くて、立ち直るのが早くて、才能に満ちてる。すべてが並外れてる」

　彼は本気で考えていた。

「あなたは？　そしてあなたの……好みについては？　どうするつもりなの？」

「きみとレックスの場合と同じだ。ぼくはしたいようにする。もちろん目立たないように。きみもしたいようにする」

「でも、一生浮気しつづけるのは嫌だわ。わたしは好きな人といたい。わたしを好きでいてくれる人と」

「そうだな、それはぼくにはどうにもできない」ハリーは言った。「そのためには、きみが彼女に電話するしかない」

わたしは下を向いて指の爪を見つめた。

彼女はまたわたしを受け入れてくれるだろうか。

彼女とジョン。わたしとハリー。

うまくいくかもしれない。とてもうまくいくかもしれない。

それに、彼女を手に入れられなかったとしたら、ほかの誰かを手に入れたいだろうか。彼女を手に入れられないのなら、ハリーとの人生しか考えられなかった。

「わかったわ」わたしは言った。「そうしましょう」

背後から別の車が近づいてきて、ハリーがまたわたしの腕をつかんだ。今回は、彼はゆっくり情熱的にキスしてきた。男がカメラを手に車から飛び出してくると、ハリーはほんの一瞬、彼に気づかないふりをして、ドレスの胸元に手を差し入れた。

翌週、新聞に載った写真は下品でスキャンダラスでショッキングなものだった。やましい表情をしたふたりの顔が前面に出ていて、ハリーの手がわたしの胸にあるところがはっきり写っていた。

その次の日、ジョイ・ネイサンの妊娠を告げる見出しが躍った。

わたしたち四人は国じゅうの話題をさらった。

破廉恥(はれんち)で不誠実でみだらな罪人として。

『カロライナ・サンセット』はロングラン上映の最長記録を打ち立てた。レックスとわたしは離婚を祝って、いっしょにダーティー・マティーニを手にした。

「ぼくたちの大成功を収めた同盟に」レックスは言った。わたしたちはグラスを合わせて中身を飲んだ。

35

アパートメントに着いたときには午前三時になっている。エヴリンはコーヒーを四杯飲み、明らかに興奮していて、なおも話しつづけられそうだった。

いつでも帰ることはできたが、どこかでわたしは少しのあいだ自分の人生に戻らなくてもいい口実ができたことを喜んでいたのだと思う。エヴリンの物語を消化することに没頭していれば、自分の人生に存在していなくていいから。

それに、どちらにしても、ルールを定めるのはわたしの役目ではない。わたしは戦いを挑んで勝利した。あとのことは彼女次第だ。

だから、わたしはアパートメントに帰るとベッドにもぐり込み、早く眠ろうとする。眠る直前に考える。まだデイヴィッドのメッセージに返信していない正当な理由ができてよかったと。

携帯電話のベルで目を覚まし、時間を確かめる。午前九時まえだ。今日は土曜日。

もっと寝ているつもりだったのに。

携帯電話に母の笑顔が表示されている。母の住む地域では六時まえだ。「お母さん？　何かあったの？」

「もちろん、何もないわよ」母は言う。まるで正午に電話してきたかのように。「あなたが出かけるまえにつかまえて、少し話がしたかっただけ」

「そっちはまだ六時にもなってないでしょ」わたしは言う。「それに今日は土曜日よ。もう少し寝て、録音したエヴリンの話を書き起こそうかと思ってるの」

「三十分ぐらいまえに小さな地震があって、そのあと眠れなくなっちゃって。エヴリンとはどうなってるの？　エヴリンって呼ぶのはおかしな感じね。まるで知り合いか何かみたい」

わたしはフランキーに昇進を約束させたことを母に話す。特集記事を載せることをエヴリンに承諾させたことも。

「二十四時間のうちに『ヴィヴァン』の編集長とエヴリン・ヒューゴの両方に立ち向かったと言ってるの？　しかも、その両方から望みどおりのものを手に入れたの？」

わたしは母が口にしたことがとても素晴らしいことのように聞こえることに驚き、笑い声をあげる。「ええ」と言う。「そうみたい」

母は甲高い大きな声で笑う。「それでこそわたしの娘よ！」と言う。「うーん、本当に、お父さんが今ここにいたら、きっとにこにこ笑ってたわ。誇らしげに顔を輝かせてたはずよ。あなたはきっと侮れない存在になるって、お父さんは昔から言ってたもの」

わたしは本当だろうかと考える。母に嘘をつかれたことがあるからではなく、想像するのが難しいからだ。わたしが親切な人間になるとか賢い人間になると父が考えていたというならうなずける。だが、わたしは自分のことを侮れない存在だと思ったことは一度もない。たぶん、これからはそう考えるべきなのかもしれない。そうして当然なのかもしれない。

「まあそうかもね。世界はわたしを甘く見ないほうがいい。わたしは自分のものを手に入れようとしてるの」

「そのとおりよ。それがあなたなの」

母に愛していると告げて電話を切る。自分が誇らしく思え、自惚れにも似た気持ちを抱く。

それから一週間もしないうちにエヴリン・ヒューゴが彼女の物語を語り終え、今回のことの真相をわたしが知って、彼女を殺してしまうのではないかと思うほど憎むようになるとは考えもしない。

BRILLIANT,
KINDHEARTED,
TORTURED
HARRY CAMERON

聡明で心優しく、
苦悩に満ちた
ハリー・キャメロン

36

わたしは『カロライナ・サンセット』でアカデミー主演女優賞にノミネートされた。ただひとつ問題だったのは、その年はシーリアもノミネートされていたということだ。

わたしはハリーとレッドカーペットを歩いた。わたしたちは婚約していた。彼から贈られたダイヤモンドとエメラルドの指輪が、その晩、着ていたビーズ飾りのついた黒いドレスに映えていた。両脇のスリットが裾から太腿のなかばまで入っているそのドレスを、わたしはとても気に入っていた。

そしてまた、誰もがそのドレスを気に入ってくれた。人々がわたしのキャリアを振り返るときには、どういうわけか決まってそのドレスを着た写真が使われる。だから、オークションに出すドレスに含めた。きっと高い値がつくと思う。

人々がわたしと同じぐらいあのドレスを気に入ってくれているのは、とてもうれしいことだ。オスカーは逃したが、あの晩は人生で最高の夜のひとつになった。

シーリアはショーが始まる直前に現われた。肩紐がなく、襟ぐりにハート型に切り込みが入ったペールブルーのドレスを着ていた。ドレスが髪の色を際立たせていた。ほぼ五年ぶりに彼女を見たとたん、わたしは息をのんでいた。

認めたくはなかったが、シーリアの映画は全部観にいっていた。だから、彼女を見てはいた。

けれども、どんなメディアも、ある人が実際に目のまえにいたらどういう感じなのかということまでは伝えられない。その人が彼女のような人なら間違いなくそうだ。その人が自分を見てくれるだけで、重要人物になったように思える相手なら。

二十八歳の彼女はどこか堂々としていた。成熟していて威厳があった。自分がどういう人間なのか正確にわかっている人間のように見えた。

彼女はまえに進み出てジョン・ブレイヴァーマンの腕を取った。広い肩にぴったりしたタキシードを着たジョンは、いかにもアメリカ的に見えた。ふたりはゴージャスな夫婦だった。偽の夫婦とはいえ。

「エヴ、見つめすぎだ」ハリーがわたしを会場に押し込みながら言った。

「ごめんなさい」わたしは言った。「ありがとう」

自分たちの席に着くと、わたしたちはまわりに座る人々に微笑みかけ、手を振った。何列かうしろにいたジョイとレックスにも、わたしは礼儀正しく手を振った。わたしがふたりに駆け寄って抱きしめたら、見ている人々は混乱するかもしれないとわかっていた。

腰をおろすと、ハリーが言った。「もしきみが受賞したら、彼女に話しかける？」

わたしは笑い声をあげた。「そして、いい気味だと笑ってやるかって？」

「いや、でもきみは優位に立つことになるんだぞ。そうなりたがってるみたいだから」

「彼女はわたしのもとを去ったのよ」

「きみがほかの人と寝たからだ」

「彼女のためにね」

ハリーは顔をしかめた。わたしは肝心なことがわかっていないというように。

「わかったわ。わたしが受賞したら、彼女に話しかける」

「ありがとう」

「どうしてあなたがお礼を言うの？」

「ぼくはきみに幸せになってほしいし、きみが自分のためになることをしたらご褒美(ほうび)

をあげるべきだと思うから」

「でも、彼女が受賞したら、わたしは彼女とひと言も話さないわよ」

「彼女が受賞したら、か」ハリーは微妙な口調で言った。「それは、ありそうもないけど、そうなったら彼女のほうからきみに話しかけてくるだろうね。ぼくはきみを押さえつけて、無理にでも受け答えさせる」

わたしはまっすぐ彼を見られなかった。少しむきになっていた。

「そもそも考えるまでもないわ」と言った。「ルビーが受賞するって、誰もがわかってるのよ。去年『デンジャラス・フライト』で受賞できなかったことで、気の毒に思われてるから」

「そうはならないかもしれないよ」ハリーは言った。

「はい、はい」わたしは言った。「まったく世間知らずなんだから。わたしがブルックリンにある橋を売ってあげるって言っても信じるんじゃない？」

とはいうものの、照明が落とされ、ホストが登場したとき、自分が受賞する見込みはほとんどないとは思っていなかった。アカデミーはついにわたしにオスカーをくれるのでないかと妄想を抱いてたのだ。

主演女優賞にノミネートされている女優の名前が呼ばれると、わたしはシーリアの姿を探した。わたしが彼女を見つけた瞬間、彼女もわたしを見た。ふたりの視線が絡み合った。するとプレゼンターが〝エヴリン〟でも〝シーリア〟でもなく「ルビー」と言った。

がっかりして心が痛み、重く感じた。チャンスがあると信じていた自分に腹が立った。そして、シーリアは大丈夫だろうかと思った。

ハリーがわたしの手を握りしめた。わたしはジョンもシーリアの手を握りしめてくれていればいいがと思った。そしてトイレに行くと言って、席を立った。

トイレに入ると、ボニー・レイクランドが手を洗っていた。彼女はわたしに微笑みかけて出ていった。ひとりになったわたしは個室に入ってドアを閉め、便器に座って泣いた。

「エヴリン？」

ある声を何年も恋しく思っていると、ついにその声がしたときにすぐに気づくものだ。

「シーリアなの？」わたしはそう言うと、ドアに背中をつけて、涙を拭いた。

「あなたがトイレに入っていくのが見えたから」彼女は言った。「もしかしたら……動揺してるんじゃないかと思って」

「ルビーのために喜ぼうとしてるんだけど」わたしはトイレットペーパーで念入りに涙を拭いながら、少し笑って言った。「そんなのは、わたしらしくないみたい」

「わたしらしくもないわ」彼女は言った。

ドアを開けると、シーリアがいた。ペールブルーのドレスに身を包んだ赤毛の彼女が。小柄な体がその場を埋め尽くしていた。彼女がわたしを見たとき、まだわたしを愛していることがわかった。瞳孔が大きくなってから、優しい表情を浮かべるようすで。

「相変わらずゴージャスね」彼女はそう言うと、両肘をうしろについて洗面台に寄りかかった。昔からシーリアに見つめられるとくらくらした。虎のまえに置かれたレアステーキにでもなったように感じた。

「あなたもそう悪くない」わたしは言った。

「こうしていっしょにいるところを見られないほうがいいわね」シーリアは言った。

「どうして？」わたしは尋ねた。

「会場にいる多くの人が、わたしたちがかつてどんな関係だったか知ってるでしょうから」彼女は言った。「またそうなったと思われるのは嫌でしょう？」

わたしは試されていた。

わたしにはそれがわかっていたし、彼女もわかっていた。

わたしが正しく答えれば、どう思われようが関係ない、彼らが見ているまえでステージの真ん中で彼女と愛を交わしたいと言えば、彼女を取り戻せるかもしれなかった。

一瞬、そうしようかと思った。明日、目覚めてすぐ、煙草とコーヒーのにおいがする彼女の息を嗅いでいる自分に思いを馳(は)せた。

けれども、わたしはわたしのせいばかりではなかったと彼女に認めさせたかった。わたしたちの仲が終わった原因は彼女にもあると。「あなたのほうこそ、見られるのが嫌なんじゃない？　売女といっしょにいるところを。たしかあなたは、この言葉を使ってたわよね？」

シーリアは笑い声をあげ、床に目を向けてから、またわたしを見た。「なんて言ってほしいの？　わたしが悪かったとでも？　ええ、悪かったわ。あなたがわたしを傷つけたみたいに、わたしもあなたを傷つけたかった」

「でも、わたしはあなたを傷つけるつもりはなかったのよ」わたしは言った。「あなたを傷つけようとして何かしたことは一度だってないわ」

「あなたはわたしを愛してることを恥ずかしく思ってた」

「そんなこと絶対にないわ」わたしは言った。「でたらめもいいところよ」

「でも、間違いなく必死に隠そうとしてたわ」

「わたしたちふたりを守るためにしなきゃならないことをしただけよ」

「それは議論の余地があるわね」

「じゃあ、議論しましょうよ」わたしは言った。「また逃げるんじゃなくて」

「わたしは遠くに逃げたわけじゃないわ、エヴリン。その気になればつかまえられたはずよ」

「わたしは人に振りまわされるのは好きじゃないの、シーリア。最初にミルクセーキを飲みにいったときに、そう言ったはずよ」

　彼女は肩をすくめた。「みんなを振りまわしてるのに」

「わたしは偽善者ではないと言ったことはないわ」

「どうすればそんなふうになれるの？」シーリアは言った。

「そんなふうって？」

「ほかの人にはとても大事なことについて無頓着になれるの？」

「ほかの人はわたしにとってなんの関係もないからよ」

　シーリアはわたしの言葉をいくぶん穏やかに嘲笑うと、下を向いて自分の手を見つめた。

「あなたを除いて」わたしは言った。

その言葉は、顔を上げてわたしを見る彼女の姿で報いられた。

「わたしはあなたを大切に思ってる」わたしは言った。

「あなたはわたしを大切に思ってた」

わたしは首を横に振った。「いいえ、言い間違えたわけじゃないわ」

「レックス・ノースとさっさと先に進んだじゃない」

わたしは顔をしかめて彼女を見た。「シーリア、あなたにはよくわかってるはずよ」

「じゃあ、見せかけの関係だったのね」

「初めから終わりまで」

「ほかの誰かとつきあってたの？　ほかに男はいなかったの？」彼女は尋ねた。彼女は以前から男に嫉妬していた。男性にはかなわないのではないかと思っていたのだ。わたしは女に嫉妬した。わたしより素晴らしい女性がいるのではないかと思っていた。

「それなりに楽しくやってた」わたしは言った。「あなたもそうでしょうけど」

「ジョンとは――」

「ジョンのことを言ってるんじゃない。でも、あなたが貞淑にしてたはずはないから」わたしはそれを知ったら自分が傷つくことになるかもしれない情報を引き出そうとしていた。人間という存在の欠点だ。

「そうね」彼女は言った。「あなたの言うとおりよ」

「相手は男？」わたしは尋ねた。そうであることを祈りながら。もし相手が男なら、彼女にとってはなんの意味もないことだとわかっていた。

彼女は首を横に振った。わたしの心はさらに少し傷ついた。傷口が左右に引っ張られて広がり、深くなるように。

「わたしの知ってる人？」

「有名な人はひとりもいないわ」彼女は言った。「わたしにとって意味のある人はひとりもいなかった。彼女たちにふれながら、あなたにふれたらどんな感じだろうって考えてた」

そう聞いて胸が痛むとともに、いっぱいになった。

「わたしから去るべきじゃなかったわ、シーリア」

「そうさせるべきじゃなかったのよ」

その瞬間、戦う気持ちはなくなった。心が口を借りて本当のことを叫んだ。「わかってる。そんなことわかってるわ。わかってる」

物事が起こる速度が速すぎて、起ころうとしていることにいつ気づいたのかもわからないときがある。彼女が洗面台から離れて身を寄せてきたと思ったら、次の瞬間には顔を両手で挟まれ、体を押しつけられて、唇に唇を押しあてられていた。ムスクの香りがするなめらかな濃い口紅の味と、スパイスが香るラム酒の刺激的な味がした。

わたしは我を忘れて彼女に夢中になった。ふたたび感じる彼女の感触と、彼女からそうされていることをうれしく思う気持ちと、愛されているとわかった喜びに。

するとドアが大きく開かれ、ふたりのプロデューサーの妻たちが入ってきた。わたしたちは素早く離れた。シーリアはそのまえから手を洗っていたふりをし、わたしは鏡のまえに足を運んでメイクを直した。ふたりは話に夢中になっていて、わたしたちにはたいして注意を払わなかった。

ふたりがそれぞれ個室に入ると、わたしはシーリアを見た。彼女もわたしを見返してきた。わたしは彼女が蛇口を閉めてタオルを取るのを見守った。トイレから出ていってしまうのではないかと心配になったが、彼女はそうしなかった。

妻のひとりが出ていき、やがてもうひとりも出ていった。わたしたちはついにまたふたりきりになった。耳を澄ますと、ショーがＣＭ休憩を挟んでふたたび始まったのがわかった。

わたしはシーリアの腕をつかんで、彼女にキスし、その体をドアに押しつけた。まだ十分に彼女を味わっていなかった。彼女が欲しかった。わたしにとって、彼女はドラッグも同然だった。

わたしは危険も顧みずに彼女のドレスをたくしあげ、手を太腿のうえにすべらせた。彼女をドアに押しつけながら、彼女にキスし、彼女が好きな方法で彼女にふれた。

彼女は小さくうめいて、手で口をおおった。わたしは彼女の首筋にキスした。わたしたちはきつく体を絡め、ドアに寄りかかって身を震わせた。

いつ見られてもおかしくなかった。その七分間に会場内の女性がひとりでも婦人用トイレに行こうと決めていたら、わたしたちは苦労して手にしたものをすべて失っていただろう。

そうしてシーリアとわたしはお互いを許した。

そして、お互いに相手がいなければ生きていけないとわかった。

お互いが何を危険にさらしてもいいと思っているかわかったから。ただ、いっしょにいるためだけに。

フォトモーメント
一九六七年八月十四日

エヴリン・ヒューゴ、プロデューサーのハリー・キャメロンと結婚

五度目の正直? 先週土曜日、エヴリン・ヒューゴがカプリ島のビーチで式を挙げ、プロデューサーのハリー・キャメロンと結婚した。

エヴリンはオフホワイトのシルクのドレスを着て、ブロンドのロングヘアを真ん中分けにしておろし、ハリウッドの洒落者(しゃれ)として知られるハリーはクリーム色のリネンのスーツを身につけていた。

〝アメリカの恋人〟シーリア・セントジェームズが花嫁付き添い人として参列し、彼女の素晴らしい夫ジョン・ブレイヴァーマンが花婿付き添い人を務めた。

ハリーとエヴリンは、エヴリンが『父と娘』や『若草物語』などのヒット作で世に

知られるようになった一九五〇年代から、ともに仕事をしてきた。ふたりは昨年の後半、まだエヴリンがレックス・ノースと結婚していたときに現場を押さえられ、浮気していることを認めた。レックスは今はジョイ・ネイサンと結婚し、彼女とのあいだに生まれた愛娘ヴァイオレット・ノースの立派な父親だ。

エヴリンとハリーがようやく正式な夫婦になる決断をしたことをうれしく思う！　あのようにショッキングな始まり方をし、婚約期間も長かったことを考えると、こうとしか言えない。やっとそうなったか！

37

結婚式のあいだじゅうシーリアは酔っ払っていた。すべてが見せかけだとわかっていても、嫉妬しないようにするのに苦労していた。彼女自身の夫はハリーの隣に立っていた。そして、わたしたちはみな、自分たちのことがわかっていた。寝ているふたりの女とそれぞれ結婚している寝ているふたりの男。わたしたち四人はお互いにホモセクシュアルであることを隠すための偽の夫であり妻だった。

そして「誓います」と言ったとき、わたしはこう考えていた。〝これからすべてが始まるんだわ。本当の人生、わたしたちの人生が。わたしたちはついに家族になるのよ〟

ハリーとジョンは愛し合っていた。シーリアとわたしは天にも昇る心地だった。

イタリアから帰ると、わたしはビバリーヒルズの邸宅を売り、ハリーもそうした。ふたりでマンハッタンのアッパーイーストサイドにあるこのアパートメントを買った。

通りを少し行った先にはシーリアとジョンが住んでいた。

引っ越すことに同意するまえ、父がまだ生きているのかどうかハリーに調べてもらった。父と同じ街に住んで、いつばったり会うともわからない状況に耐えられるかどうかわからなかった。

けれども、ハリーのアシスタントが調査した結果、父は一九五九年に心臓発作で亡くなっていることがわかった。わずかな財産は、誰も相続権を主張しなかったので州のものになっていた。

父が亡くなっていると聞いて、まずこう思った。〝だから一度もわたしのところにお金の無心にこなかったのね〟そして、二番目にこう思った。〝お父さんはお金しか必要としてなかったと確信してるなんて、なんて悲しいことだろう〟

わたしはそのことを頭から追いやって、アパートメントの購入に必要な書類に署名し、ハリーと契約の成立を祝った。どこでも好きなところに住めたが、マンハッタンのアッパーイーストサイドに引っ越したかった。ルイサもいっしょに来てくれるよう説得した。

このアパートメントはヘルズキッチンから歩けない距離ではないかもしれないが、わたし自身はヘルズキッチンにいたころのわたしからかけ離れた存在になっていた。

世界的に有名で、結婚していて、愛する人がいて、ときにはうんざりさせられるほどお金を持っていた。

引っ越してきて一カ月後、シーリアとタクシーでヘルズキッチンに行き、街を歩いた。わたしが街を出たときから、かなり変わったように見えた。わたしは昔住んでいた建物のまえにシーリアを連れていき、住んでいた部屋の窓を指差した。

「あそこよ」わたしは言った。「五階の部屋」

シーリアは、わたしがそこに住んでいたときに経験したすべてのことや、そのあと自分のためにしてきたすべてのことへの同情を込めて、わたしを見た。そして、迷いのない手つきで、そっとわたしの手を握った。

わたしは苛立ちを覚えた。人前でふれあっていいものかわからなかったし、人々がどう反応するか怖かった。けれども、通りを行き交う人々はみな、人のことにはかまわずに歩きつづけていて、歩道で手を握り合っているふたりの有名な女性にはまったく気がついていないか、興味がないようだった。

シーリアとわたしはこのアパートメントで夜を過ごし、ハリーはジョンとシーリアのアパートメントで彼と夜を過ごした。四人でディナーにも出かけた。わたしたちのなかにはヘテロセクシュアルはいなかったが、二組のヘテロセクシュアルの夫婦に見えた。

タブロイド紙はわたしたちを〝アメリカの人気ダブルデート夫婦〟と呼んだ。わたしたち四人はスワッピングをしていると噂されもした。スワッピングは当時はそれほど常軌を逸していると思われていなかった。考えさせられはしないだろうか。人々はわたしたちが配偶者を交換していると信じたがっていたが、わたしたちが一夫一妻制のクィアだと知ったら憤慨していたはずなのだ。

ストーンウォールの暴動（一九六九年六月二十八日の未明に起きた暴動。同性愛者が警察の不当な捜査に対抗し、アメリカのゲイ解放運動の象徴となった）から一夜明けた朝のことはけっして忘れないだろう。ハリーは夢中になってニュースを見ていた。ジョンはダウンタウンに住む友人たちと一日じゅう電話で話していた。

シーリアは胸を高鳴らせてリビングを行ったり来たりしていた。その夜を機にすべてが変わると信じていたのだ。ゲイの人々が名乗りをあげ、誇りを持って自分は何者であるか認めて、勇敢にも立ちあがったのだから、世間の目も変わると信じていた。

屋上のパティオに座って南のほうを眺め、シーリアやハリーやジョンやわたしのような人々はほかにもいるのだと気づいたときのことを覚えている。今そう言うと、ばかげているように聞こえるが、わたしはあまりにも……自己中心的で、まわりのことが見えていなかったので、自分のことを考えるように世間の人々のことを考えたことはほとんどなかった。

国が変わりつつあることに気づいていなかったというわけではない。ハリーとわたしはロバート・ケネディの選挙活動を応援したし、シーリアはベトナム戦争に反対する人々とともに『エフェクト』誌の表紙を飾った。ジョンは公民権運動を声高に支持していたし、わたしはキング牧師の活動を公に支持していた。けれども、今回のことはそれらとは違った。

わたしたちのような人々のことだった。

そして、彼らが彼ら自身でいるために警察に抵抗している一方で、わたしは自分で作りあげた金の檻のなかで座っていた。

最初の暴動から一夜明けた日の午後、わたしはハイウエストのジーンズに黒いノースリーブのトップスという格好でパティオに出て、日差しを浴びて座り、ギブソンを飲んでいた。そして、わたしが思い描くことさえできずにいた夢のために、彼らが喜んで戦っていることに気づいて、泣きはじめた。恐れることも、恥じることもなく、わたしたちが自分自身でいられる世界。彼らはわたしより勇敢で希望に満ちていた。そうとしか言えなかった。

「今夜も暴動が計画されてる」ジョンがパティオに出てきて言った。彼は人を怖気づかせるような容姿をしていた。短いクルーカットで、背は百八十センチを超え、体重も百キロ以上ある。間違っても、からかってはいけない男に見えた。けれども、彼をよく知る人間や、そのなかでもわたしたちのように彼を愛している人間は、彼はとてもからかいがいのある男だとわかっていた。

彼はフットボール場では戦士だったかもしれないが、わたしたち四人のなかでいちばん優しかった。ゆうべはよく眠れたかと訊いてくれ、三週間まえに言った小さなことを覚えてくれている人だった。そして、シーリアとハリーとその延長線上にいるわたしを守ることが自分の役目だと考えていた。ジョンとわたしは同じ人たちを愛していたので、自然とお互いのことも愛するようになった。それに、ふたりともジンラミーをするのが大好きだった。どれだけの夜、遅くまで起きていてジョンと手札の点数を減らすことを競ったかわからない。わたしたちの実力は拮抗していて、得意満面な勝者と悔しがる敗者に、かわるがわるなっていた。

「わたしたちも加わるべきよ」シーリアがわたしたちのもとに来て言った。ジョンは隅の椅子に座り、シーリアはわたしが座る椅子の肘掛けに腰をおろした。「彼らを支持するべきよ。いっしょに戦わなきゃ」

ハリーがキッチンからジョンの名前を呼ぶのが聞こえた。「ここにいるわ！」とわたしが叫ぶのと同時に、ジョンが言った。「パティオにいる」

すぐにハリーが戸口に現われた。

「ハリー、わたしたちも加わるべきだと思わない？」シーリアはそう言うと、煙草に火をつけて吸い、わたしに渡してよこした。

わたしはすでに首を横に振っていた。ジョンがはっきり「だめだ」と告げた。

「だめというのはどういう意味？」シーリアは言った。

「きみは加われない」ジョンは言った。「無理だ。ぼくたちはみんな加われない」

「もちろん加われるわ」彼女はそう言うと、支持を求めてわたしを見た。

「ごめんなさい」わたしは彼女に煙草を返しながら言った。「わたしもジョンに賛成よ」

「ハリーは？」シーリアは最後の訴えが聞き入れられることを願って言った。

ハリーは首を横に振った。「ぼくたちが加わったら、人々の注意を彼らの目的からぼくたちに移すことになる。ホモセクシュアルの権利ではなく、ぼくたちはホモセクシュアルなのかということばかりが話題になってしまう」

シーリアは煙草を口に持っていって吸い込むと、不機嫌な顔をして煙を吐いた。

「じゃあ、どうするの？　ここに座って、何もしないでいることはできないわ。みんながわたしたちのために戦ってくれてるのを、黙って見てるわけにはいかない」

「彼らにはなくてぼくたちにはあるものを与えればいい」ハリーは言った。

「お金ね」わたしは彼の考えを追って言った。

ジョンがうなずいた。「ピーターに電話するよ。彼ならどうすれば資金を提供できるかわかるはずだ。誰が必要としてるかも」

「初めからそうするべきだった」ハリーが言った。「せめて今から始めよう。今夜、何が起こるにしろ、この戦いの行方がどうなるにしろ、ぼくたちの役目は資金を提供することだと今ここで決めよう」

「賛成よ」わたしは言った。

「ああ」ジョンがうなずいた。「もちろんだ」

「わかったわ」シーリアが言った。「それがわたしたちにできる最善のことだと、あなたが確信してるなら」

「そうだよ」ハリーは言った。「確信してる」

その日から、わたしたちは個人的に資金を提供しはじめ、わたしは今でも続けている。

大きな目的を達成するために、人はさまざまな方法で貢献できると思う。わたしの方法は大金を稼いで必要としているグループに提供することだと、つねに感じていた。いささか利己的な論理だとわかっているが、わたしがわたしであり、犠牲を払って自分の一部を隠してきたおかげで、ほとんどの人が生涯で目にする額以上の額を提供できた。そのことを誇りに思っている。

とはいえ、わたしが葛藤(かっとう)していなかったというわけではない。そしてもちろん、多くの場合、そうした相反する感情は政治的なものより個人的なものだった。

わたしは隠さなくてはならないとわかっていたが、隠すべきだとは思っていなかった。けれども、何かが本当だと認めることは、それは当然なことだと考えることと同じではない。

シーリアは『我らが男たち』で第一次世界大戦で兵士として従軍した男装の女性を演じ、一九七〇年に二度目のオスカーを受賞した。

わたしはその晩、彼女といっしょにロサンゼルスにいられなかった。『ジェイド・ダイヤモンド』の撮影でマイアミにいたからだ。わたしは酔っ払いと同じアパートメントで暮らす売春婦の役を演じていた。とはいえ、たとえ自由の身だったとしても、彼女と腕を組んでアカデミー賞授賞式に行けないことは、シーリアもわたしもわかっていた。

その晩、授賞式とそれに続くパーティーの数々を終えて帰宅したシーリアから電話があった。

わたしは電話口で叫んだ。彼女のためにうれしくてならなかった。「やったわね」と言った。「二度目の受賞よ。すごいわ！」

「信じられる？」彼女が言った。「二度も受賞できるなんて」

「当然の結果よ。わたしに言わせれば、世界は毎日あなたにオスカーを与えるべきだわ」

「あなたも来られたらよかったのに」彼女はすねたように言った。お酒を飲んでいるのがわかった。わたしが彼女でも、きっと飲んでいただろう。とはいえ、彼女が物事を難しくしなければならないことに苛立ちを覚えた。わたしもその場にいたかった。それがわからないのだろうか。わたしはその場にいられなかったことがわからないのだろうか。それがどれだけつらかったかということも。どうしていつも彼女がどう感じたかがすべてなのだろう。

「わたしも行きたかった」わたしは彼女に言った。「でも、これでよかったのよ。あなたもわかってるでしょ？」

「ええ、そうね。あなたはレズビアンだって知られなくてすんだもの」

わたしはレズビアンと呼ばれるのが嫌いだった。言っておくが、女性を愛することは悪いことだと思っていたからではない。そのことははるか昔に受け入れた。けれどもシーリアは物事を白と黒とでしか見なかった。彼女は女性しか好きにならなかった。そしてわたしは彼女が好きだった。だから、彼女はしばしばわたしの残りの部分を否定した。

彼女はわたしがかつてドン・アドラーを心から愛していたという事実を無視したがった。わたしが男と寝たことがあり、それを楽しんでいたという事実を無視したがった。そのことが脅威になるとわかる瞬間まで無視したがった。それが彼女のパターンだった。彼女がわたしを愛しているときはわたしはレズビアンで、嫌っているときはストレートの女だった。

バイセクシュアルという概念が人々の口にのぼりはじめていたが、当時、その言葉が自分を指していると理解していたかどうかは定かではない。すでにわかっていることについてレッテルをつけることには興味がなかった。わたしは男を愛したことがあり、シーリアを愛していた。それで十分だった。

「シーリア、いい加減にして。こんな話はもううんざりよ。まるで子どもみたいだわ」

彼女は冷ややかに笑った。「わたしが何年も相手してきたエヴリンそのものね。何ひとつ変わってない。本当の自分を恐れてるし、まだオスカーを獲れてない。あなたはこれまでとまったく同じ。立派な胸を持つ女でしかないのよ」

わたしはしばらくのあいだ沈黙がおりるのに任せた。ふたりに聞こえるのは電話機が低くうなる音だけだった。

するとシーリアが泣きはじめた。「ごめんなさい」彼女は言った。「あんなこと言うべきじゃなかったわ。本気で言ったんじゃないの。本当にごめんなさい。飲みすぎたし、あなたに会いたくてたまらなかったから。ひどいこと言ってごめんなさい」

「いいのよ」わたしは言った。「もう切らないと。ほら、こっちはもう遅いから。本当によかったわね。おめでとう」

わたしは彼女が何か言うまえに電話を切った。

シーリアとはいつもそんな感じだった。彼女が欲しがっているものを与えず、傷つけると、決まって仕返しされた。

38

「そのことを彼女に訴えたことはあるんですか？」わたしはエヴリンに尋ねる。

バッグのなかで携帯電話が鳴るくぐもった音がする。着信音からデイヴィッドからだとわかる。どう返事をすればいいかわからなかったので、週末のあいだ彼に返信はしなかった。そして今朝、またここに来ると、頭のなかからそのことを追い出した。

携帯電話に手を伸ばして電源を切る。

「シーリアが意地の悪いことを言いだしたら、喧嘩しても仕方なかった」エヴリンは言う。「雲行きが怪しくなってきたら、最悪な事態になるまえに、わたしから折れることが多かったの。愛してる、あなたがいないと生きていけないと言って、トップスを脱ぐと、たいていそれで話は終わりになったわ。見かけはどうあれ、シーリアはひとつのことにおいてはアメリカのほとんどの男たちと同じだった。とにかくわたしの胸にさわりたがってたの」

「でも、傷つかなかったんですか」わたしは訊く。「そんなふうに言われて」

「もちろん、傷ついたわ。若いときだったら、わたしにあるのは立派な胸だけだと真っ先に言い返していたでしょうね。わたしが持っていた通貨は性的な魅力だけで、わたしはそれをお金のように使った。ハリウッドに来たときは、たいして教育も受けてなければ、物知りでもなかった。なんの力もなく、女優としての訓練も受けてなかった。美しいということを武器にするしかないでしょう？　そして自分の美しさに誇りを持つことは忌まわしい行為でもあるわ。自分のただひとつの注目すべき点は賞味期限がとても短いと思わされるんだから」

彼女は続ける。「シーリアにそう言われたとき、わたしは三十代に入ってた。正直に言うと、この先何年、今のままでいられるんだろうって不安に思ってたの。シーリアは才能を買われてるから、この先も仕事がくるに違いないと思ってたけど、わたしは皺ができたり、代謝が悪くなったりしても、仕事をもらえるかどうかわからなかった。だから、そうね、とても傷ついたわ」

「でも、ご自分には才能があるとわかって当然でしたのに」わたしは彼女に告げる。

「その時点で三回もアカデミー賞にノミネートされてたんですから」

「理性的に考えればそうなるかもしれないけど」エヴリンはわたしに微笑みかけて言

う。

「つねにそうできるとは限らないの」

39

一九七四年、わたしの三十六歳の誕生日に、ハリーとシーリアとジョンとわたしで〈パレス〉にディナーに出かけた。当時、おそらくそこは世界一高級なレストランだった。そしてわたしは浪費やばかげたことが好きなタイプの人間だった。

今振り返ると、簡単に手にできたお金を大切にする責任はないというように、お金を湯水のごとく使うのを、どこでやめたのかはっきりしない。今思うと少し恥ずかしい。キャビアにプライベートジェットに、野球のチームがひとつ作れるほどの数のスタッフ。

けれども〈パレス〉だ。

わたしたちは結局はタブロイド紙か何かに載るのだろうとわかっていながら、写真撮影に応じた。シーリアがドンペリニヨンのボトルを一本注文し、ハリーはマンハッタンを四杯飲んだ。そして中央に火をつけたキャンドルが立てられたケーキが来ると、人々が見つめるなか、三人はわたしのためにバースデーソングを歌ってくれた。

切り分けたケーキを食べたのはハリーだけだった。シーリアとわたしは太らないよう気をつけていたし、ジョンは厳格な食事制限をしていて、ほぼたんぱく質しか食べなかった。

「せめてひと口だけでも食べなよ、エヴ」ジョンがハリーの皿をわたしのほうに押してよこしながら、愛想よく言った。「なんてったって、きみの誕生日なんだから」

わたしは片方の眉を吊りあげてフォークをつかみ、ケーキにかけられたチョコレートファッジを削り取った。「あなたがそう言うなら、食べなきゃね」と彼に言った。

「ぼくに食べさせないようにしてるだけだ」ハリーが言った。

ジョンは笑い声をあげた。「一石二鳥だ」

シーリアがフォークでグラスを軽く叩いた。「さあさあ」彼女は言った。「短いスピーチの時間よ」

彼女はその翌週からモンタナで撮影が入っていた。その晩、わたしといっしょにいられるように、開始日を遅らせたのだ。

「エヴリンに」彼女はグラスを掲げて言った。「どんな部屋でも足を踏み入れたとたんに輝かせ、毎日、わたしたちを夢のなかにいるような気分にさせてくれる彼女に乾杯」

その晩、シーリアとジョンがタクシーをつかまえに外に出たあと、ハリーがわたしにジャケットを着せてくれた。「気づいてたかい？　ぼくはきみといちばん長く結婚してる夫だって」彼は言った。

その時点で、ハリーとわたしが結婚してから七年近く経っていた。「そして最高の夫でもあるわ」わたしは言った。「文句なしに」

「ずっと考えてたんだけど……」

彼が何を考えていたのか、わたしにはすでにわかっていた。少なくとも、そうなのではないかと思っていた。わたしもまた同じことを考えていたから。

わたしは三十六歳だった。子どもを持つ気でいるなら、それ以上先延ばしにはできなかった。

たしかにそれ以上の年で子どもを産む女性もいたが、多くはなかったし、わたしはその数年まえから、ベビーカーに乗った赤ん坊が近くにいると自然に見つめてしまい、目が離せなくなっていた。

友だちの子どもを抱きあげて、しっかり胸に抱き、母親に返してくれと言われるまで放そうとしなかった。自分からはどんな子どもが生まれるだろうと考えていた。この世に命を生み出すのは、わたしたち四人に、注意を向ける存在をもたらすのは、どんな感じだろうと考えていた。

けれども、そのつもりなら、行動に移さなければならなかった。

それに、子どもを持つという決断は、ふたりで話し合って下せるものではなかった。四人で話し合う必要があった。

「聞かせて」わたしはレストランの入口に向かいながら言った。「言ってみて」

「子どもを持たないか?」ハリーは言った。「きみとぼくの」

「ジョンとは話し合った?」わたしは尋ねた。

「とくには話してない」彼は言った。「シーリアと話し合ったことは?」

「ないわ」

「でも、心の準備はできてるのかい?」

わたしのキャリアは打撃を受ける。それは避けられなかった。わたしは女から母親になる——どういうわけか、そのふたつはハリウッドでは両立しないものだった。体型も変わるし、何カ月も仕事ができない。〝できている〟と言えるわけがなかった。

「ええ」わたしは言った。「できてるわ」

ハリーはうなずいた。「ぼくもだ」

「わかったわ」わたしは次のステップを考えながら言った。「じゃあ、ジョンとシーリアに話しましょう」

「ああ」ハリーは言った。「そうしよう」

「ふたりが賛成してくれたら？」わたしは歩道に出るまえに足を止めて尋ねた。

「すぐに取りかかろう」ハリーも足を止めて言った。

「養子を迎えるのがいちばんいいのはわかってる」わたしは言った。「だけど……」

「ぼくたちと血のつながった子どもを持つべきだと思ってるんだね」

「ええ、そうよ」と言った。「わたしたちが何か隠してるから養子を迎えたんだと言われたくないの」

ハリーはうなずいた。「わかるよ」と言った。「ぼくも血がつながった子どもが欲しい。きみとぼくの血が半分ずつ流れてる子どもが。それについては、きみに賛成だ」

わたしは片方の眉を吊りあげた。「どうやって子どもを作るかわかってるの？」と尋ねた。

彼はにっこり笑うと、わたしに身を寄せてささやいた。「ぼくのごく一部が、きみに会ったときからきみと寝たいと思ってるんだ、エヴリン・ヒューゴ」

わたしは笑い声をあげて、彼の腕を叩いた。「そんなはずないわ」

「ごく一部だよ」ハリーは弁解するように言った。「本能には反するんだが、そうなんだ」

わたしは微笑んだ。「じゃあ、そのごく一部のことは、わたしたちだけの秘密にしましょう」

ハリーは笑って手を差し出し、わたしはそれを握った。「まただな、エヴリン。取引成立だ」

40

「あなたたちふたりでその子どもを育てるの？」シーリアが尋ねた。

わたしたちは裸でベッドに横たわっていた。わたしの背中には汗が流れ、額の生え際は湿っていた。わたしは腹這いになって、シーリアの胸に手を置いた。

シーリアは次の映画のために髪をブルネットに染めていた。気づけば彼女の金色がかった赤い髪にすっかり魅せられていたわたしは、髪の色がちゃんともとに戻され、本来の彼女に戻るのか心配でならなかった。

「ええ」わたしは言った。「もちろんよ。わたしたちの子どもだもの。ふたりでいっしょに育てる」

「じゃあ、わたしはどうすればいいの？　ジョンは？」

「好きなようにしてくれていい」

「よくわからないんだけど」

「みんなでおいおい考えていけばいいってことよ」

シーリアはわたしの言葉を聞いて考え込むような顔になり、天井を見つめた。「それがあなたが望んでることなの？」しばらくして訊いた。

「ええ」わたしは言った。「心の底から」

「あなたにとっては困ったことなの？　わたしが……欲しがらないことは」彼女は尋ねた。

「あなたが子どもを欲しがらないこと？」

「ええ」

「いいえ、そんなことはない」

「あなたにとっては困ったことなの？　わたしが……あなたに授けてあげられないことは」彼女の声がうわずりはじめ、唇が震えだした。シーリアはスクリーン上で泣く必要があるときは目を細くして顔をおおう。けれども、それらは何もないところから生み出された偽の涙で、なんの意味もなかった。本当に泣いているときは、顔の表情が口角を除いて悲痛なほど変わらず、目にあふれる涙がまつ毛を濡らしていた。

「シーリア」わたしは彼女を抱き寄せて言った。「もちろん、そんなことないわよ」

「わたしは……あなたが欲しいものをすべて与えてあげたいの。あなたが欲しがってるのに、わたしには与えてあげられない」

「シーリア、違うわ」わたしは言った。「そんなことない」

「そうなの？」

「あなたはわたしが一生で手に入れられると思ってた以上のものを与えてくれてる」

「本当？」

「本当よ」

彼女は微笑んだ。「わたしを愛してるのね？」と言った。

「あら、そんな言葉じゃ足りないわ」わたしは彼女に告げた。

「まともに考えられないほどわたしを愛してるのね？」

「あなたがいかれたファンからもらうファンレターを見て〝まあ、たしかにそうよね。わたしも彼女のまつ毛を集めたいもの〞と思うほど愛してるわ」

シーリアは笑い声をあげると、天井を見つめたまま、わたしの二の腕に手を走らせた。「あなたには幸せになってほしい」ようやくわたしを見て言った。

「知っておいてほしんだけど、ハリーとわたしは……」

「ほかに方法はないの？」彼女は尋ねた。「今は精子だけを使って妊娠できると思ってたけど」

わたしはうなずいた。「ほかにも方法はあると思う」と言った。「でも安全かわからないし、わたしたちがそうしたことを誰にも知られないようにするにはどうすればいいかもわからない」

「ハリーと愛を交わさなきゃならないって言ってるのね」シーリアは言った。「わたしが愛してるのはあなただし、愛を交わすのもあなただけ。ハリーとわたしはただ子どもを作るだけよ」

シーリアはわたしの顔を見つめ、表情を読もうとした。「そう言い切れる？」

「もちろんよ」

彼女はまた天井を見上げ、しばらくのあいだ何も言わずにいた。わたしは彼女の目が落ち着きなく動くのを見守った。呼吸がゆっくりになるのを見守った。やがて、彼女はわたしのほうを向いた。「それがあなたの望みなら……子どもが欲しいなら……子どもを持って。あとのことは……みんなで考えていけばいい。うまくいくようにしてみせる。わたしはおばさんになればいい。シーリアおばさんに。それで平気でいられるようになる方法を探すわ」

「わたしも手伝うから」わたしは言った。

彼女は笑った。「どうやって手伝うというの？」

「あなたが楽しくなる方法をひとつ思いついたの」わたしはそう言って、彼女の首にキスした。彼女は耳のすぐうしろ、耳たぶと首の境目にキスされるのが好きだった。

「まったく、あなたったら」彼女はそう言っただけで、ほかに何も言わなかった。わたしが手を彼女の胸からお腹へとすべらせ、脚のあいだに差し入れても止めなかった。うめき声をあげてわたしを抱き寄せ、わたしの体の下のほうへと手を走らせた。わたしが彼女にふれているあいだ、彼女もわたしにふれた。初めは優しく、次第に強く、速く。「愛してるわ」彼女はあえぎながら言った。

「愛してる」わたしも彼女に言った。

彼女はわたしの目を見つめながら、わたしを絶頂に導いた。その晩、彼女は彼女自身をわたしに与えて、わたしに子どもを授けてくれた。

フォトモーメント
一九七五年五月二十三日
エヴリン・ヒューゴとハリー・キャメロンに女の子誕生！

エヴリン・ヒューゴがついに母親に！　息をのむほど美しいセクシー美女が持つ肩書に、三十七歳にして〝親〟が加わった。今週火曜日の夜、マウント・サイナイ病院で、コナー・マーゴット・キャメロンは体重二千九百七十七グラムで生まれた。父親のハリー・キャメロンは小さな愛娘（リトル・バンビーナ）の誕生に〝月を飛び越えるほど〟大喜びしているという。

数々のヒット作があるエヴリンとハリーだが、小さなキャメロンこそこれまでいちばん心躍る共同制作作品だと考えているに違いない。

41

コナーがわたしを見た瞬間、彼女に心を奪われた。生まれたときからふさふさの髪と丸いブルーの目を見て、一瞬、シーリアに似ていると思った。

コナーはいつもお腹を空かせていて、ひとりにされるのを嫌がり、わたしのうえで静かに眠りたがった。そしてハリーが大好きだった。

コナーが生まれてから数カ月のあいだに、シーリアは立てつづけに二本の映画の撮影で街を離れていた。一本は『バイヤー』というタイトルで、彼女がその映画に情熱を抱いていることはわたしも知っていたが、もう一本のマフィア映画は、彼女が嫌いなタイプの作品だった。暴力と邪悪さに満ちているうえ、撮影には八週間かかり、そのうちの半分がロサンゼルスで、もう半分がシチリア島だった。オファーが来たとき、彼女は断るだろうとわたしは思った。けれども、彼女は引き受け、ジョンも同行することになった。

ふたりがいないあいだ、ハリーとわたしはほぼふつうの夫婦のように暮らした。ハリーは朝食にベーコンエッグを作ってくれ、浴槽に湯を張ってくれた。わたしは赤ん坊にお乳をやり、ほぼ一時間ごとにおむつを替えた。

もちろん、メイドのルイサもいて、家事全般を引き受けてくれた。シーツを替え、洗濯をし、わたしたちが汚したあとをきれいにしてくれた。彼女が休みのときは、ハリーがそのかわりをした。

若いころはもっときれいだったとわたし同様にわかっていながらも、きれいだと言ってくれたのはハリーだった。次から次へと台本を読んで、コナーに手がかからなくなったら出演するのに完璧な作品を探してくれたのも。毎晩わたしの隣で寝て、眠るときには手を握ってくれ、コナーをお風呂に入れているときに頬を引っ掻いてしまい、自分はひどい母親だと確信したわたしを抱きしめてくれたのもハリーだった。

ハリーとはそれ以前から親しく、長年、家族として過ごしてきたが、その時期は本当の妻になったように感じていた。夫がいるように感じ、彼のことをいっそう愛するようになった。コナーの存在と、彼女と三人で過ごしたその時期が、ハリーとわたしの絆を想像もしなかった形で強くした。彼はつねにそばにいて、うれしいことがあればいっしょに祝ってくれ、悪いことがあれば支えになってくれた。

誰と友だちになるかも運命で定められていると、わたしが信じはじめたのはそのころだ。「いろいろな形のソウルメイトがいるとしたら」ある日の午後、コナーとともに、ふたりでパティオに出て椅子に座っていたときにハリーに言った。「あなたはわたしのソウルメイトのひとりよ」

ハリーは半ズボンしか身につけておらず、裸の胸にコナーを抱いていた。その日の朝はひげを剃っておらず、顎の下に灰色の無精ひげがうっすら出てきていた。わたしは彼とコナーを見比べて、ふたりがよく似ていることに気づいた。どちらもまつ毛が長く、形のいい唇をしていた。

ハリーは片方の手でコナーを胸に抱き、もう一方の手でわたしの手を握った。「ぼくはこれまで生きてきたなかで、間違いなく誰よりもきみを必要としてる」と言った。「唯一の例外は――」

「コナーね」とわたしが言い、わたしたちは微笑み合った。

わたしたちは一生、言いつづけるに違いなかった。あらゆることに優先するのはコナーだと。

シーリアとジョンが戻ると、以前と同じ生活に戻った。シーリアがわたしと暮らし、ハリーはジョンと暮らす。ハリーが昼夜を問わずわたしたちのもとに来て、面倒を見ることを前提に、コナーはわたしのアパートメントに残った。

けれども最初の朝、ちょうどハリーが朝食の用意をしにくるころ、シーリアがガウンを着てキッチンに現われ、オートミールを作りはじめた。

その少しまえに起きていたわたしは、パジャマのままアイランドカウンターのまえに座っていた。わたしがコナーにお乳をあげていると、ハリーが入ってきた。

「おっと」彼はシーリアに目をやり、鍋に気づいて言った。ルイサはシンクで洗い物をしていた。「ベーコンエッグを作りにきたんだけど」

「あらそう」シーリアが言った。「みんなのために温かいオートミールを作ってるの。お腹が空いてるなら、あなたの分もあるわよ」

ハリーはどうしたらいいかわからず、わたしを見た。わたしも同じ気持ちで彼を見返した。

シーリアはオートミールをかき混ぜつづけていたが、やがてボウルを三つ手にして、それぞれにオートミールをよそい、鍋はルイサが洗えるようシンクのなかに置いた。

わたしたちはなんておかしなことをしているのだろうと思った。ルイサの給料はハリーとわたしで払っているが、ハリーはここに住んでもいない。シーリアとジョンはハリーが住んでいる家のローンを払っている。

ハリーは腰をおろし、まえに置かれたスプーンを手にした。彼とわたしは同時にオートミールを食べはじめた。シーリアが背中を向けると、ふたりで目配せして顔をしかめた。ハリーが口だけ動かして何か言い、唇はほとんど読めなかったものの、なんと言っているのかわかった。わたしも同じことを考えていたから。

味がしないい。

シーリアがわたしたちに向き直り、レーズンを勧めてきた。ふたりとも、もらった。わたしたち三人はキッチンに座って、静かにオートミールを食べた。シーリアは所有権を主張したのだと、みな気づいていた。わたしは彼女のものだと。わたしの朝食を作るのは彼女で、ハリーは訪問者にすぎないと。

コナーが泣きだしたので、ハリーは彼女を抱いて、おむつを替えにいった。ルイサは階下に洗濯物を取りにいった。そうしてふたりきりになると、シーリアが言った。

「マックス・ジラールがパラマントで『午前三時』という映画を撮るそうよ。アート系の映画になるみたい。あなたはそれに出るべきだと思うわ」

マックスが監督した『ブータントラン』に出て以来、わたしは彼とときどき連絡を取っていた。ふたたびトップスターになれたのは彼のおかげだと重々承知していたが、シーリアは彼に我慢できないだろうとわかっていた。彼はわたしへの興味をあからさまに示していて、そのことになるといささか度が過ぎていた。シーリアはふざけて彼をペペ・ル・ピュー（ルーニー・テューンズに登場するフランス出身のスカンクのキャラクター。お目当ての相手をしつこく追いかける）と呼んでいた。

「マックスの映画に出るべきだというの？」

シーリアはうなずいた。「わたしにオファーが来たんだけど、あなたがやったほうがいいと思って。彼は粗野な男だと思うけど、いい映画を作ることは認めるわ。それに、あの役はあなたにうってつけよ」

「どういう意味？」

シーリアは立ちあがり、わたしと彼女のボウルを手にシンクに向かった。ボウルを水ですすぐと、わたしのほうに向き直り、シンクにもたれかかった。「セクシーな役なの。本物のセクシー美女が必要なのよ」

わたしは首を横に振った。「わたしは母親になったのよ。世界じゅうに知られてるわ」

シーリアはうなずいた。「だからこそ、あなたがやるべきなのよ」

「どうして？」

「あなたはとてもセクシーな女だからよ、エヴリン。官能的で美しくて性的魅力にあふれてる。それを奪われちゃだめ。性的魅力のない女にされちゃだめよ。キャリアは人に決めさせるもんじゃないわ。あなたはどうしたいの？　これから先、母親役しかやらないつもり？　修道女や教師の役しかやらないつもりなの？」

「いいえ」わたしは言った。「もちろん、そんなことないわ。どんな役でもやってみたい」

「じゃあ、そうしなきゃ」彼女は言った。「勇気を出して。誰もあなたがやると思ってないことをやるの」

「きっと不適切だと言われるわ」

「わたしが愛してるエヴリンはそんなこと気にしない」

わたしは目を閉じ、うなずきながら彼女の言葉に耳を傾けた。彼女はわたしのためにその役をさせたがっていた。わたしは心からそう信じている。制限を設けられたり、目立たない存在にされたりしたら、わたしは幸せではないとわかっていたのだ。わたしがこれからも人の話題にのぼり、人をじらしたり驚かせたりしたがっていることをわかっていたのだ。とはいえ、彼女が口にしなかったことがある。彼女自身、わかっていなかったのではないかと思うことが。彼女がわたしにその役をさせたがったのは、わたしに変わってほしくなかったからでもあったのだ。

彼女はセクシー美女といっしょにいたかったのだ。

物事が同時に真実でも偽りでもある場合があるということに、わたしは昔から魅せられてきた。ひとりの人間が善人にも悪人にもなれることや、人が献身的に誰かを愛せる一方で残酷にもなれることに。

わたしがシーリアを愛したのはだからだ。彼女はとても複雑な女性で、わたしはつねに気を揉ませられた。このときも、彼女にまた驚かされた。

彼女は〝子どもを持って〟と言いながら〝母親のように振る舞わないで〟とつけ加えたのだ。

彼女にとって幸いでも不幸でもあったことに、わたしは人に行動を指示されるつもりも、ひとつのことしかできないように操作されるつもりもさらさらなかった。

だから台本を読み、数日かけて考えた。ハリーにも意見を聞いた。やがて、ある朝、目が覚めると思った。〝この役がやりたい。わたしは今でも自分のことは自分で決める女だと示すために〟

わたしはマックス・ジラールに電話して、彼にその気があるかどうか、関心があると告げた。彼にはその気があった。

「でも、きみがこの役をやりたがるなんて驚きだな」マックスは言った。「百パーセント確実なのか？」

「裸のシーンはあるの？」わたしは尋ねた。「あってもかまわない。嘘じゃないわ。きっと素敵に見せられる。問題ないわ」わたしは素敵に見えなかったし、素敵だとも感じていなかった。それは問題だったが、解決できない問題ではなかった。そして解決できる問題は問題ではないのだ。

「そうだな」マックスは笑いながら言った。「エヴリン、きみが九十七歳になっても、世界じゅうの人間がきみの胸を見るために並ぶよ」

「じゃあ、何が問題なの？」

「ドンだ」彼は言った。

「ドンって？」

「きみの役は」彼は言った。「映画全編に登場する。最初から最後まで」

「だから？」

「相手役はドン・アドラーなんだ」

42

「どうして承知されたんですか？」わたしは彼女に尋ねる。「彼を出すのはやめてくれとおっしゃらなかったんですか？」

「そうね、まず、絶対に勝つ自信がないかぎり、高圧的な態度をとることはできないものよ」エヴリンは言う。「それに、わたしが怒ればマックスが彼を出すのをやめる確率は、八割ぐらいにしか思えなかった。次に、正直に言って、そんなことをするのは少し残酷に思えたの。ドンはうまくいってなかった。もう何年もヒット作がなかったし、若い映画ファンたちは彼が誰なのかも知らなかった。ルビーとは離婚して、そのままひとりでいたし、お酒をやめられなくなってるという噂だったの」

「じゃあ、彼を気の毒に思われたんですか？　あなたを殴った人間を？」

「人間関係というのは複雑なものよ」エヴリンは言う。「人というのは混乱してるし、愛は醜くもなる。わたしには昔から、人を思いやる心が強すぎるところがあったの」

「彼の身に起こったことに同情されたとおっしゃってるんですね？」

「わたしにとって複雑な状況だったということを、あなたも少しは理解するべきだと言ってるのよ」

わたしは身の程を思い知らされ、気づくと床を見つめている。彼女の顔が見られない。「すみません」と言う。「そういう状況になったことがないもので。その……批判するようなことを言うなんて、まったく何を考えていたんだか。謝ります」

エヴリンは穏やかに微笑んで、わたしの謝罪を受け入れる。「愛する人に殴られたことがあるすべての人の気持ちを代弁することはできないけど、これだけは言えるわ。許すのと無罪放免にするのとは違うということ。ドンはもはやわたしにとって脅威ではなかった。わたしは彼を恐れておらず、自分は強くて自由だと感じてた。だからマックスに彼と会ってみると言ったの。ドンがキャスティングされていることを知ると、シーリアはわたしの考えを支持してくれたものの、ためらってもいたわ。ハリーは慎重なほうだけど、わたしならうまくやれると信じてくれた。だから、代理人にドン側の人々に電話してもらって、次にロサンゼルスに行ったときに会えるよう時間と場所を決めてもらったの。ビバリーヒルズ・ホテルのバーを提案したんだけど、直前になってドン側が〈キャンターズ・デリ〉に変更してきた。そうしてわたしはルーベン・サンドウィッチ（ライ麦パンにコーンビーフとザワークラウトとスイスチーズとロシアンドレッシングを挟んだホットサンドウィッチ）ふたつをまえにして、十五年以上ぶりに元夫と会うことになったの」

43

「悪かった、エヴリン」ドンが腰をおろしながら言った。わたしはすでにアイスティーを注文していて、すっぱいピクルスを半分食べていた。わたしは彼が遅れたことを謝っているのだと思った。

「まだ一時を五分過ぎただけよ」と言った。「問題ないわ」

「いや」彼は首を横に振って言った。青白い顔をしているうえに、少しまえに撮られた写真で見たよりいくらか痩せたようだった。会わずにいた年月はドンにとっていいものではなかった。昔より顔が大きくなり、腰まわりも太くなっていた。それでもなお、店内にいる誰よりもハンサムだった。ドンはどんな目にあおうが、つねにハンサムでいつづけるタイプの男だった。彼の美しい容姿は気高かった。

「悪かった」彼は言った。その強い口調と言葉の重みに、わたしは衝撃を受けた。

わたしはふいをつかれた。ウエイトレスがやってきて、彼に飲み物の注文を訊いた。

彼はマティーニでもビールでもなくコカ・コーラを注文した。ウエイトレスがいなくなると、わたしは彼にどう言うべきか自分でもわかっていないことに気づいた。

「お酒はやめたんだ」彼が言った。「二百五十六日飲んでない」

「そんなに？」わたしはそう言って、アイスティーを飲んだ。

「ぼくは酒に溺れてたんだ、エヴリン。今はわかる」

「あなたは嘘つきのゲス男でもあったわ」わたしは言った。

ドンはうなずいた。「それもわかってる。本当に悪かった」

わたしがはるばる飛んできたのは彼と同じ映画に出られるかどうか確かめるためで、謝られるためではなかった。そんな考えはまったく浮かばなかった。今回も以前のように彼を利用できると思っていただけだった。彼の名前がわたしの名前のそばに記されていたら話題になるに違いないと。

けれども、目のまえの後悔している男は、わたしを驚かせ、困惑させた。

「わたしにどうしろというの？」彼に尋ねた。「そんなふうに謝られて。あなたの謝罪がわたしにとってどういう意味があるというの？」

ウエイトレスがやってきて食べ物の注文を訊いた。

「ルーベンをお願い」わたしはウエイトレスにメニューを渡しながら言った。その件たことが、くどくど詫びるならわかっている。料理にきちんと話し合うなら、しっかり食べておかなければならなかった。

「ぼくにも同じ物を」ドンが言った。

ウエイトレスはわたしたちが誰なのかわかっていた。唇に笑みが浮かびそうになるのをこらえているようすから、それがわかった。

ウエイトレスがいなくなると、ドンは身を乗り出した。「今さら謝ったって、ぼくがきみにしたことの埋め合わせにならないのはわかってる」

「よかったわ」わたしは言った。「本当に、ならないから」

「でも、きみの気分がほんの少しでもよくなればいいと思って」彼は言った。「悪いのは自分のほうで、きみはあんな目にあわされていい人間じゃないって、ぼくがちゃんとわかってて、もっといい人間になろうと日々努力してると知ってもらうことで」

「今さら遅いわ」わたしは言った。「あなたがもっといい人間になろうが、わたしにはなんの意味もない」

「もう昔みたいに誰かを傷つけたりしないよ」ドンは言った。「きみやルビーにしたようなことはしない」

わたしの凍りついた心が一瞬溶けた。そう聞いて、たしかに気分がよくなった。

「それでも」わたしは言った。「誰も人を犬の糞みたいに扱っておいて〝悪かった〟の言葉ひとつで帳消しにできると期待してはいけないわ」

ドンは謙虚にうなずいた。「もちろんだ」と言った。「それはよくわかってる」

「それに、もし映画が失敗してなくて、アリ・サリヴァンがあなたに言われてわたしを捨てたように、あなたを捨ててなかったら、たぶん、あなたは今も贅沢な暮らしをして、お酒に溺れてるはずよ」

ドンはまたうなずいた。「そうかもしれない。残念だけど、それについてはきみの言うとおりだ」

まだ足りなかった。彼に土下座してほしいのだろうか。泣いてほしいのだろうか。自分でもわからなかった。そして、けっしてわからないだろうとわかっていた。

「これだけは言わせてくれ」ドンは言った。「ぼくは初めて見た瞬間から、きみを愛してた。どうにかなりそうなほど愛してた。台無しにしたのは、誇りを失った男になったからだ。ぼくがあんなふうに台無しにしたからだ。きみにふさわしい扱いができなかったからだ。悪かったと思ってる。ときどき、結婚式の日に戻って、何もかもやり直したいと思うことがある。自分の間違いを正して、ぼくがきみにしたような目にあわされないようにしたいって。そんなことはできないってわかってる。ぼくにできるのは、きみの目を見つめて、きみがどれだけ素晴らしい女性かわかってるって心から言うことだけだって。ぼくたちがどれだけ素晴らしい夫婦になれたか、ふたりがいろんなものを失ったのは、すべてぼくのせいだとわかってるって。もう二度とあんなことはしないし、心から悪かったと思ってると伝えることだって」

ドンと別れて以降、映画を撮っているときや、ほかの人との結婚生活も含めた日々において、今度は彼とうまくやれるかもしれないと期待して過去に戻りたいと思ったことは一度もなかった。ドンと別れてからの人生は、わたしが自分で作った物語であり、失敗も喜びも自分の決断の結果であって、さまざまな経験が、わたしが望むものをすべてもたらしてくれた。

わたしは大丈夫で、安全だと感じた。かわいい娘と献身的な夫がいて、素敵な女性に愛されている。富と名声も手にしている。ふたたび地元となった街に豪華なアパートメントも持っている。ドン・アドラーがわたしから何を奪えるというのだろう。

彼に立ち向かえるのかどうか確かめにきたのだとしたら、立ち向かえるとわかった。わたしはこれっぽっちも彼を恐れていなかった。

そして気づいた。そうだとしたら何も失うものはないと。

わたしはドン・アドラーに〝あなたを許すわ〟とは言わなかった。ただハンドバッグから財布を出して言った。「コナーの写真、見たい？」

彼はにっこり微笑んでうなずき、わたしがコナーの写真を見せると、笑い声をあげて言った。「きみにそっくりだな」

「褒め言葉と受け取っておくわ」

「ほかの受け取り方があるとは思えないけどね。この国のすべての女性がエヴリン・ヒューゴみたいになりたいと思ってるんだから」

わたしは頭をのけぞらせて笑った。半分残されたルーベン・サンドウィッチがウエイトレスによって下げられると、映画に出ると彼に告げた。

「よかった」彼は言った。「そう言ってくれて、本当によかったよ。きみとぼくは……ぼくたちは素晴らしい作品を作れると思う」

「わたしたちは友だちじゃないのよ、ドン」わたしは言った。「はっきりさせておきたいんだけど」

ドンはうなずいた。「ああ」と言った。「わかったよ」

「でも、友好的にはなれると思う」

ドンは微笑んだ。「友好的になってもらえれば、こんなに光栄なことはないよ」

44

撮影が始まる直前にハリーは四十五歳になった。彼は豪華なディナーに出かけたり、特別なことをするのではなく、ただみんなで楽しい一日を過ごしたがった。

だから、ジョンとシーリアとわたしは公園でのピクニックを計画した。ルイサが昼食を用意してくれ、シーリアがサングリアを作った。ジョンはスポーツ用品店に行き、日差しだけでなく行き交う人々の視線からも守ってくれる特大のパラソルを買った。さらには、帰る途中に思いついて、かつらとサングラスも買ってきた。

その日の午後、わたしたち三人はハリーにサプライズがあると言って、公園に連れていった。コナーは彼に背負われていた。彼の背中にくくりつけられるのが大好きだった。歩く彼の背で揺られながら、いつも笑い声をあげていた。

わたしは彼の手を引いて歩いた。

「どこに向かってるんだい？」彼は言った。「誰でもいいから、ヒントをくれよ」

「小さなヒントをあげるわ」シーリアがフィフス・アベニューを渡りながら言った。

「いや」ジョンが首を横に振って言った。「ヒントはなしだ。彼はヒントがあったら、すぐにあてててしまう。せっかくのサプライズが台無しだ」

「コナー、みんなでお父さんをどこに連れていこうとしてるんだい？」ハリーがそう言うと、コナーは自分の名前が呼ばれたことに気づいて笑った。

シーリアがわたしたちのアパートメントから一ブロックも離れていない公園の入口を入ると、ハリーはパラソルの下に敷かれた毛布とそのうえに置かれたピクニック・バスケットを見つけて微笑んだ。

「ピクニックかい？」彼は言った。

「簡単な家族ピクニックよ。わたしたち五人だけの」わたしは言った。

ハリーはまた微笑むと、しばらくのあいだ目を閉じていた。まるで天国に来たかのような表情で。「これ以上ないぐらい完璧だ」と言った。

「サングリアを作ってきたの」シーリアが言った。「食べ物はルイサが用意してくれたわ。言うまでもないけど」

「そうだな」ハリーは笑いながら言った。

「そしてパラソルはジョンが用意してくれたの」

ジョンは身をかがめて、かつらを取り出した。「これもね」

彼はわたしに黒いカーリーヘアのかつらを渡し、シーリアにはブロンドのショートヘアのかつらを与えた。ハリーは赤い髪のかつらを取り、ジョンはブラウンのロングヘアのかつらをつけて、ヒッピーのような風貌になった。

わたしたちはお互いを見て笑い合ったが、わたしはどのかつらも本物のように見えることに驚いた。そしてコーディネートされたサングラスをかけると、いくぶん自由になったように感じた。

「きみがかつらを用意して、シーリアがサングリアを作ってくれたなら、エヴリンは何をしたんだい？」ハリーがおぶっていたコナーを毛布におろし、座らせてやりながら尋ねた。

「いい質問だ」ジョンが笑みを浮かべて言った。「直接彼女に訊いてみてくれ」

「あら、手伝ったわ」わたしは言った。

「そうよ、エヴリン、あなたは何をしたの？」シーリアが言った。

わたしは目を上げて、からかうようにわたしを見つめている三人を見た。

「わたしは……」ピクニック・バスケットのほうをなんとなく示して言った。「わかるでしょ？」

「いや」ハリーが笑いながら言った。「わからないな」

「ねえ、わたしはこのところとても忙しかったの」わたしは言った。

「あら、そう」シーリアが言った。

「もう、わかったわよ」わたしは顔をしかめはじめたコナーを抱きあげた。そうなったら、いつ泣きだしてもおかしくなかった。「なんにもしてないわ」

三人が大笑いしだすと、コナーも笑いはじめた。

ジョンがバスケットを開け、シーリアがサングリアを注いだ。ハリーは身を乗り出して、コナーの額にキスした。

それが、みんなで集まって、笑ったり、微笑んだりして、家族の幸せな時間を過ごした最後のひとときとなった。

そのあと、わたしがすべてを壊したからだ。

45

ドンとわたしはニューヨークで『午前三時』の撮影に入っていた。わたしが仕事をしているあいだ、ルイサとシーリアとハリーが交替でコナーの面倒を見てくれた。撮影には予定より時間がかかり、日数も長くなっていた。

わたしはドンが演じるマークという薬物中毒の男と恋に落ちるパトリシアという女を演じた。そして、撮影現場に現われて魅力たっぷりに台詞を言うドンは、わたしの知る彼ではないと、日々実感していた。最高に素晴らしく、生々しい演技だった。役になりきりながらも、自分の人生を役に投影させていた。

撮影現場では、カメラのレンズを通してすべてが魔法のように一体化することが望まれている。とはいえ、たしかにそうなっているか知る方法はない。

ハリーとわたしが作品をプロデュースし、毎日撮った映像を目が乾くほど何度も観て、現実と虚構の区別がつかなくなったときも、映画の最初のカットを観るまで、すべての部分が完璧にそろっていると百パーセント確信できなかった。

けれども『午前三時』の撮影現場では確信した。これは、わたしを見る目や、ドンを見る目を変える映画だと。人々の人生を変え、薬物から手を切らせる映画になるかもしれないと。映画の作り方さえ変える映画になるかもしれないと。

だから、わたしは犠牲を払った。

マックスに休みを返上してほしいと言われれば、コナーとの時間をあきらめた。夜の撮影を求められれば、シーリアとのディナーと夜をあきらめた。毎日のように撮影現場からシーリアに電話して、何かを謝っていたと思う。時間どおりにレストランに行けないことを謝ったり、どこにも出かけずにわたしのかわりにコナーを見てもらわなければならないことを謝ったり。

シーリアはわたしにその映画に出るよう勧めたことを心のどこかで後悔していたはずだ。わたしが毎日、元夫と仕事をしていることを快く思っていたはずがない。毎日、マックス・ジラールと仕事をしていることも。わたしの長時間労働も、よくは思っていなかったに違いない。それに彼女はわたしの娘を愛していたとはいえ、子守りは楽しい時間ではないようだった。

けれども、シーリアはそうしたことは何も言わずに、わたしを支えてくれた。彼女に電話して何度目かに遅くなると言うと、決まってこう言われた。「大丈夫よ、エヴリン。心配しないで。ただ素晴らしい仕事をして」その点においては、彼女は申し分のないパートナーだった。つねにわたしとその仕事を優先してくれた。

やがて撮影も終わりにさしかかったころ、感情的なシーンを撮影した長い一日のあとで、楽屋で家に帰る支度をしていると、マックスがやってきた。

「あら」わたしは言った。「なんの用？」

彼は考え込むような顔をしてわたしを見ると、椅子に腰掛けた。わたしは絶対に帰るつもりで立ったままでいた。「なあ、エヴリン、きみとふたりで考えなきゃならないことがあるんだ」

「そうなの？」

「来週ラブシーンを撮る」

「わかってるわ」

「この映画も、もう少しで撮り終わる」

「そうね」

「でも何かが足りないような気がするんだ」

「たとえば？」

「パトリシアとマークが強く惹かれ合ってることを観客に理解させなきゃならないと思う」

「同感よ。だから、わたしは胸を見せることを承知したの。あなたは、わたし自身も含めて、どの映画製作者も得られなかったものを、わたしから得ようとしてるのよ。大喜びして当然だと思うけど」

「ああ、もちろん、喜んでるよ。でも、パトリシアは望むものを手に入れる女で、肉欲の罪に喜びを感じる女だと示さなきゃならないと思うんだ。今の彼女は殉教者だ。映画全編を通してマークを助け、つねに彼のそばにいる聖人だ」

「そうね。彼をとても愛してるから」

「ああ、でもどうして愛してるかも描かなきゃならない。彼が彼女に何を与え、彼女が彼から何を得ているかを」

「いったい何を言おうとしてるの？」

「誰も撮らないようなものを撮りたいんだ」

「つまり？」

「きみはセックスが好きだからしてるように見せたい」彼の目は大きく開かれ、興奮しているのが見て取れた。彼はいい作品を生み出すことに夢中になっていた。好色な男だと以前からわかっていたが、これはそういうことではなかった。彼は革命を起こそうとしていたのだ。「考えてみてくれ。セックスシーンは愛や力を描くものだ」

「わかったわ。来週撮るラブシーンの目的は、パトリシアがどれだけマックスを愛してるか見せることよね。彼女がどれだけ彼を信じてるか。ふたりの絆がどれだけ強いかということを」

マックスは首を横に振った。「パトリシアがマックスを愛してるのは、彼が絶頂に導いてくれるからでもあるということを観客に見せたいんだ」

わたしは身を引いて、彼が言うことを理解しようとした。そこまでスキャンダラスなことに感じなくてもよかったはずだが、実際スキャンダラスなことだった。女は親密な関係になるためにセックスをし、男は快楽のためにセックスをする。それが一般的な考え方だ。

自分の肉体を楽しんでいて、求められているのと同じぐらい強く男を求め、自分の肉体的な喜びを何よりも優先させる女の姿を描くという考えは……じつに衝撃的に思えた。

マックスが考えているのは女性の欲望を生々しく描写することだった。そしてわたしは本能的にその考えが気に入った。ドンと生々しいセックスシーンを撮影するという考えには、ボウル一杯の味気ないブランフレークと同じぐらいそそられなかったが、限界に挑みたかった。絶頂を迎える女の姿を見せたかった。必死に喜ばせようとするのではなく、喜ばせてほしいからセックスをする女を見せるという考えが気に入った。だから興奮してコートをつかみ、手を差し出して言った。「乗ったわ」

マックスは笑って椅子から飛びあがり、わたしの手を取って握手した。「素晴らしい（ファンタスティーク）、ぼくの美しい人（マ・ベル）よ！」

私は彼に少し考えさせてと言うべきだった。その日帰ってすぐ、その話をシーリアにするべきだった。彼女の意見を聞くべきだった。

不安を口にする機会を与えるべきだった。彼女はわたしが自分の体でできることとできないことを決める立場にはないものの、わたしには自分の行動が彼女に及ぼす影響を考える責任があるということを尊重するべきだった。彼女をディナーに連れ出して、わたしがやりたいことを告げ、どうしてやりたいのか説明するべきだった。その晩、彼女と愛を交わし、わたしが喜びを得たいと思っている体は彼女の体だけだと示すべきだった。

それらはどれも簡単にできることだ。自分の仕事が、別の人間とセックスしている映像を世界じゅうの人に見せることだとわかっているときに、愛する人に示さなければならない優しさだ。

わたしはそのどれひとつもシーリアのためにしなかった。

それどころか、彼女を避けた。

家に帰ると、コナーのようすを確認してから、キッチンに足を運んで、ルイサが冷蔵庫に入れておいてくれたチキンサラダを食べた。

シーリアがやってきて、わたしを抱きしめた。「撮影はどうだった？」

「うまくいったわ」わたしは言った。「とってもいい感じよ」

そして、彼女が〝今日はどうだった？〟とも〝マックスとのあいだに何かおもしろいことでもあった？〟とも言わず〝来週はどんな予定なの？〟とすら言わなかったので、その話を持ち出さなかった。

マックスが「アクション！」と叫ぶまえに、わたしはバーボンを二杯飲んだ。撮影現場への入場は制限されていた。わたしとドンとマックスと撮影監督と、照明や音声を担当する数人のスタッフしかいなかった。

わたしは目を閉じて、かつてドンを求めていたときの素晴らしい感覚を思い出そうとした。自分の欲望に気づき、男が望むことだけでなく自分が望むことを大事にするセックスが好きなことに気づくのが、どれだけ素晴らしいことだったか考えた。ほかの女性の頭にも、その考え方の種を植えつけたいと強く思った。喜びや力を得ることを恐れている女性が、どれだけいるのだろう。家に帰って夫に〝彼が彼女に与えたものをわたしに与えてちょうだい〟と言う女性がひとりでもいたら、どんなに素晴らしいだろう、と。

わたしは欲望にもだえている状態になろうとした。自分ひとりでは得られないものを強く求めている状態に。かつてはドンが与えてくれ、今はシーリアが与えてくれる喜び。目を閉じて自分自身に集中し、その状態になった。

後日、ドンとわたしは映画のなかで本当にセックスしていると言われた。実際に行為に及んでいると噂されもしたが、そうした噂はすべて根も葉もないものだった。人々が実際にセックスしているところを見ていると思ったのは、そのシーンが力強かったからだ。わたしが彼を強く求めている女になりきれたからであり、ドンがまだ手に入れていないわたしを求めていたときの感覚を思い出せたからだった。

その日、わたしは自らを解き放った。圧倒的な存在感を放ちながら自由奔放に振る舞った。映画の撮影中にそんなふうになったのは後にも先にもそのときだけだった。純粋に想像力によってのみもたらされた至福のひとときだった。

マックスが「カット！」と叫ぶと、わたしはぱっと気持ちを切り替えて立ちあがり、急いでガウンを着た。顔が赤くなるのがわかった。このわたしが、エヴリン・ヒューゴが顔を赤らめていた。

ドンに大丈夫かと尋ねられたが、わたしは彼に背を向けた。さわられたくなかった。「大丈夫よ」そう言うと、楽屋に戻ってドアを閉め、号泣した。

自分がしたことを恥じていたわけでも、観客に観られることを不安に思っていたわけでもなかった。頬を伝う涙は、自分がシーリアに何をしたのか気づいたからだった。

彼女は特定の規範を大事にしていると、わたしはかねてから思っていた。ほかの人々は賛成できないかもしれないが、わたしには十分にうなずける規範だった。そしてその規範には、わたしがシーリアに正直でいることや、よくすることが含まれていた。

そして、これはシーリアにとっていいことではなかった。

わたしが彼女の承諾なしにたった今したことは、愛する女性にとっていいことではなかった。

その日の撮影が終わると、わたしはタクシーに乗らずに、五十ブロック歩いて帰った。ひとりになる時間が必要だった。

途中で花を買い、公衆電話からハリーに電話して、一晩コナーを預かってくれるよう頼んだ。

帰ると、シーリアは寝室で髪を乾かしていた。

「あなたに買ってきたの」わたしはそう言って、彼女に白い百合の花束を渡した。白い百合には〝わたしの愛は純粋です〟という意味があると花屋の店員に教えられたことは言わずにいた。

「まあ」彼女は言った。「なんてきれいなの。どうもありがとう」

彼女は花の香りを嗅ぐと、水飲み用のコップを手にして水を入れ、そこに花束を挿した。「とりあえずここに挿しておくわ」と言った。「あとで花瓶を選ぶまで」

「あなたにお願いしたいことがあるの」わたしは言った。

「あら」彼女は言った。「花を買ってきたのはそのためだったの?」

わたしは首を横に振った。「違うわ」と言った。「花を買ってきたのは、あなたを愛してるからよ。いつもあなたのことを考えてることや、あなたがわたしにとってどれほど大事かということを伝えたかったから。口では十分に言えないから、違う形で伝えたくて。だから花を買ってきたの」

罪悪感とは昔から反りが合わなかった。いったん罪悪感が頭をもたげると、それは群れを成して襲ってくる。ひとつのことに罪悪感を抱くと、ほかのすべてのことにも罪悪感を抱かなければならないような気になりはじめる。

わたしはベッドの足元に座った。「その……あなたに知っておいてほしいんだけど、マックスとわたしで話し合った結果、映画のラブシーンが、あなたやわたしが思ってたより生々しいものになりそうなの」

「どれぐらい生々しいの？」

「思ってたより激しい感じ。パトリシアの快楽への欲求が伝わるような」

わたしは言わずにいたことを隠すためにあからさまに嘘をついていた。すでにしたことなのに、するまえに彼女の承諾を得ようとしていると思わせるような話し方をしていた。

「快楽への欲求？」

「パトリシアがマークとの関係で得ているものを見せなきゃならないの。愛だけじゃなくて、それ以上のものが必要なのよ」

「わかるわ」シーリアは言った。「つまりそれが〝どうして彼女が彼のもとを離れないか〟という問いの答えになるって言ってるのね」

「ええ」わたしは興奮して言った。もしかすると、わかってもらえるかもしれない。

事後承諾にはなるものの、許してもらえるかもしれない。「そのとおりよ。それでドンとわたしで露骨なシーンを撮ることになったの。わたしはほぼ全裸になるわ。映画のテーマを理解してもらうために、主役ふたりが無防備な姿で結ばれてるところを見せなきゃならないの。つまり……性的に」

シーリアはわたしの話に耳を傾け、その内容を理解しようとしていた。わたしが言っていることを受け入れようと、努力しているのがわかった。「あなたがしたいようにしてほしい」彼女は言った。

「ありがとう」

「でも……」彼女は目を伏せて、首を横に振りはじめた。「まったく……わからないわ。耐えられるかどうかわからない。あなたは一日じゅうドンといて、夜遅くまでずっといっしょで、わたしはあなたに会えなくて、しかも……セックスだなんて。セックスはあなたとわたしだけですることよ。そんなシーン、観られるかどうか自信がないわ」

「観る必要はないのよ」

「でも、その撮影があったことを知ってるんだもの。そのシーンが公開されることも。そしてみんなが観ることも。平気でいられたらいいと思うけど。本当にそう思うけど」

「じゃあ、平気でいてちょうだい」

「そうなれるよう努力するつもりよ」

「ありがとう」

「本気で努力する」

「よかった」

「でも、エヴリン、平気でいられるとは思えない。だって……あなたがミックと寝たのを知ったときも、ふたりがいっしょにいるところを想像して、そのあと何年も苦しかった」

「わかってるわ」

「そしてあなたはハリーとも寝た。何回寝たかはわからないけど」彼女は言った。

「ええ、そうね。わかってる。でも、ドンとは寝るわけじゃないのよ」

「でも、あなたは彼と寝てたわ。実際に。スクリーンであなたたちふたりを観る人たちは、ふたりが実際にしてたことを観ることになるのよ」

「本当にしてるわけじゃない」わたしは言った。

「わかってる。でも、あなたはそれを本当にしてるように見せるつもりだと言ってるんでしょ？　これまで撮られたどの映画よりも本当っぽく見せるつもりだと言ってるのよね？」

「ええ」わたしは言った。「そういうことになるわね」

彼女は泣きはじめ、両手に顔をうずめた。「あなたをがっかりさせると思うけど」と言った。「平気ではいられないわ。無理よ。自分のことはよくわかってる。平気でいられるはずがない。きっと苦しくてたまらなくなる。あなたと彼がいっしょのところを想像して具合が悪くなると思う」きっぱりと首を振る。「ごめんなさい。わたしには無理。耐えられないわ。あなたのために強くなりたいけど。本当にそう思うけど。逆の立場なら、あなたが耐えられるのはわかってる。あなたをがっかりさせてしまってるわね。本当にごめんなさい、エヴリン。永遠に埋め合わせするわ。あなたが望む役を得られるよう手助けする。努力して、次に同じことがあったら、もっと強くなれるようにする。でも……お願いよ、エヴリン。あなたが別の男と寝るなんて耐えられない。今回は本当っぽく見せるだけだとしても。わたしには無理。お願いよ」彼女は言った。「お願いだからやめて」

心が沈み、吐きそうになった。

わたしは床を見つめた。足元で二枚の木の板が合わさっているようすや、釘の頭がわずかにめり込んでいるのを観察した。

やがて目を上げ、彼女の顔を見て言った。「もう撮影したの」

わたしは泣きじゃくった。

そして懇願した。

それからひざまずいて必死に謝った。失いたくない相手なら、その情けにすがらなければならないと、昔、学んでいたから。

けれども、シーリアはわたしの言葉をさえぎって言った。「わたしはあなたが本当にわたしのものになってくれることだけを望んでた。でも、あなたはけっしてわたしのものにはなってくれなかった。完全にはなってくれなかった。わたしはつねにあなたの半分で我慢しなきゃならなかった。残りの半分は世界のもので。責めてるわけじゃないの。あなたを愛してることには変わりない。でも無理なの。無理なのよ、エヴリン。心が半分壊れたまま生きてはいけないわ」

そして彼女は部屋を出ていき、わたしのもとを去った。

それから一週間もしないうちに、シーリアはこのアパートメントと彼女のアパートメントにあった荷物をまとめてロサンゼルスに戻ってしまった。

電話をかけても出てくれず、連絡が取れなくなった。

わたしのもとを去って数週間後、彼女はジョンとの離婚を申請した。彼が書類を受け取ったとき、わたしに直接送達されてきたかのように感じた。彼と別れることでわたしと別れようとしていることは火を見るより明らかだった。

わたしはジョンに彼女のエージェントとマネージャーに電話してもらった。彼は彼女がビバリーウィルシャー・ホテルに泊まっていることを突き止めた。わたしはロサンゼルスに飛び、彼女の部屋のドアを叩いた。

わたしはお気に入りのダイアン・フォン・ファステンバーグのワンピースを着ていた。それを着たわたしはたまらなく魅力的だと以前シーリアに言われたからだ。ホテルの部屋からひと組の男女が出てきて、廊下を歩きながら、ずっとわたしのほうを見ていた。わたしが誰であるかわかったようだったが、わたしは隠れようともせず、ドアをノックしつづけた。

ようやくシーリアがドアを開けてくれると、何も言わずに、じっと彼女の目を見つめた。彼女も無言で見つめ返してきた。わたしは目に涙を溜めて言った。「お願い」

彼女はわたしに背を向けた。

「わたしが間違ってたわ」わたしは言った。「もう二度としないから」

前回、このような喧嘩をしたときは、わたしは謝ろうとしなかった。そして、このときは自分が悪かったことを認めて心の底から謝れば許してもらえると本気で思っていた。

けれどもシーリアは許してくれなかった。「もう無理なの」首を横に振って言った。ハイウエストのジーンズにコカ・コーラのTシャツ。肩の下まである髪。三十七歳だったが、まだ二十代のように見えた。彼女には昔からわたしにはない若々しさがあった。わたしは三十八歳で、年相応に見えはじめていた。

そう言われて、わたしはホテルの廊下でひざまずき、激しく泣きはじめた。

彼女はわたしを部屋に引き入れた。

「わたしを受け入れて、シーリア」わたしは懇願した。「受け入れてくれたら、ほかのことはすべてあきらめるわ。コナー以外はすべてあきらめる。二度と演技はしないし、世間にわたしたちのことを知られてもかまわない。わたしの全部をあなたにあげる。だからお願いよ」

シーリアはわたしの言葉を聞き終わると、ベッドの傍らの椅子に静かに腰をおろして言った。「エヴリン、すべてあきらめることなんてできないわ。この先もずっとそうよ。そして、自分のものにできるぐらいあなたを愛せないことが、わたしの人生の悲劇になる。どれだけ愛されようが、あなたは誰のものにもならないことが」

わたしはその場に立ち尽くして彼女がほかに何か言うのを待ったが、彼女は何も言わなかった。ほかに言うことはないようだった。そして、わたしが何を言っても、その心を変えることはできないようだった。

現実に向き合って、どうにか気持ちを落ち着かせ、涙をこらえて彼女の額にキスすると、部屋を出た。

悲嘆に暮れる心を隠して飛行機でニューヨークに戻った。そしてアパートメントに戻って初めて感情を解き放ち、彼女が死んでしまったかのように泣きじゃくった。

完全に終わったと思った。

わたしが彼女に無理強いしたために、すべては終わりを告げたのだ。

46

「それで本当に終わったんですか？」わたしは言う。

「彼女はわたしと縁を切ったの」エヴリンが言う。

「映画はどうなったんです？」

「それだけの価値があったのかということ？」

「まあそうです」

「映画は大ヒットしたけど、だからといってそれだけの価値があったということにはならないわ」

「ドン・アドラーはその映画でオスカーを獲ったんですよね？」

エヴリンはうんざりしたように目をうえに向けた。「あの男はオスカーを獲ったけど、わたしはノミネートすらされなかった」

「どうしてされなかったんですか？　わたしも観ましたけど」わたしは言う。「その、部分的にですが。あなたは素晴らしかった。本当に並外れてたのに」

「わたしがそれをわかっていないと思うの？」

「じゃあ、その、どうしてノミネートされなかったんです？」

「なぜなら！」エヴリンは苛立ちもあらわに言う。「なぜなら、わたしがあの映画で賞賛されることは許されなかったからよ。あの映画は成人指定されたわ。国内のほぼ全部の新聞の編集長のもとに、あの映画に関する投書が届いた。あまりにもスキャンダラスであからさますぎたの。人々はあの映画を観て興奮したけど、そうなると誰かを責めなければならなくなる。それでわたしを責めた。そうするしかないでしょう？フランス人の監督を責める？　フランス人というのは、そういうものよ。そして新たに復活を果たしたドンのことは誰も責めようとしなかった。晴れてふしだらな女と呼べるようになったセクシーな女を責めたのよ。あの映画でわたしにオスカーを獲らせるつもりはなかった。みんな暗い映画館でひとりであの映画を観て、人前ではわたしを非難したの」

「でも、キャリアに傷はつきませんでしたよね」わたしは言う。「その翌年に二本の映画に出られてるんですから」

「わたしはみんなにお金を儲けさせた。お金に背を向ける人はいないわ。わたしを喜んで映画に出させておいて、陰口を言っていたの」

「それから何年も経たないうちに、十年間でもっとも気高い演技のひとつと見なされている演技をなさったのに」

「そうね、でもそんなふうに方向転換するべきじゃなかった。何も悪いことはしてなかったんだから」

「ええ、今はみんなわかってます。早くも八〇年代なかばには、あなたも映画も賞賛されたんですから」

「結果的にはよかったわ」エヴリンは言う。「国じゅうの女や男がセックスに興じながら、あの映画の意味を考えていた何年かのあいだは、姦婦の印の緋文字のAを胸につけられていたけれど。人々はやられたがってる女の描写にショックを受けていた。自分が露骨な言葉を使ってるのはわかってるけど、そうとしか表現できないから。パトリシアは愛を交わしたがってる女じゃなかった。やられたがってたの。そして、わたしたちはそれを示した。人々は自分がそれを気に入ったことが嫌だったのよ」

　彼女は今でも怒っている。こわばった顎からそれがわかった。

「あなたはそれからほどなくしてオスカーを受賞された」

「わたしはあの映画でシーリアを失った」彼女は言う。「わたしがとても愛してた生活はあの映画のためにひっくり返った。もちろん、自業自得だってわかってる。彼女にまえもって話さないで元夫とあからさまなセックスシーンを撮ったのはわたしだもの。自分が人間関係で犯した過ち(あやま)をほかの誰かのせいにしようとは思わない。それでも……」エヴリンは口をつぐみ、少しのあいだ自分の考えにふける。

「お訊きしたいことがあるんですが。これについては、あなたの口から直接聞かせていただくのが重要だと思うので」わたしは言う。

「いいわよ……」

「バイセクシュアルであることはあなたの人間関係において重圧になっていましたか?」彼女の複雑なセクシュアリティを、その細かいニュアンスまで含めて正確に表現したい。

「どういう意味?」彼女は尋ねる。その声がかすかに鋭くなっている。

「あなたは男性との性的な関係のせいで愛する女性を失った。そのことはあなたの、より大きなアイデンティティに関係があると思うんです」

エヴリンはわたしの言葉に耳を傾け、訊かれたことについて考えてから、首を横に振る。「いいえ、わたしが愛する女性を失ったのは、彼女を大事に思っていたのと同じぐらい有名でいることが大事だと思ってたからよ。わたしのセクシュアリティとはなんの関係もないわ」

「でも、あなたはご自分のセクシュアリティを利用して、シーリアからは得られないものを男性から得ていた」

エヴリンはいっそうきっぱりと首を横に振る。「セクシュアリティとセックスは違うわ。わたしはセックスを利用して望むものを手に入れていたの。セックスはただの行為。セクシュアリティは本当の欲望や好みが現われたもの。わたしが欲望を抱き、喜びを得ていたのは、ずっとシーリアだけだった」

「そんなふうに考えたことはありませんでした」わたしは言う。

「バイセクシュアルだから誠実になれなかったということはないわ」エヴリンは言う。「そのふたつにはなんの関係もない。シーリアがわたしの欲求の半分しか満たせなかったということでもないわ」

気づくとわたしは彼女の言葉をさえぎっている。「わたしはそんなことは――」

「あなたがそういうつもりで言ったんじゃないってことはわかってる」エヴリンは言う。「でも、わたしの言葉で理解してほしいの。シーリアがわたしのすべてを手に入れられなかったと言ったのは、わたしが自分勝手で、持ってるものすべてを失うことを恐れてたからよ。ひとりの人間では埋められないふたつの面を持っていたからではないわ。わたしがシーリアの心を傷つけたのは、わたしの時間の半分を彼女を愛することに使って、もう半分を、彼女をどれだけ愛してるか隠すことに使ってたから。わたしは一度だってシーリアを裏切ったことはなかった。裏切るというのが、ほかの人に欲望を抱いて、その人と愛を交わすことだとしたら、一度もそうしたことはなかったわ。シーリアとつきあっていたときは、シーリアといた。男と結婚してる女が、その男といるのと同じように。ほかの人に目が向かなかったかって？　たしかにそういうこともあったわ。決まった相手がいるほかの人たちと同じように。でも、わたしはシーリアを愛してたし、シーリアにしか本当の自分を見せていなかった。

問題は、わたしが体を使って、望むものを手に入れてたこと。そして、彼女のためでさえそれをやめなかったこと。それがわたしの悲劇。体しか持っていなかったときにそれを使い、ほかの選択肢ができたあとも、使いつづけたこと。そうすることで愛する女性を傷つけるとわかっていながら、使いつづけたことよ。しかも、わたしは彼女を巻き込んだ。自分を犠牲にして、わたしの選択を認めつづけなきゃならない立場に置いた。シーリアは怒ってわたしのもとを去ったのかもしれないけど、何度も切りつけられて、じわじわと死に向かっていたのよ。わたしは彼女に小さな傷をつけてた。来る日も来る日も。そして、それが大きな傷になって癒すことができなくなったら驚いたのよ。

わたしがミックと寝たのは、自分と彼女のキャリアを守りたかったから。わたしにとっては、わたしたちの関係の神聖さより、そちらのほうが大事だった。ハリーと寝たのは子どもが欲しかったから。養子をもらったら、疑いの目を向けられるかもしれないと思った。セックスレスだというわたしたち夫婦の実態に注意が向けられるんじゃないかと心配だったの。わたしたちの関係の神聖さより、そちらのほうを選んだ。そして、マックス・ジラールが映画における創造的な選択について、いいアイデアを思いつくと、わたしはそれを実行したいと思った。わたしたちの関係の神聖さを犠牲にして、喜んで実行したのよ」

「ご自分に厳しすぎるんじゃないでしょうか」わたしは言う。「シーリアも完璧じゃなかった。冷酷になれる人だったんです」

エヴリンは小さく肩をすくめる。「彼女はつねに、悪いことは、たくさんのいいことで埋め合わせできるとはっきりさせてたわ。わたしは……そうできなかった。悪いことといいことを半々にもたらした。愛する人に対してもっとも残酷なことよ。たくさんの悪いことをかろうじて耐えられるぐらいのいいことしか与えないなんて。もちろん、そういうことは彼女に去られて初めて気づいたわ。そして、どうにか関係を修復しようとしたけど、手遅れだった。彼女が言ったように、単純に彼女にはもう無理だったの。わたしが本当に大事なものに気づくのに時間がかかりすぎたから。けっして、わたしのセクシュアリティのせいじゃないわ。そこのところは正確に書いてもらえると思うけど」

「お約束します」わたしは言う。「ちゃんと書くって」

「そうしてくれるとわかってるわ。どう書いてほしいかという話題になったから言うけど、あなたにちゃんと書いてもらわなきゃならないことがほかにもあるの。死んでしまったら訂正できないから、今、はっきりさせておきたい。これから言うことを、あなたが正確に書いてくれると確信したいの」

「わかりました」わたしは言う。「なんですか？」

エヴリンの表情がわずかに暗くなる。「わたしはいい人間じゃないわ、モニーク。本のなかで、それをはっきりさせてちょうだい。わたしが自分はいい人間だと主張していなかったことや、わたしは自分の行動でたくさんの人を傷つけてきたし、もしそうしなければならなければ、また同じことをするだろうと思ってたことを」

「それはどうでしょう」わたしは言う。「あなたはそんな悪い人間には見えませんよ、エヴリン」

「あなたはほかの誰よりも、それについて考えを変えるはずよ」彼女は言う。「近いうちに」

そう聞かされて、わたしは思う。〝この人はいったい何をしたの？〟

47

一九八〇年にジョンが心臓発作で亡くなった。彼は五十歳にもなっていなかった。納得がいく話ではなかった。わたしたちのなかでいちばん丈夫で健康で、煙草も吸わず、毎日運動を欠かさなかった彼の心臓が止まるなんて。けれども物事というのは納得がいかないものだ。彼がいなくなると、わたしたちの人生に大きな穴が開いた。

コナーは五歳だった。ジョンおじさんがどこに行ったのか彼女に説明するのは難しかった。父親がどうして深い悲しみに暮れているのか説明するのはもっと難しかった。ハリーは何週間もベッドからほぼ出られなかった。ベッドから出ているときはバーボンを飲んでいた。しらふのときはほとんどなく、いつも沈み込んでいて、しばしば思いやりのない態度を見せた。

シーリアは涙ぐんでいる写真を撮られた。アリゾナのロケ地で、目を赤くしてトレーラーに入るところを。わたしは彼女を抱きしめたかった。みんなで支え合って悲しみを乗り越えたかった。けれども、そんなことはできるはずないとわかっていた。とはいえ、ハリーの力になることはできた。だから、コナーとともに毎日彼のアパートメントに泊まった。コナーは彼のアパートメントにある自分の部屋で寝て、わたしはハリーの寝室のソファで眠った。彼に食事をとらせ、お風呂に入らせ、娘とごっこ遊びをさせた。

ある朝、わたしが目を覚ますと、ハリーとコナーはキッチンにいた。コナーはボウルにシリアルを入れているところで、ハリーはパジャマのズボンを穿いたまま窓の外を見ていた。

手には空のグラスを持っていた。彼が窓に背を向けて、コナーに向き直ると、わたしは言った。「おはよう」

するとコナーが言った。「おとうさん、どうして目がぬれてるの?」

彼が泣いていたのか、朝早くからすでに何杯か飲んでいたのか、わたしにはわからなかった。

葬儀で、わたしは黒いビンテージのホルストンを着た。ハリーは黒いスーツに黒いシャツに黒いネクタイ、黒いベルトに黒い靴下という格好だった。彼の顔から深い悲しみの表情が消えることはなかった。

彼の深い悲しみの表情と苦痛に満ちたしわがれ声は、わたしたちがマスコミに提供してきた、ジョンはハリーの友人で、ハリーとわたしは愛し合っているという筋書きと矛盾していた。ジョンがアパートメントをハリーに遺したという事実も。けれども、わたしは本能に逆らって、ハリーに感情を隠すようにとも、アパートメントの相続を辞退するようにとも言わなかった。わたしたちが何者であるかを隠そうとするエネルギーはほとんど残っていなかった。苦痛はときに体裁をつくろいたいという欲求を凌駕(りょうが)すると、経験から学んでいた。

シーリアも来ていた。丈の短い、長袖の黒いワンピースという格好で。彼女はわたしに声をかけず、わたしを見もしなかった。わたしは彼女を見つめた。彼女のもとに行って、その手を握りたくてたまらなかった。けれども、彼女のほうには一歩も足を踏み出さなかった。

ハリーに愛する人を失った悲しみをもたらしたジョンの死を利用して、わたしの悲しみを和らげるつもりはなかった。彼女にわたしと話させるつもりはなかった。そのような状況で、そういうことはしたくなかった。

ハリーが涙をこらえて見守るなか、ジョンの棺は地面に掘られた穴のなかにおろされた。シーリアは帰っていった。彼女の姿を目で追うわたしを見て、コナーが言った。

「おかあさん、あの女の人はだれ？　わたし、あの人しってると思う」

「知ってる人よ」わたしは言った。「よく知ってた人よ」

するとコナーは、わたしのかわいい娘は言った。「おかあさんのえいがで死んじゃう人だ」

わたしはコナーがシーリアをまったく覚えていないことに気づいた。『若草物語』に出ている女の人として認識していたのだ。

「いい人なんだよ。みんながしあわせになればいいなって思ってるの」コナーは言った。

そのときわたしは、自分が作りあげた家族が完全に崩壊してしまっていたことを知った。

ナウ・ジス
一九八〇年七月三日

シーリア・セントジェームズとジョーン・マーカー　大親友に

シーリア・セントジェームズとハリウッドの新顔ジョーン・マーカーが、近ごろ街の話題をさらっている！　昨年公開された『約束して』で一躍スター女優となったマーカーは、早くも今季の〝イットガール〟になりつつある。彼女の指南役として〝アメリカの恋人〟以上の適任者がいるだろうか？　いっしょにサンタモニカでショッピングを楽しんだり、ビバリーヒルズでランチしたりしているところを目撃されているふたりは、お互いが大好きなようだ。

ふたりの仲の良さが、映画での共演につながることを願ってやまない。それぞれの演技がぶつかり合う傑作となるだろうから！

48

ふたたびハリーに自分の人生を歩みはじめさせるには、コナーの相手と仕事で忙しくさせるしかないとわかっていた。コナーに関しては簡単だった。彼女は父親が大好きで、四六時中、彼の注意を引きたがった。ハリーからアイスブルーの目と背の高さと体格の良さを受け継いだコナーは、成長するにつれてますます彼に似てきていた。そしてコナーといるときは、ハリーはお酒を飲まなかった。いい父親でいることを大事に思い、娘のためにしらふでいる責任があるとわかっていたのだ。

けれども、世間にはなおも秘密だったが、毎晩、自分のアパートメントに帰ると、お酒を飲んで寝ていることを、わたしは知っていた。わたしたちと過ごさない日にはベッドから出ていないことも。

だから、仕事で忙しくさせるしかなかった。彼が気に入るものを見つけなければならなかった。彼が情熱を抱けて、わたしにぴったりの素晴らしい役がある脚本が必要だった。わたしが素晴らしい役を演じたかったからだけでなく、ハリーは自分のために何かをしようとはしないだろうが、わたしに必要とされていると思えばなんでもするに違いなかったからだ。

わたしは脚本を読んだ。何カ月もかけて何百本もの脚本を読んだ。するとマックス・ジラールが制作の目処(めど)が立たずにいる脚本を送ってきた。『すべてはわたしたちのために』と題された脚本だった。

ニューヨークに移り住んで、三人の子どもを育てながら、夢を追い求めるシングルマザーの物語だった。冷たく厳しい街で必死に生きていく話でもあったが、希望と、自分にはもっと価値があるとあえて信じることについての話でもあった。どちらもハリーの興味を引くはずだと、わたしにはわかっていた。それに母親のレネーは正直で曲がったことが嫌いな力強い人物だった。

わたしは脚本の内容をざっとハリーに説明して、読んでくれるよう頼んだ。そして断られそうになると言った。「この作品でついにオスカーが獲れると思うの」その言葉が決め手となった。

わたしは『すべてはわたしたちのために』を撮ってよかったと思った。それは、その映画でついに例の像を手にしたからでも、撮影中にマックス・ジラールとさらに親しくなれたからでもなかった。ハリーにお酒をやめさせることはできなかったが、彼をベッドから出すことはできたからだった。

映画の公開から四カ月後、ハリーとわたしはいっしょにアカデミー賞の授賞式に出席した。マックス・ジラールはブリジット・マナーズというモデルを連れてきていたが、授賞式の何週間もまえから、わたしと腕を組んで出席するのが夢だと冗談を言っていた。わたしがそれまでに結婚した男たちのことを考えると、わたしが彼と結婚していないことに深く傷つけられると冗談を言うようにもなっていた。わたしも彼に親しみを感じるようになっていたことを認めなければならなかった。だから、彼には同伴者がいたにもかかわらず、みんなで最前列に座りながら、わたしはもっとも大事なふたりの男といるように感じていた。

コナーはホテルの部屋で、ルイサとともにテレビで授賞式を観ていた。その日、授賞式に来るまえに、ハリーとわたしはコナーが描いた絵をもらった。わたしがもらったのは金色の星の絵で、ハリーがもらったのは稲妻の絵だった。それらは幸運のお守りだとコナーは言った。わたしは絵をクラッチバッグに忍ばせ、ハリーはタキシードのポケットに入れた。

主演女優賞にノミネートされている女優の名前が呼ばれると、わたしは自分が受賞できると信じていたわけではないことに気づいた。オスカーは、わたしがずっと求めていたもの、つまり真実味と威厳をともなっていたが、わたしの内面を見ても、わたしに真実味と威厳があるとは思えなかった。

ハリーがわたしの手を握りしめると同時に、ブリック・トーマスが封筒を開けた。そして、わたしが考えていたことに反して、彼はわたしの名前を口にした。

わたしはたった今聞いたことを処理できないまま、胸を上下させて、まっすぐまえを見つめていた。するとハリーがわたしを見て言った。「ついにやったな」

わたしは立ちあがって、彼を抱きしめた。ステージに上がって、ブリックからオスカー像を受け取ると、胸に手をあてて鼓動を落ち着かせようとした。

拍手が鳴りやむと、マイクに口を寄せて、あらかじめ考えていた内容に即興でつけ加えながらスピーチを始めた。それまで受賞できるかもしれないと思っていたときに、そうなったら言おうと用意していたことを思い出そうとした。

「ありがとうございます」客席を埋め尽くす、なじみのあるゴージャスな人々を見ながら言った。「わたしの永遠の宝物となったこの賞をいただけたことだけでなく、この仕事をさせていただけていること自体を、とてもありがたく思っています。楽なことばかりではありませんでしたし、自ら困難を招いたこともありましたが、この人生を生きられて本当に運がいいと思っています。ですから五〇年代なかばに仕事を始めたときから——あら、年がばれちゃうわね——ごいっしょしてきた、すべてのプロデューサーの方に感謝しています。とりわけ、わたしのお気に入りのプロデューサーであるハリー・キャメロンに。愛してるわ。わたしたちの子どもも愛してます。ハイ、コナー。これを観たら寝なさいね。もう遅い時間だから。それから、いっしょに仕事をしてきた俳優や女優のみなさんと、わたしが役者として輝くのを手助けしてくださった監督方にも感謝しています。とくに、マックス・ジラール。どうもありがとう。それに、これはハットトリックの最初の得点だと信じてるわ、マックス。それから、もうひとり、ここにはいませんが、わたしが毎日思いを馳せている人がいます」

　十年まえなら、わたしは怖がって、それ以上何も言えなかっただろう。それさえ言えずにいたかもしれない。けれども、彼女に伝えなければならなかった。もう何年も話していなかったけれど。今でも愛していることを示さなければならなかった。これからもずっと愛していくことも。

「彼女が今これを観てくれていることはわかっています。彼女がわたしにとってどれほど大切な存在であるか、わかってくれているといいのですが。ありがとうございました、みなさん。本当にありがとうございました」

わたしは震えながらステージの奥に引っ込み、どうにか気持ちを落ち着かせた。記者たちの質問に答え、お祝いの言葉を受けた。自分の席に戻ってすぐに、マックスが監督賞を受賞し、次いでハリーが作品賞を受賞した。そのあと、わたしたち三人は満面の笑みを浮かべてポーズを取り、次から次へと写真を撮られた。

わたしたちは山の頂上までのぼりつめ、その晩、そこに旗を立てたのだ。

49

午前一時ごろ、ハリーはすでにコナーのようすを見にホテルに戻っていたが、マックスとわたしはパラマウントの社長が所有する邸宅の中庭にいた。円形の噴水が夜空に水しぶきを噴きあげていた。マックスとわたしは腰をおろし、いっしょに成し遂げたことに感動していた。するとマックスのリムジンが停まった。

「ホテルまで送っていこうか？」彼が尋ねた。

「あなたの同伴者はどこにいるの？」

マックスは肩をすくめた。「彼女はただ授賞式が観たかっただけなんだと思う」

わたしは笑い声をあげた。「かわいそうなマックス」

「全然かわいそうじゃないよ」彼は首を横に振って言った。「この世でもっとも美しい女性と夜を過ごせたんだから」

わたしはやれやれと首を振った。「またそんなこと言って」

「お腹が空いてるみたいだな。車に乗って。ハンバーガーでも食べにいこう」

「ハンバーガー?」

「エヴリン・ヒューゴだって、ときにはハンバーガーを食べるはずだ」

マックスはリムジンのドアを開けて、わたしが乗るのを待った。「きみの馬車だ」

と言った。

ホテルに戻ってコナーに会いたかった。コナーが口を開けて眠るのを見ていたかった。とはいえ、マックス・ジラールとハンバーガーを食べるのも悪くないように思えた。

数分後、運転手が〈ジャック・イン・ザ・ボックス〉のドライブスルーにリムジンを進めるのに苦労しているのを見て、マックスとわたしは車を降りて店に入るほうが簡単だと思った。

わたしたちふたりは列に並んだ。わたしはネイビーブルーのシルクのドレスを着ていて、マックスはタキシードを身につけていた。まえに並んでいたふたりのティーンエイジャーの少年がフライドポテトを注文したあと、わたしたちの番が来た。すると、店員がねずみを見たかのように悲鳴をあげた。

「嘘でしょ!」彼女は言った。「エヴリン・ヒューゴよね?」

わたしは笑った。「何言ってるのかさっぱりわからないわ」と言った。二十五年間口にしている言葉だったが、なおも通用した。

「絶対にそうよ。エヴリン・ヒューゴだわ」

「ばか言わないで」

「人生最高の日だわ」彼女はそう言うと、奥に向かって叫んだ。「ノーム、早く来て。エヴリン・ヒューゴが来てるのよ。ドレスを着て」

マックスが笑うと、多くの人々がわたしたちのほうを見はじめた。わたしは檻のなかの動物にでもなった気がした。狭い空間でじろじろ見られることには、けっして慣れるものではない。数人の店員がわたしを見ようと厨房(ちゅうぼう)から出てきた。

「ハンバーガーをふたつもらえないかな？」マックスが言った。「ぼくの分はチーズを追加してくれ」

彼の言葉は無視された。

「サインしてもらえる？」初めにわたしに気づいた店員が言った。

「いいわよ」わたしは親切に応じた。

早くすませて、ハンバーガーを買って店を出たいと思っていた。わたしは紙のメニューや帽子にサインしはじめた。何枚かのレシートにもサインした。

「そろそろ行かないと」と言った。「もう夜遅いから」けれども、誰も聞こうとせず、わたしにサインしてほしいものを差し出しつづけた。

「オスカーを獲ったわね」年配の女性が言った。「ほんの数時間まえに。テレビで観たわ。この目で」

「ええ、獲ったわ」わたしはそう言うと、手にしたペンでマックスを指した。「彼もね」

マックスは手を振った。

わたしはさらにいくつかのものにサインをし、何人かと握手した。「さてと。本当にもう行かないと」と言った。

けれども、いっそう人が集まってきた。

「さあさあ」マックスが言った。「レディに息をつかせてやってくれ」声がしたほうを見ると、彼が人混みをかき分けてわたしのほうに向かってきていた。彼はわたしにハンバーガーの入った袋を渡すと、わたしを抱きあげて肩に担ぎ、そのまま店を出て、リムジンに向かった。

「わお」彼の肩からおろされると、わたしは言った。

彼はわたしの隣に乗り込んできて、ハンバーガーの袋をつかんだ。「エヴリン」と言った。

「何？」

「愛してる」

「どういう意味？　愛してるだなんて」

彼はハンバーガーを押しつぶしながら身を寄せてきて、わたしにキスした。長く廃墟になっていたビルに電力が供給されたような感じがした。シーリアがわたしのもとを去って以来、そんなふうにキスされたことはなかった。運命の人がドアから出ていって以来、欲望を駆り立てるような欲望を込めてキスされたことはなかった。そして今、マックスがいて、ふたりのあいだにはつぶれたふたつのハンバーガーがあり、彼の温かな唇がわたしの唇に重ねられていた。

「こういう意味だ」彼はわたしから身を引いて言った。「好きに考えてくれ」

翌朝、オスカー女優として目を覚ますと、かわいい六歳の娘がわたしのベッドでルームサービスの朝食を食べていた。

ドアがノックされ、わたしはガウンを着てドアを開けた。目のまえに、二ダースの赤い薔薇が差し出された。添えられたカードには、こう記されていた。〝初めて会ったときから愛してた。愛するのをやめようとしたが、やめられそうにない。彼と別れてくれ、マ・ベル。ぼくと結婚してくれ。お願いだ。XO（ハグ・アンド・キス）、M〟

50

「今日はここまでにしたほうがいいわね」エヴリンが言う。

彼女の言うとおりだ。もう遅いし、わたしのもとには折り返さなければならない電話や返信が必要なメールがたくさん来ているようだ。デイヴィッドが留守番電話にメッセージを残したのもわかっている。

「わかりました」わたしはそう言うと、ノートパッドを閉じ、停止ボタンを押して録音をやめる。

エヴリンは新聞や一日のあいだに溜まった汚れたコーヒーマグを集める。

わたしは携帯電話を確認する。デイヴィッドから二回、フランキーと母から一回ずつ電話が来ている。

エヴリンに挨拶をしてアパートメントをあとにし、通りに出る。

思ったより暖かかったので、コートを脱ぐ。携帯電話をポケットから取り出して、最初に、母が留守番電話に残したメッセージを聞く。デイヴィッドがなんと言ってきたのか知る心の準備ができているのかどうかわからないからだ。彼になんと言ってほしいのかもわからないし、彼が口にしなかったらがっかりする言葉もわからない。

「もしもし、エヴリン」母は言う。「もうすぐそっちに行くことを忘れてるといけないから念のため電話したの。金曜日の夜に着く便よ。まえに地下鉄で迷ったから、空港に迎えにくるって言うでしょうけど、心配はいらないわ。本当よ。JFK空港から娘のアパートメントに行く方法ぐらいわかるから。ラガーディア空港からでもね。まさか、わたしがうっかりニューアーク空港に着く飛行機を予約したと思ってないわよね？　大丈夫、しなかったわ。するはずないでしょ。とにかく、会えるのを楽しみにしてるわ、わたしのかわいいダンプリング（小麦粉を使った生地を団子状にしたり、そのなかに具をつめたりして調理したもの）ちゃん。愛してるわ」

わたしはメッセージが終わるまえから笑っている。母はニューヨークで何度も迷子になっている。毎回タクシーに乗ろうとしないからだ。ロサンゼルスで生まれ育ち、二種類の交通機関がどう交わっているのかきちんと把握できていないにもかかわらず、公共交通機関をうまく利用できると言い張る。

それに、わたしは昔から母に〝わたしのダンプリングちゃん〟と呼ばれるのが嫌いだった。子どものころ太っていたことからくる呼び名だと、母もわたしもわかっているからだ。わたしはまるで具がたっぷり入ったダンプリングのようだった。

母が留守番電話に残したメッセージが終わるころには、返事を送り終えている。〝わたしも会えるのを楽しみにしてるわ！　空港に迎えにいくから。どっちの空港か教えて〟と。地下鉄の駅に着く。

デイヴィッドが留守番電話に残したメッセージを聞くのはブルックリンに着いてからにすべきだと自分に主張する。そしてその主張に従おうとする。ほぼ従いかけたが、結局そうせずに、階段の外に立ってメッセージを再生する。

「やあ」彼が言う。なじみのある、ざらついた声で。「メッセージを送ったんだけど、返事がないから。今……ニューヨークにいる。家に。つまりアパートメントにいる。おれたちのアパートメントに。いや……きみのアパートメントと言うべきかな。まあとにかく、ここできみを待ってる。いきなり来て悪かった。でも、おれたちは話し合うべきだと思わないか？　もっと言うことがあると思わないか？　なんだかとりとめのないことを話してるね。もう切るよ。でも、すぐに会えるよね」

メッセージが終わると、わたしは階段を駆けおり、カードを通して、ドアが閉まる寸前に電車に乗り込む。混雑した車内に立ち、電車が駅から駅へと轟音（ごうおん）を立てて進むなか、気持ちを落ち着かせようとする。

〝いったいうちで何してるの？〟

電車を降りて通りに出る。冷たい外気にさらされて、コートを着る。今夜のブルックリンはマンハッタンより寒い。

アパートメントまで走っていかないようにする。冷静さを保ち、落ち着いたままでいようとする。〝急いで帰る必要はないわ〟と自分に言い聞かせる。それに、息を切らして彼のまえに立ちたくないし、髪が乱れるのも嫌だ。

エントランスを入って階段をのぼり、アパートメントのまえに立つ。

ドアに鍵を差し入れる。

彼がいる。

デイヴィッドが。

まるでここに住んでいるかのように、キッチンで洗い物をしている。

「久しぶり」わたしは彼を見つめて言う。

彼はまったく変わっていないように見える。ブルーの目に、濃いまつ毛に、短い髪。えんじ色のTシャツを着て、ダークグレーのジーンズを穿いている。

わたしたちは初めて会ったときに恋に落ちた。彼は白人だから、黒人らしくないと言われたりしないだろうと思ったことを覚えている。エヴリンが、初めてメイドがスペイン語を話しているのを聞いたときのことを思い出す。

彼はあまり本を読むほうではないので、へたなライターだと思われることはないだろうと思ったことを覚えている。エヴリンがシーリアから演技がうまくはないと言われたことを思い出す。

わたしのほうがどう考えても魅力的だから、彼がわたしのもとを去ることはないだろうと思って、気分がよくなったことを覚えている。エヴリンはこの世でほぼ間違いなくもっとも美しい女性だったにもかかわらず、ドンからどんな扱いを受けたか思い出す。

エヴリンはそれらの試練に立ち向かった。

だが、今デイヴィッドをまえにして、わたしが自分の問題から逃げていたことに気づく。

おそらく生まれてからずっと。

「やあ」彼が言う。

言葉を口から吐き出さずにはいられない。よく考えてから穏やかに話す時間もエネルギーも自制心もない。「ここで何してるの?」わたしは言う。

デイヴィッドは手にしたボウルを食器棚にしまってから、わたしに向き直って言う。

「いくつかの問題を解決するために戻ってきた」

「わたしがその問題ってわけ？」と尋ねる。

バッグを隅に置き、靴を蹴るようにして脱ぐ。

「きみは間違いを正さなきゃならない相手だ」彼は言う。「おれは間違いを犯した。おれもきみも間違いを犯したんだよ」

どうして今この瞬間まで、問題は自分に自信がないことだと気づかなかったのだろう。わたしのもっとも大きな問題を根本から解決するには、わたしを気に入らない相手にくそ食らえと言えるほど自分に自信を持たなきゃならないと。どうして長いあいだ、もっとたくさんのことを期待できるとわかっていながら、それ以下のもので我慢してきたのだろう。

「わたしは間違いなんて犯してないわ」わたしは言う。そして、彼と同じぐらい、そう言った自分に驚く。彼以上ではなかったとしても。

「モニーク、ふたりとも急ぎすぎたんだ。おれはきみがサンフランシスコに来てくれないことに腹を立てた。きみに、おれや、おれのキャリアのために犠牲になってくれと頼む権利が自分にはあると思ってたから」

わたしは返事を考えはじめるが、デイヴィッドはなおも話しつづける。

「そしてきみは、そもそもそんなことを頼むおれに腹を立てた。きみがここでの生活をどんなに大切にしてるか、おれにはわかってるはずだったから。でも……ほかにも方法はある。しばらくのあいだ、遠距離でやっていけばいい。そして時期を見て、おれがここに戻ってくるか、きみがサンフランシスコに来るかすればいいんだ。おれたちには選択肢がある。それが言いたかったんだ。何も離婚することはない。あきらめる必要はないんだ」

わたしはカウチソファに座り、手を落ち着きなく動かしながら、考えをめぐらせる。彼にそう言われて、この何週間かどうしてこんなに悲しかったのか、どうしてこんなに苦しくて、自分を嫌いになっていたのか気づく。

拒絶されたからではない。

心に傷を負ったからでも。

敗北感からだ。

〝ドンが去ったとき、わたしは心に傷を負わなかった。わたしの結婚は失敗に終わったと思っただけで。大きな違いだわ〟

先週、エヴリンはそう言っていた。

その言葉に強く惹かれた理由が今ようやくわかる。

わたしが打撃を受けていたのは失敗したとわかったからだ。自分にふさわしくない男を選んで、間違った結婚をしてしまったからだ。三十五歳にして、自分を犠牲にしていいと思うほど誰かを愛したことがなく、誰かに心を開いたこともないからだ。

それほど素晴らしくない結婚もあるし、限りのある愛もある。そもそも、いっしょにいるべき相手ではなかったから別れることも。

世界を揺るがすほどの損失ではない離婚もある。ふたりの人間が霧のなかから抜け出すだけのときもある。

「あなたは……あなたはサンフランシスコに戻るべきだと思うわ」結局そう言う。

デイヴィッドは近づいてきて、わたしが座るカウチソファに腰をおろす。

「そして、わたしはここに残るべきだと思う」わたしは言う。「長距離結婚が正しい選択とは思えない。わたしは……離婚こそが正しい選択だと思う」

「モニーク……」

「ごめんなさい」彼に手を取られながら言う。「違うふうに思えたらどんなにいいかと思うけど、あなたも心の奥底では、わたしと同じように思ってるはずよ。だって、わたしに会いたかったとも、わたしがいなくてつらかったとも言わなかったもの。あきらめたくないと言っただけで。ええ、わたしもあきらめたくないわ。失敗したと認めたくない。でも、それはいっしょにいる理由にはならない。あきらめたくない理由がなきゃ。ただあきらめたくないってだけじゃなくて。そしてわたしには……その理由はないわ」言いたいことを優しく言う方法がわからないので、そのまま言う。「あなたがわたしの片割れに思えたことは一度もない」

デイヴィッドがカウチソファから立ちあがって初めて、ふたりでここに座って長いあいだ話すのだろうと自分が思っていたことに気づく。彼がジャケットを着るのを見て初めて、彼は今夜ここに泊まるつもりだったのだと気づく。

だが、彼がドアノブに手をかけると、わたしは素晴らしい人生を見つけるために精彩のない人生に終わりを告げようとしているのだと気づく。

「いつかは片割れだと思える相手に出会えるといいな」デイヴィッドは言う。

〝シーリアのような〟

「ありがとう」わたしは言う。「あなたもね」

デイヴィッドはしかめっ面と言ったほうが良さそうな笑顔を見せて、アパートメントを出ていく。

結婚を終わらせたら眠れなくなるものではないだろうか。

だが、わたしはそうではない。ぐっすり眠る。

次の日の午前中、エヴリンのアパートメントで腰をおろしかけたとき、フランキーから電話が入る。そのまま出ないで留守番電話に応答させようかと考えるが、頭のなかにはすでにたくさんのことが渦巻いている。〝フランキーに折り返し電話する〟まで加えたら、限界を超えてしまうかもしれない。今、出て、すませてしまったほうが良さそうだ。

「おはようございます、フランキー」わたしは言う。

「おはよう」彼女は言う。その声は明るく、ほがらかとさえ言えそうだ。「カメラマンのスケジュールを押さえなきゃならないの。エヴリンは自分のアパートメントに来てもらいたがるわよね？」

「ああ、それはいい質問ですね」わたしは言う。「少々お待ちください」携帯電話のマイクをオフにしてエヴリンのほうを向く。「写真撮影はいつどこでなさりたいか訊いてきています」

「ここがいいわ」エヴリンは言う。「金曜日にしましょう」

「三日後ですよ」

「ええ、金曜日は木曜日の次の日でしょ。合ってるわよね？」

わたしは微笑んで、やれやれと首を振ると、マイクをオンにしてフランキーに言う。

「エヴリンが金曜日にご自宅のアパートメントでとおっしゃってます」

「午前中の遅い時間がいいわね」エヴリンが言う。「十一時はどうかしら？」

「十一時でいいですか？」わたしはフランキーに言う。

フランキーは承諾する。「素晴らしいわ！」

わたしは電話を切って、エヴリンを見る。「三日後に写真撮影をなさりたいんですか？」

「いいえ、あ、あなたがわたしに写真撮影をさせたがってるんでしょ？」

「でも、金曜日で大丈夫なんですか？」

「わたしの話はそれまでには終わるわ」エヴリンは言う。「あなたにはこれまでより遅くまで仕事をしてもらわなきゃならないけど。あなたが好きなマフィンとお気に入りの〈ピーツコーヒー〉のコーヒーをグレースに用意させるわ」

「わかりました」わたしは言う。「それでかまいませんが、話していただかなきゃならないことが、まだだいぶあると思うんですけど」

「心配いらないわ。金曜日までには終わるから」

わたしが疑いの目を向けると、彼女は言う。「喜んでくれていいはずよ、モニーク。それまでには、あなたの知りたいことが全部わかるんだから」

51

マックスからの花束に添えられていたカードを読むと、ハリーは驚いた顔をして押し黙った。最初、そんなものを見せて彼を傷つけてしまったのかと思ったが、どうやらそうではなく、考えをめぐらせているようだった。

わたしたちはビバリーヒルズのコールドウォーター・キャニオン公園の遊び場にコナーを連れてきていた。数時間後に出発する飛行機でニューヨークに戻ることになっていた。ハリーとわたしが見守るなか、コナーはブランコに乗っていた。

「ぼくたちは何も変わらない」彼は言った。「離婚しても」

「でも、ハリー……」

「ジョンは亡くなり、シーリアは去った。もう、二組の夫婦のふりをする必要はない。何も変わらないよ」

「わたしたちの関係は変わるわ」わたしはブランコを力強く漕いで大きく揺らしてい

るコナーを見ながら言った。

ハリーはサングラス越しにコナーを見て、笑顔を向けていた。コナーに手を振って叫んだ。「その調子だ。大きく漕ぐときは、鎖をしっかり握ってるんだぞ」

彼はお酒の飲み方をコントロールできるようになっていた。お酒を飲む、時と場合をわきまえられるようになっていて、仕事や子育てに支障をきたすことはなくなっていた。けれども、ひとりになる時間が増えたらどうなるか、わたしはなおも心配していた。

彼はわたしのほうを向いた。「ぼくたちの関係は変わらないよ、エヴ。約束する。ぼくは今と同じようにぼくの家に住んで、きみはきみの家に住む。毎日、きみの家に行くし、コナーがそうしたがったら、いつでもぼくの家に泊める。むしろ、客観的に見たら、そっちのほうがいいかもしれない。今のままでは、どうしてぼくたちはアパートメントを二軒所有してるんだと、そのうち不思議に思われる」

「ハリー――」

「きみのしたいようにすればいい。マックスといっしょになりたくないなら、ならなきゃいい。ぼくはただ、ぼくたちの離婚にはいい面がいくつかあると言ってるんだ。そして悪い面はそんなにない。きみはぼくの妻だと言えなくなることを除いてね。きみが妻だということをずっと誇りに思ってたから。でも、ぼくたちはこれまでと変わらない。家族のままだ。それに……きみが誰かと恋に落ちるのはいいことだと思う。きみはそんなふうに愛されて当然の人間だ」

「あなたもよ」

ハリーは悲しそうに微笑んだ。「ぼくには愛する人がいたけど、その人はもういない。でも、きみはまた愛する人を見つけてもいいころだと思う。それはマックスかもしれないし、そうじゃないかもしれないが、きっと見つけられるはずだ」

「あなたと離婚するのは嫌だわ」わたしは言った。「離婚しても何も変わらないとしても」

「おとうさん、見て」コナーがそう言うと、ブランコをいっそう大きく漕いで勢いをつけ、そのままジャンプして飛び降りて、両足で着地した。危うく心臓が止まりかけた。

ハリーは笑い声をあげた。「すごいじゃないか!」コナーに向かってそう言うと、わたしに向き直った。「すまない。たぶん、ぼくが教えたんだ」

「そうだと思ったわ」

コナーはまたブランコに乗った。ハリーは身を寄せてきて、わたしの肩を抱いた。

「ぼくと離婚するのが嫌なのはわかる」と言った。「でも、きみはマックスと結婚するのも悪くないと思ってる。そうじゃなきゃ、彼からのカードをぼくに見せたりしない」

「本気なの？」わたしは尋ねた。

マックスとわたしは彼のニューヨークのアパートメントにいた。彼に愛していると言われてから三週間が経っていた。

「本気も本気だよ」マックスが言った。「なんて言ったっけ？〝癌のようにまじめな話〟？」

「心臓発作」

「そうそう、〝心臓発作のようにまじめな話〟だ」

「お互いのことをよく知りもしないのよ」わたしは言った。

「ぼくたちは一九六〇年から互いのことを知ってるんだぞ、マ・ベル。それからどれだけの年月が経ったかわかってないみたいだな。二十年以上だ」

わたしは四十代なかばで、マックスはわたしより何歳か年上だった。娘と見せかけの夫がいるわたしがまた恋に落ちるなんて問題外だと思っていた。そんなことが起こると、とうてい思えなかった。

そこへ、わたしを愛しているという男が現われた。ハンサムで、わたしのほうもけっこう好きで、共有する歴史もある男だった。

「つまりハリーと別れろと言ってるの？　こんなに急に？　わたしたちのあいだにあるかもしれないもののために？」

マックスは顔をしかめてわたしを見た。「ぼくはきみが思ってるほどばかじゃない」と言った。

「あなたがばかだなんて、まったく思ってないわ」

「ハリーはホモセクシュアルだ」彼は言った。

体がさっとうしろに下がるのを感じた。彼からできるだけ遠ざかろうとするかのように。「何言ってるのかわからないわ」わたしは言った。

マックスは笑い声をあげた。「その台詞はふたりでハンバーガーを買いにいったときも通用しなかったし、今も通用しない」

「マックス……」

「ぼくといっしょにいて楽しいかい？」

「もちろんよ」

「ぼくたちはクリエイターとして互いを理解してると思わないか？」

「思うわ」

「ぼくはきみのキャリアにおいてもっとも重要な三本の映画を監督したんじゃなかった？」

「そうよ」

「それは偶然だと思う？」

わたしは考えた。「いいえ」と言った。「偶然じゃないわ」

「ああ、偶然じゃない」彼は言った。「ぼくがちゃんときみを見てるからだ。きみが欲しくてたまらないからだ。きみを見た瞬間、欲望に駆り立てられたからだ。きみに二十年以上、恋してるからだ。カメラはぼくが見てるきみを映す。するときみは輝くんだ」

「あなたは才能のある監督よ」

「ああ、もちろんそうだ」彼は言った。「でも、それはきみがインスピレーションを与えてくれるからだ。きみは、ぼくのエヴリン・ヒューゴは、出演するすべての映画に力を与える。きみはぼくのミューズだ。そして、ぼくはきみの指揮者だ。きみに素晴らしい仕事をさせる人間だ」

わたしは深く息を吸って、彼が言ったことを考えた。「そのとおりね」と言った。

「まったくそのとおりだわ」

「こんなにエロティックなことはほかに考えられないよ」彼は言った。「互いにインスピレーションを与え合うこと以上にエロティックなことはない」そう続けながら、身を寄せてきた。肌に彼の熱を感じた。「そして、ぼくたちが理解し合ってること以上に意味のあることは考えられない。ハリーと別れるべきだ。彼は大丈夫だよ。誰も本当の彼を知らないし、知ってたとしても話していない。これ以上、きみが守ってやる必要はないんだ。ぼくにはきみが必要だ、エヴリン。とても必要なんだ」彼はわたしの耳元でささやいた。その息の熱さと、頬をこする無精ひげが、わたしを目覚めさせた。

わたしは彼につかみかかってキスすると、シャツを脱いで、彼のシャツも脱がせた。バックルをはずしてベルトをゆるめ、ジーンズのボタンをはずして、まえを開かせてから、体を彼の体に押しつけた。

わたしにつかみかかってきたようすや、その動きから、彼がわたしを強く求め、わたしにふれられる幸運を信じられないでいるのがわかった。わたしがブラを取って胸をあらわにすると、彼はわたしの目を見つめてから、隠されていた宝物を見つけたかのように両手を胸に置いた。

とても気持ちがよかった。そんなふうにふれられ、欲望を解き放つのは。彼がカウチソファに横たわると、わたしはそのうえに乗って好きなように動き、欲しいものを奪って、何年かぶりに喜びを味わった。

砂漠で水を得たように感じた。

終わったとき、彼と離れるのが嫌になっていた。彼のそばを離れたくなかった。

「あなたは継父になるのよ」わたしは言った。「わかってる?」

「コナーのことは大好きだ」マックスは言った。「子どもが大好きなんだ。だから、ぼくにとっては恩恵だよ」

「それに、ハリーはこれからもずっとそばにいるわ。彼がいなくなることはない。不動の存在よ」

「かまわないよ。ハリーのことは昔から好きだった」

「今のアパートメントに住みつづけたいわ」わたしは言った。「ここじゃなくて。コナーに引っ越しさせたくないの」

「それでいいよ」彼は言った。

わたしは黙った。自分が何を望んでいるのか正確にはわからなかった。マックスをもっと欲しいと思っていること以外は。彼をもう一度味わいたかった。彼にキスして、うめき声をあげ、ゆっくり彼の下になった。そして目を閉じたが、何年かぶりに、目を閉じていてもシーリアの姿が浮かばなかった。

「いいわ」彼に抱かれながら言った。「あなたと結婚する」

DISAPPOINTING
MAX GIRARD

期待はずれの
マックス・ジラール

ナウ・ジス
一九八二年六月十一日
エヴリン・ヒューゴ、ハリー・キャメロンと離婚し マックス・ジラール監督と結婚

エヴリン・ヒューゴは結婚至上主義だ！　十五年間の結婚生活のあと、彼女とプロデューサーのハリー・キャメロンは別々の道を行くことにした。ふたりは今年『すべてはわたしたちのために』でともに黄金のオスカー像を持ち帰り、勝利の流れに乗ったばかりだ。

だが、情報筋によると、エヴリンとハリーはしばらくまえから別々に暮らしているらしい。この何年かのあいだに、夫婦は友人同士にすぎなくなった。ハリーはエヴリンが住むアパートメントから通りを少し行ったところにある、亡くなった友人のジョン・ブレイヴァーマンが遺したアパートメントに住んでいるという。

一方、エヴリンはそのあいだに『すべてはわたしたちのために』の監督を務めたマックス・ジラールに好意を抱くようになったに違いない。ふたりは結婚するつもりだと発表した。マックスがエヴリンにとって幸せへのチケットなのかどうかは、時が経ってみないとわからない。だが、わかっているのは、彼が六番目の夫になるということだ。

52

マックスとわたしはコナーとハリーとマックスの弟のリュックに見守られて、ジョシュアツリー国立公園で結婚した。マックスは初めサントロペかバルセロナで結婚式を挙げてハネムーンを楽しもうと言ったのだが、ふたりともロサンゼルスで映画を撮り終えたばかりだったので、わたしは砂漠で少人数の式を挙げるのも素敵だと思った。

はるか昔に純潔を装うのはやめていたので白は着ず、かわりにオーシャンブルーのマキシドレスを身につけた。ブロンドの髪にはほんの少しレイヤーが入っていた。わたしは四十四歳だった。

コナーは髪に花を挿し、その隣に立つハリーはフォーマルなズボンにボタンダウンシャツという格好だった。

花婿のマックスは白いリネンのスーツを着ていた。彼は初婚なのだから白を着なければならないと、わたしたちは冗談めかして言っていた。

その晩、ハリーとコナーが飛行機でニューヨークに帰り、リュックが同じく飛行機で彼が住むリヨンに帰ると、マックスとわたしはキャビンで貴重なふたりだけの夜を過ごした。

わたしたちはベッドや机のうえや、夜中には、星空の下、ポーチで愛を交わした。朝になると、グレープフルーツを食べて、トランプをした。テレビのチャンネルを次々に替え、声をあげて笑い合った。大好きな映画のことや、これまでに撮った映画のことや、作りたい映画のことを話した。

マックスにわたしが主役のアクション映画を考えていると言われ、わたしはアクションヒーローにふさわしいかどうかわからないと答えた。

「わたしは四十を過ぎてるのよ、マックス」わたしは言った。わたしたちは太陽が照りつけるなか砂漠を歩いていた。キャビンから水を持ってくるのを忘れていた。

「きみに年は関係ない」彼がわたしとともに砂を蹴って歩きながら言った。「きみにできないことはない。エヴリン・ヒューゴなんだから」

「わたしはエヴリンよ」わたしはそう言って立ち止まり、彼の手をつかんだ。「いつもエヴリン・ヒューゴと呼ぶ必要はないわ」

「でも、そうなんだから」彼は言った。「きみはかの、エヴリン・ヒューゴだ。並外れた存在なんだ」

わたしはにっこり笑って、彼にキスした。愛し、愛されていると感じるのは、とてもほっとすることだった。また誰かといっしょにいたいと思えることに、心が浮き立った。シーリアはもう二度と戻ってこないだろうが、マックスはここにいる。彼はわたしのものだった。

キャビンに戻ったときには、ふたりとも日に焼け、喉がからからになっていた。わたしは夕食にピーナッツバターとジャムのサンドウィッチを作り、食後にはふたりでベッドに座ってニュースを見た。とても穏やかな気分だった。何かを証明したり、隠したりする必要もなかった。

わたしはマックスの腕のなかで眠った。彼の鼓動を背中で感じながら。

けれども、翌朝、目を覚まし、ぼさぼさの髪と臭い息のまま、彼のほうを見ると、期待に反して彼は笑顔ではなく、冷静な顔をしていた。まるで何時間も天井を見つめていたかのようだった。

「何考えてるの？」わたしは言った。

「別に何も」

彼の胸毛には白いものが交じりはじめていた。そのために貫禄がついて見えると思った。

「なんなの？」と言った。「話してよ」

彼は顔をこちらに向けて、わたしを見た。わたしはだらしない姿をしていることを少し恥ずかしく思いながら、髪を整えた。彼はふたたび天井に目を戻した。

「想像してたのと違う」

「何が想像してたのと違うの？」

「きみだ」彼は言った。「きみとなら輝かしい日々を送れるものと思ってた」

「今はもう思ってないの？」

「ああ、こんなのは違う」彼は首を横に振って言った。「正直に言ってもいいかな？どうやらぼくは砂漠が嫌いなようだ。日差しが強すぎるし、食べ物はおいしくないし。どうしてここにいるんだ？　ぼくたちは都会の人間だ。早く帰ろう」

わたしはそれだけだったことにほっとして、笑い声をあげた。「あと三日、ここにいる予定よ」と言った。

「ああ、そうだな、わかってるよ、マ・ベル。でもお願いだから、もう帰ろう」

「こんなに早く？」

「ウォルドーフに部屋を取って、何日か過ごしてもいい。ここで過ごすかわりに」

「わかったわ」わたしは言った。「あなたが本当にそうしたいなら」

「本当にそうしたい」彼はそう言うと、起きあがって、シャワーを浴びにいった。

そのあと、空港で搭乗を待っているとき、マックスが機内で読む物を買いにいった。

彼は『ピープル』誌を手に戻ってきて、わたしたちの結婚式の記事を見せた。

わたしは〝大胆不敵なセクシー美女〟で、マックスは〝白馬の騎士〟と称されていた。

「いいじゃないか」彼は言った。「まるで王族みたいだ。この写真のきみはとてもきれいだ。まあ、当然だけど。それがきみなんだから」

わたしは微笑んだが、頭のなかにはリタ・ヘイワースの有名な言葉が浮かんでいた。

〝男はみんなギルダ（リタ・ヘイワースが同名の映画で演じた魔性の女）と寝てわたしと目覚める〟

「何キロか落としたほうがいいかもな」彼はお腹を叩いて言った。「きみのためにハンサムにならないと」

「あなたはハンサムよ」わたしは言った。「昔からそうだったわ」

「いや」彼は首を横に振って言った。「この写真を見てみろよ。三重顎みたいに写ってる」

「写りが悪いだけよ。実際のあなたはとても素敵だわ。何ひとつ変わってほしくない。

本当よ」

けれども、マックスは聞いていなかった。「揚げ物を食べるのをやめようかな。アメリカ人みたいになりすぎた。きみのためにハンサムにならないと」

とはいえ、本当はわたしのためにハンサムになりたいわけではなかった。わたしといっしょに写真を撮られるためにハンサムになりたかったのだ。

わたしは心に小さな傷を負って、彼とともに飛行機に乗った。飛行中ずっと『ピープル』誌を読んでいる彼を見ているうちに、その傷はいっそう大きくなった。

飛行機が着陸態勢に入る直前、エコノミークラスの乗客がファーストクラスのトイレを使いにきて、わたしを二度見した。彼がいなくなると、マックスはわたしのほうを向き、笑顔で言った。「みんな家に帰って、エヴリン・ヒューゴと同じ飛行機だったと言いふらすんじゃないか？」

彼がそう言った瞬間、わたしの心は真っ二つに引き裂かれた。

マックスにはわたしを愛そうとする気もなく、彼が愛しているのはわたしのイメージでしかないと気づくのに、四カ月ほどかかった。今こうして話しているとばかげているように思えるが、そのあとも彼のもとから去りたくなかった。離婚したくなかったからだ。

愛する男と結婚したのは、それまでに一度しかなかった。この結婚は長く続くと信じて結婚したのは、これでやっと二度目だった。それに、結局のところ、わたしがドンのもとを去ったのではない。ドンがわたしのもとを去ったのだ。

マックスといっしょにいれば、何かが変わるかもしれないと思っていた。うまくいくかもしれないと、彼が本当のわたしを見てくれ、愛してくれるようになるかもしれないと思っていた。本当のわたしを愛してもらえるようになるぐらい、本当の彼を愛せるかもしれないと。

ついに意味のある結婚生活を送れるかもしれないと思っていた。

けれども、そうはならなかった。

それどころか、マックスはわたしをまるでトロフィーのように街じゅう見せびらかして歩いた。誰もが会いたがるエヴリン・ヒューゴは、彼を必要としていた。『ブータントラン』の主役の女はみなを魅惑した。彼女を作り出した男でさえも。そしてわたしも、彼にどうやっても伝えきれないぐらい、彼女のことが大好きだった。けれども、わたしは彼女ではなかった。

53

一九八八年、シーリアは映画版の『マクベス』でマクベス夫人を演じた。主演女優賞も目指せたはずだった。その映画で彼女より大きな役を演じた女優はいなかったのだから。けれども助演女優賞を望んだに違いなかった。投票結果が発表されると、助演女優賞にノミネートされていたからだ。それを見た瞬間、彼女が望んだことだとわかった。聡明な女性だったから。

当然ながら、わたしは彼女に投票した。

彼女が受賞したとき、わたしはコナーとハリーとともにニューヨークにいた。その年、マックスはひとりで授賞式に参加した。そのことで彼と喧嘩になった。彼はいっしょに来てもらいたがったが、わたしは家族とともにその晩を過ごしたかった。ボディスーツに身を包み、十五センチのハイヒールを履いてではなく。

それに、率直に言うと、わたしは五十歳になっていた。競わなければならないまったく新しい世代の女優たちがいた。彼女たちはみなゴージャスで、なめらかな肌と艶のある髪をしていた。ゴージャスとして知られているなら、誰かの隣に立って見劣りすることほどつらいことはない。

わたしがかつてどれほど美しかったかは関係なかった。時間は刻々と過ぎていて、それは誰の目にも明らかだった。

できる役はなくなりはじめていた。わたしのところに来る役は、文字どおりわたしの半分の年の女性にオファーが行った大きな役の母親役だった。ハリウッドの人生は釣り鐘型の曲線を描く。わたしはできるかぎり長くトップにいつづけた。ほとんどの女優より長くトップにいた。とはいえ、すでにピークを過ぎていて、お払い箱にされようとしていた。

だから、アカデミー賞授賞式には行きたくなかった。飛行機でロサンゼルスに行き、メイク用の椅子に座って一日過ごしてから、何百台ものカメラや何百万もの目のまえに、お腹を引っ込め、背筋を伸ばして立つかわりに、娘と過ごしたかった。

ルイサは休みを取っていた。彼女のかわりを任せられる人間は見つからなかったので、コナーとわたしは一日、家のなかを掃除するゲームをして過ごし、いっしょに夕食を取った。そのあとポップコーンを作って、ハリーとともに腰をおろし、シーリアが受賞するのを観た。

シーリアはひだ飾りのついた黄色いシルクのドレスを着ていた。以前より短くした赤毛をうしろでひとつにまとめてシニヨンにしていた。たしかに年は取っていたが、このうえなく美しかった。名前を呼ばれると、ステージにのぼり、見ている者すべてが知る昔ながらの優雅さと誠意のある態度で賞を受け取った。そしてマイクを離れる直前に言った。「それから、今夜、テレビにキスしたくなってる、そこのあなた。どうか歯を折らないでね」

「お母さん、どうして泣いてるの？」コナーが尋ねた。

わたしは顔に手をやり、自分が泣いていたことに気づいた。

ハリーがわたしに微笑みかけて、わたしの背中をさすった。「彼女に電話するんだ」彼は言った。「仲直りするのも悪くない」

わたしは電話をするかわりに手紙を書いた。

愛しいシーリア
おめでとう！　受賞して当然だわ。わたしたちの世代であなたがもっとも才能のある女優なのは確かよ。

あなたの一点の曇りもない幸せを祈ってるわ。今回はテレビにキスしなかったけど、これまでと同じように大歓声をあげたのよ。

愛を込めて
エドワード
エヴリン

わたしは瓶に手紙を入れて海に流すときと同じような安らかな気持ちで、手紙を出した。つまり、返事を期待していなかった。けれども、一週間後、返事が届いた。わたしに宛てられたクリーム色の小さな真四角の封筒が。

愛しいエヴリン
あなたからの手紙を読んで、溺れそうになったあとに必死で息を吸っているような気分になったわ。冷たい態度をとったことを許してもらえるといいんだけど。わたしたち、いったいどうしてこんなことになったのかしら。もう十年も話してないのに、毎日、頭のなかであなたの声がするのは、いったいどういうこと?

XO（ハグ・アンド・キス）

愛しいシーリア

わたしたちがこうなったのは、全部わたしのせいよ。わたしは自分勝手で目先のことしか考えていなかった。あなたが幸せを見つけていたらいいんだけど。あなたは幸せになって当然の人間よ。わたしが幸せにしてあげられなくて本当にごめんなさい。

シーリア

愛しいエヴリン

あなたは事実を捻じ曲げているわ。わたしは自分に自信がなく、心が狭くて、世間知らずだった。あなたがわたしたちの秘密を守るためにしたことを責めた。でも、実際には、あなたは外の世界がわたしたちの人生に入ってくるのを毎回防いでくれていた。わたしは大きな安心感に包まれていたの。そして、わたしの幸せな瞬間はどれもあなたがもたらしてくれたものだったわ。そのことをちゃんとわかってな

愛を込めて
エヴリン

かった。どちらにも非があったのよ。でも、謝ったのはあなただけだった。間違いを正させてちょうだい。悪かったわ、エヴリン。

愛を込めて
シーリア

追伸　何カ月かまえに『午前三時』を観たわ。大胆で勇ましい、意味のある映画だった。邪魔していたら間違いを犯すところだったわ。あなたは昔から、わたしが思っているよりはるかに才能があった。

愛しいシーリア
愛する人と友だちになれると思う？　この人生でお互いに残された年月を、話もせずに無駄にすることを思うと耐えられないわ。

愛を込めて
エヴリン

愛しいエヴリン

マックスはハリーと同じ？　レックスと同じなの？

愛を込めて
シーリア

愛しいシーリア
ごめんなさい。そうじゃないの。彼は違うのよ。でも、あなたに会いたくてたまらないわ。会える？

愛を込めて
エヴリン

愛しいエヴリン
正直に言うとショックだわ。そういうことなら、あなたに会って平気でいられるかどうかわからない。

愛を込めて
シーリア

愛しいシーリア

先週、何度も電話したけど、折り返し電話をくれなかったわね。またかけるわ。お願いよ、シーリア。お願い。

愛を込めて

エヴリン

54

「もしもし？」彼女の声は昔とまったく変わっていなかった。耳に心地いいが、力強くもある声。

「わたしよ」わたしは言った。

「久しぶり」彼女が親しげに返事をしてくれたので、わたしの人生を本来そうあるべきだったものに戻せるかもしれないと思った。

「彼を愛してたわ」わたしは言った。「マックスのことだけど。でも、今はもう愛してないの」

電話の向こうが静かになった。

やがて、彼女が尋ねた。「何が言いたいの？」

「会いたいって言ってるのよ」

「会えないわ、エヴリン」

「いいえ、会えるわよ」

「会ってどうしたいの？」彼女は言った。「またお互いを傷つけ合うの？」

「今でもわたしを愛してる？」わたしは尋ねた。

彼女は押し黙った。

「わたしは今でもあなたを愛してるわ、シーリア。誓って本当よ」

「こんな話……するべきじゃないと思うわ。もし……」

「もし、何？」

「何も変わってないのよ、エヴリン」

「何もかも変わったわ」

「今でも本当のわたしたちを見せることはできない」

「エルトン・ジョンはカミングアウトしたわ」わたしは言った。「もう何年もまえに」

「エルトン・ジョンには子どももいなければ、ストレートだと信じられてることに基づくキャリアもないわ」

「わたしたちは仕事を失うと言ってるの？」

「こんなことをわざわざ言わなきゃならないなんて信じられない」彼女は言った。

「ねえ、まえとは変わったことを言わせて」わたしは彼女に告げた。「わたしはもう気にしないわ。すべてを捨てる覚悟はできてる」

「本気のはずないわ」

「本気も本気よ」

「エヴリン、わたしたちはもう何年も会ってないのよ」

「あなたがわたしを忘れてしまったかもしれないのはわかってる」わたしは言った。

「ジョーンといたことも知ってるし、きっとほかにも相手がいたはず」彼女がわたしの誤解を正し、誰もいなかったと言ってくれることを期待して待ったが、彼女は何も言わなかったので、続けた。「でも、もうわたしを愛してないって心から言える?」

「言えるわけないわ」

「そして、わたしも言えないわ。あなたを愛してなかった日は一日だってない」

「ほかの人と結婚したじゃない」

「結婚したのは、あなたを忘れるのを彼が助けてくれたからよ」わたしは言った。

「あなたを愛さなくなったからじゃない」

　シーリアが深く息を吸うのが聞こえた。

「ロサンゼルスに行くわ」わたしは言った。「いっしょにディナーを食べましょう。いいわね?」

「ディナー？」彼女は言った。

「ディナーだけよ。話すことはたくさんある。少なくとも、じっくり腰を据えて話すぐらいのことはしてもいいはずよ。再来週はどう？　コナーはハリーが見てくれる。何日かそっちにいられるわ」

シーリアはまた押し黙った。彼女が考えをめぐらせているのがわかった。これはわたしの未来、そしてわたしたちの未来が決まる瞬間だと感じた。

「わかったわ」彼女は言った。「ディナーね」

ロサンゼルスに行く日の朝、マックスはまだ起きていなかった。その日彼は、夜の撮影のために午後遅くに撮影現場に行くことになっていたので、わたしは挨拶がわりに彼の手を握って、クローゼットからバッグを取った。

わたしはシーリアからの手紙を持っていくかどうか決められずにいた。彼女からの手紙はすべて封筒といっしょに箱に入れて、クローゼットの奥にしまっていた。その数日まえから、持っていくものを用意しながら、どうするか決めようとして、手紙をバッグに入れては出すのを繰り返していた。

シーリアと話すようになってから、毎日それらを読み返していた。手紙を肌身離さず持っていたかった。文字を指でなぞりながら、ペンが紙につけた跡を感じるのが好きだった。頭のなかに響く彼女の声を聞くのが好きだった。けれども、これから飛行機に乗って、彼女に会いにいくのだ。だから、手紙は必要ないと思った。

ブーツを履いてジャケットをつかむと、バッグのファスナーを開けて手紙を取り出し、毛皮のうしろに隠した。

マックスにはメモを残した。〝木曜日に帰るわ、マクシミリアン。愛を込めて、エヴリン〟

コナーはキッチンにいて、わたしが留守のあいだ泊まるハリーのアパートメントに行くまえに、ポップタルト（薄いタルト生地に甘いフィリングが挟まっている菓子）を食べていた。

「お父さんのところにポップタルトはないの？」わたしは尋ねた。

「ブラウンシュガーが挟まってるのはないわ。ストロベリーのはあるけど、好きじゃないの」

わたしはコナーの頬にキスして言った。「行ってくるわね。わたしがいないあいだ、いい子にしてるのよ」

彼女はうんざりしたように目をうえに向けた。キスされたせいなのか、指図されたせいなのかわからなかった。コナーは十三歳になったばかりで、思春期に入りかけており、わたしはすでに気苦労が絶えなかった。

「うん、うん、うん」彼女は言った。「また会えるときに会おうね」

歩道に出ると、迎えのリムジンが待っていた。運転手にバッグを渡し、車に乗り込もうとした瞬間、ディナーのあと、シーリアからもう二度と会いたくないと言われるかもしれないと気づいた。もう話すべきではないと思うと言われるかもしれないと。これまで以上に彼女を恋しく思いながら、帰りの飛行機に乗ることになるかもしれなかった。彼女からの手紙を取ってこなければならないと思った。持っていかなければならないと。置いていくわけにはいかなかった。

「少し待ってて」わたしはそう運転手に言うと、エントランスに駆け込んだ。エレベーターに乗り込もうとして、ちょうど降りてきたコナーと鉢合わせた。

「もう戻ってきたの?」ナップサックを背負った彼女が言った。

「忘れ物しちゃって。いい週末を過ごしてね。二、三日で戻るとお父さんに伝えて」

「うん、わかった。そう言えば、マックスが起きたよ」

「愛してるわ」わたしはエレベーターに乗り、ボタンを押しながらコナーに言った。

「わたしも愛してる」コナーはそう言って手を振ると、エントランスを出ていった。

わたしはアパートメントに戻り、階段をのぼって、寝室に入った。すると、わたしのクローゼットのなかにマックスがいた。

大事に保管しておいたシーリアからの手紙が床に散らばっていた。その大半は、ダイレクトメールか何かのように封筒から出されていた。

「何してるの？」わたしは言った。

彼は黒いTシャツにスウェットパンツという格好だった。「何してるかだって？」と言った。「あんまりじゃないか。そんなふうに部屋に入ってきて、ぼくに何してるか訊くなんて」

「わたし宛ての手紙よ」

「ああ、わかってるよ、マ・ベル」

わたしは身をかがめて、彼の手から手紙を取ろうとしたが、彼は渡そうとしなかった。

「きみは浮気してるのか？」笑みを浮かべて言った。「ひどくフランス的だな」

「マックス、やめて」

「ぼくは少しぐらいの浮気は気にしない。節度を守ってくれて、証拠を残さないようにしてくれてれば」

その言い方から、彼がわたし以外の人間と寝ていることがわかった。マックスやドンのような男から傷つけられずにすむ女がいるのだろうかと思った。エヴリン・ヒューゴのようにゴージャスでさえあったら、夫に浮気されずにすむと思っている女がどのぐらいいるのだろうとも。わたし自身は、愛する男が浮気するのを防げたためしがないのに。

「わたしは浮気なんかしてないわ、マックス。だから、おかしなこと言うのはやめてくれる？」

「浮気はしてないのかもしれない」彼は言った。「それは信じられなくもない。信じられないのは、きみがダイクだってことだ」

わたしは目を閉じた。心のなかで怒りが燃えあがっていたので、一瞬、外の世界を遮断して、気持ちを落ち着けなければならなかった。

「わたしはダイクじゃないわ」と言った。

「ここにある手紙がそうだと言ってるぞ」

「あなたにはなんの関係もない手紙よ」

「そうかもしれないな」マックスは言った。「もしも、ここにある手紙がシーリア・セントジェームズが昔きみに抱いてた思いを書いてきただけなら、ぼくは誤解してたことになる。今すぐ手紙をもとに戻して、きみに謝るよ」

「よかったわ」

「ぼくはもしもと言ったんだ」彼は立ちあがって、わたしのほうに近づいてきた。「そしてこれは本当にもしもの話だが、これらの手紙が原因できみが今日ロサンゼルスに行くことにしたなら、ぼくは怒る。きみにばかにされてることになるからね」

　ロサンゼルスでシーリアに会うつもりはこれっぽっちもないと言おうかと本気で考えた。そう信じさせることができれば、引き下がってくれるだろうと。謝ってくれて、自ら空港に車で送ってくれるかもしれないと。

　これからするつもりのことや本当の自分について嘘をついたり、隠したり、ごましたりするべきだと、本能が言っていた。けれども、彼を言いくるめようとして開いた口からは、別の言葉が飛び出した。

「彼女に会いにいくつもりだったの。あなたの言うとおりよ」

「ぼくに隠れて浮気するつもりだったのか？」

「あなたと別れるつもりだったの」わたしは言った。「あなたもわかってたはずよ。少しまえから、わかってたはずだわ。あなたとは別れる。彼女のためではないとしても、わたし自身のために」

「彼女のためだって？」彼は言った。

「わたしは彼女を愛してるの。ずっと愛してたのよ」

マックスは勝てると信じてわたしにゲームを挑んでいたかのように、愕然とした顔をしていた。信じられないというように首を横に振って言った。「驚いたな。ぼくはダイクと結婚してたのか」

「その言葉を使うのはやめて」わたしは言った。

「エヴリン、女と寝てるなら、きみはレズビアンだ。レズビアンである自分を嫌うんじゃない。そんなのは……きみらしくない」

「あなたが考えるわたしらしさなんてどうだっていい。わたしはレズビアンを嫌ってなんかないわ。レズビアンと恋に落ちてるんだから。でも、あなたのことも愛してたの」

「おい、頼むよ」彼は言った。「お願いだから、これ以上ばかにしないでくれ。何年もきみを愛してきたのに、きみにはなんの意味もなかったとわかったんだ」

「あなたは一日だってわたしを愛したことはないわ」わたしは言った。「映画スターを腕につかまらせるのが好きだっただけよ。わたしのベッドで寝る男でいるのが好きだっただけ。それは愛じゃないわ。所有欲よ」

「何言ってるのか、さっぱりわからないな」彼は言った。

「もちろん、そうでしょうね」わたしは言った。「そのふたつの違いが、あなたにはわからないでしょうから」

「ぼくを愛してたことがあったのか？」

「ええ、愛してたわ。あなたがわたしを抱いて、欲望をかき立ててくれたときも、娘によくしてくれたときも、ほかの人には見えないものを、わたしのなかに見出してくれてると思ってたときも。あなたには、あなたにしかない洞察力と才能があると信じてたときも。あなたをとても愛してたわ」

「じゃあ、きみはレズビアンじゃない」彼は言った。

「これ以上、その話はしたくないわ」

「いや、そうはいかない。きみにはぼくと話す義務がある」

「いいえ」わたしは手紙と封筒を集めてポケットに入れながら言った。「ないわ」

「いや」彼はわたしのまえに立ちはだかって言った。「ある」

「マックス、どいてちょうだい。もう行かないと」

「彼女に会いにはいかせない」彼は言った。「だめだ」

「だめなわけないわ」

電話が鳴りはじめたが、わたしは遠くにいて出られなかった。運転手からの電話だとわかっていた。すぐに出なければ、飛行機に乗り遅れるかもしれないと。別の便もあるだろうが、乗る予定の便に乗りたかった。できるだけ早くシーリアに会いたかった。

「エヴリン、行くな」マックスは言った。「よく考えるんだ。こんなのはばかげてる。きみはぼくから離れられない。ぼくが電話を一本かければ、きみはおしまいだ。誰かにこの話をすれば、それが誰でも、きみの人生はこれまでとは違うものになる」

彼はわたしを脅しているわけではなかった。わかりきっていることを説明していただけだ。こう言っているのと同じだった。〝エヴリン、きみはまともに考えられてないんだ。よくないことになるぞ〟

「あなたはいい人よ、マックス」わたしは言った。「あなたがわたしを傷つけたいと思うほど怒ってるのはわかる。でも、あなたはほとんどのときは、正しいことをしようと少なくとも努力してた」

「今回は、そうしなかったら？」彼はそう言って、ついにわたしを脅してきた。

「あなたとは別れるわ、マックス。今か、もっとあとになるかわからないけど、必ず別れる。わたしをがっかりさせたいなら、そうすればいいわ」

彼が動こうとしなかったので、わたしは彼を押しのけて部屋を出た。

わたしの運命の人が待っていた。彼女を取り戻しにいかなければならなかった。

55

わたしが〈スパゴ〉に着くと、シーリアはすでに来ていた。黒いスラックスに透け感のあるクリーム色のノースリーブのブラウスという格好で。外の気温は二十五度あり暑いぐらいだったが、レストランの店内はクーラーが効いていて、彼女は少し寒そうに見えた。腕には鳥肌が立っていた。

赤い髪はなおも美しかったが、染めているのは明らかだった。かつては何もしないでも日の光を浴びて金褐色に輝いていた髪が、わずかに艶を失い、銅色になっていた。ブルーの目は昔と変わらず魅力的だったが、目のまわりの皮膚は以前より張りを失っていた。

わたしはその何年かまえから何度か整形手術を受けていたが、彼女もそうだろうと思った。わたしは深いVネックの黒いワンピースを着て、ベルトを締めていた。ちらほら出てきた白髪のせいで色が少し薄くなったブロンドの髪は、以前より短く切って、顔のまわりにおろしていた。

シーリアはわたしを見ると立ちあがり「エヴリン」と言った。

わたしは彼女を抱きしめた。「シーリア」

「きれいね」彼女は言った。「いつもそうだけど」

「あなたこそ最後に会ったときのままよ」わたしは言った。

「お互い嘘をつくのはやめにしましょう」彼女は微笑んで言った。「これからは」

「あなたはゴージャスだわ」わたしは言った。

「こっちの台詞よ」

わたしは白ワインをグラスで頼み、彼女はライム入りの炭酸水を注文した。

「お酒はやめたの」シーリアは言った。「昔のようには飲めなくなって」

「かまわないわ。なんなら、ワインが来たら、窓から投げ捨ててもいいのよ」

「やめてよ」彼女は笑いながら言った。「どうしてわたしがお酒が弱いせいで、あなたが我慢しなきゃならないの？」

「あなたに関することはすべてわたしの問題にしたいのよ」わたしは言った。

「自分が何言ってるのかわかってるの？」彼女はテーブルのうえに身を乗り出して、ささやいた。ブラウスの襟が開き、パンの入ったバスケットに入った。バターで汚れるのではないかと心配になったが、どうにかそうならずにすんだ。

「もちろん、自分が言ってることぐらいわかってるわ」

「わたしはあなたにひどく打ちのめされたのよ」シーリアは言った。「これまでに二度も。何年もかけて、あなたを忘れようとしたわ」

「忘れられたの？　一度でも？」

「完全には無理だった」

「それが意味することは確かだわ」

「どうして今なの？」シーリアは尋ねた。「どうして、もっとまえに電話してくれなかったの？」

「あなたがわたしのもとを去ってから、数え切れないぐらい電話したわ。実際に、あなたが泊まってたホテルの部屋を訪ねたこともあった」わたしは彼女に思い出させた。

「あなたに憎まれてるんだと思ってたわ」

「憎んでたわ」彼女はそう言って、わずかに身を引いた。「今でも憎んでるんだと思う。少なくとも、少しは」

「わたしはあなたを憎んでないとでも思うの？」わたしは声を低く保ち、昔からの友人同士がおしゃべりを楽しんでいるように見せようとした。「まったく憎んでないと？」

シーリアは微笑んだ。「思わないわ。憎んで当然じゃないかしら」

「でも、そのために思いとどまるつもりはないわ」わたしは言った。

シーリアはため息をついて、メニューに目を向けた。

わたしは内緒話をしようとするかのように、身を乗り出した。「もう可能性はないと思ってた」と告げた。「あなたがわたしのもとを去って、ドアは閉められたと思ってたの。でも今それがほんの少し開いた。大きく開けて、なかに入っていきたい」

「どうしてドアが開いたと思うの？」彼女はメニューの左ページを見ながら尋ねた。

「こうしてディナーをともにしようとしてるじゃない？」

「友人としてよ」

「あなたとわたしが友だちだったことはないわ」

シーリアはメニューを閉じてテーブルに置いた。「老眼鏡が必要だわ」と言った。

「信じられる？　老眼鏡だなんて」

「わたしもそうよ」

「わたしは傷つくと、意地悪になるときがある」彼女はわたしに思い出せた。

「あなたが言ってることは、知ってることばかりよ」

「あなたには才能がないように思わせていた」彼女は言った。「わたしがいないと本物になれないから、わたしが必要だと思わせようとした」

「わかってる」

「でも、あなたは昔から本物だった」

「それも今ではわかってるわ」わたしは彼女に告げた。

「オスカーを獲ったあと、電話してくるんじゃないかと思ったわ。オスカー像を見せたがるんじゃないかって。わたしの顔に突きつけたがるんじゃないかって」

「わたしのスピーチを聞いた？」

「もちろん、聞いたわ」

「あなたに呼びかけたのよ」わたしは言った。パンを手にしてバターを塗ったが、ひと口も食べずに、そのまま置いた。

「確信がなかったの」シーリアは言った。「つまり、あなたがわたしのことを言ってるのかどうかわからなかった」

「あなたの名前を言ったも同然だったのに」

「あなたは〝彼女〟と言ったわ」

「そうね」

「あなたには別の〝彼女〟がいるんじゃないかと思ったのよ」

わたしはシーリア以外の女性にも目を向けてきた。シーリアではない女性といっしょにいる自分を思い描きもした。けれども、生涯にわたって、誰もが〝シーリア〟と〝シーリア以外〟にわかれるように思えた。会話してみようかと思う女性はみな、額に〝シーリア以外〟とスタンプが押されているも同然だった。ひとりの女性のためにキャリアや愛するものすべてを危険にさらすとしたら、それは彼女以外にありえなかった。

「あなた以外に彼女はいない」わたしはシーリアに告げた。

シーリアはわたしの言葉を聞いて目を閉じてから言った。言わずにいようとしたが、そうできなかったというように。「でも〝彼ら〟はいたわ」

「またそれなの？」わたしは呆れて目をうえに向けそうになるのをこらえて言った。「わたしはマックスといて、あなたは間違いなくジョーンといた。ジョーンはわたしに引けを取らなかった？」

「いいえ」シーリアは言った。

「そしてマックスもあなたの足元にも及ばなかった」

「でも、あなたはまだ彼と結婚してるわ」

「すぐに離婚を申請するわ。彼は出ていく。それで終わりよ」

「ずいぶん急ね」

「そうでもないわ。遅すぎたぐらいよ。それに、彼にあなたからの手紙を見られたの」わたしは言った。

「それで、彼はあなたと別れることにしたの？」

「いいえ、この先も自分といっしょにいなかったら、わたしのことを世間にばらすと脅してきたわ」

「なんですって？」

「彼とは別れるわ」わたしは言った。「彼には好きなようにさせるつもりよ。わたしはもう五十歳だし、人がわたしについて言うことを、これから年を取って死ぬまでずっと取り締まる気力なんてない。わたしのところに来る役はどうでもいいものばかりだし、暖炉のうえにはオスカー像が飾られてる。素晴らしい娘とハリーもいる。わたしの名前はみんなに知られてるし、わたしが出た映画は、この先何年も取りあげられるはず。ほかに何を望めというの？　名誉の金の像？」

シーリアは笑い声をあげた。「オスカー像がそうでしょ」と言った。

わたしもまた笑い声をあげた。「そうよね！　そのとおりだわ。それなら、すでに持ってる。ほかに欲しいものはないわ、シーリア。もうのぼる山はない。わたしは山から落とされないように隠れて生きてきた。でも、いい？　もう隠れるのはやめるわ。もう逃げも隠れもしない。井戸に投げ落とされてもかまわない。今年の後半にフォックスで映画をもう一本撮る契約をしてるけど、それを最後に辞めるわ」

「本気のはずないわ」

「本気よ。そうできなかったから……あなたを失ったんだもの。もう二度と失いたくないの」

「わたしたちのキャリアだけが問題なんじゃないのよ」彼女は言った。「ほかにどういう影響が出るかわからないわ。コナーを取りあげられたらどうするの？」

「わたしが女性を好きだから？」

「〝クィア〟の両親に育てられてると思われてよ」

わたしはワインをひと口飲んだ。「あなたにはお手上げよ」結局そう言った。「隠れていたいと言えば臆病者だと言われるし、隠れるのには飽き飽きしたと言えば娘を取りあげられるかもしれないと言われるんだもの」

「ごめんなさい。でも、それが現実だから」シーリアは言った。たった今口にしたことを謝る気持ちより、わたしたちが住む世界のことを残念に思う気持ちのほうが強く伝わってきた。「本気なの？」と訊いた。「本当にやめようと思ってるの？」

「ええ」わたしは言った。「思ってるわ」

「本当に？」ウエイターが彼女のまえにステーキを置き、わたしのまえにはサラダを置くと、彼女は尋ねた。「心からそう思ってるの？」

「ええ」

シーリアは少しのあいだ黙ったまま、目のまえの料理を見つめて考え込んでいた。彼女が黙っている時間が長くなるにつれ、わたしは知らず知らずのうちに身を乗り出して、彼女に近づこうとしていた。

「わたしは慢性閉塞性肺疾患なの」ようやく彼女は言った。「たぶん六十歳まで生きられないわ」

わたしは彼女を見つめた。「嘘でしょ」と言った。

「嘘じゃないわ」

「いいえ、嘘よ。そんなはずないもの」

「本当なの」

「いいえ、違うわ」わたしは言った。

「本当なのよ」彼女はそう言うと、フォークを手にして、目のまえの炭酸水を飲んだ。

頭のなかが混乱し、さまざまな思いが駆けめぐった。胸の鼓動が激しくなった。

するとシーリアがまた話しはじめた。わたしが彼女の言葉に集中できたのは、それが大事なことだとわかっていたからにすぎなかった。重要なことだとわかっていた。

「映画には出るべきだと思うわ」彼女は言った。「有終の美を飾ってほしい。それが終わったら……それが終わったら、いっしょにスペインの海沿いの町に移住するの」

「なんですって？」

「美しい海沿いの町で晩年を過ごしたいって昔から思ってたの。愛しい素敵な女性といっしょに」彼女は言った。

「あなたはもう……長くないの？」

「あなたが映画を撮ってるあいだに場所を探しておくわ。コナーがいい教育を受けられる場所を見つけるから。ここにある家を売って、ハリーやロバートも住める広さの家を買うわ」

「ロバートって、あなたのお兄さんのこと？」

シーリアはうなずいた。「仕事の都合で、数年まえにこっちに移ってきたの。それから仲良くなって。兄は……本当のわたしを知ってるの。力になってくれてるわ」

「どういう病気なの？　慢性閉塞性――」

「つまり肺気腫ね」彼女は言った。「喫煙が原因らしいわ。まだ煙草を吸ってるの？もしそうなら、やめるべきよ。今すぐに」

わたしは首を横に振った。煙草はかなりまえにやめていた。

「進行を抑える治療があるの。ほとんどのときは、ふつうの生活が送れるわ。しばらくのあいだは」

「そのあとはどうなるの？」

「そのあとは、やがて動くのがつらくなって、息がしづらくなるの。そうなったら、残された時間はあまりないわ。だいたい十年ぐらいだと言われてる。運がよければだけど」

「十年ですって？　あなたはまだ四十九歳なのよ？」

「わかってるわ」

わたしは泣きはじめた。泣かずにはいられなかった。

「みんなが見てるじゃない」彼女は言った。「泣かないで」

「無理よ」わたしは言った。

「わかったわ」彼女は言った。「わかったから」

彼女はハンドバッグを手にして、百ドル札を一枚テーブルに置くと、わたしを椅子から立たせて、バレットパーキングの係のもとに連れていき、係にチケットを渡した。わたしは助手席に乗せられて、彼女の家に連れていかれ、ソファに座らせられた。

「大丈夫そう？」彼女は言った。

「どういう意味？」わたしは尋ねた。「大丈夫なわけじゃない」

「あなたが大丈夫なら」彼女は言った。「わたしたちはやっていける。あなたが大丈夫なら。いっしょになれるわ。いっしょに……残りの人生を過ごせると思う。あなたが大丈夫なら。いっしょにな。でも、もし乗り越えられないと思うなら、良心にかけて、あなたをそんな目にあわせることはできないわ」

「具体的に、何を乗り越えろというの？」

「わたしをまた失うことを。もう二度とわたしを失いたくないと思うなら、愛してもらうわけにはいかないわ。あなたがわたしを失うのは、それが最後になるけど」

「失いたくないわ。もちろんよ。でも、乗り越えるわ。乗り越えてみせる。そうよ」結局わたしは言った。「乗り越えられるわ。あなたを永遠に失うつらさを感じられないより、それを乗り越えるほうがいい」

「本当に？」彼女は言った。

「ええ」わたしは言った。「ええ、本当よ。今まででいちばん自信があるわ。愛してるわ、シーリア。昔からずっと愛してた。わたしたちは残された日々をいっしょに過ごすべきよ」

シーリアはわたしの顔に手を添えて、キスしてきた。わたしは涙を流して泣いた。彼女も泣きはじめ、すぐにわたしの口に入る涙がどちらのものなのかわからなくなった。わかっているのは、わたしが愛するよう運命づけられていた女性の腕のなかにふたたびいるということだけだった。

やがて、シーリアのブラウスは床に脱ぎ捨てられ、わたしのワンピースは太腿までたくしあげられた。彼女の唇がわたしの胸を這い、手がお腹をおりるのを感じた。わたしはいつのまにか足元に溜まっていたワンピースから進み出た。彼女のシーツは真っ白で、とても肌触りがよかった。彼女はもう煙草とお酒のにおいはせず、柑橘系の香りがした。

朝、目を覚ますと、顔のまえに、枕に広がる彼女の髪があった。わたしは横向きになり、彼女の背中に体を沿わせた。

「これからのことだけど」シーリアが言った。「あなたはマックスと別れて。わたしは国会議員の友人に電話をかける。バーモント州選出の議員で、マスコミに取りあげられたがってるの。あなたは彼といっしょにいるところを世間に見せる。そして、マックスを裏切って、若い男と浮気してるという噂が広まるようにする」

「その人は何歳なの？」

「二十九歳よ」

「やだ、シーリア。まだ子どもじゃない」わたしは言った。

「世間の人はまさにそう言うでしょうね。あなたが彼と会ってるのを知って驚くはずよ」

「マックスがわたしのことをばらしたら？」

「彼が何を言おうが関係ないわ。怒って言ってるだけに見えるはずよ」

「そのあとは？」

「そのあとあなたは、時期を見て、わたしの兄と結婚するの」

「どうしてロバートと結婚するの？」

「そうすれば、わたしが死んだとき、わたしのものはすべてあなたのものになるからよ。家もあなたが好きにできるし、遺産も管理できる」

「わたしを相続人に指定すればいいわ」

「あなたがわたしの恋人だったという理由で、取りあげようとする人が現われたら？だめよ。兄と結婚するほうがいいわ。そのほうが賢いやり方よ」

「でも、あなたのお兄さんと結婚するなんて。本気で言ってるの？」

「兄はあなたと結婚するわ」彼女は言った。「わたしのために。それに兄は女なら相手かまわず寝たがる遊び人だから、あなたと結婚すれば彼の評判もよくなる。どちらも得をするってわけ」

「本当のことを言うかわりにそうするの？」

わたしはシーリアの胸郭が広がってから縮まるのを感じた。

「本当のことは言えないわ。ロック・ハドソンがどんな目にあったか知ってるでしょ？　彼が癌で死にかけてたんだとしたら、きっとテレビで寄付が募られてたわ」

「エイズは正しく理解されてないのよ」わたしは言った。

「いいえ、そうじゃないわ」シーリアは言った。「エイズになった原因のせいで、死んでも当然だと思われたのよ」

わたしは枕に頭を預けながら、心が沈むのを感じた。もちろん、彼女の言うとおりだった。その何年かまえから、ハリーが友人や元恋人をエイズで失うのを見てきていた。自分も具合が悪くなるかもしれないという恐怖や、愛する人々を救うことができないつらさから、目を赤くして泣くのを見てきていた。ロナルド・レーガンが目のまえで起こっていることを認めようとしなかったことも（同性間の性交による感染経路が指摘され、感染者の多くがゲイであるとの発表を受けても、積極的なエイズ対策を講じようとしなかった)。

「六〇年代と状況が変わったのはわかってるけど」シーリアは言った。「そう大きくは変わってないわ。レーガンがゲイの権利は公民権ではないと言ったのは、そんなにまえのことじゃない。だから、下院議員で友人のジャックに電話するわ。そして噂を広めるの。あなたは映画を撮って、わたしの兄と結婚する。そしてみんなでスペインに移住する」

「ハリーに相談しないと」

「もちろんよ」彼女は言った。「どうぞ相談してちょうだい。スペインは嫌だと言われたら、ドイツに行けばいいわ。スカンジナビアでも、アジアでもかまわない。わたしたちが誰なのか、誰も気にしないで、放っておいてくれて、コナーがふつうの子ども時代を送れる場所でありさえすれば、どこでもいいわ」

「あなたは治療を受けなきゃならないわ」

「飛行機でどこにでも行けるわ。わたしのもとに来てもらってもいい」

わたしは考えをめぐらせた。「いいかもしれないわね」

「でしょ?」シーリアが気をよくしているのがわかった。

「教え子が師匠になったわ」わたしは言った。

シーリアが笑い声をあげ、わたしは彼女にキスした。

「ただいま」と言った。

そこはわたしの家ではなかったし、そこでふたりで暮らしたこともなかったが、わたしが何を言おうとしているのか、シーリアにはわかっていた。

「ええ」彼女は言った。「お帰りなさい」

ナウ・ジス

一九八八年七月一日

エヴリン・ヒューゴが浮気しているとの報道のさなか、ヒューゴとマックス・ジラールの離婚は泥沼化

エヴリン・ヒューゴがまたしても離婚裁判所の世話になる。今週、彼女は〝相容れない相違〟を理由に離婚を申請した。この手のことには慣れている彼女だが、今回ばかりは苦戦しそうだ。

情報筋によると、マックス・ジラールは配偶者扶養費を要求しているという。しかも、街じゅうでヒューゴを中傷してまわっていると報道されてもいる。

「彼はとても怒っていて、ありとあらゆることを言って恨みを晴らそうとしている」とふたりに近い関係者は言う。「それはもう、いろいろなことを。彼女は浮気者だとか、レズビアンだとか、オスカーを獲れたのは自分のおかげだとか。ひどいショック

を受けているのは間違いない」

つい先週、ヒューゴははるかに若い男といっしょにいるところを目撃された。バーモント州選出の民主党の下院議員ジャック・イーストンだ。彼はまだ二十九歳で、エヴリンより二十歳以上若い。ふたりがロサンゼルスでいっしょにディナーを楽しんでいる写真が示唆していることがあるとするなら、それはロマンス真っ盛りということのように思える。

ヒューゴのこれまでの行ないはそれほど褒められたものではないが、今回は、ひとつ確かなことがありそうだ——ジラールの発言は負け犬の遠吠えにすぎない。

56

ハリーは乗ってこなかった。

彼はわたしの思うままにできない要素であり、わたしの思うままにするよう強要したくない人間だった。そして彼はすべてを捨ててヨーロッパに移住するのを嫌がった。「きみはぼくに引退しろと言ってるんだぞ」ハリーは言った。「ぼくはまだ六十歳にもなってないのに。勘弁してくれよ、エヴリン。一日じゅう、何をして過ごせというんだい？　ビーチでトランプをして過ごせとでも？」

「素敵じゃない？」

「一時間半ぐらいなら、そうするのも悪くないだろう」ハリーは言った。一見オレンジジュースに見えるものを飲んでいたが、たぶんスクリュードライバーだろうとわたしは思った。「そのあと何をして過ごせばいいか、一生頭を悩ませることになる」

わたしたちは『テレサの知恵』の撮影現場に用意された、わたしの楽屋にいた。ハリーが脚本を見つけて、わたしにテレサを演じさせるという案とともにフォックスに売り込んだ映画だ。テレサは夫との離婚にあたって子どもたち全員を引き取ろうと奮闘する女性だった。

撮影に入って三日目で、わたしはシャネルの白いパンツスーツに真珠のアクセサリーという装いで、テレサとその夫がクリスマスディナーの席で離婚することを発表するシーンの撮影に向かおうとしていた。カーキ色のスラックスにオックスフォードシャツという格好のハリーは相変わらずハンサムだった。そのころには、ほぼ全部の髪が白くなっていたが、年を重ねるにつれてますます魅力的になっていく彼を、わたしは腹立たしく思っていた。わたし自身は黴(かび)が生えたレモンのように日ごとに自分の価値が下がっていくのを目の当たりにしなければならないのに。

「ハリー、この嘘の人生をやめたいとは思わないの?」

「何が嘘だと言うんだ?」彼は言った。「きみにとって嘘の人生なのはわかる。本当はシーリアといっしょにいたがってるんだから。もちろん、ぼくもきみたちを応援してる。本当に。でも、ぼくにとっては、今の人生は嘘じゃない」

「男がいるのね」わたしは苛立った声で言った。ハリーがわたしを騙そうとしているかのように。「いないとは言わせないわよ」

「ああ。でも、どんな関係であれ意味のあるものに発展する可能性のある相手はひとりもいない」ハリーは言った。「ぼくが愛したのはジョンだけなんだから。その彼はもういない。ぼくが有名なのは、きみが有名だからにすぎないんだ、エヴ。きみが関係してなければ、ぼくにも、ぼくがしてることにも、誰も注意を払わない。ぼくの人生に登場する男たちは、みんな何週間かしたら去っていく。ぼくは嘘の人生を生きてない。ぼくの人生を生きてるんだ」

わたしは撮影現場に行って抑圧されたワスプ（白人でアングロサクソン系でプロテスタントという、かつてはアメリカ社会の中枢をなした社会層に属する人々）のふりをするまえに興奮しすぎないよう深呼吸した。「わたしが隠さなきゃならないことは気にならないの？」

「もちろん、気になってるよ」彼は言った。「きみもわかってるはずだ」

「それなら――」

「でも、どうしてきみがシーリアといっしょに暮らすために、コナーの生活を一変させなきゃならないんだ？　ぼくの生活も」

「彼女はわたしの運命の人なの」わたしは言った。「あなたもわかってるはずよ。彼女といっしょにいたいの。またみんなでいっしょに暮らすときが来たのよ」

「もう二度と、みんなでいっしょには暮らせない」彼はテーブルに手をついて言った。

「欠けてる人がいる」そして、楽屋を出ていった。

ハリーとわたしは週末ごとに飛行機でニューヨークに戻ってコナーと過ごした。撮影のある平日は、わたしはシーリアと過ごし、彼は……どこにいるのかわからなかったが、幸せそうに見えたので、わたしは何も訊かずにいた。内心では、二、三日より長いあいだ興味を抱ける相手に出会えたのかもしれないと思っていた。だから、相手役のベン・マドレーが、途中、過労で入院したために、予定を三週間過ぎて撮影が終わると、わたしは悩んだ。

一方では、ニューヨークに戻り、毎晩、娘と過ごしたいと思った。

その一方で、コナーは日ごとにわたしに苛立ちを募らせるようになってきていた。母親は厄介者にすぎないと思っているようだった。わたしが世界的に有名な映画スターであるという事実は、わたしを大ばか者だと見なしているコナーには、なんの影響も及ぼしていないように見えた。だから、わたしはニューヨークにいて血をわけた娘から絶えず拒否されるより、ロサンゼルスでシーリアと過ごすほうが幸せなことが多かった。コナーが一晩でもわたしの時間を必要としていると思えれば、すぐにすべてを水に流していたはずだけれど。

撮影が終わった次の日、わたしは荷物をまとめながら、コナーと電話して、翌日の予定を立てた。

「お父さんと今夜の夜行便に乗るから、明日の朝、あなたが起きたときにはそっちにいるわ」わたしはコナーに告げた。

「そう」彼女は言った。「わかった」

「〈チャニングズ〉に朝食を食べにいってもいいわね」

「お母さん、もう誰も〈チャニングズ〉になんて行かないよ」

「こんなこと言いたくないんだけど、わたしが〈チャニングズ〉に行けば〈チャニングズ〉は今でもクールな場所になるわ」

「まさにそういうところ。お母さんはどうしようもないって、わたしが言うのは」

「あなたをフレンチトーストを食べに連れていこうとしてるだけよ、コナー。悪いことじゃないでしょ」

わたしが借りていたハリウッドヒルズの家の玄関ドアをノックする音がした。ドアを開けると、ハリーがいた。

「もう切るね、お母さん」コナーが言った。「これからカレンが来るの。ルイサがバーベキューミートローフを作ってくれてるのよ」

「ちょっと待って」わたしは言った。「お父さんといっしょなの。あなたと話したがってるわ。じゃあね。明日、会いましょう」

わたしはハリーに受話器を渡した。「やあ、コナー……いや、彼女の言うことはもっともだ。お母さんが現われれば、そこは当然ながらホットスポットになる……ああいいよ……ああ。明日の朝、三人で朝食を食べにいこう。新しいクールな店に行こうじゃないか……なんだって？〈ウィッフルズ〉？　どういう名前なんだい？……わかった、わかったよ。〈ウィッフルズ〉に行こう。わかったよ。おやすみ。愛してるよ。明日、会おう」

ハリーはベッドに腰をおろして、わたしを見た。「どうやら、ぼくたちは〈ウィッフルズ〉に行くみたいだ」

「すっかりあの子の言いなりね、ハリー」わたしは言った。

彼は肩をすくめた。「ちっとも恥ずかしいことじゃない」わたしが荷造りを続けていると、彼は立ちあがって、グラスに水を注いだ。「なあ、考えたんだが」そう言って、わたしのほうに近づいてきた。彼からかすかにお酒のにおいがすることに、わたしは気づいた。

「何について？」

「ヨーロッパに行くことについて」

「そう……」わたしは言った。ハリーとともにニューヨークに戻るまで、その話をするのはあきらめていた。ニューヨークに戻れば、ふたりともじっくり話をするだけの時間と忍耐を持てるだろうと。

スペインに移住するのはコナーにとってもいいことだと思っていた。ニューヨークは大好きだったが、住むには危険な場所になっていた。犯罪率は急上昇していたし、どこでもドラッグが手に入った。わたしたちが住むアッパーイーストサイドは比較的安全だったが、コナーが危険な場所のすぐそばで育っていると思うと気が気ではなかった。そして、それ以上に、両親がほぼ西海岸にいて、そのあいだはルイサに世話をされているという生活が彼女にとって最良のものだとは、もはや思えなくなっていた。

たしかに、生活を一変させることになるし、友だちと別れさせられたと恨まれるだろうとわかっていた。けれども、彼女が小さな町に住む良さもわかっていた。母親ともっといっしょにいられたほうがいいだろうし、率直に言うと、彼女はすでにゴシップ欄を読んだり、エンターテインメントニュースを見たりできるほど大きくなっていた。テレビをつければ、母親の六回目の離婚のニュースが目に飛び込んでくる環境が、子どもにとって最適だと言えるだろうか。

「どうすればいいかわかったよ」ハリーは言った。わたしがベッドに腰をおろすと、彼はわたしの隣に座った。「三人でこっちに引っ越してこよう。ロサンゼルスに戻るんだ」

「ハリー……」わたしは言った。

「そして、シーリアはぼくの友だちと結婚すればいい」

「あなたの友だちって？」

ハリーはわたしに身を寄せた。「出会ったんだ」

「えっ？」

「撮影現場で会ったんだ。彼は別の映画にかかわっててね。最初は一時的なものだと思った。向こうも同じだったと思う。だけど、そのうち……今は、いっしょにいたい相手だと思ってる」

わたしは心からうれしく思った。「あなたはもう、誰かといっしょにいたいなんて思えないものだとばかり思ってたわ」驚きながらも喜んで言った。

「ぼくもそう思ってた」彼は言った。

「それなのに？」

「今は彼といたいと思ってる」

「そう聞いて本当にうれしいわ、ハリー。あなたが思ってるよりずっと喜んでる。でも、あなたの言うとおりにするのがいいのかどうかわからないわ」わたしは言った。

「その人を知りもしないのよ」

「きみが知る必要はないよ」ハリーは言った。「だって、ぼくがシーリアを選んだわけじゃないだろう？　きみがシーリアを選んだんだ。そして、ぼくも……彼を選ぼうとしてる」

「もう女優は辞めたいの、ハリー」わたしは言った。

最後の映画を撮っているあいだじゅう、自分が燃え尽きつつあるのを感じていた。同じシーンを二度以上演じるよう頼まれると、うんざりして目をうえに向けたくなった。立ち位置についていると、すでに千回走ったマラソンをまた走らなければならないような気持ちになった。あまりにも簡単で、やりがいもなく、退屈で仕方ないので、靴紐を結ぶよう言われることすら耐えられないように感じた。

たぶん、おもしろい役をもらえていたら、自分にはまだ証明しなければならないことがあると感じていたら、違う反応を示していたかもしれない。

八十代になっても九十代になっても、素晴らしい仕事をしつづける女性はたくさんいる。シーリアもきっとそうなっていたはずだ。観る者の心を打つ演技を永遠にしつづけていただろう。仕事に全身全霊をかけていたから。

けれども、わたしはそうではなかった。わたしの心は素晴らしい演技をすることにではなく、証明することにのみ向けられていた。自分の力や価値や才能を証明することに。

そして、わたしはすべて証明した。

「かまわないよ」ハリーは言った。「もう女優を続ける必要はない」

「でも、女優を辞めたら、ロサンゼルスに住む意味はある？　自由になれるところに住みたいの。誰もわたしのことを気にしないところに。子どものとき、同じブロックか数ブロック先に、誰にも気にされず、何も訊かれることなく、ふたりで暮らしてた年配の女性がいたとしたら、あなたは覚えてる？　わたしはそのひとりになりたいの。ここでは無理だわ」

「どこでも無理だよ」ハリーは言った。「きみがきみであることの代償だ」

「そうは思わないわ。わたしだって、そんなふうに暮らせないことはないと思う」

「それは、ぼくだってそんなふうに暮らしたい。だから、こうしよう。きみはぼくと再婚して、シーリアはぼくの友だちと結婚するんだ」

「またあとで話しましょう」わたしはそう言って立ちあがり、洗面用具入れを手にバスルームに向かった。

「エヴリン、家族のことを一方的に決めないでくれ」

「誰が一方的に決めると言ったの？　またあとで話したいと言ってるだけよ。選択肢はいくらでもあるわ。いっしょにヨーロッパに行ってもいいし、ここに引っ越してきてもいいし、このままニューヨークにいつづけてもいい」

ハリーは首を横に振った。「彼はニューヨークには来られない」

わたしは苛立ちを覚え、ため息をついた。「そういうことなら、なおさらあと、あとで話し合わないと」

ハリーは何か言いたげな顔をして立ちあがったが、すぐに落ち着きを取り戻して言った。「そうだな。またあとで話せばいい」

石鹸やメイク道具を洗面用具入れにしまっているわたしのもとに来ると、わたしの腕を取って、こめかみにキスした。

「今夜、迎えにきてくれるかい？」彼は言った。「ぼくが借りてる家に。空港まで行くあいだと飛行機に乗ってる時間を利用して、よく話し合おう。機内でブラッディメアリーを何杯か飲んでもいい」

「ふたりでいい方法を考えましょう」わたしは彼に言った。「わかってるでしょ？ わたしはあなたなしでは何もするつもりはない。あなたはわたしの親友よ。家族なんだから」

「わかってるよ」彼は言った。「そしてきみはぼくの親友であり家族だ。ジョンが亡くなったあと、もう誰も愛せないと思ってた。でも、彼は……エヴリン、ぼくは彼に恋してるんだ。自分がまた人を好きになれるってわかって……」

「わかるわ」わたしは彼の手を取り、きつく握りしめて言った。「よくわかる。約束するわ。わたしにできることならなんでもするって。ふたりでいい方法を見つけましょう」

「わかった」ハリーはそう言うと、わたしの手をぎゅっと握り返した。「ふたりでいい方法を見つけよう」そしてドアから出ていった。

わたしを空港まで送り届けることになっていた車は、夜の九時ごろ迎えにきた。わたしが後部座席に乗り込むと、運転手はニックだと名乗った。

「空港まででしたよね？」ニックは言った。

「そのまえにウエストサイドに寄ってもらいたいの」わたしはそう言って、ハリーが借りていた家の住所を彼に告げた。

ハリウッドのみすぼらしい地区を抜け、サンセット・ストリップを走る車のなかで、気づくとわたしは、ロサンゼルスが住んでいたころより魅力のない街に変わってしまったことに意気消沈していた。その点ではマンハッタンとよく似ていた。年月はこの街に優しくなかった。ハリーはここでコナーを育てようと言っていたが、どちらの大都市からも永久に離れたほうがいいような気がしてならなかった。

ハリーが借りていた家の近くで車が赤信号に引っかかると、ニックが少しのあいだ振り返って、わたしに笑顔を向けた。彼は角張った顎をして、髪をクルーカットにしていた。笑顔ひとつで多くの女性とベッドをともにしてきたに違いなかった。

「ぼくは俳優なんです」彼は言った。「あなたと同じ」

わたしは礼儀正しく微笑んだ。「仕事にありつけさえすれば、いい職業よ」

彼はうなずいた。「今週エージェントと契約したばかりなんです」ふたたび車を走らせながら言った。「いよいよこれからだって感じてるんですけど、その、もし空港に早く着いたら、駆け出しの俳優へのアドバイスをいくつかしてもらえればなって」

「ああ、そうね」わたしは窓の外を見ながら言った。そして、ハリーが借りていた家の近くの、暗く、曲がりくねった道を走りながら、空港に着いたあと、もしまたニックに訊かれたら、すべては運次第だと言おうと思った。

さらには、自分のルーツを否定したり、肉体を利用したり、善良な人々に嘘をついたり、世間の目を気にして愛する人を犠牲にしたり、自分がどんな人間として仕事を始めたのか、そもそもどうして始めたのかも忘れるまで、何度も繰り返し、偽の自分を選んだりすることを厭わないようにしなければならないとも。

けれども、角を曲がって、ハリーが借りていた家の細い私道に入ると、それまで考えていたことはすべて頭のなかから消え去った。

わたしは驚いて身を乗り出し、そのまま動きを止めた。

目のまえには、倒れた木に押しつぶされている一台の車があった。

どうやら正面から木の幹に突っ込み、倒れてきた木の下敷きになったようだった。

「あの、ヒューゴさん……」ニックが言った。

「見えてるわ」わたしは彼に告げた。目のまえの光景が現実のものであり、目の錯覚ではないことを彼に裏づけてほしくなかった。

彼は車を路肩に寄せた。車が停まったとき、運転席側で木の枝がこすれる音がした。

わたしは手をドアの取っ手にかけて凍りついた。ニックが車から飛び降りて駆けだした。

わたしはドアを開けて、車から降りた。ニックは押しつぶされている車の横に立ち、ドアを開けられるかどうか見極めようとしていた。けれども、わたしはまっすぐ車のまえに向かい、フロントガラスからなかをのぞき込んだ。するとそうではないかと恐れていたものの、いざそうだとわかるととうてい信じられないものが見えた。

ハリーがハンドルにぐったりとおおいかぶさっていた。

さらに目を凝らすと、助手席に彼より若い男がいるのが見えた。

生死にかかわる状況をまえにするとパニックに陥ると、誰もが少なからず思うのではないだろうか。けれども、実際にそうした事態を経験したほぼすべての人間が、パニックになる贅沢など許されないと言うだろう。

その瞬間、無意識に体が動き、持てる知識を総動員させて、できることをしようとするものだ。

それが終わると、悲鳴をあげ、涙を流して、いったいどうやってやったのだろうと不思議に思う。トラウマになるような状況においては、脳は記憶をするのがへたになりがちだからだ。カメラの電源は入っているのに、誰も録画していないようなものだ。あとになってテープを再生しても、何も映っていない。

わたしが覚えているのは次のとおりだ。

ニックがハリーの車のドアをこじ開けたのを覚えている。

ハリーを車から引き出すのを手伝ったのを覚えている。

麻痺が残るといけないからハリーを動かしてはならないと思ったのを覚えている。

でも、ハリーをこんなふうにハンドルにおおいかぶさったままにはしたくないし、しておけないとも思ったのを覚えている。

血を流しているハリーを腕に抱いたのを覚えている。

彼の眉毛には深い切り傷があり、顔の半分は濃い赤錆色の血におおわれていたのを覚えている。

首の下側にシートベルトで切られた傷があるのを見たのを覚えている。

膝に歯が二本落ちていたのを覚えている。

彼の体を揺さぶったのを覚えている。

「死なないで、ハリー。わたしを置いてかないで。ずっと忠実な友だちでいて」と言ったのを覚えている。

そばの地面に助手席にいた男が寝かされていたのを覚えている。彼は死んでいるとニックに言われたのを覚えている。こんな姿の人間が生きているはずがないと思ったのを覚えている。

ハリーの右目が開いたのを覚えている。それを見て希望が膨らんだのを覚えている。血の濃い赤色に反して白目が鮮やかに見えたのを覚えている。彼の息だけでなく肌からもバーボンのにおいがしたことを覚えている。

そう気づいて、ひどく驚いたことを覚えている――ハリーが死なないかもしれないとわかった瞬間、やらなければならないことがわかった。

車は彼のものではない。

彼がここにいることは誰も知らない。

病院に運ばなければならなかった。彼が運転していたことを誰にも知られないようにしなければならなかった。彼を刑務所に入れるわけにはいかない。危険運転致死罪に問われたら?

娘に知られないようにしなければならなかった。父親が酒に酔って運転し、人を死なせたことを。恋人を死なせたことを。自分がまた誰かを愛せることをわからせてくれた人だと言っていた相手を死なせたことを。

わたしはニックに手伝ってもらってハリーをわたしたちの車に乗せ、もうひとりの男を押しつぶされている車の運転席に押し込んだ。

そして、バッグから素早くスカーフを取り出すと、それでハンドルや血やシートベルトを拭いて、ハリーの痕跡を消した。

それから、ハリーを病院に運んだ。

そこで、血まみれの姿で泣きながら、公衆電話から警察に電話をかけ、事故があったと告げた。

電話を終えると、待合室の椅子に腰かけているニックのほうを向いた。彼もまた血まみれで、胸や腕だけでなく首にまで血がついていた。

わたしが近づくと、彼は立ちあがった。

「もう帰ったほうがいいわ」わたしは言った。

彼は黙ってうなずいた。まだ動揺しているようだった。

「ひとりで帰れる？　タクシーを呼びましょうか？」

「わかりません」彼は言った。

「じゃあ、タクシーを呼ぶわね」わたしはハンドバッグを手にして、なかに入っていた財布から二十ドル札を二枚取り出した。「これで足りるはずよ」

「はい」彼は言った。

「家に帰って、今夜あったことはすべて忘れるの。目にしたことも」

「ぼくたちはいったい何をしたんです？」彼は言った。「いったいどうやって……なんであんなことを……」

「電話して」わたしは言った。「ビバリーヒルズホテルに部屋を取るわ。明日そこに電話して。朝いちばんに。今からそのときまで誰とも話しちゃだめ。聞いてる？」

「はい」

「お母さんともお友だちとも、タクシーの運転手とも話しちゃだめよ。恋人はいるの？」

彼は首を横に振った。

「ルームメイトは？」

彼はうなずいた。

「じゃあ、通りで倒れてる人を見つけて病院に運んだとだけ言って。いいわね？　それだけよ。もし何か訊かれたら、そう言うの」

「わかりました」

彼はまたうなずいた。わたしは電話でタクシーを呼ぶと、いっしょに車が来るのを待って、彼を後部座席に乗せた。

「明日の朝いちばんに何をするの？」わたしは巻きおろした窓の外から尋ねた。

「あなたに電話します」

「そうよ」わたしは言った。「もし眠れなかったら、考えて。自分には何が必要か考えるの。わたしに何をしてもらいたか考えて。あなたがしてくれたことへのお礼に」

彼はうなずき、タクシーは走り去った。

人々がわたしを見ていた。血にまみれたパンツスーツ姿のエヴリン・ヒューゴを。パパラッチが今にも現われそうで気が気ではなかった。

わたしは病院のなかに戻った。お願いして白衣を借り、ひとりで待てる個室を用意してもらった。着ていた服は捨てた。

病院のスタッフからハリーの身に起こったことを話すよう言われると、わたしは言った。「いくら出したら、そっとしておいてくれる?」彼が口にした金額が財布に入っていた額より少なかったので、ほっとした。

午前零時を過ぎたころ、部屋にやってきた医師から、ハリーの大腿動脈が切断されていたことを聞かされた。血を大量に失っているとも。

一瞬、捨てた服を取りにいくべきではないかと思った。服についている血を体内に戻せないかと。

けれども、次に医師の口から出た言葉が、わたしの考えを中断させた。

「きっと助からないでしょう」

ハリーが、わたしのハリーがもうすぐ死ぬと知って、わたしはあえぎはじめた。

「お別れをなさりたいですか？」

病室に入っていくと、彼は意識がない状態でベッドに横たわっていた。普段より青白かったが、いくらかきれいにされていて、どこにも血はなく、ハンサムな顔を見ることができた。

「もう長くないでしょう」医師が言った。「でも、少しならかまいません」

わたしにはパニックになる贅沢は許されていなかった。

だから、彼が寝かされているベッドに入り、力のない手を握った。酔っているときに車を運転したことを怒るべきだったのかもしれないが、ハリーには昔から強く怒れなかった。彼がどんなときでも、自分が感じている痛みに対して、自分にできる最良のことをしようとしているのを知っていたからだ。そしてこれも、悲惨な結果を招きはしたが、彼にできる最良のことだったのだと思った。

わたしは額を彼の額につけて言った。「死なないで、ハリー。わたしたちにはあなたが必要なの。わたしとコナーには」彼の手をいっそう強く握りしめて続けた。「でも、逝かなきゃならないなら、そうして。苦しいなら、そのときが来たのなら、どうぞ逝ってちょうだい。でも、覚えておいて。あなたは愛されてたって。けっしてあなたを忘れないって。コナーとわたしのなかに、あなたはずっと生きつづけるって。覚えておいて、ハリー。あなたを心から愛してるって。あなたは素晴らしい父親だったって。覚えておいて。あなたに隠し事はなかったって。あなたはわたしの親友だったから」

ハリーはその一時間後に死んだ。

彼が亡くなったあと、ようやくわたしはパニックになる贅沢を許された。

朝になり、ホテルにチェックインして数時間後、電話のベルで起こされた。泣いたために目が腫れ、喉が痛んでいた。枕にはまだ涙の染みがついていた。きっと一時間も寝ていないだろうと思った。

「もしもし？」

「ニックです」

「ニック？」

「運転手の」

「ああ」わたしは言った。「そうだったわね。おはよう」

「何をしてもらいたいかわかりました」彼は言った。

彼の声は自信に満ちていた。その力強さが、わたしを怯(おび)えさせた。自分がとても弱い立場にあるのを感じた。とはいえ、彼に電話するよう言ったのが自分であることもわかっていた。わたしがそう仕向けたのだ。〝黙っていてもらうために何をすればいいか教えて〟と別の言葉で伝えたのだ。

「ぼくを有名にしてください」彼は言った。その瞬間、わずかに残っていたスターの座への愛着がきれいさっぱりなくなった。

「自分が言っていることの意味がちゃんとわかってるの?」わたしは言った。「有名になれば、ゆうべのことがあなたにとっても危険なことになるのよ?」

「なんの問題もありません」彼は言った。

わたしはがっかりしてため息をついた。「わかったわ」あきらめて言った。「あなたが役をもらえるようにする。そのあとは、あなた次第よ」

「それでかまいません。十分です」

わたしは彼のエージェントの名前を聞いて電話を切った。それから二本、電話をかけた。まずわたしのエージェントに電話して、ニックを引き抜くよう言った。次に国内最高の興行収入を挙げたアクション映画の主役を張った男に電話した。退職する日にロシアのスパイを倒す五十代後半の警察署長の話だった。

「ドン？」彼が電話に出ると、わたしは言った。

「エヴリン！　なんの用だい？」

「あなたの次の映画にわたしのお友だちを出してほしいの。できるだけ大きな役がいいわ」

「わかったよ」彼は言った。「任せてくれ」理由も訊いてこなければ、何か困ったことになったのかと気遣う言葉もなかった。そうしないほうがいいとわかるぐらい、彼とわたしのあいだにはいろいろなことがあったから。わたしはただニックの名前を告げて、電話を切った。


受話器を戻したあと、シーツを握りしめて、大声で泣いた。けっして変わることのない愛情を抱いていた、ただひとりの男性を失ったことが寂しくてならなかった。

コナーに話すことを考えると心が痛んだ。彼のいない一日を生きなければならないことを思うと胸が苦しくなった。ハリー・キャメロンのいない世界を想像するだけで心が沈んだ。

わたしを作ったのはハリーだった。力を与えてくれたのも、無条件に愛してくれたのも、家族と娘を与えてくれたのもハリーだった。

だから、わたしはホテルの部屋で号泣した。窓を開け、外に向かって叫んだ。やがて涙で何も見えなくなった。

精神的にそれよりましな状態だったら、機会を逃さず積極的に出てきたニックに驚いていたかもしれない。

もっと若いころだったら、感心していたかもしれなかった。ハリーなら間違いなく、彼にはガッツがあると言っていただろう。多くの人は適切なときに適切な場所にいることで何かを手にする。けれどもニックはどういうわけか、悪いときに悪い場所にいたことでキャリアを手にした。

とはいうものの、わたしはそのときのことがニックの人生に及ぼした影響を大きく考えすぎているのかもしれない。彼は名前を変え、髪を切って、とても大きな仕事をしつづけた。わたしと出会っていなかったとしても、自分の力ですべてを成し遂げていたかもしれない。つまり、すべては運次第ではないのだ。

運とどれだけ卑劣な人間になれるかにかかっているのだ。

ハリーがそれを教えてくれた。

ナウ・ジス
一九八九年二月二十八日

プロデューサーのハリー・キャメロン死去

多くの映画を製作し、エヴリン・ヒューゴの夫だったこともあるハリー・キャメロンが、先週末ロサンゼルスで動脈瘤のため亡くなった。五十八歳だった。

サンセット・スタジオで活躍したのち独立した彼は、ハリウッドの名作の数々を生み出したことで知られている。そのなかには一九五〇年代の名作映画『あなたとともに』や『若草物語』、そして六〇年代から八〇年代にかけての傑作映画の数々が含まれる。その代表的なものが一九八一年に公開された『すべてはわたしたちのために』だ。彼は近く公開される『テレサの知恵』の撮影を終えたばかりだった。

キャメロンは鋭い感性と穏やかだが断固とした態度で知られていた。ハリウッドは人気者のひとりを失い、悲しみに暮れている。「ハリーは俳優たちに人気のあるプロデューサーだった」と以前、彼と仕事をしたことがある人物は言った。「彼が選んだ企画なら、ぜひ出てみたいと思わせた」

彼にはエヴリン・ヒューゴとのあいだに生まれたティーンエイジャーの娘コナー・キャメロンがいる。

ナウ・ジス
一九八九年九月四日

不良娘

匿名報道！

文字どおりパンツをおろしているところを見つかったハリウッドの二世はいったい誰？

ある元一流女優の娘は、半年ほどまえにとてもつらい経験をした。どうやら彼女は静かに悲しみを癒すのではなく、荒れた生活を送っているようだ。

聞くところによると、この十四歳の不良娘は名門ハイスクールに通いもせず、ニューヨークにある有名クラブのひとつで頻繁に目撃されているそうだ。しかも、その、し、ら、ふ、で、い、る、こ、と、はめったにないという。アルコールのことだけを言っているのではない。どうやら例の粉も関係し、て、い、る、ら、し、い……

母親はこの状況をどうにかしようとしてきたようだが、ますます大変なことになった。不良娘が男子学生ふたりといっしょにいるところを見つかったのだ……ベッドのなかで！

57

ハリーが亡くなって半年後、コナーをこのままニューヨークにいさせることはできないとわかった。できることはすべてやった。彼女に気を配り、母親として愛情を注いだ。セラピーを受けさせようともした。父親の話もした。コナーは世間とは違って、父親が交通事故で死んだことを知っていたし、その手のことは慎重に扱わなければならないことも理解していた。けれども、そのせいで彼女のストレスはますます大きくなった。わたしはコナーに心のうちを吐き出せようとしたが、彼女がよくない選択をするのを何をしても止められなかった。

コナーは十四歳で、はるか昔にわたしが母親を失ったときと同じように突然父親を失い、悲しみに暮れていた。わたしは娘の面倒を見なければならなかった。どうにかしなければならなかった。

彼女が世間に注目されないようにしなければならないと本能的に思った。ドラッグを売ろうとする人々や、彼女の苦しみを利用しようとする人々から引き離さなければならないと。わたしが彼女を見守ることができ、世間から守れる場所に連れていかなければならなかった。

コナーには悲しみを癒す時間が必要だったが、わたしがもたらした生活をしていてはそうした時間を持つのは不可能だった。

「アルディスがいいわ」シーリアが言った。

わたしたちは電話で話していた。彼女とは何カ月も会っていなかったが、毎晩電話で話していた。シーリアはわたしを支えてくれた。まえに進むのを助けてくれた。ほとんどの夜、ベッドに横になってシーリアと電話しながら、娘の苦しみのことしか話せなかった。ほかのことを話せるとしても、それはわたし自身の苦しみについてだった。シーリアにアルディスを薦められて、トンネルの先の光が見え、苦しみから抜け出せそうな気がした。

「どこにあるの?」わたしは尋ねた。

「スペインの南海岸よ。小さな町なの。兄に話したら、マラガにいる友だちに電話してくれるって。アルディスから、そう遠くないのよ。英語で勉強できる学校についても訊いてくれることになってる。漁村のようなところなの。誰もわたしたちのことないと思うわ」

「そうだと思う」彼女は言った。「コナーはよほど頑張らなきゃトラブルを起こせないと思うわ」

「静かな町なの？」わたしは尋ねた。

「トラブルを起こすのが、あの子の専売特許みたいになってるから」わたしは言った。「これからはあなたがそばにいるし、わたしもいる。兄もね。みんなであの子を立ち直らせましょう。あの子の支えになって、話し相手になって、ちゃんとした友だちを作れるようにしてあげるの」

スペインに引っ越すことはルイサを失うことだとわかっていた。彼女はすでにわたしたちといっしょにロサンゼルスからニューヨークに移ってきていた。スペインに移って、また生活を一変させることを嫌がっていた。とはいえ、わたしは彼女が三十年近くわたしの家族の面倒を見てきて疲れていることも知っていた。わたしたちがアメリカを離れることが、彼女が次の人生を歩むいいきっかけになると思った。彼女には十分なことをするつもりでいた。それに、どちらにしろ、これからは家事にもっと積極的にかかわろうと思っていた。

ディナーを作って、トイレ掃除をして、いつでも娘のそばにいる人間になりたかった。

「あなたが出てる映画でスペインでヒットしたものはある？」わたしは尋ねた。

「最近はないわね」シーリアは言った。「あなたのほうは？」

「『ブータントラン』だけよ」わたしは言った。「ほかにはないわ」

「うまくやれると本当に思ってるの？」

「いいえ」わたしはシーリアがなんのことを言っているのかわからないにもかかわらず言った。「どの部分を言ってるの？」

「重要人物ではなくなること」

わたしは声をあげて笑った。「やだ、そのこと」と言った。「思ってるわ。それだけは自信がある」

計画が固まり、コナーを通わせる学校も、買う家も、どうやって暮らすかも決まると、わたしは彼女の部屋に入って、ベッドに腰をおろした。

コナーはデュラン・デュランのTシャツに色褪せたジーンズという格好だった。ブロンドの髪は頭頂部で逆毛を立てて膨らませてあった。彼女は三人でしているところを見つかってからずっと、わたしに外出を禁じられていたので、不機嫌な顔でベッドに座ったまま、わたしの話を聞くしかなかった。

わたしは女優を辞めることを話した。ふたりでスペインに行くつもりでいることを話した。カメラから離れ、一般人として善良な人たちと暮らしたほうが、ふたりとも今より幸せになれると思うと。

それから、とても穏やかな口調で、おずおずと、シーリアと愛し合っていると話した。ロバートと結婚するつもりでいることを話し、その理由を簡潔かつ明確に説明した。彼女を子ども扱いすることなく、大人に話すように話した。ついに彼女に真実を告げたのだ。わたしの真実を。

ハリーのことは話さなかった。シーリアといつから愛し合っているかということや、コナーが知る必要がないことも。そうしたことは、時を見て話すつもりだった。

彼女にわかっていてもらいたいことを話した。

話し終わると言った。「全部聞くから言いたいことがあったら言ってちょうだい。質問にはすべて答えるわ。ふたりで話し合いましょう」

けれども、コナーは肩をすくめただけだった。「どうでもいいよ、お母さん」背中を壁につけてベッドに座ったまま言った。「勝手にしてくれてかまわないから。誰を好きになってもいいし、誰と結婚してもいい。わたしをどこに住まわせてもいいし、学校だって勝手に決めてくれてかまわない。わたしはどうでもいいから。わかった？本当にどうでもいいの。ただ、ひとりにしてほしいだけ。だから……出ていって。頼むから。そうしてくれさえすれば、あとは勝手にしてくれてかまわないから」

わたしはコナーを見た。彼女の目を見つめ、その心が負った傷を思って胸を痛めた。ブロンドの髪とまえより痩せた顔を見ていると、ハリーよりもわたしに似ているように思えて不安になった。たしかに、昔ながらの考え方をすれば、わたしに似たほうが、より魅力的になるだろうが、彼女はハリーに似なければならなかった。それぐらいは許されていいはずだった。

「わかったわ」わたしは言った。「じゃあ、もう、ひとりにしてあげるから」

そして立ちあがり、彼女にひとりの時間を与えた。

わたしは荷造りをし、運送業者を手配し、シーリアやロバートと計画を立てた。

ニューヨークを発つ二日まえに、コナーの部屋に入って言った。「アルディスでは自由にさせてあげる。使う部屋も選んでいいし、友だちに会いにここに戻ってこられるようにもするわ。あなたが暮らしやすくなるように、できることはなんでもするつもりでいる。でも、ふたつだけ約束してほしいの」

「何を？」コナーは言った。なんの関心もなさそうな声だったが、彼女はわたしを見て、わたしに話しかけていた。

「毎晩、夕食をいっしょに食べて」

「お母さん——」

「かなり自由にしてあげると言ってるのよ。あなたを信用するわ。ふたつのことを約束してほしいだけ。ひとつは、毎晩、夕食をいっしょに食べること」

「だけど——」

「交渉の余地はないわ。どちらにしろ、あと三年もすれば大学に行くのよ。一日に一度、食事をいっしょにするぐらいできるはずよ」

コナーはわたしから顔を背けた。「わかった。ふたつめは?」

「セラピーを受けて。少なくとも、しばらくのあいだは。あなたはとてもつらい経験をしてきた。誰もがみんな、いろいろなことを経験する。そろそろあなたも、誰かに話すことを覚えないと」

何カ月かまえに同じことをさせようとしたときは、彼女に対して弱腰だった。嫌だと言われ、それをそのまま受け入れた。今回は、そうするつもりはなかった。わたしは以前より強くなっていた。いい母親になろうとしていた。

コナーはわたしの声にそれを感じ取ったらしく、反論しようとせずに言った。「わかった、好きにして」

わたしは彼女を抱きしめて、頭のてっぺんにキスした。そのまま放そうとすると、彼女は両腕をわたしの体に巻きつけて、抱きしめ返してきた。

58

エヴリンの目は潤んでいる。少しまえからそうだ。彼女は立ちあがり、部屋の反対側まで行ってティッシュを取る。

じつに見事な女性だ——つまり、彼女自身が見事な存在だ。だが、彼女はまた、とても人間らしくもある。今この瞬間、わたしはとうてい客観的ではいられない。ジャーナリストとしての規範に反して彼女を気遣い、その苦しみに心動かされ、同情せずにはいられなくなる。

「さぞかし、おつらいでしょうね……そうやって率直にご自分の話をされるのは。わたしが深く感動し、心から尊敬してることを、お伝えしておきます」

「やめてちょうだい」エヴリンは言う。「わかった？　お願いだから、そんなふうに言うのはやめて。わたしは自分がどんな人間なのかわかってる。明日までには、あなたにもわかるわ」

「あなたはずっとそうおっしゃってますが、誰にでも欠点はあります。ご自分は救いがたい人間だと、本当に思ってらっしゃるんですか？」

彼女はわたしの言葉を無視する。窓の外に目をやり、わたしを見ようともしない。

「エヴリン」わたしは言う。「あなたは本当に――」

彼女は振り返って、わたしの言葉をさえぎる。「急かさないと約束したでしょ。もうすぐ終わるから。そのときには、あなたが知りたいことは全部わかってるはずよ」

わたしは疑いの目で彼女を見る。

「本当よ」彼女は言う。「そのことについては、わたしの言葉を信じてもらってかまわないわ」

AGREEABLE ROBERT JAMISON

感じのいい
ロバート・ジャミソン

ナウ・ジス
一九九〇年一月八日

エヴリン・ヒューゴ　七度目の結婚

先週土曜日、エヴリン・ヒューゴが投資家のロバート・ジャミソンと結婚した。エヴリンが祭壇に向かうのはこれで七度目だが、ロバートにとっては初めてだ。

彼の名前に聞き覚えがあるとしたら、それは彼とつながりのあるハリウッドセレブがエヴリンひとりではないからかもしれない。ジャミソンはシーリア・セントジェームズの兄なのだ。情報筋によると、ふたりはわずか二カ月まえにシーリアが開いたパーティーで出会ったという。それ以来、互いに夢中になっているそうだ。

式はビバリーヒルズの裁判所で挙げられた。エヴリンはクリーム色のスーツを身につけ、ロバートはピンストライプのスーツで粋に決めていた。エヴリンが今は亡きハリー・キャメロンとのあいだにもうけた娘のコナー・キャメロンが花嫁付き添い人を務めた。

式を終えてまもなく、三人はスペインに旅立った。最近、南海岸に家を買ったシーリアを訪ねるものと思われる。

59

コナーはアルディスの岩の多いビーチで元気を取り戻した。種から芽が出るように、ゆっくりだが着実に。

彼女はシーリアとスクラブルをするのが好きだった。約束どおり、毎晩わたしと夕食をともにした。ときには夕食の時間より早くキッチンに来て、トルティージャや母の得意料理だったカルド・ガジェゴを一から作るのを手伝ってくれもした。けれども、彼女が惹きつけられたのはロバートだった。

銀髪で背が高くがっしりしていながらも、ゆるやかにお腹が出ているロバートは、初めのうちティーンエイジャーにどう接していいものかわからないようだった。彼女に怯えていたのではないかと思う。どう声をかけていいものかわからず、なるべく近寄らないようにして、避けてさえいた。

近づいたのはコナーのほうだった。彼にポーカーのやり方を教えてくれと頼んだり、経済について説明してほしいと言ったり、釣りに行かないかと誘ったりした。

ロバートはハリーのかわりになったわけではなかった。誰もハリーのかわりにはなれなかった。けれども彼はコナーが心に負った傷を少し癒してくれた。コナーは男の子たちについて彼の意見を聞き、誕生日には時間をかけて探したよく似合うセーターを贈った。

ロバートはコナーの部屋の壁を塗り替え、週末には彼女が好きなバーベキューリブを作った。

徐々にコナーは、世界は心を開いてもまあまあ安全な場所だと信じるようになった。父親を失った傷が完全に癒えることはなく、ハイスクールに通っているあいだに、けっして消えることのない傷跡となりつつあるのが、わたしにはわかっていた。けれども、わたしは彼女が羽目をはずさなくなり、AやBを取りはじめるのを目の当たりにした。そして、やがて彼女がスタンフォードに合格すると、わたしは彼女を見て、自分には足が地につき、分別のある娘がいることに気づいた。

わたしが大学に入学するコナーを連れてアメリカに発つ前日の夜、シーリアとロバートとわたしは彼女をディナーに連れ出した。わたしたちは海辺の小さなレストランにいた。ロバートは彼女にプレゼントを買っていた。包みのなかから出てきたのはポーカー用のトランプとチップがセットになったものだった。彼は言った。「みんなのお金を奪うんだ。フラッシュで何度もぼくのお金を奪ったようにね」

「そしたら投資のアドバイスをしてね」コナーは小悪魔的な笑みを浮かべて言った。

「その意気だ」彼は言った。

ロバートはつね日ごろから、結婚したのはシーリアのために何かしたかったからだと言っていたが、わたしは少なくとも、そうすれば家族を持てるからでもあるのではないかと思っていた。彼はけっしてひとりの女性と結婚して身を固めようとはしなかった。そしてスペインの女性たちもアメリカの女性たちと同様に彼に魅了された。けれども、わたしとシーリアの計画に乗れば、わたしたち家族の一員になれる。それがわかっていて、仲間に加わったのではないかと思う。

あるいは、たまたまかかわりを持ったにすぎないことで手にしたものが、そうなって初めて自分が望んでいたものだとわかったのかもしれない。そうした運のいい人がいる。わたし自身は、つねに望むものを全力で手に入れようとしてきたが、幸せのほうからやってくる人々がいる。彼らのようになりたいと思うときもあるが、彼らのほうもわたしのようになりたいと思うときがあるに違いない。

コナーがアメリカに行き、学校が休みのあいだだけ帰ってくるようになると、シーリアとわたしはそれまでになく長くふたりだけの時間を持てるようになった。映画の撮影やゴシップ記事のことを心配する必要もなかった。わたしたちはほとんど気づかれなかった――ふたりのうちのどちらかに気づいた人がいたとしても、わたしたちを煩わせることはなく、自分の胸にしまっておいてくれることが多かった。

スペインでは心から望んでいた生活を送れた。ふたたび始まった、毎朝、目が覚めると、自分の枕に広がるシーリアの髪が視界に飛び込んでくる暮らしに、心が安らかになった。わたしはふたりでいるすべての瞬間を、彼女を抱きしめて過ごす一分一秒を慈しんだ。

わたしたちの寝室には海をのぞむ大きなバルコニーがあった。夜にはしばしば部屋に心地よい海風が入ってきた。のんびりと過ごす朝は、ふたりでバルコニーに出て、指先をインクで黒く染めながら、いっしょに新聞を読んだ。

わたしはふたたびスペイン語を話しはじめさえした。最初は、必要に迫られてだった。話さなければならない人がたくさんいたが、スペイン語の素養があったのはわたしだけだった。とはいえ、必要に迫られていて、かえってよかったと思う。不安に思っている暇がなかったからだ。とにかく話さなければならなかった。そして、時が経つにつれて、気づくとスペイン語が口をついて出ることを誇らしく思っていた。方言は異なっていたが——子どものころに用いていたキューバのスペイン語は標準スペイン語とまったく同じではなかった——スペイン語を話さずにいた年月はわたしの頭から多くの言葉を消し去ってはいなかった。

わたしはしばしば家でもスペイン語を話し、シーリアとロバートに彼らの限られた知識をもとに何を言っているのか当てさせようとした。ふたりにスペイン語を教えるのが好きだった。長いあいだ埋もれていた自分の一部を見せられることが楽しかった。掘り起こしてみたら、その部分はまだそこにあり、わたしに掘り起こされるのを待っていたとわかってうれしくなった。

けれども当然ながら、どれだけ完璧な日々に思えていたとしても、毎晩、わたしたちにのしかかってくる心痛の種があった。

シーリアの体調はよくなかった。彼女の具合は日増しに悪くなってきていた。残された時間はあまりなかった。

「考えても仕方ないとわかってるんだけど」ある晩、ふたりで暗闇のなか横になりながらも、まだ眠っていなかったときに、シーリアがわたしに言った。「ときどき、わたしたちが失った年月のことが、とても腹立たしくなるの。無駄にした時間のことが」

わたしは彼女の手を握った。「わかるわ」と言った。「わたしも同じよ」

「誰かをとても愛してたら、どんなことでも乗り越えられるはずよ」彼女は言った。

「そしてわたしたちは昔からずっととても愛し合ってた。わたしはこんなに誰かに愛されるとは思ってもみなかったほど愛されてるし、こんなに誰かを愛せるとは思ってもみなかったほどあなたを愛してる。それなのに……どうしてわたしたち、乗り越えられなかったのかしら」

「乗り越えたじゃない」わたしは彼女のほうを向いて言った。「こうしてふたりでいるじゃない」

彼女は首を横に振った。「でも、何年も無駄にしたわ」と言った。

「ふたりとも頑固だったのよ」わたしは言った。「そして、うまくやるのに必要な能力を必ずしも与えられていなかった。ふたりとも采配を振るう立場でいることに慣れていた。世界は自分を中心にまわってると考えがちだったのよ……」

「それにゲイであることを隠さなきゃならなかった」彼女は言った。「というか、わたしはゲイで、あなたはバイセクシュアルであることを」

わたしは暗闇のなか微笑んで、彼女の手を握りしめた。

「世界はそんなに簡単に作られてないのよ」彼女は言った。

「わたしたちは何よりももっと現実的になるべきだったんだと思うわ。ふたりで小さな町で暮らしてたら、きっとうまくやれたはずよ。あなたは教師になって、わたしは看護師として働くの。そうすればもっと簡単にふたりでいられた」

シーリアが隣で首を横に振るのがわかった。「でも、そんなのはわたしたちじゃない。わたしたちはずっとそんな人間じゃなかったし、けっしてそんなふうにはなれない」

わたしはうなずいた。「あなた自身でいるのは——本当のあなたでいるのは——絶えず流れに逆らって泳ぐようなものなのよね」

「ええ」彼女は言った。「でも、あなたといっしょにいたこの何年かをもとに判断するなら、一日の終わりにあなたのブラを取ることでもあると思うわ」

わたしは笑い声をあげた。「愛してるわ」と言った。「けっしてわたしをひとりにしないでね」

けれどもシーリアが「わたしも愛してる。絶対にひとりにしないから」と言ったとき、彼女は守れない約束をしているとふたりともわかっていた。

また彼女を失うと思うと、今までよりはるかに深刻な形で失うと思うと耐えられなかった。彼女となんのつながりもないまま永遠に失うと思うと耐えられなかった。

「わたしと結婚してくれる？」わたしは言った。

彼女は笑ったが、わたしはその笑い声をさえぎった。

「本気で言ってるのよ！　わたしはあなたと結婚したいの。これを最後に。そうして当然だと思わない？　七回も結婚したんだから、最後に運命の人と結婚するべきじゃない？」

「それはどうかと思うわ」彼女は言った。「それに、わたしは兄の奥さんを奪うことになるのよ？」

「わたしは本気よ、シーリア」

「わたしもよ、エヴリン。わたしたちが結婚できるはずがないわ」

「すべての結婚は約束よ」

「あなたがそう言うならそうなんでしょうね」彼女は言った。「その道の達人なんだから」

「今すぐここで結婚しましょう。わたしとあなたで。このベッドのうえで。あなたは白いネグリジェを着る必要もないわ」

「何を言ってるの？」

「精神的な約束をしようと言ってるの。わたしたちふたりで。一生続く約束を」

シーリアが何も言わずにいるので、わたしが言ったことを彼女が考えているのがわかった。そうすることになんの意味があるのか、彼女は考えていた。こうして同じベッドに寝ているふたりにとって。

「こうするの」わたしは彼女を説得しようとして言った。「お互いの目を見ながら手を取り合い、心に思ってることを言って、ずっとそばにいると約束するの。政府が発行した書類も、証人も、宗教的な許可も必要ないわ。わたしが法律上はすでに結婚してることも関係ない。ロバートと結婚したのは、あなたといっしょにいるためだって、ふたりともわかってるから。誰かが決めたルールなんて必要ないわ。お互いがいさえすればいい」

シーリアは黙っていたが、やがてため息をついて言った。「わかったわ。そうしましょう」

「本当に？」わたしは今この瞬間がとても大きな意味を持ちつつあることに驚いていた。

「ええ」彼女は言った。「わたしもあなたと結婚したい。ずっとあなたと結婚したいと思ってた。でも……本当にできるなんて思ってもみなかった。誰の許可も必要ないなんて」

「必要ないわ」わたしは言った。

「じゃあ、結婚する」

わたしは笑い声をあげて、ベッドに起きあがると、ベッドサイドテーブルのうえのライトをつけた。シーリアも起きあがり、わたしたちは向かい合って、手を取り合った。

「あなたが式を執り行なうべきじゃないかしら」彼女は言った。

「わたしのほうが結婚式は多く経験してるからね」わたしは冗談を言った。

シーリアは笑い、わたしもいっしょになって笑った。ともに五十代なかばのわたしたちは、何年もまえにするべきだったことをついにしようとしていることに有頂天になっていた。

「さてと」わたしは言った。「もう笑うのはなし。始めましょう」

「わかったわ」シーリアは微笑んで言った。「いいわよ」

わたしは息を吸って、シーリアを見つめた。目尻には烏の足跡があり、口元には笑い皺がある。ついさっきまで枕に頭をつけていたために、髪はぼさぼさになっていた。着ているものは、肩に穴の開いた古いニューヨーク・ジャイアンツのTシャツ。そういう姿でも、これ以上ないほど美しかった。

「親愛なるみなさん」わたしは言った。「わたしたちふたりのことよ」

「そうね」シーリアは言った。「わかってるわ」

「わたしたちが今日ここに集まったのは……わたしたちの結婚を祝うためです」

「素晴らしいわ」

「ふたりはこれからの人生をともにするためにここにいます」

「そのとおり」

「シーリア、あなたは、わたし、エヴリンを妻としますか？　病めるときも健やかなるときも、富めるときも貧しきときも、死がわたしたちを分かつまで、命の続くかぎりずっと？」

彼女はわたしに微笑みかけた。「はい」

「そして、わたし、エヴリンは、あなた、シーリアをわたしの妻としますか？　病めるときも健やかなるときも、以下同文で？　はい」わたしはちょっとした問題があることに気づいた。「待って、指輪がないわ」

シーリーアはまわりを見まわしてかわりになるものを探した。わたしは彼女の手を握ったまま、ベッドサイドテーブルに目を向けた。

「これでいいわ」シーリアが髪からヘアゴムを取って言った。

わたしは笑い声をあげて、ポニーテールにするのに使っていたヘアゴムを自分の髪から取った。

「続けるわよ」わたしは言った。「シーリア、わたしが言ったことを繰り返して。エヴリン、この指輪をわたしの永遠の愛の証として受け取ってください」

「エヴリン、この指輪をわたしの永遠の愛の証として受け取ってください」

シーリアはわたしの薬指にヘアゴムを三重に巻きつけた。

「こう言って。この指輪とともに、わたしはあなたと結婚します」

「この指輪とともに、わたしはあなたと結婚します」

「それでいいわ。じゃあ、今度はわたしの番ね。シーリア、この指輪をわたしの永遠の愛の証として受け取ってください。この指輪とともに、わたしはあなたと結婚します」わたしはヘアゴムを彼女の指に巻きつけた。「あら、誓いの言葉を忘れてたわ。誓いの言葉を言うべき？」

「言ってもいいわね」彼女は言った。「あなたがそうしたければ」

「わかったわ」わたしは言った。「あなたはあなたの言いたいことを考えて。わたしも考えるから」

「考える必要はないわ」彼女は言った。「すぐに言える。わかってるから」

「わかったわ」わたしは鼓動が速くなったことに驚きながら言った。シーリアの言葉を聞くのが待ち切れなかった。「どうぞ」

「エヴリン、わたしは一九五九年からあなたを愛していました。その気持ちをいつも表に出していたわけではなかったかもしれないし、そうじゃないように見えていたときもあったかもしれないけど、わたしがそんなに昔からあなたを愛していたことを知っておいてください。ずっと愛していたことを。そして、これからもずっと愛しつづけることを」

わたしは少しのあいだ目を閉じて、彼女の言葉を噛みしめた。

それから、彼女に誓いの言葉を言った。「わたしはこれまでに七回結婚しましたが、この結婚の半分も正しいことに思えたことは一度もありません。あなたを愛することが、わたしがしてきたことのなかでもっとも正しいことだと思います」

シーリアが顔をくしゃくしゃにして笑ったので、泣きだすのではないかと思ったが、彼女は泣かなかった。

わたしは言った。「あなたとわたしによって、わたしに与えられた権限により、ここにわたしたちが結婚したことを宣言します」

シーリアは笑い声をあげた。

「花嫁にキスを」わたしはそう言うと、シーリアの手を放し、彼女の顔に手を添えてキスした。わたしの妻に。

60

その六年後、シーリアとわたしがスペインの海辺の町でいっしょに暮らしはじめてから十年以上経ち、コナーが大学を卒業してウォール街で仕事に就いて、世間が『若草物語』のことも『ブータントラン』のこともシーリアが三度オスカーを受賞したことも忘れかけたころ、セシリア・ジャミソンは呼吸不全で亡くなった。

わたしの腕のなかで。わたしたちのベッドのうえで。

季節は夏で、窓は外の風が入るよう開けてあった。室内には病気のにおいが漂っていたが、集中して嗅げば、かすかに潮の香りがした。彼女の目から光が消え、わたしは階下のキッチンにいた看護師を呼んだ。シーリアがわたしから奪われていったその瞬間、わたしの脳はふたたび記憶するのをやめたようだった。

彼女にしがみつき、精いっぱい強く抱きしめたのは覚えている。「わたしたちにはまだ時間が必要よ」と言ったことは覚えている。

救急救命士が彼女の遺体を運んでいこうとすると、魂を抜かれつつあるように感じた。やがて、みんなが出ていき、ドアが閉められて、シーリアがどこにもいなくなると、わたしはロバートのほうを向いて、床にくずおれた。

ほてった肌にタイルが冷たかった。硬い石のタイルにあたって骨が痛んだ。顔の下に涙が溜まってきていたが、床から顔を上げられなかった。

ロバートはわたしを立たせてはくれなかった。

わたしの隣に座り込んで泣いていた。

わたしは彼女を失った。わたしの最愛の人。わたしのシーリア。わたしのソウルメイト。わたしがその愛を得るために人生を賭けてきた女性を。

彼女はいなくなってしまった。

もう二度と会うことはできない。永遠に。

そして、わたしは陥るのが贅沢なパニックにまた襲われた。

ナウ・ジス
二〇〇〇年七月五日

銀幕の女王シーリア・セントジェームズ死去

三度オスカーに輝いた女優のシーリア・セントジェームズが、先週、肺気腫の合併症のため亡くなった。六十一歳だった。

ジョージア州の小さな町の裕福な家に生まれ育った赤毛のセントジェームズは、キャリアの初期にはしばしば〝ジョージア・ピーチ〟と称された。だが、彼女に最初のアカデミー賞をもたらし、正真正銘のスターに変えたのは、一九五九年に公開された『若草物語』の映画版で演じたベス役だった。

セントジェームズはそののち三十年以上に及ぶキャリアのなかで四度アカデミー賞にノミネートされ、そのうちの二度はトロフィーを自宅に持ち帰った。一九七〇年には『我らが男たち』で主演女優賞を受賞し、一九八八年に公開されたシェイクスピアの悲劇の映画版で演じたマクベス夫人で助演女優賞を受賞した。

セントジェームズは素晴らしい才能の持ち主だったことに加えて、隣の女の子タイプの魅力があったことや、アメリカンフットボールの英雄であるジョン・ブレイヴァーマンと十五年間夫婦だったことでも知られている。ふたりは一九七〇年代後半に離婚したが、一九八〇年にブレイヴァーマンが亡くなるまで友人でありつづけた。彼女がふたたび結婚することはなかった。

セントジェームズの遺産は兄であるロバート・ジャミソンが管理する。彼はまた、セントジェームズと共演したこともある女優のエヴリン・ヒューゴの夫でもある。

61

シーリアはハリーと同じくロサンゼルスのフォレスト・ローン墓地に埋葬された。ある木曜日の午前中、ロバートとわたしは彼女の葬式を出した。非公開で行なったが、人々はわたしたちが来るのを知っていた。彼女が埋葬されることを知っていた。

彼女が土のなかにおろされると、わたしは穴のなかを見つめた。光沢のある木の棺を見つめた。隠してはいられなかった。本当のわたしを見せずにいることはできなかった。

「ちょっと失礼するわ」わたしはロバートとコナーに言って、その場をあとにした。

そのまま歩きつづけ、墓地のなかを通る曲がりくねったゆるい坂道をのぼって、探していたものを見つけた。

ハリー・キャメロン。

彼のお墓のまえに座り込み、大声で泣いた。涙が涸れるまで泣いた。わたしは何も言わなかった。言葉にする必要は感じなかった。とても長いあいだ、とても長い年月、頭や心のなかでハリーに話しかけていたので、彼とのあいだに言葉はいらないと感じていた。

わたしの人生において、あらゆる面でわたしを助け、支えてくれたのはハリーだった。そしてそのとき、わたしはそれまでになく彼を必要としていた。だから、わたしの知る唯一の方法で彼のもとに行った。彼にしかできない方法で癒してもらった。それから立ちあがり、スカートについた土を払って、体の向きを変えた。

すると、木々のあいだにパパラッチがふたりいて、わたしの写真を撮っていた。わたしは怒りもしなければ、気をよくもしなかった。どうでもよかった。気にかけるのは力がいる。そうできるだけの気力が残っていなかった。

だから、そのまま立ち去った。

二週間後、ロバートとともにアルディスに戻っていたわたしのもとに、コナーからハリーのお墓のまえにいるわたしの写真が表紙になった雑誌が送られてきた。表紙にはコナーからのメモがつけられていた。そこにはただ〝愛してる〟と書かれていた。

わたしはメモを剝がして見出しを読んだ。〝長い年月を経てハリー・キャメロンの墓前で涙を流す伝説の女優エヴリン・ヒューゴ〟

最盛期からそれだけ長く経っていても、人々はまだわたしがシーリア・セントジェームズに対して抱いている気持ちから、いとも簡単に目をそらされていた。しかも、そのときはそれまでとは違っていた。わたしは何も隠していなかったのだから。

真実は彼らが注意を払いさえすれば手にできるところにあった。わたしは本当の自分でいて、愛する人を失った悲しみを癒すために親友の助けを必要としていたのだ。けれども、当然ながら、彼らは誤解した。正しく理解しようともしなかった。マスコミは伝えたいことを伝えるだけだ。これまでもずっとそうだったし、これからもずっとそうだろう。

そのとき気づいた。わたしの人生について本当のことを知らせるには、わたし自身が直接語るしかないと。

本のなかで。

わたしはコナーのメモだけ取っておいて、雑誌はごみ箱に捨てた。

62

シーリアもハリーもいなくなり、わたし自身はプラトニックではあるもののついに安定した結婚生活を送るようになると、わたしの人生は正式にスキャンダルとは無縁のものとなった。

このわたしが、エヴリン・ヒューゴが、退屈な老婦人になった。

ロバートとわたしはそれから十一年間、友人として結婚生活を送った。二〇〇〇年代なかばにはコナーのそばにいるためにマンハッタンに戻ってきた。このアパートメントをリフォームし、シーリアの遺産の一部をＬＧＢＴＱ＋の団体や肺疾患の研究機関に寄付した。

毎年クリスマスにはニューヨークの若者のホームレスの支援団体を支援した。静かな海沿いの町で何年も暮らしたあと、なんらかの方法でふたたび社会の一員となるのはいいことだった。

とはいえ、わたしが本当に大事に思っていたのはコナーだった。

彼女はメリルリンチで出世の階段をのぼっていたが、ロバートとわたしがニューヨークに戻ってほどなくして、金融業界の体質が好きではないとロバートに打ち明け、辞めるつもりだと言った。彼は自分を幸せにしてきたものでコナーが幸せになれなかったことに明らかにがっかりしていたが、彼女に失望することはけっしてなかった。

そして、コナーがペンシルベニア大学ウォートン校で教鞭をとることになったとき、真っ先にお祝いを言ったのもロバートだった。彼がコナーのために何本か電話をかけたことをコナーが知ることはなかった。彼が知らせたがらなかったのだ。彼はただ自分にできるありとあらゆる方法で彼女の力になりたかっただけで、愛情を持って、実際にそうしつづけた。八十一歳で亡くなるまで。

コナーが弔辞を読み、彼女の恋人のグレッグが棺を担いだ。そのあとしばらくのあいだ、コナーとグレッグはわたしのアパートメントに泊まってくれた。

「お母さん、お母さんは夫が七人もいたから、ひとりで暮らすことに慣れてないんじゃないかと思うの」コナーはダイニングテーブルのまえに座って言った。彼女が子ども用の椅子に座ってハリーとシーリアとジョンとわたしと囲んでいたのと同じテーブルだった。

「わたしはあなたが生まれるまえにも十分豊かな人生を送ってたのよ」わたしは彼女に言った。「ひとりで暮らしたこともあるから、またひとりで暮らせるわ。あなたとグレッグは自分たちの人生を生きてちょうだい。本気で言ってるのよ」

けれども、ふたりを送り出してドアを閉めた瞬間、このアパートメントがとんでもなく広くて静まり返っていることに気づいた。

それでグレースを雇った。

わたしはハリーとシーリアと、さらにはロバートから、数百万ドルもの遺産を相続していたが、甘やかせる相手はコナーしかいなかった。だからグレースとその家族も甘やかした。彼らを幸せにし、わたしが人生のほとんどのあいだ享受していた贅沢のお裾分けをすることで、わたしも幸せになれた。

ひとりで暮らすのは慣れればそう悪いものでもない。そして、ここのように広いアパートメントで暮らすのも。まあ、ここを手放さなかったのはコナーに譲りたかったからだが、広いアパートメントで暮らすいい面もいろいろあった。もちろん、コナーが泊まりにきているときのほうが、ずっと楽しかったけれど。とくに、彼女がグレッグと別れてからは。

チャリティーディナーを主催したり、美術品を収集したりすれば、まあまあ楽しく暮らせる。真実はどうであれ、幸せになる方法を見つけられる。

娘が死ぬまでは。

二年半まえ、当時三十九歳だったコナーは末期の乳がんと診断され、余命数カ月と告げられた。わたしは愛する人が自分よりかなり先にこの世を去ると知るのがどういうことかわかっていたが、子どもが苦しむ姿を目の当たりにする苦痛への心の準備は何をもってしてもできるはずがなかった。

わたしは化学療法を受けて吐くコナーの体を支え、ひどい寒気に襲われて泣く彼女を毛布でくるんだ。彼女がまたかわいい赤ん坊に戻ったかのように額にキスした。彼女は永遠にわたしのベイビーだったから。

毎晩、コナーに、生まれてきてくれたことはこの世でいちばんの贈り物であり、わたしがこの世に生まれてきたのは、映画に出るためでも、エメラルドグリーンのドレスを着るためでも、人々に手を振るためでもなく、あなたの母親になるためだったと信じていると話した。

病院のベッドに横たわる彼女の枕元に座って言った。「今までにあなたを産んだ日ほど自分を誇らしく思ったことはないわ」

「わかってるわ」彼女は言った。「ずっとわかってた」

わたしはコナーの父親が亡くなってからずっと、彼女に嘘をつかないようにしていた。わたしたちはお互いの言葉を信じ、信頼し合っていた。彼女は愛されているとわかっていた。自分が母親の人生を変え、世界を変えたことをわかっていた。

一年半の闘病の末、彼女は亡くなった。

そして、彼女が父親の隣に埋葬されると、わたしはこれまでになく深い悲しみに打ちひしがれた。

陥るのは贅沢なパニックがわたしを襲った。

そして、二度と去ることはなかった。

63

これがわたしの物語の結末。愛していた人たちをすべて亡くし、アッパーイーストサイドの広々とした美しいアパートメントで、自分にとって大切な存在だった人たちを恋しく思っている。

モニーク、本の結末ではっきりさせておいて。わたしはこのアパートメントに愛着があるわけではなく、自分が持っているお金のこともなんとも思っていないし、人々に伝説の女優と思われようが思われまいがどうでもいいし、多くのファンの愛情がベッドを温めてくれてきたわけでもないと。

モニーク、本の結末でみんなに伝えて。わたしは今はいない人たちのことを恋しく思っていると。わたしは間違いを犯し、ほとんどいつも選択を誤っていたと。

モニーク、本の結末で読者にわからせて。わたしがずっと手に入れたいと願っていたのは家族だと。わたしはそれを手にしたけれど、失って悲しみに暮れていると。

その必要があれば、詳しく説明して。

エヴリン・ヒューゴは人々に名前を忘れられてもかまわないと思っていると伝えて。自分が存在していたことさえ忘れられてもかまわないと思っていると。

できれば、エヴリン・ヒューゴは実際には存在していなかったと読者にわからせて。彼女はわたしが人々に愛されようとして作り出した人格だと。わたしはとても長いあいだ、愛とはなんなのかわからずにいたと伝えて。今はもうわかっているから、人々の愛は必要ないと伝えて。

人々に伝えて。〝エヴリン・ヒューゴは帰りたがっている。娘と恋人と親友と母親のもとに行くときがきた〟と。

エヴリン・ヒューゴがさよならを言っていると伝えて。

64

「どういう意味です？　さよならだなんて。さよならなんて、おっしゃらないでください、エヴリン」

　彼女はまっすぐにわたしの目を見て、わたしの言葉を無視する。

「本にまとめるときには」と言う。「はっきりわかるように書いて。わたしは家族を守るためにしてきたすべてのことを、同じ状況に置かれたら、きっとまたするだろうって。そうすることで家族を守れると思っていたら、それ以上のことも、それよりさらに卑劣なこともしていただろうって」

「たぶん、ほとんどの人は同じ気持ちでいると思います」わたしは彼女に言う。「自分の人生や、愛する人々について、あなたと同じように考えていると思います」

　エヴリンはわたしの言葉を聞いて、がっかりしたような顔になる。立ちあがって、デスクに足を運ぶと、折りたたまれた紙を取り出す。

古い紙だ。皺が寄り、一辺が濃いオレンジ色になっている。

「ハリーといっしょに車に乗っていた男の人だけど」エヴリンは言う。「わたしが置き去りにした人よ」

当然ながら、それは彼女がしてきたことのなかで、もっともひどい行為だ。だが、愛する人のためなら、わたしも同じことをしていたかもしれない。きっと同じことをしていたはずだと言っているのではない。あくまでも、していたかもしれないと言っているだけだ。

「ハリーは黒人の男性と恋に落ちてたの。彼の名前はジェームズ・グラント。亡くなったのは一九八九年の二月二十六日よ」

65

激しい怒りとはこういうものだ。

まず胸のなかで始まる。

恐怖として始まる。

恐怖はすぐに否定に変わる。〝いいえ、何かの間違いよ。いいえ、そんなはずないわ〟

やがて真実が見えてくる。〝そうよ、彼女の言うとおりだわ。そうよ、ありえるわ〟

〝そうよ、きっとそうだったのよ〟と気づく。

そして選択を迫られる。悲しむか、怒るか。

最終的には、紙一重のそのふたつの感情がいっしょになって、ひとつの問いにつながる。責任を負わせられるだろうか。

わたしが七歳のときに父親を失った責任を負わせられる相手は、これまでひとりしかいなかった。父本人だ。父は酒を飲んで運転していた。そんなことをしたことはそれまで一度もなかったし、まったく父らしくなかったが、実際そうだったように思えた。そして、わたしはそのことで父を憎みもし、どうにか事実を受け入れようともした。〝お父さんはお酒に酔って車を運転して事故を起こした〟

だが、そうではなかった。父は酒に酔った状態で、進んでハンドルを握ったわけではなかった。亡くなったあと、この女によって路肩に置き去りにされたのだ。自ら死を招いたとされ、名誉を傷つけられたのだ。実際、わたしは父が事故を起こした張本人だと信じて育った。責任の所在を明らかにしなければならないことがたくさんある。あとはわたしがエヴリンにそれらを突きつけるだけだ。

そして、目のまえに座る彼女は、自責の念に駆られてはいるものの、悪かったとは必ずしも思っていないように見える。ただ、責められる覚悟はできているようだ。

彼女を非難する気持ちが、わたしの長年の苦痛に火をつける。激しい怒りが燃えあがる。

体がかっと熱くなり、目に涙が湧いてくる。気づくと両手が拳になっていて、わたしは後ずさる。自分が何をするかわからないから。

だが、彼女から遠ざかるのは優しすぎるように思えたので、少しずつ近づいていき、彼女をカウチソファに押しつけて言う。「あなたにはもう誰もいなくてよかったわ。あなたを愛してくれる人がひとりも生きてなくてよかったわ」

自分自身に驚いて、彼女を放す。彼女は背筋を伸ばして座り直し、わたしを見つめる。

「わたしにあなたの話を聞かせることが埋め合わせになるとでも思ってらっしゃるんですか？」わたしは彼女に尋ねる。「わたしをこうしてここに座らせて、あなたの人生の物語を話して聞かせたのは、そうすれば打ち明けられると思ったからなんですか？あなたの伝記が埋め合わせになると思ってらっしゃるんですか？」

「いいえ」彼女は言う。「あなたはもうわたしのことをよく知ってるんだから、わたしがどんな罪も許されると思うほど世間知らずではないことぐらいわかってるはずよ」

「じゃあ、どういうことなんです？」

エヴリンは手にしている紙を差し出して、わたしに見せる。

「ハリーのズボンのポケットに入ってるのを見つけたの。彼が亡くなった晩に。彼はこれを読んだから、お酒をたくさん飲んだんだと思う。あなたのお父さまからよ」

「だから、なんだっていうんです？」

「だから……わたしの娘は本当のわたしを知って落ち着いたみたいだった。わたしも本当の彼女を知って心が安らかになったわ。わたしは……あなたとあなたのお父さまにその安らぎを与えられる、この世でただひとりの人間だと思うの。あなたに本当のお父さまを知ってもらいたいのよ」

「わたしは父の本当の姿を知ってます」わたしはそう言うが、それが必ずしも真実ではないことに気づいている。

「あなたはお父さまのすべてを知りたがると思ったの。受け取って、モニーク。手紙を読んで。持っていたくないなら、捨ててしまってもかまわない。ずっと、あなたに送ろうと思ってたの。あなたには知る資格があると思ってたのよ」

わたしはそっと受け取る優しさも見せたくなくて、手紙を彼女の手からひったくると、腰をおろして広げる。うえのほうに血に間違いないものがついている。一瞬、父の血だろうか、それともハリーの血だろうかと考えるが、すぐに考えないようにする。

一行も読まずに目を上げて、彼女を見る。

「ひとりにしていただけませんか？」と言う。

エヴリンはうなずいて、自分のオフィスから出ていき、ドアを閉める。わたしは手紙に目を戻す。心のなかで組み立て直さなければならないことがたくさんある。

父は何も悪いことはしていなかった。

自ら死を招いてはいなかった。

わたしはずっと、父は酒に酔って車を運転し、自ら死を招いたと思っていた。父をそういう目で見ながらも、どうにか折り合いをつけてきた。

それが今、三十年近くぶりに、これまで知らなかった父の言葉を、考えを、目にすることになった。

親愛なるハリー

ぼくはあなたを愛してる。こんなに人を愛せるとは思っていなかったほど愛してる。ずっと、このような愛は実際にはないものだと思って生きてきた。でも今、ぼくはその愛の存在を実感している。手でふれられるのではないかと思うほど。そして、昔、ビートルズが愛について歌っていたことを、今ようやく理解している。

あなたにヨーロッパに行ってほしくはないけれど、ぼくが望んでいないことが、あなたにとってはもっともいいことかもしれないこともわかってる。だから、そうは望んでいないけれど、あなたは行くべきだと思う。

ぼくはあなたがここロサンゼルスで夢見ている生活をさせてはあげられないし、

させてあげるつもりもない。

シーリア・セントジェームズとは結婚できない――ぼくもあなたと同じように、彼女は息をのむほど美しい女性だと思うし、正直に言えば『ロイヤル・ウェディング』の彼女には少し惹かれたけれど。

でも、あなたを愛するように妻を愛したことはないけれど、妻とはけっして別れられないという事実は変わらない。家族をとても愛してるから、一瞬でも家庭を壊すようなことはできない。いつかあなたに会わせたいと心から思っている娘は、ぼくの生きる理由だ。そして、娘はぼくと母親といるのがいちばん幸せだと、ぼくにはわかっている。ぼくが今の場所にとどまることが、娘にとってはいちばんいいとわかっている。

アンジェラはぼくの運命の人ではないのだろう。今はそうわかっている。本当の愛を知ってしまったから。でも、多くの意味で、ぼくにとっての彼女は、あなたにとってのエヴリンと同じなんだと思う。ぼくの親友であり、腹心の友であり、伴侶なんだ。あなたとエヴリンが自分たちのセクシュアリティや欲望について率直に話しているのは本当にすごいと思うけれど、アンジェラとぼくはそうではないし、それを変えたいのかどうか自分でもわからない。ぼくたちは豊かな性生活を送っているわけではないけれど、ぼくは彼女をパートナーとして愛してる。彼女を苦しめたとしたら、けっして自分を許せないだろう。それに、いっしょにいなかったら、絶えず電話したくなったり、彼女の考えを聞きたくなったり、どうしているか知りたくなったりするに違いない。

家族はぼくにとって何よりも大切な存在だ。家庭を壊すことはできない。あなたと、ぼくのハリーとともに見つけた愛のためだとしても。

ヨーロッパに行くんだ。あなたの家族にとって、それがいちばんいいことだと思うなら。

そして、ぼくはここロサンゼルスで、あなたのことを思いながら、ぼくの家族といると知っておいてほしい。

永遠にあなたのもの
ジェームズ

手紙をおろして、まっすぐまえを見つめる。すると、ようやく実感が湧く。わたしの父親は男と愛し合っていたのだ。

66

　どれぐらい長いあいだ、カウチソファに座って、天井を見つめていたのかわからない。父のことを思い出す。裏庭で高い高いをしてくれたことや、ときどき朝食にバナナスプリットを食べさせてくれたことを。

　そうした記憶にはつねに父の死に方が影を落としていた。楽しい記憶に終わらず、苦々しさをともなった。わたしからあまりにも早く父を奪ったのは、父本人だと思っていたから。

　それが今は、父のことをどう理解すればいいのかわからない。どう考えればいいのかわからない。父を特徴づけていた性質はなくなり、置き換えられた。はるかに――良くも悪くもあるものに。

　頭のなかで何度も同じ映像――記憶にある生前の父の姿と、人生最後のときを経て死を迎える想像上の父の姿――が再生されはじめたあと、ある時点で、これ以上じっと座ってはいられないと気づく。

立ちあがり、廊下に出て、エヴリンを探しはじめる。そして、グレースといっしょにキッチンにいるのを見つける。

「つまり、わたしがここにいるのは、これのためなんですね？」わたしは手紙を掲げて言う。

「グレース、少しのあいだ、ふたりだけにしてくれる？」

グレースがスツールから立ちあがる。「わかりました」そう言って、廊下の奥に姿を消す。

彼女がいなくなると、エヴリンはわたしを見る。「わたしがあなたに会いたいと思った理由はそれだけじゃないわ。たしかにわたしはその手紙を渡すためにあなたを見つけ出した。そして、あなたにとってそれほど唐突でもなければ衝撃的でもない形で会う方法を探した」

「その点では『ヴィヴァン』が役に立ったようですね」

「そうね、わたしに口実を与えてくれたわ。大手の雑誌に依頼してあなたをよこしてもらうほうが、あなたに電話をかけて、どうしてあなたを知っているのか説明するより気持ちが楽だった」

「だから、ベストセラーを書かせると約束して、わたしをここに誘い込むことにした」

「それは違うわ」彼女は首を横に振って言う。「あなたのことを調べてるあいだに、あなたが書いたものをほとんど読んだの。なかでも、死ぬ権利について書かれたものを」

わたしは手紙をテーブルに置き、椅子に座ろうかと考える。「それで?」

「とてもよく書けてると思ったわ。十分な情報に基づいてるし、よく考えられてるし、公正でありながらも思いやりに満ちていた。書いている人の心が感じられた。感情のともなう複雑な問題をとてもうまく扱ってることに感心させられたわ」

わたしを褒めるようなことは言ってほしくないと思う。お礼を言うはめにはなりたくないから。だが、母に躾けられて身についた礼儀正しさが、思いも寄らないときに顔を出す。「ありがとうございます」

「それを読んで、あなたならわたしの物語をうまく書いてくれるんじゃないかと思ったの」

「小さな記事ひとつで、そう思われたんですか?」

「あなたには才能があると思ったのよ。それに、わたしという人間や、わたしがしてきたことの複雑さを理解してくれる人がいるとしたら、それはあなただと思った。そして、あなたのことを知れば知るほど、自分は間違っていないという思いが強くなった。あなたがわたしについて書く本がどういうものになるかわからないけど、きっと毅然としたものになるはずよ。わたしはあなたにその手紙を渡したかったし、わたしの物語を書いてほしかったの。適任者だと信じているから」

「つまり、あなたはわたしにすべてを話して罪悪感を軽くしたうえ、あなたの人生についてご自分の思うままに書かれてる本を手に入れようとなさってるんですね？」エヴリンは首を横に振って反論しようとするが、わたしはまだ話し終えていない。「驚きました。本当に。自分勝手もいいところですね。今になっても、つまり、あなたが許されたいと思ってるのがはっきりしても、ご自分のことしか考えてないんですから」

エヴリンは手を上げる。「自分にはなんの利益もないなんてふりしないで。あなたは自らの意思でここにいるのよ。あなたはわたしの話を本にしたかった。わたしが与えた立場を利用したわ。それも巧みに抜け目なく」

「エヴリン、お願いですから」わたしは言う。「たわごとはよしてください」

「わたしの物語を本にしたくないの？」エヴリンは挑むような口調で尋ねる。「したくないなら、しなくていいわ。わたしの物語はわたしといっしょに葬り去られる。それでもかまわない」

わたしは黙り込む。どう答えればいいのかわからない。どう答えたいのかわからない。

エヴリンは促すように手を伸ばす。仮定の話ですませるつもりはないようだ。修辞的な質問ではなく、こちらの答えを要求している。「さあ早く」と言う。「メモしたものと録音したものを取ってきて。今ここで燃やしてしまいましょう」

わたしは動かない。十分な時間を与えられたにもかかわらず。

「やっぱりね」彼女は言う。

「そのぐらいさせてもらって当然ですから」わたしはむきになって言う。「せめてそれぐらいはさせてもらわないと」

「させてもらって当然なんてことは誰にとってもないのよ」エヴリンは言う。「自分のために自ら進んで何かを手に入れようとする人間が、そんなふうに思うだけ。そしてモニーク、あなたは自ら進んで欲しいものを手に入れようとする人間だわ。だから素直になって。被害者でしかない人間も、勝者でしかない人間もいない。誰もがそのあいだのどこかに位置してるの。自分はそのどちらかだと言ってる人間は、思い違いをしてるだけでなく、痛ましいまでに平凡なのよ」

わたしはテーブルを離れて、シンクに足を運び、手を洗う。べたついていて気持ちが悪かったから。手を乾かして、彼女を見る。「あなたが憎くてたまりません」

エヴリンはうなずく。「それでいいわ。単純な感情よね。憎しみというのは」

「ええ」わたしは言う。「そうですね」

「人生はもっと複雑なことだらけよ。あなたのお父さまはとくにそう。だから、あなたがその手紙を読むことが大切だと思ったの。あなたに知っててほしかったのよ」

「何をです？　父に罪はなかったということをですか？　それとも男性を愛してたことを？」

「あなたを愛してたことをよ。それも、とても深く。お父さまはあなたのそばにいるためにロマンティックな愛を拒否した。自分にどんなに素晴らしい父親がいたのかわかってる？　どんなに愛されてたのかわかってる？　けっして家族のもとを離れないと言う男性は多いけど、お父さまは実際にその言葉が本当なのかどうか試される状況に置かれて、少しも揺るがなかった。あなたにそのことを知ってほしかったの。もしわたしにそんな父親がいたら、きっと知りたいと思ったはずだから」

善良なだけの人間もいなければ、悪いだけの人間もいない。もちろん、わたしもそれはわかっている。若いころに学ばされた。だが、ときにそれが本当であることを忘れてしまう。誰にでも当てはまることを忘れそうになる。

だがそれは、親友の評判を守るために、わたしの父親の遺体を車の運転席に座らせた女性をまえにし、この人は自分がどんなに愛されていたのかわたしにわからせたくて、三十年近くも手紙を持っていたのだと気づくまでの話だ。

もっと早くわたしに手紙を渡すこともできたし、捨ててしまうこともできた。わたしにとってのエヴリン・ヒューゴは、善と悪の中間のどこかに位置している。

わたしは腰をおろし、両手で目をおおってこする。強くこすれば、別の現実にたどりつけるかもしれないと期待して。

目を開けると、相変わらず同じ場所にいる。そのことを受け入れるしかなくなる。

「本はいつ出版できますか？」

「それほど先にはならないはずよ」エヴリンはアイランドカウンターのスツールに腰をおろしながら言う。

「いい加減、はぐらかすのはやめてください、エヴリン。本はいつ出版できますか？」

エヴリンはカウンターに一枚だけ無造作に置かれていたナプキンを上の空で畳みは

じめる。やがて顔を上げて、わたしを見る。「乳がんの発症にかかわる遺伝子が親から子に受け継がれることがあるということは秘密でもなんでもないわ」と言う。「この世に正義があるのなら、母親のほうが娘よりずっと先に死ぬはずだけれど」

わたしはエヴリンの顔の細部に目を向ける。口元や目の縁や眉の角度を見る。そのどれにもほとんど感情は表われていない。彼女は新聞でも読んでいるかのように冷静な表情を保っている。

「乳がんにかかってるんですか?」わたしは尋ねる。

彼女はうなずく。

「どれぐらい進行してるんです?」

「急いでこの件を終わらせなきゃならないぐらい」

彼女に見つめられて、わたしは目をそらす。どうしてなのかわからない。実際、怒りからではない。恥ずかしさからだ。わたしは罪悪感を覚えている。わたしの大部分が彼女を気の毒には思っておらず、気の毒に思っている部分を愚かだと思っていることに。

「わたしは娘の経過を見てる」エヴリンは言う。「この先、自分がどうなるのかわかってるの。ちゃんと身辺整理をすませておくことが大事なのよ。遺言書の決定稿を完成させて、グレースが十分なものを受け取るようにしたのに加えて、もっとも貴重なドレスをクリスティーズに託したわ。そしてこれが……これが最後に残ったこと。その手紙と、本と、あなたが」

「失礼します」わたしは言う。「今日はもう、これ以上は無理です」

エヴリンが何か言いかけるが、わたしは言わせまいとする。

「やめてください」と言う。「もう何も聞きたくありません。何もおっしゃらないでください。いいですね？」

驚いたとは言えないが、それでも彼女は話す。「わかった、また明日会いましょうって言いたかっただけよ」

「明日ですって？」そう言うと同時に、エヴリンとわたしにはまだやるべきことがあることを思い出す。

「撮影で」彼女は言う。

「またここに来る気になれるかわかりません」

「そう」エヴリンは言う。「来てくれることを心から願うわ」

67

アパートメントに帰り、本能的にバッグをカウチソファに放り投げる。わたしは疲れ、腹を立てている。目が乾き、こわばっている。水気を絞られた洗濯物のように。

コートを脱ぎもせず、靴も履いたまま、腰をおろす。母が明日の飛行機の便を知らせてきたメールに返信する。それから両足を上げて、コーヒーテーブルにのせる。すると、そのうえに置かれていた封筒に足がつく。

そのとき初めてコーヒーテーブルが元あった場所に戻っていることに気づく。デイヴィッドが持ってきたのだ。コーヒーテーブルに置かれていた封筒は、わたしに宛てられている。

M――

テーブルを持っていくべきじゃなかった。おれには必要ない。貸し倉庫に置いておくのはばかげている。持って出るなんてどうかしてた。

おれが持ってたここの鍵とおれの弁護士の名刺を同封する。

言えることはあまりない。ただ、おれにできなかったことをしてくれて感謝してる。

D――

わたしは手紙をコーヒーテーブルに置いて、両足をまたテーブルにのせる。身をよじってコートを脱ぎ、靴を蹴るようにして脱ぐ。頭を反らして息をする。

エヴリン・ヒューゴがいなければ、結婚を終わらせることはできなかったはずだ。

エヴリン・ヒューゴがいなければ、フランキーに立ち向かえなかったはずだ。

エヴリン・ヒューゴがいなければ、ベストセラー間違いなしの本を書くチャンスはつかめなかったはずだ。

エヴリン・ヒューゴがいなければ、わたしに対する父の愛の本当の深さを知ることはなかったはずだ。

そう考えると、エヴリンが間違っていることが少なくともひとつある。

わたしの憎しみは単純なものではない。

68

次の日の午前中、エヴリンのアパートメントに着いたとき、わたしは自分がいつここに来ることに決めたのかもわかっていない。目を覚まし、気づくと向かっていた。地下鉄の駅から歩いてきて、角を曲がったとき、来ないわけにはいかなかったと気づいた。

『ヴィヴァン』における立場を危うくするような真似をするわけにはいかないし、するつもりもない。特任ライターの座を求めて戦ったのは、直前でチャンスをふいにするためではない。

時間どおりに着いたが、どういうわけかほかのみんなはもう来ている。ドアを開けてくれたグレースは、すでにハリケーンに襲われたような姿になっている。ポニーテールにした髪は乱れ、笑顔を保つのにいつもより苦労しているようだ。

「みなさん、時間より四十五分ほど早くいらっしゃったの」グレースが声をひそめてわたしに言う。「編集部が連れてくるメイクしていただけるよう、エヴリンは個人的に手配したメイクさんに夜明けとともに来ていただいたの。八時半には照明コンサルタントに来ていただいて、家のなかでどこがいちばんよく写るか調べていただいたのよ。するとテラスだとわかって。まだ寒い日が続くから、あまり掃除してなかったのに。それで、わたしが今まで二時間かけてブラシをかけ、すっかりきれいにしたというわけ」彼女は冗談めかして頭をわたしの肩にのせる。「ほんと、助かったわ。明日からお休みで」

「モニーク？」フランキーが廊下にいるわたしを見て言う。「どうしてこんなに遅くなったの？」

わたしは腕時計に目をやる。「まだ十一時六分ですよ」初めてエヴリン・ヒューゴに会った日のことを思い出す。自分がどれだけ緊張し、彼女がどれだけ偉大な存在に思えたかを思い出す。今は痛ましいほど人間的に思えるが。だが、フランキーにはすべてが初めてのことなのだ。彼女は本当のエヴリンに会っていない。今でも、わたしたちが撮影するのはひとりの人間というより偶像視されている存在だと思っている。

わたしはテラスに出て、照明や反射板やケーブルやカメラに囲まれているエヴリンを見る。人々に取り囲まれて、スツールに腰をおろしている。銀色がかったブロンドの髪が送風機の風になびいている。身につけているのは代名詞であるエメラルドグリーンのドレス。今回は長袖のシルクのドレスだ。どこかにあるスピーカーからビリー・ホリデイの曲が流れている。太陽を背にしているエヴリンは宇宙の中心のように見える。

まるで水を得た魚だ。

カメラに向かって微笑みかけるブラウンの目は、ふたりだけでいるときに見たものとは別の輝きを放っている。人目にさらされながらも、なぜか心穏やかでいるように見える。本当のエヴリンはわたしがこの二週間、話をしてきた女性ではなく、今、目のまえにいる女性なのではないかと、わたしは思う。八十歳を目前にして、彼女はわたしがこれまでに見たことがない方法でその場を支配している。スターはつねにスターであり、永遠にスターなのだ。

エヴリンは有名になるべくして生まれてきた。体つきや容貌の力もあっただろう。だが、初めて実際にカメラのまえで動いている姿を見て、彼女はある意味では自分を過小評価している気がしてならない。実際よりはるかに劣った容姿で生まれていたとしても、たぶん成功していただろうから。彼女には何かがあるのだ。みなの足を止めさせ、注意を引きつける、言葉では言い表わせないものが。

エヴリンは照明係の背後に立つわたしに気づいて動きを止め、近くに来るよう手招きする。

「ちょっといいかしら」と言う。「モニークといっしょの写真も何枚かあったほうがいいと思うわ。撮ってちょうだい」

「やめてください、エヴリン」わたしは言う。「撮りたくありません」近くに行くのも嫌だ。

「お願いよ」彼女は言う。「写真を見て、わたしを思い出してほしいの」

何人かが笑い声をあげる。エヴリンが冗談を言ったかのように。当然ながら、エヴリン・ヒューゴを忘れられる人間などいないからだ。だが、わたしには本気で言っていることがわかっている。

だから、ジーンズにブレザーという格好で、エヴリンの隣に立ち、眼鏡を取る。照明が熱を発しているのがわかる。照明が目にまぶしく、顔に風を感じる。

「エヴリン、もうご存じだと思いますが」カメラマンが言う。「あなたはカメラに愛されてます」

「あら」エヴリンは肩をすくめて言う。「そういうことは何度聞かされてもかまわないものよ」

着ているドレスは襟ぐりが大きく開いていて、なおも深い胸の谷間がのぞいている。彼女を作ったものが彼女の命を奪うものになるのだと、わたしは気づく。

エヴリンはわたしの視線をとらえて微笑む。心からの優しい笑みだ。慈しむような笑みでさえある。まるでわたしのしていることを見守っているような。わたしを気にかけているような。

そのとき、ふいに気づく。彼女は実際にわたしを気にかけているのだと。

エヴリン・ヒューゴはわたしが大丈夫なのか知りたがっている。今回のことでまいってしまっていないか知りたがっている。

一瞬、心に隙ができ、気づくと彼女の体に腕をまわしている。すぐに手を引きたくなる。まだここまでする心の準備ができていない。

「いいね！」カメラマンが言う。「そのままでお願いします」

もう手を引けない。だから、ふりをする。写真を撮られるあいだ、神経質にはなっていないふりをする。激怒してもいなければ混乱してもおらず、悲しみに打ちひしがれたり、心をかき乱されたりもしておらず、失望もしていなければショックも受けていなく、気づまりでもないふりをする。

ただエヴリン・ヒューゴに心を奪われているふりをする。

結局、わたしはまだ彼女に心を奪われているから。

カメラマンが帰り、後片付けもすんで、フランキーが背中に翼を生やして編集部に飛んで帰れそうなほど有頂天になってアパートメントを出ていったあと、わたしは帰る支度をする。

エヴリンは階上で服を着替えている。

「グレース」わたしはキッチンで使い捨てのカップと紙皿を集めている彼女を見つけて言う。「お別れを言わせてください。ここでの仕事は終わったので」

「終わったですって?」グレースが尋ねる。

わたしはうなずく。「取材は昨日で終わったし、撮影も今日すみました。あとは書くだけです」と言う。どう書きはじめればいいのかも、次に何をすればいいのかもわかっていないにもかかわらず。

「あら」グレースは肩をすくめて言う。「どうやら勘違いしてたみたいね。お休みをいただいてるあいだ、あなたがここに来て、エヴリンといっしょにいてくださるものだとばかり思ってたわ。でも、正直言って、自分がコスタリカ行きのチケットを二枚手にしてることしか頭になかったから」

「それは素敵ですね。いつ発たれるんですか？」

「今夜の夜行便で」グレースは言う。「ゆうべエヴリンからいただいたの。わたしと夫の分よ。すべて支払い済みで、一週間の予定なのよ。モンテベルデ自然保護区の近くに泊まるの。〝熱帯雨林でジップラインができる〟としか聞かされてないんだけど、素敵だと思って」

「当然の権利よ」エヴリンが階段のうえに現われてそう言うと、階段をおりてきて、わたしたちのもとに来る。ジーンズにTシャツという格好だが、髪とメイクは撮影時のままだ。彼女はゴージャスだが飾り気がなくも見える。そのふたつを共存させられるのはエヴリン・ヒューゴだけだ。

「お休みをいただいて本当にかまわないんですか？　モニークがお相手をしてくださるものだとばかり思ってました」グレースが言う。

エヴリンはうなずく。「かまわないわ。どうぞ行ってきてちょうだい。ここのところ、わたしのためにずいぶん働いてくれてたから、いい加減、自分の時間を持たないと。何かあったら、すぐに人を呼べるから大丈夫よ」

「無理に行かなくても――」

エヴリンは彼女の言葉をさえぎる。「いいえ、行ってちょうだい。あなたがここでしてくれてたことにわたしがとても感謝してることを知っておいてもらいたいの。だから、こういう形でお礼をさせて」

グレースは控えめに微笑む。「わかりました」と言う。「どうしてもとおっしゃるなら」

「どうしてもよ。それにもう帰って。一日じゅう、掃除してたんだから。荷造りも終わってないでしょうし。さあ早く、帰ってちょうだい」

意外にも、グレースはそれ以上反論しない。お礼を言って、帰る支度をする。そのまま何事もなく時が過ぎるが、帰ろうとする彼女をエヴリンが呼び止めて抱きしめる。グレースは喜んでいながらも少し驚いているように見える。

「この何年か、あなたなしではとてもやってこられなかったわ。わかってるでしょう？」エヴリンはそう言って、彼女から身を離す。

グレースは顔を赤らめる。「ありがとうございます」

「コスタリカを楽しんでね」エヴリンは言う。「あなたの人生を楽しんでね」

グレースが出ていくと、わたしは思う。何が起ころうとしているのかわかっているような気がすると。

エヴリンは自分を作ったものに自分の命を奪わせるつもりはさらさらない。たとえそれが自分の体の一部であろうとも、何かにそのような力を与えるつもりはさらさらない。

エヴリンは死にたいときに死のうとしている。

そして、今、死にたいと思っている。

「エヴリン」わたしは言う。「いったい……」

はっきり言うことも、ほのめかすこともできない。考えるだけでも、ばかげたことに思える。エヴリン・ヒューゴが自ら命を絶とうとしているなんて。

そう口にして、エヴリンに笑い飛ばされるところを想像する。想像力が豊かすぎる。ばかも休み休み言ってちょうだいと。

だが、そう口にして、エヴリンに素直に認められるところも想像する。

どちらかの筋書きに耐える心の準備ができているのかどうかわからない。

「何？」エヴリンがわたしを見て言う。不安そうでもなければ、動揺しているわけでもなく、神経質になっているようにも見えない。普段と変わらない一日を過ごしているように見える。

「なんでもありません」わたしは言う。

「今日は来てくれてありがとう」彼女は言う。「来られるかどうかわからなかったのはわかってるけど……来てくれてうれしいわ」

わたしはエヴリンを憎んでいるが、とても好きでもあるようだ。

彼女が存在していなければよかったのにと思いながらも、心から慕わずにはいられない。

どうすればいいのかわからない。わたしが何かしたら何かが変わるのかどうかもわからない。

玄関ドアのドアノブをまわす。本当に言いたいことだけを、どうにか口にする。

「どうかお体を大切に、エヴリン」

彼女は手を差し出して、わたしの手を取り、少しのあいだ強く握ってから放す。

「あなたもね、モニーク。あなたには素晴らしい未来が待ってるわ。あなたならこの世界のいちばんいいところを引き出せる。あなたにならできると信じてるわ」

エヴリンはわたしを見つめる。ほんの一瞬、その表情が読める。かすかで、すぐに消えはしたものの、たしかによぎった表情が。そして、わたしは自分が思ったとおりであることを知る。

エヴリン・ヒューゴはさよならを言っている。

69

地下鉄の駅に着き、改札口を通りながら、戻るべきだろうかと考える。

ドアをノックするべきだろうか。

九一一に通報するべきだろうか。

彼女を**止める**べきだろうか。

引き返して駅の階段をのぼり、足を一歩ずつまえに踏み出してエヴリンのアパートメントに戻って〝思いとどまってください〟と言うこともできる。

わたしにはそれができる。

そうしたいのかどうか決めなければならない。そうするべきなのかどうか、そうするのが正しいことなのかどうか、判断しなければならない。

彼女がわたしを選んだのは、わたしに借りがあると思ったからだけではない。死ぬ権利についてのわたしの記事を読んだからだ。

彼女がわたしを選んだのは、わたしが尊厳死の必要性について独自の見解を示したからだ。

彼女がわたしを選んだのは、わたしなら、慈悲と見なされるものがどれだけ受け入れがたいものであっても、その必要性を理解してくれると信じているからだ。

彼女がわたしを選んだのは、わたしを信用しているからだ。

そして今、わたしは彼女に信用されているのを感じる。

わたしが乗る列車が轟音を立ててホームに入ってくる。わたしはこれに乗り、空港に母を迎えにいかなければならない。

ドアが開いて、人々が降りてくる。人々が乗り込み、バックパックを背負ったティーンエイジャーの少年が、肩でわたしを押しのける。わたしは列車に足を踏み入れない。

発車のベルが鳴り、ドアが閉まる。列車が出ていき、ホームに人がいなくなる。

わたしはその場に立ち尽くす。動くことができない。

誰かが自ら命を絶とうとしていると思ったら、止めようとするものではないだろうか。

警察に通報するものではないだろうか。壁を壊してその人を見つけようとするものではないだろうか。

ホームにまた人が増えてくる。幼い子どもの手を引く母親。買い物袋を手にした男性。フランネルのシャツを着て顎ひげを生やした三人のおしゃれな若者。人がどんどん多くなり、ひとりずつ認識できなくなる。

次の列車に乗って母を迎えにいき、エヴリンのことは放っておかなければならない。引き返して、エヴリンを彼女自身から助けにいかなければならない。

線路の奥に、柔らかな光がふたつ見え、列車がやってくることを示す。轟音が聞こえてくる。

母はひとりでわたしのアパートメントに来られるはずだ。

エヴリンはこれまで誰の助けも必要としてこなかった。

列車がホームに入ってくる。ドアが開いて、人々が降りてくる。ドアが閉まって初めて、列車に乗っていることに気づく。

エヴリンはわたしに自分の物語を託した。

自分の死に関しても、わたしを信用している。

エヴリンを止めたら彼女を裏切ることになると、わたしは心のなかでは信じている。

どういう印象を受けようが、彼女は正気だとわかっている。大丈夫だとわかっている。彼女には、何ひとつ運命や運に任せず、自ら手にしている力で思いのままに生きてきたのと同じように、死ぬ権利があるとわかっている。

目のまえの冷たい金属のポールを握って、走る列車に揺られる。列車を降り、エアトレインに乗り換える。到着ゲートのまえに立ち、姿を見せた母がわたしに向かって手を振るのを見て初めて、自分が一時間ほど緊張病に近い状態だったことに気づく。

許容量を超えている。

父に、デイヴィッドに、本に、エヴリン。

母がふれられる距離に来ると、わたしは母に抱きつき、その肩に顔をうずめて泣く。涙がまるで何十年にもわたって作られていたかのようにあふれ出す。古いわたしが流れ出し、新しいわたし、つまり、より強く、人々に対して、よりシニカルな見方をしながらも、世のなかにおける自分の居場所については、より楽観的なわたしに場所を空けるために身を引いて、さよならを言っているかのように。

「まあ、モニーク」母はそう言うと、バッグが肩から落ちるのに任せ、人々の通行の邪魔になるのもかまわずにわたしをきつく抱きしめて、両手で背中をさする。

泣きやまなければならないとも、泣いているわけを説明しなければならないとも感じない。いい母親のまえでは大丈夫な自分にならなくていい。いい母親自身が大丈夫な存在になってくれる。そして、わたしの母は昔からずっといい母親だった。素晴らしい母親だった。

泣き終えると、わたしは身を引いて、涙を拭く。左右を人々が通り過ぎていく。ブリーフケースを手にしたビジネスウーマンや、バックパックを背負った家族づれ。わたしたちをじろじろ見る人もいるが、わたしは母とふたりでいてじろじろ見られることに慣れている。人種のるつぼのニューヨークにも、わたしたちのような容姿の母娘がいて当然だと思わない人々がいまだに多くいる。

「いったいどうしたの、モニーク？」母が尋ねる。

「どこから話せばいいのかもわからないわ」わたしは言う。

母はわたしの手をつかむ。「とりあえず、わたしが地下鉄の路線を把握してることを証明するのはまた今度にして、タクシーをつかまえるのはどう？」

わたしは笑い声をあげ、目尻の涙を拭いながらうなずく。

モニターに朝のニュースが繰り返し流れる古いタクシーの後部座席にふたりで収まるころには、楽に息ができるぐらいに落ち着いている。

「じゃあ、そろそろ話してくれる？」母が言う。「いったいどうしたの？」

わたしが知っていることを話す？

わたしたちがずっと事実だと信じてきたつらい出来事――父は飲酒運転をして事故を起こして死んだ――の真相は異なっていたと話す？　父は罪を犯したのではなかったと？　人生が終わる瞬間まで、男性と愛し合っていたのだと？

「デイヴィッドと正式に離婚することになったの」わたしは言う。

「残念ね」母は言う。「そう決めるまで、さぞかしつらかったでしょうね」

わたしがエヴリンについて推測していることを母に告げて、重荷を背負わせるわけにはいかない。絶対に。

「それに、急にお父さんが恋しくなって」わたしは言う。「お父さんが恋しい？」

「あらまあ」母は言う。「恋しく思わない日はないわ」

「お父さんはいい夫だった？」

母はふいをつかれたような顔をする。「そうね、素晴らしい夫だったわ」と言う。

「どうしてそんなことを訊くの？」

「さあ、どうしてかしら。ふたりの関係についてあまり知らないことに気づいたからかも。お父さんはどんなふうだった？　お母さんといるとき」

母は笑みを浮かべる。頬がゆるむのを止められないというように。「そうね、とてもロマンティックな人だったわ。毎年欠かさず五月三日にはチョコレートを買ってきてくれたものよ」

「結婚記念日は九月だとばかり思ってたけど」

「そうよ」母は笑いながら言う。「どういうわけか五月三日にサービスしてくれていただけなの。わたしを祝う公的な祝日があまりないから、わたしだけのために一日作る必要があったと言ってたわ」

「気が利いてるわね」わたしは言う。

運転手がハイウェイに車を進める。

「それに最高に素敵なラブレターを書いてくれたわ」母は言う。「本当に素敵なの。詩まで書いてあったのよ。わたしがどんなにきれいか書かれた詩。ばかげてるけど。わたしはきれいじゃなかったから」

「もちろん、きれいだったはずよ」わたしは言う。

「いいえ」母は事もなげに言う。「本当にきれいじゃなかったの。でもね、お父さんのおかげでミス・アメリカになったみたいな気分になれたわ」

わたしは笑い声をあげる。「とても情熱的な結婚生活を送ってたみたいね」と言う。

母は一瞬、口をつぐんでから言う。「いいえ」わたしの手を軽く叩く。「情熱的だったとは言えないと思う。お互いに相手のことがとても好きだったのは確かだけど。初めてお父さんに会ったとき、自分の片割れに会ったような気がしたわ。わたしを理解してくれて、安全だと思わせてくれる相手に。そうね、情熱的ではなかったわ。お互いの服を剝ぎ取るなんて関係じゃなかった。いっしょになれば幸せになれるってわかってただけ。いっしょに子どもを育てられるってわかってたの。でも、簡単じゃないことも、それぞれの親によく思われないだろうこともわかってた。でも、いろいろな意味で、そのおかげでいっそう絆が強くなったの。世間対わたしたちという感じで。

こんなこと言うのは流行りじゃないってわかってるし、近ごろはみんな色っぽい結婚生活を夢見てることもわかってるけど、わたしはお父さんと結婚して本当に幸せだったわ。面倒を見てくれる人がいて、面倒を見てあげられる人がいる生活が、本当に楽しかった。いっしょに毎日を過ごせる人がいるのが楽しかった。わたしはお父さんをとても魅力的だと思ってた。考え方も好きだったし、才能にも惹かれてた。お父さんとはできない話がほとんどなかった。いろんなことについて、何時間でも話せたわ。あなたがよちよち歩きの赤ん坊だったときでも、遅くまで起きて、ただおしゃべりしてた。お父さんはわたしの親友でもあったの」

「だから再婚しなかったの?」

母はその質問の答えを考える。「おかしなものよね。情熱というのは。お父さんを亡くしてから、男性に情熱を抱いたことも何度かあったわ。でも、そのたびに、お父さんともう何日か過ごせるなら、そっちのほうを取ると思った。もう一晩、夜更かししておしゃべりできるならって。わたしにとって、情熱はたいして重要じゃなかった。でも、お父さんとのあいだにあった親密さは別。とても大事なものだったわ」

いつの日か、母にわたしが知っていることを話すかもしれない。

ずっと話さないかもしれない。

エヴリンの伝記のなかに書くかもしれないし、書いたとしてもエヴリンの視点で語るにとどめ、車の助手席に誰が座っていたのか明かさないかもしれない。

その部分を完全に省くかもしれない。わたしは母を守るためならエヴリンの人生について嘘をつくのも厭わないのではないかと思う。心から愛する人の幸せと心と体の健康を守るためなら、真実を世間に知らせずにいることも厭わないのではないかとも。

自分がどうするのかわからないが、母のためにいちばんいいと思うことをするだろうということはわかっている。それで誠実さを犠牲にしなければならなくなろうが、わたしの品格が少し損なわれることになろうがかまわない。まったくかまわない。

「お父さんのような伴侶を見つけられて、本当に運がよかったと思うわ」母は言う。

「お父さんのようなソウルメイトを見つけられて、本当に運がよかった」

人々の愛情生活は、ほんの少し掘り下げるだけで、それぞれが独特で興味深く、繊細で、簡単に定義できるものではないことがわかる。

いつの日か、わたしもエヴリンがシーリアを愛したように愛せる相手を見つけるかもしれないし、父と母がお互いを愛していたように愛せる相手を見つけるかもしれない。いろいろな形の素晴らしい愛があると知りながら探せるだけで、今のわたしには十分だ。

父について知らないことはまだたくさんある。ゲイだったのかもしれないし、自分はストレートだと思っていたにもかかわらず、男性と恋に落ちたのかもしれない。バイセクシュアルだったのかもしれないし、ほかの言葉で表現される存在だったのかもしれない。だが、そんなことはどうでもいい。大事なことはほかにある。

父はわたしを愛していた。

そして、母を愛していた。

この先、父について何がわかろうと、その事実が変わることはない。絶対に。

わたしのアパートメントのまえでタクシーを降りる。わたしは母のバッグを持ち、母とふたりで建物のなかに入る。

母は夕食に得意なコーンチャウダーを作ってくれると言うが、冷蔵庫が空に近いのを見て、ピザの宅配を頼むのがいちばんいいと認める。

ピザが来ると、母はエヴリン・ヒューゴが出ている映画を観ないかと言う。わたしは笑い声をあげそうになるが、母が本気で言っていることに気づく。

「あなたが彼女にインタビューすると聞いてからずっと『すべてはわたしたちのために』が観たくて仕方なかったの」母は言う。

「それはちょっと」わたしは言う。エヴリン・ヒューゴにかかわることは何もしたくないが、母が映画を観るよう説得してくれないかとも思っている。ある意味、まださよならを言う心の準備ができていないから。

「お願い」母は言う。「つきあってちょうだい」

映画が始まると、画面に映るエヴリンの存在感に圧倒される。彼女が登場すると目が離せなくなることに驚かされる。

何分かすると、立ちあがって靴を履き、彼女のアパートメントまで行ってドアをこじ開けて、思いとどまるよう説得したくなる衝動に駆られる。

だが、どうにか我慢して、彼女のしたいようにさせる。彼女の意思を尊重する。

目を閉じ、エヴリンの声を聞きながら眠りに落ちる。

いつ気持ちが変わったのか正確にはわからないが——夢を見ているときは物事が正

しく理解できるのかもしれない——朝、目が覚めると気づく。今はまだ無理でも、わたしはいつの日か彼女を許すに違いないと。

ニューヨーク・トリビューン

伝説的な銀幕の美女エヴリン・ヒューゴ死去

プリヤ・アムリット　　二〇一七年三月二十六日

金曜日の夜、エヴリン・ヒューゴが亡くなった。七十九歳だった。第一報では死因にふれられてはいないが、複数の情報筋によると、薬の過剰摂取による事故と特定されそうだという。どうやらヒューゴの体内から併用が禁止されている処方薬が検出されたようだ。死亡が確認されていなかった時点で、彼女は初期の乳がんと闘っていたという報道も出ている。

遺体はロサンゼルスのフォレスト・ローン墓地に埋葬される。

一九五〇年代にはファッションリーダーとして人気を博し、六〇年代と七〇年代にはセクシーな魅力で人々を魅了して、八〇年代にはオスカーを受賞したヒューゴは、豊かな胸と、数々の映画で演じた大胆な役と、波乱に満ちた私生活で知られている。七回結婚し、どの夫よりも長生きした。

女優を引退したあとは、虐待された女性のためのシェルターや、LGBTQ+の団体や、がんの研究機関などの支援に、多くの時間と金を費やした。つい先日、クリスティーズが彼女のもっとも有名なドレス十二着をオークションにかけ、その収益を米国乳がん基金に寄付すると発表されたばかりだ。オークションではすでに何百万ドルもの収益が見込まれていたが、今となってはさらに高値がつくに違いない。

驚くことではないが、ヒューゴの遺言により、彼女のもとで働いていた人々への惜しみない遺贈を除いて、財産の大部分が慈善団体に寄付される。もっとも多くの額を受け取るのはGLAAD（メディアにおいてLGBTQ+が公正に扱われることを目指す団体）のようだ。

「わたしはこの人生でたくさんのものを手にしてきました」去年、ヒューマン・ライツ・キャンペーン（LGBTQ+を支援する人権団体）主催の講演会で、ヒューゴはこう語った。「でも、そのために必死に戦わなければなりませんでした。いつの日か、わたしがこの世を去るときに、あとに続く人々にとって、今より少しでも安全で優しい世界になっていたら……それだけで、わたしが戦ってきた意味があったと思います」

ヴィヴァン

エヴリンとわたし

二〇一七年六月　　モニーク・グラント

今年の三月、伝説的な女優にしてプロデューサーでもあり、慈善家でもあったエヴリン・ヒューゴが亡くなったとき、彼女とわたしは彼女の回顧録を作ろうとしていた。エヴリンの人生最後の二週間をともに過ごせて光栄だったと言うのは、言葉が足りない気がするし、率直に言って、誤解を招きもすると思う。

エヴリンはとても複雑な女性であり、わたしが彼女とともに過ごした時間もまた、そのイメージや人生や逸話と同じように複雑なものだった。今日に至るまで、わたしはエヴリンとは何者だったのか解き明かせず、彼女から受けた衝撃を和らげられずにいる。エヴリンのことをこれまで会った誰よりも慕っていると思う日もあれば、彼女は嘘つきの浮気者だと思う日もある。

じつのところ、エヴリンはわたしがこういう気持ちでいることに満足するのではないかと思う。純粋に慕われることにも、みだらなスキャンダルにも、もはや興味がなかったからだ。彼女の関心は真実にのみ向けられていた。

インタビューの内容を書き起こしたものを何百回も読み、いっしょに過ごした日々の一分一秒を思い返しているわたしは、エヴリンのことを自分のことよりよく知っていると言ってかまわないと思う。そして、エヴリンが、死のわずか数時間まえに撮られた息をのむほど美しい写真とともに、この特集記事で明らかにしてほしいと思っていることが、衝撃的ではあるが美しい真実であることも知っている。

その真実とは次のとおりだ。エヴリン・ヒューゴはバイセクシュアルで、人生のほとんどの期間、同じく女優をしていたシーリア・セントジェームズを狂おしいほど愛していた。

彼女がこのことを人々に知らせたがったのは、ときに胸が張り裂けそうになりながらも、全身全霊でシーリアを愛したからだ。

彼女がこのことを人々に知らせたがったのは、シーリア・セントジェームズを愛したことが彼女がしてきた政治的な行為のなかでもっとも意味のあることだと思われるからだ。

彼女がこのことを人々に知らせたがったのは、年を取るにつれて、自分にはＬＧＢＴＱ＋の人々のまえに姿を現わす責任があると思うようになったからだ。

だが、何よりも、彼女がこのことを人々に知らせたがったのは、それが彼女の核となる部分であり、嘘偽りのない真の彼女だからだ。

そして、人生の最期に、ようやく本当の自分を見せる心の準備ができたのだ。

だから、わたしはこれから本当のエヴリンをお見せしようと思う。

この先の文章は、来年出版予定の伝記『女優エヴリンの七人の夫』からの抜粋だ。このタイトルにしたのは、何度も結婚したことで煩わしい思いをしていないか彼女に尋ねたことがあったからだ。

わたしは言った。「煩わしくありませんか？　結婚相手のことばかり大きく報道されて。彼らのことを頻繁に持ち出され、お仕事やあなたご自身のことは二の次にされがちで。あなたの話題が出ると、決まってエヴリン・ヒューゴの七人の夫の話になって」

彼女の答えはとてもエヴリンらしいものだった。

「いいえ」彼女はわたしに言った。「彼らは夫にすぎないもの。わたしはエヴリン・

ヒューゴなのよ。それにどちらにしろ、真実を知れば、みんなわたしの妻のほうに、はるかに興味を抱くでしょうから」

謝辞

編集者のサラ・キャンティンに、七回結婚した女性を読者が信じるかどうかによってまったく違ってくる小説を書きたいと告げたとき、彼女が「書いて」と応じたことは、彼女の度量の大きさとわたしへの信頼と冷静さの証です。信頼されているという安心感のもと、わたしは自由にエヴリン・ヒューゴを創造できました。サラ、心からの感謝とともに認めます。あなたに編集をしてもらえて、わたしは本当に運がいいって。

わたしのキャリアのためにしてくれたすべてのことに対して、カーリー・ウォッターズにも大きな、大きな感謝を。続けて何冊もいっしょに本を作ることができて、わたしは幸せ者です。

わたしの類いまれなる代理人たち。あなたがたはとてもいい仕事をしてくれています。あなたがたが情熱を持って仕事をしてくれているおかげで百人力です。テレサ・パーク、チームの一員になってくれ、比類ない強さと優雅さで仕事に取り組んでくれてありがとう。あなたが舵を取ってくれれば、わたしは更なる高みへ到達できると信じています。ブラッド・メンデルソーン、仕事を取り仕切るうえでわたしを強く信じてくれ、あれこれ心配するわたしに温かい心で接してくれてありがとう。シルヴィー・ラビノーとジル・ジレット、おふたりの知性と能力に勝るものは、おそらくおふたりの思いやりの心だけです。

アシュリー・クルイトフ、クリスタ・シップ、アビゲイル・クーンズ、アンドレア・マイ、エミリー・スウィート、アレックス・グリーン、ブレア・ウィルソン、バネッサ・マルティネス、そしてWME、サークル・オブ・コンフュージョン、パーク・リテラリー&メディアのみなさん、あなたがたがつねに素晴らしい仕事をしてくれていることに心から感動しています。バネッサにスペイン語（パラ・エル・エスパニョール）で特別な感謝を。あなたはわたしの救いの神（メ・サルバステ・ラ・ビーダ）です。

わたしの本が世に出るのを助けてくれる、ジュディス、ピーター、トリー、ヒラリー、アルバートを始めとするアトリアのみなさん、心から感謝しています。

クリスタル、ジャナイ、ロバートを始めとするブック・スパークスのみなさん、あなたがたはけっして止まらない優秀な広告マシーンであり、素晴らしい人間です。あなたがたとあなたがたがしてくれているすべてのことに、合わせた手の絵文字を千個送ります。

何度も繰り返し現われて、わたしが朗読するのを聞いたり、わたしの本を買ったり、わたしの作品をほかの人々に薦めたり、わたしの本を書店の目立つところにこっそり移したりしてくれる友人たち。これからもずっと感謝しつづけるわ。ケイト、コートニー、ジュリア、モニーク、わたしとは違う人々について書くのを助けてくれてありがとう。謙虚な姿勢が求められる難しい仕事だから、あなたたちがそばにいてくれるおかげでとても助かっている。

わたしの作品のことを人々に知らせようとして、記事を書いたり、ツイートしたり、写真を撮ったりしてくれる読書ブロガーのみなさん、わたしが仕事を続けられるのはあなたがたのおかげです。とくにナターシャ・ミノーソとビルマ・ゴンサレスに拍手を送ります。おふたりのブログは素晴らしいわ。

リード家とヘインズ家のみんな、いつも支えてくれて、大きな声援を送ってくれて、必要なときにそばにいてくれてありがとう。

母のミンディにも感謝を。この本を誇りに思ってくれて、いつもわたしの書いたものを読みたがってくれてありがとう。

弟のジェイクにも感謝を。わたしが見られたがっているように見てくれて、しようとしていることをとても深いレベルで理解してくれて、正気を保てるようにしてくれて、ありがとう。

かけがえのないアレックス・ジェンキンス・リード。この本がわたしにとってどうして重要なのか理解してくれ、この本にはまっ<ruby>て</ruby>くれてありがとう。そして、こちらのほうがもっと大事だけれど、大きな声をあげ、大きな夢を見て、人にしたい放題させないようにするよう、わたしを勇気づけてくれる存在でいてくれてありがとう。ほかの誰かの気分をよくさせるために自分を小さく見せなければならないという気持ちにけっしてさせないでくれてありがとう。わたしたちの娘が、彼女が誰であろうとそばにいてくれて、人にどう扱われるよう求めるべきか自ら手本になって示してくれる父親のもとで育つことがわかっているのは、これ以上ないほど誇らしく、うれしいことよ。エヴリンにも、わたしにも、そういう父親はいなかった。でも、あの子はそうじゃない。あなたのおかげで。

そして最後に、わたしのかわいい娘にお礼を言うわ。この本を書きはじめたとき、あなたはとっても小さかった。この文の最後に打たれている句点の半分の大きさだったはずよ。この本を書き終えたときは、あなたはこの世界への登場を数日後に控えていた。つまり、わたしがこの本を書いているあいだ、あなたはずっといっしょにいてくれたの。わたしにこの本を書く力を与えてくれたのは、少なからずあなたなんじゃないかと思う。

あなたを無条件に愛し、つねに認めて、心に決めたことはなんでもできるだけの強さを身につけさせ、そうしても安全なんだと思えるようにすることで、恩返しをすると約束するわ。あなたが心に決めたことはなんでもすることを、エヴリンも望むはずよ。きっとこう言うでしょうね。「ライラ、外に出て、優しい人間になって、この世界から欲しいものを自分の手でつかみ取るのよ」まあ、優しい人間になってということは、それほど強く言わないかもしれないけれど。でも、あなたの母親としては、そうなって欲しいと心から願うわ。

訳者あとがき

ニューヨークに拠点を置く雑誌『ヴィヴァン』に勤める無名のライター、モニークは、ある日、往年の大女優エヴリン・ヒューゴが独占インタビューに応じると言ってきていると聞かされる。しかも、そのインタビュアーに自分を指名してきていると。一九五〇年代から女優として活躍し、八〇年代にはアカデミー賞の主演女優賞にも輝いたエヴリンは、波乱に満ちた私生活を送ったことでも知られていて、その最たるものが七度に及ぶ結婚だった。彼女のもとに赴(おもむ)いたモニークは、自分の死後、出版することを条件に伝記を執筆してほしいと頼まれる。引退し、表舞台から姿を消して久しい伝説的な女優が、どうして今になって伝記を書かせようとしているのか、どうしてその書き手に自分が選ばれたのかと戸惑うモニークに、エヴリンは、わたしの話を最後まで聞けば、あなたが疑問に思っていることはすべて明らかになると告げて、自らの人生を語りはじめる。

本作は米国ロサンゼルス在住の作家テイラー・ジェンキンス・リードが二〇一七年に発表した、五作目の長編小説。SNSで話題になり、刊行から三年以上経ってから『ニューヨークタイムズ』紙のベストセラーリストに載った。著者のリードは、その一報を受けたとき、思わず叫び声をあげて夫のもとに知らせに走ったという。以後も読者を増やしつづけ、これを書いている時点での最新の同リスト（二〇二三年二月十九日付）でも、フィクションのペーパーバック部門の六位に入っている。じつに一〇〇週ランクインしているというから驚きだ。

著者のテイラー・ジェンキンス・リードは一九八三年生まれ。映画業界やハイスクールで働いたのち、二〇一三年に初の長編小説を発表。以来、一冊の短編集と八冊の長編小説を出版している。本作も含めて、ベストセラーになっている作品も多く、複数の言語に翻訳されて、米国以外でも人気を博している。日本においても長編六作目が『デイジー・ジョーンズ・アンド・ザ・シックスがマジで最高だった頃』（左右社刊）と題されて、昨年邦訳紹介された。七〇年代の西海岸のロックシーンで活躍した架空のバンドを描いた同作は映像化もされているが、本作もまた映像化が決定したと報じられている。五〇年代から八〇年代までのハリウッドをおもな舞台として、ひとりの女性の真の姿を描き出す本作も、きっと見応えのある映像作品になるだろう。観られるようになる日を楽しみに待ちたい。

米国では、みなで同じ本を読み、その内容について語り合うブッククラブが盛んだが、本作も課題図書に選ばれることが少なからずあるようだ。原書の版元の公式サイトには、その活動の手引きが載せられている。みなで意見を交換しあうのに適したテーマや、読書体験をさらに豊かなものにするアイデアが、いくつか提案されているのだ。たとえば〝七人の夫のなかで誰がいちばん好き？　その理由は？〟〝人生最期のときを迎えようとしているセレブにインタビューするとしたら誰がいい？　何を訊きたい？〟など。

さらには〝それぞれがもっともエヴリン・ヒューゴらしいと思う服――エメラルドグリーンのもの――を身につけて、古典的なハリウッド映画を鑑賞する夕べを開いてはどうだろう〟ともある。かなり心惹かれる提案ではないだろうか。

最後になったが、エヴリン・ヒューゴに出会わせ、その人生の物語を訳出する機会を与えてくださった二見書房編集部のみなさまに、この場を借りて心よりお礼申しあげる。

二〇二三年二月

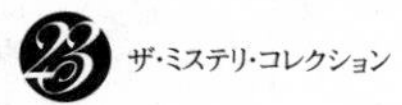

女優(じょゆう)エヴリンの七人(しちにん)の夫(おっと)

2023年 5月20日　初版発行

著者　テイラー・ジェンキンス・リード
訳者　喜須海理子(きすみみちこ)

発行所　株式会社 二見書房
東京都千代田区神田三崎町2-18-11
電話 03(3515)2311［営業］
03(3515)2313［編集］
振替 00170-4-2639

印刷　株式会社 堀内印刷所
製本　株式会社 村上製本所

ISBN978-4-576-23033-7
https://www.futami.co.jp/

＊の作品は電子書籍もあります。

メイドの秘密とホテルの死体＊
ニタ・プローズ
村山美雪［訳］

モーリーは地元の高級ホテルで働く客室メイド。ある日清掃のために入った客室で富豪の男の死体を発見。人づきあいが苦手で誤解を招きやすい性格が災いし疑惑の目が

わたしの唇は嘘をつく
ジュリー・クラーク
小林さゆり［訳］

10年前、新聞記者だったキャットはある事件を追っていたが、女からかかってきた一本の匿名電話のせいでレイプ被害にあう。その日からキャットの復讐がはじまる

プエルトリコ行き477便＊
ジュリー・クラーク
久賀美緒［訳］

暴力的な夫からの失踪に失敗したクレアは空港で見知らぬ女性と飛行機のチケットを交換する。だがクレアの乗るはずだった飛行機がフロリダで墜落、彼女は死亡したことに…

そして彼女は消えた＊
リサ・ジュエル
氷川由子［訳］

15歳の娘エリーが図書館に向ったまま失踪した。10年後、エリーの骨が見つかり…。平凡で幸せな人生の裏でじわじわ起きていた恐怖を描く戦慄のサイコスリラー！

マイ・ポリスマン＊
ベサン・ロバーツ
守口弥生［訳］

1950年代。愛し合うトムとパトリック、それを知らずにトムと結婚したマリオン。それぞれの人生を描くLGBTQ小説。ハリー・スタイルズ主演映画原作！

誠実な嘘＊
マイケル・ロボサム
田辺千幸［訳］

恋人との子を妊娠中のアガサと、高収入の夫との三人目を妊娠中のメグは出産時期が近いことから仲よくなるが…。二人の女性の数奇な運命を描く戦慄のスリラー！

危ない恋は一夜だけ＊
アレクサンドラ・アイヴィー
小林さゆり［訳］

アニーは父が連続殺人の容疑で逮捕され、故郷の町を離れた。十五年後、町に戻ると再び不可解な事件が起き始め、疑いはかつての殺人鬼の娘アニーに向けられるが…

2034 米中戦争＊

エリオット・アッカーマン／ジェイムズ・スタヴリディス
熊谷千寿［訳］

2034年、南シナ海で米海軍が「航行の自由」作戦中、船籍不明のトロール船に遭遇。偶然を装う中国軍の罠なのか？ 米軍最高司令官が予見する最も危険なシナリオ

メーデー 極北のクライシス

グレーテ・ビョー
久賀美緒［訳］

ロシアとノルウェーの国境近く、軍事的な緊張が高まるなか、ノルウェー空軍の女性パイロットとアメリカ空軍パイロットがのるヘリがロシア領内に墜落、二人は国境を目指すが

美徳と悪徳を知る紳士のためのガイドブック＊

マッケンジー・リー／桐谷知未［訳］

密かに想う親友パーシーと周遊旅行に出た伯爵の放蕩息子モンティはある出来事から追われるはめに。LGBTQ+、ロマンス、冒険、様々な要素の入った楽しい作品！

赤と白とロイヤルブルー＊

ケイシー・マクイストン
林 啓恵［訳］

アメリカ大統領の息子と英国の王子が恋に落ちるLGNBYロマンス。誰にも知られてはならない二人の恋は切なく燃え上がるが…。全米ベストセラー！

明日のあなたも愛してる＊

ケイシー・マクイストン
林 啓恵［訳］

オーガストは地下鉄で出会ったジェーンにひと目惚れする。だが彼女は恋に落ちてはいけない人だった。特別でない女の子たちの特別な恋を描くドラマティックなロマンス！

冷酷なプリンス＊

ホリー・ブラック
久我美緒［訳］

妖精国で育てられた人間の娘ジュードは、自分の居場所を見つけるため騎士になる決心をする。陰謀に満ちた世界で闘うジュードの成長とロマンスを描く壮大なファンタジー

死者との誓い

ローレンス・ブロック〔マット・スカダー シリーズ〕
田口俊樹［訳］

弁護士ホルツマンがマンハッタンの路上で殺害された。その直後ホームレスの男が逮捕され、事件は解決したかに見えたが意外な真相が…PWA最優秀長編賞受賞作！